BABI A. SETTE

A aurora da lótus

1ª edição

Rio de Janeiro-RJ / Campinas-SP, 2021

VERUS
EDITORA

Editora
Raïssa Castro

Coordenadora editorial
Ana Paula Gomes

Copidesque
Ana Resende
Manoela Alves

Revisão
Cleide Salme
Tássia Carvalho

Diagramação
Marcos Vieira

Design de capa
Marina Avila

Ilustração de capa
Caroline Jamhour

ISBN: 978-65-5924-034-0
Copyright © Verus Editora, 2021

Todos os direitos reservados.

Nenhuma parte desta obra pode ser reproduzida ou transmitida por qualquer forma e/ou quaisquer meios (eletrônico ou mecânico, incluindo fotocópia e gravação) ou arquivada em qualquer sistema ou banco de dados sem permissão escrita da editora.

Verus Editora Ltda.
Rua Benedicto Aristides Ribeiro, 41, Jd. Santa Genebra II, Campinas/SP, 13084-753
Fone/Fax: (19) 3249-0001 | www.veruseditora.com.br

CIP-BRASIL. CATALOGAÇÃO NA PUBLICAÇÃO
SINDICATO NACIONAL DOS EDITORES DE LIVROS, RJ

S519a

Sette, Babi A., 1978-
  A aurora da lótus / Babi A. Sette. - 1. ed. - Campinas [SP] : Verus, 2021.
  ; 23 cm.

  ISBN 978-65-5924-034-0

  1. Ficção brasileira. I. Título.

21-73053
CDD: 869.3
CDU: 82-3(81)

Camila Donis Hartmann - Bibliotecária - CRB-7/6472

Revisado conforme o novo acordo ortográfico.

Seja um leitor preferencial Record.
Cadastre-se no site www.record.com.br e receba informações sobre nossos lançamentos e nossas promoções.

Atendimento e venda direta ao leitor:
sac@record.com.br

Nota da autora

Olá, meu leitor.

Este foi o primeiro romance que escrevi. A história entrou nos meus sonhos e na minha imaginação de um jeito muito intenso. Até então, eu amava escrever, sempre amei, mas não me imaginava como romancista. Nem passava pela minha cabeça escrever um livro, só que esses personagens eram teimosos e não me deixavam em paz, sério (risos). Zarah me contava como era a sua vida no Egito e como se apaixonou por um comandante egípcio; Ramose, por sua vez, me visitava de um jeito meio inexplicável, algumas vezes em sonhos, e falava que precisava de Zarah para ser feliz; já David era proteção e conforto, como água e sombra num dia de muito sol.

De algum jeito eu sabia que tinha de fazer algo com eles e trazer sua vida até você. Mergulhei num processo mágico, novo e arrebatador de escrita, durante horas por dia, e coloquei o ponto-final nesta obra pela primeira vez em 2011, dez anos atrás. Com o passar do tempo, por um processo íntimo meu, tinha certeza de que ela nunca sairia da gaveta.

Mas, como nunca se deve dizer *nunca*, em 2018 comecei um longo e intenso caminho de redescobrir esta história e estes personagens, e hoje o romance está completamente reescrito, não apenas a reconstrução de frases e personagens, mas também o rumo da trama.

Diferentemente de outros romances meus, ele não é nem tem toques de um conto de fadas, em que os personagens vivem felizes para sempre. É, sim, uma viagem intensa, perturbadora e emocionante pela alma humana através da luz e das sombras de uma grande paixão no cenário místico e mágico do Egito Antigo.

Vale lembrar que, apesar de ter sido feita uma grande pesquisa dos costumes e cenários da época e de algumas passagens e personagens serem baseados em fatos históricos e reais, esta é a minha visão de como foi a opressão dos hebreus no Egito e de como, de maneira geral, o povo hebreu vivia e se comportava. Este é um romance de entretenimento e não tem como meta ser totalmente fiel ao viés histórico. Alguns termos e expressões foram adaptados aos dias atuais para facilitar o entendimento durante a leitura. Por exemplo: *shendyt*, que é o famoso saiote egípcio masculino; a contagem do tempo semanal e mensal, e não lunar, como os egípcios faziam; termos como "universidade", que na realidade seria "Casa da Vida", ou *Per Ankh* em egípcio antigo, entre outros.

Por fim, desejo uma leitura maravilhosa e emocionante e uma boa viagem de volta a 1283 a.C., entre os aromas e cores de uma das maiores e mais misteriosas civilizações que já existiram.

1

Bairro hebreu, baixo Egito

Hoje é uma noite perfeita para esquecer o calor, o trabalho puxado, a falta de comida e o que há de errado. Hoje não quero pensar que amanhã terei mais um dia cheio, que o sol com certeza abençoará o dia, mas castigará a minha pele. Não quero dar atenção ao meu estômago colado nas costelas e reclamando de fome.

E, principalmente, não quero lembrar que hoje faz um ano que tenho que cuidar de mim e de minha mãe. Eu só quero deixar as águas do rio Nilo me envolverem, levarem embora o calor, os desafios do dia e me deitar sob as estrelas. *Esquecer.*

As mãos de David pousam na minha barriga e me impulsionam a colar as costas no enorme muro, enquanto um grupo de soldados egípcios passa próximo.

— Quietinha — diz no meu ouvido, e meu pulso acelera pela expectativa e pelo medo.

E continua acelerado mesmo depois que os soldados se afastam, talvez porque a respiração quente e ofegante dele faça cócegas, arrepiando a pele do meu pescoço.

Olho para os lados e me certifico de que podemos continuar.

— Vem, agora! — digo, puxando David pela mão.

Corremos e nos abaixamos conforme nos aproximamos dos pontos de vigília. Esta é a única rota de acesso ao Nilo e, por ser próxima ao muro que separa o bairro hebreu do restante do mundo, é também a mais vigiada. Mas temos anos de prática em desviar dos egípcios para fazermos coisas proibidas.

É um absurdo que nadar no Nilo para se refrescar durante as noites seja uma das proibições.

Para evitar afogamentos, eles dizem. Mas no lugar devem pensar: *Para evitar que vocês tentem fugir a nado.*

Pegamos o caminho estreito e escuro, longe da vista dos guardas, entre a vegetação que se torna mais densa à medida que avançamos.

Meus pés tocam a terra molhada e escura da margem, o rio reflete a luz da lua, o azul intenso do céu e o verde abundante das palmeiras. Tão diferente das casas pálidas e das ruas empoeiradas do nosso bairro. À frente, na margem oposta, as tochas de Mênfis — a enorme cidade egípcia — começam a ser acesas revelando o palácio, o muro da cidade e, mais abaixo, centenas de casas.

— Dizem que aos pés dela é difícil enxergar o topo.

Sigo a direção de onde meu amigo aponta e vejo o topo da pirâmide maior. Ergo as mãos emoldurando-a entre os dedos.

— Daqui ela é do tamanho da minha cabeça.

Meu amigo acha graça.

— Eu sei, sempre te achei cabeçuda.

— E eu — disfarço olhando ao redor, quero pegá-lo desprevenido — sempre achei que nem tudo é questão de tamanho, e sim de ponto de vista — Agarro com força a túnica grossa enquanto meu pé atravessa o dele por trás, numa rasteira bem colocada.

David arfa ao cair sentado no chão, a água respinga para todos os lados enquanto os olhos castanhos se estreitam, numa indignação forçada.

Eu gargalho e ele estreita ainda mais os olhos.

— Já ouvi dizer que quem ri por último, ri melhor.

— Fiz isso para te provar a questão do ponto de vista: agora, por exemplo, pareço muito maior do que você.

— Ah, como você é bem-intencionada.

Ele deve estar pensando em revidar, provavelmente em me derrubar e fazer cócegas até que eu peça desculpas.

David se levanta passando as mãos nas costas, com uma expressão condoída. Observo todos os movimentos dele com cautela, dando alguns passos para trás.

— Não devia ter ensinado você a brigar.

— Eu te machuquei? — provoco.

— Só o meu orgulho.

— Será que eu já sou mais forte que você? — continuo provocando.

Ele é meu melhor amigo, dois anos mais velho, dois palmos mais alto e muito mais forte. Crescemos brincando com outras crianças e, apesar de a maioria do grupo ter se afastado depois que começamos a trabalhar, eu e ele continuamos assim, rindo e brincando e nos amando como se o tempo não tivesse passado.

— Vamos ver. — E passa os braços na curva das minhas pernas me erguendo no colo, de surpresa.

Dou um gritinho e alguns pássaros saem voando apressados das árvores próximas.

— O que você vai fazer?

Ele continua me carregando enquanto entra no rio correndo, como se eu pesasse menos que uma fatia de pão.

— Não, eu não estou preparada para... — Afundo com ele.

Levantamos a cabeça da água ainda meio abraçados e gargalhando com a sensação revigorante. Dou um soquinho no peito firme sentindo a lã molhada da túnica afundar entre meus dedos.

— Eu não estava pronta para mergulhar.

— Olhe para os lados.

Estamos próximos a um banco de areia, cercados pelo enorme rio; de um lado, as águas refletem as luzes da cidade, com embarcações a vela, e, do outro, o reflexo é da luz da lua e das estrelas, que se mistura com o verde da vegetação. A água está morna e a sensação é de conforto e leveza.

Passo os braços por cima dos ombros largos.

— Assim é fácil esquecer que estou faminta.

As sobrancelhas grossas e escuras se unem, em evidente tensão.

— Sua mãe está com dor, ela não foi trabalhar hoje de novo?

Concordo me distanciando um pouco, não quero falar sobre isso. *Não hoje. Hoje só quero esquecer tudo.*

— Tudo bem, amanhã eu faço hora dobrada e consigo uma porção extra de pão.

— Você devia ter me falado, Zarah, traria algo para você comer.

— Não seja ridículo — dissimulo, querendo mesmo mudar de assunto. — Se você continuar me dando tudo o que recebe, daqui a pouco eu te venço na queda de braço também. — E borrifo água no rosto perfeito.

— Nós podíamos dividir o pão ou a cerveja.

É isso que recebemos todos os dias para comer: um copo de cerveja de cevada, adoçada com mel, e duas fatias de pão. Mas só ganhamos a porção diária de alimento quando trabalhamos. Então, se a minha mãe tem dor e não consegue se levantar, sou eu que vou deitar fingindo que já comi e que está tudo bem.

— Você já fez isso a semana passada duas vezes. Além disso — toco o maxilar quadrado e prossigo com uma diversão forçada na voz —, está começando a ficar ossudo demais. Quem vai querer se casar com você, meu amigo?

— Não me importo, só não quero que você passe fome.

Observo os olhos profundos, o queixo escurecido pela barba, os cabelos pretos e ondulados emoldurando o rosto marcante e másculo; o maxilar firme, o nariz reto e as sobrancelhas grossas. Ele não tem nada de ossudo e não terá dificuldade alguma em encontrar alguém para se casar. Muitas garotas olham para David como se ele fosse o homem mais bonito de todo o Egito, como se não vissem a hora de ele sorrir para elas, ou olhar para elas ou... se aproximar delas.

Dedos longos apertam a base da minha nuca em um carinho mais íntimo e um frio envolve meu estômago. Às vezes esqueço que, há algum tempo, David me olha de um jeito diferente. Me toca de um jeito diferente. E meu corpo reage também de um jeito diferente: coração acelerado, frio na barriga e pelos arrepiados. E sempre que isso acontece me pego dividida entre a vontade de retribuir os toques, deixar que ele prossiga e me afastar. Por mais que um lado meu queira permitir, sei que não devo. Ele é meu melhor amigo, e acho que isso estragaria tudo.

— Vamos sair? — disfarço minha voz agora rouca, meu pulso acelerado.

Os olhos profundos me encaram em silêncio antes de ele concordar.

Pouco depois, estamos deitados à margem do rio, o calor secando nossas roupas.

— Amanhã à noite nadamos de novo?

David se vira e apoia o rosto na mão em punho para me olhar.

— Amanhã à noite haverá reunião, é o primeiro dia da lua nova.

— Ah — murmuro. — Tinha esquecido.

David acaricia o meu rosto com as costas dos dedos.

— Posso pedir para colocarem em votação a sua participação.

— Não, não precisa. Eles já não deixaram da última vez que você pediu.

— Já faz um ano que seu pai morreu, Zarah, em algum momento eles vão entender que vocês são pessoas completamente diferentes.

O meu amigo está falando dos líderes do nosso povo que organizam uma reunião com um grupo de pessoas, uma vez por mês. Sei que ali, além de todos se colocarem à disposição para ajudar uns aos outros, são também discutidos assuntos importantes sobre melhorias nas condições de vida e o que devemos fazer para sermos mais ouvidos pelos egípcios. Somente em algumas dessas reuniões, nas mais seletas, é que se organizam algumas revoltas. *Meu pai participava dessas reuniões mais seletas.*

Minhas bochechas queimam e minha garganta aperta com as lembranças. Afinal, como um patriarca respeitado por todos foi capaz de trair o próprio povo, passando informações para os capitães egípcios sobre fugas e revoltas, a fim de receber benefícios? Como?

Suspiro e me sento. Não queria falar sobre isso. Não no aniversário da morte dele. Mas também não aguento me sentir assim. David é a única pessoa em que confio, tirando minha mãe, e que sabe o que aconteceu, sabe como me sinto por não participar dessas reuniões, por não ajudar meu povo e, de certa maneira, tentar corrigir um pouco os erros do meu pai.

— Eu quero muito ajudar — afirmo para mim mesma.

— Eu sei. Deixa eu conversar com eles outra vez.

— As únicas pessoas que sabem o que meu pai fazia são os líderes que votam sobre quem participa ou não dessas reuniões.

— Eu sei, mas...

— Eles não estão errados em não querer que eu participe, não os julgo. Meu pai traiu as pessoas que confiavam nele para colocar carne e frutas na nossa mesa, alguns móveis dentro de casa, um posto de trabalho mais fácil para minha mãe.

David também se senta e me abraça de lado.

— Acho que ninguém pode julgar as escolhas do seu pai com tanta ferocidade. Quantas pessoas do nosso povo de certa maneira se vendem para conseguir uma vida um pouco melhor? Eu mesmo faço o possível para me relacionar bem com alguns soldados, você sabe.

Concordo e dividimos um momento de silêncio. Olho em direção a Mênfis, uma cidade tão iluminada e, pelo que me lembro, tão cheia de vida e cor.

O oposto das vielas estreitas de terra batida, escuras e cheias de pó vermelho, das casas sem cor de junco e madeira, da rusticidade e do tão pouco que temos dentro do bairro hebreu.

— Não sei se eu já te contei que, quando eu era pequena, meu pai me levou algumas vezes a Mênfis, na casa de um general egípcio, enquanto tratava de... — Aponto com o queixo para as luzes na margem oposta. — Na época, eu não sabia que eram negócios. Não entendia nada, só conseguia pensar que a casa era linda e que gostaria de morar em um lugar como aquele. Tinha um jardim com palmeiras e árvores cheias de frutas. Tinha também um lago que parecia o Nilo. Bem, eu achava que era do tamanho do Nilo. Talvez eu que fosse pequena demais.

Fecho os olhos, lembrando o cheiro das frutas e das flores. A brisa fresca da noite toca meu rosto.

— Não o critico por querer uma vida melhor. Se eu tivesse uma chance de escapar daqui, talvez fizesse a mesma coisa. Mas traição? Quantas revoltas nem começaram pelo que ele contava aos soldados, quantas pessoas foram prejudicadas?

— O seu pai amava vocês, Zarah. Tente pensar desse jeito, por mais que não concorde com as escolhas que ele fez.

Encosto a cabeça no ombro de David.

— E eu te amo.

— Eu também te amo.

— E, no fim — suspiro —, estamos falando sobre isso.

— Tudo o que você não queria hoje.

— É isso que acontece. Às vezes, quando percebo, já estou falando ou lembrando, ou pior: me sentindo fraca e me culpando por agradecer em silêncio o que ele fez, principalmente quando vejo minha mãe sofrendo de dor.

As mãos calejadas envolvem meu rosto.

— Você é a garota mais corajosa que conheço.

Os olhos dele grudam nos meus lábios. Estamos tão perto que nossa respiração se mistura. E, agora, estou encarando os lábios dele e me vejo outra vez dividida entre a vontade de que o toque se estenda e a vergonha do desejo. Viro o rosto, pouco à vontade.

— Mais corajosa eu não sei — brinco —, mas com a cabeça do tamanho da pirâmide tenho certeza.

David dá uma risada rouca.

— Quer treinar alguns golpes, cabeçuda?

— Você nunca mais ofereceu isso, não desde a última derrota vergonhosa que sofreu.

Diversão cruza os olhos dele.

— Vergonhosa?

— Uma derrota deplorável.

— Como posso me envergonhar de perder para a garota mais forte e esperta do Egito?

Então estamos rindo e nos divertindo outra vez, esquecidos de como, a poucos metros dali, a nossa realidade é tão diferente do mundo que criamos quando estamos juntos.

2

Meus braços doem. O suor desce pela barriga e pelas costas. O vestido de linho está grudado no corpo e, apesar de eu levar algum conforto para os homens que trabalham carregando e cortando pedras enormes embaixo do sol, é impossível não me sentir mal. Não apenas pelo calor excessivo ou pela poeira que densifica o ar, tornando-o quase palpável, não apenas pelo ardor dos olhos ou cansaço dos músculos que aumenta com o passar das horas carregando ânforas cheias de água nos ombros. Estou acostumada com isso. O que me incomoda é a maneira como me olham.

Eles.

Os homens.

Os soldados, mais precisamente.

Alguns dos malditos egípcios.

Eles me olham como se eu andasse sem roupa. Eles me analisam como se eu não estivesse coberta praticamente dos pés à cabeça.

Não gosto da forma como falam comigo, nem da maneira como assobiam indecências enquanto trabalho. Não gosto de me sentir desejada dessa maneira. Sei o que eles querem e entendo o que pode resultar disso. Conheço as histórias trancadas dentro desses muros: mulheres muito atraentes por aqui acabam casadas com alguém influente do meu povo, que pode lhe dar proteção ou... um arrepio desce por minha espinha.

A sua beleza é um presente de Deus, Zarah, mas pode ser uma maldição, se você não souber como honrá-la. Lembro-me das palavras do meu pai, repetidas tantas vezes depois que meu corpo mudou, depois que eu cresci. *Seus olhos azuis prometem a liberdade, mas também podem cegar quem só enxerga a superfície deles.*

Bufo, cansada.

Que liberdade? Há dezenove anos, o que meus olhos veem são corpos magros e bocas sedentas se contorcendo por um gole de água. Pessoas caírem doentes e serem praticamente forçadas a continuar erguendo a glória desse império. Meus olhos testemunham diariamente um mundo cinza, coberto pela poeira das pedras e erguido pela dor, miséria e sangue de um povo.

Meu povo.

— Bom dia — digo ao me aproximar de David.

Ele para o que está fazendo e me ajuda a tirar a ânfora do ombro, colocando-a no chão. Em seguida, sorri e revela dentes brancos e alinhados. Um sorriso livre, leve, como sei que é a alma do meu amigo.

Acompanho o movimento da mão na testa para limpar o suor, os músculos dos braços e do abdome se evidenciam. Ele está sem a bata, como sempre, quando trabalha ao ar livre, e com um pano enrolado na cabeça. A pele marrom-clara brilha e, ao ampliar o sorriso, pequenas linhas de expressão se aprofundam em torno dos olhos mais brilhantes que devem existir, e é como se o Nilo e as folhas das palmeiras ao mesmo tempo inundassem e refrescassem minha alma.

— Bom dia — ele replica e eu encho a concha de água.

Sem deixar de sorrir, ele bebe tudo em um gole. Encho-a outra vez, David volta a beber, absorvendo com a língua as gotículas que se acumulam no canto dos lábios. O calor castiga e sufoca ainda mais que o trabalho forçado, esse é o motivo da sede que não acaba.

Lembro que faz dois dias que nadamos e conversamos pela última vez. E, apesar de quando venho trazer água ele sempre me receber com um sorriso que destoa das ordens, dos murmúrios e lamentos ao redor, nesta manhã David simplesmente não para de sorrir ao me encarar. Nem parece que está cortando um bloco de pedra enorme. Nem parece que, a poucos passos daqui, um soldado vigia tudo em prontidão.

Eu o analiso, curiosa.

— A reunião foi boa?

O sorriso dele amplia.

— Foi melhor do que eu imaginava.

Eu também sorrio, levada pelo entusiasmo dele.

— O que aconteceu? Estou curiosa.

— E eu quero muito te contar, mas não aqui.

O sol me cega quando tento olhar ao redor, e os dedos longos e cheios de pó das pedras erguem meu queixo.

— Quero que você e sua mãe venham se reunir lá em casa daqui a três noites. — O sorriso se estende para os olhos. — E então te contarei tudo.

Discreto, acaricia meus dedos ao devolver a concha.

Abro a boca para dizer que estou feliz por ele, mesmo ainda sem saber o motivo.

— Zarah, filha de Avram — um soldado ruge ao nosso lado, e David solta minha mão.

Eu me viro e encontro um rosto conhecido. É um dos soldados de Narmer.

Ele prossegue, confirmando minha suspeita:

— O capitão Narmer deseja vê-la.

Meu estômago gela. David já não sorri. Volto a encarar o soldado.

— Não sou mais eu quem leva água para ele e...

— Você é surda, hebreia? — vocifera.

Busco David outra vez e ele aquiesce, me incentivando, antes de dizer baixinho:

— Deve ser algo sobre o seu pai, vá vê-lo e...

— Que bagunça é essa? — Outro soldado se aproxima e estala o chicote no ar, se dirigindo a David. — Volte ao trabalho.

Enfio a concha dentro da ânfora de barro, arrumo-a sobre o ombro e saio sem olhar para trás. Sem me deixar intimidar pelo medo que ainda encolhe meu estômago e molha minhas mãos de suor.

Narmer é o chefe da segurança dessa área de trabalho há dois anos. Ele era um dos egípcios com quem meu pai barganhava favores antes de morrer, com quem meu pai traía o próprio povo.

Há pouco mais de um mês pedi para Naomi, uma amiga, trocar de rota na entrega de água. Fiz isso para não ser obrigada a aturá-lo todos os dias. A maioria das mulheres que trabalham carregando água consideram um alívio abastecer a área coberta de tendas onde os soldados descansam. Mas, para mim, não. Prefiro mil vezes rodar as áreas abertas e levar conforto para o meu povo a encarar todos os dias a verdade escancarada do que o meu pai fez.

Além do mais, não confio em Narmer, não gosto da maneira como ele fala comigo. Como se... me conhecesse. Como se eu concordasse com as escolhas do meu pai, como se eu devesse algo para ele.

Suspiro devagar porque sei que não podemos perder nenhum benefício que os erros do meu pai nos concedeu: a casa um pouco melhor, alguns móveis, um colchão de palha, mas principalmente, mesmo se eu quisesse, não poderia dizer não a uma ordem. Não quando ainda dependemos da porção de comida extra que vez ou outra recebemos. Sei que tenho que me calar e fingir. Tenho que continuar fingindo.

— Lá vem Zarah, a mulher mais linda de todo o Egito — o capitão diz com riso na voz, quando me aproximo. Era como costumava me receber toda vez que eu trazia água para ele.

Finjo que não escuto, que não me importo e verto a ânfora para encher o jarro sobre a mesa.

— Não lhe chamei aqui por causa da água — diz sem rodeios, se levantando.

Meu pulso acelera e olho ao meu redor. A área onde Narmer trabalha fica em um aclive do terreno, e a tenda aberta possibilita uma visão quase total do local onde esculturas para um novo templo são erguidas. No ambiente, tudo segue igual: o ar seco e cheio de pó, os murmúrios distantes, o constante som das pedras em atrito. Mas Narmer está.. diferente. Continua atarracado e com a barriga enorme e usando a mesma peruca ridícula e com aspecto sujo. Os braceletes de ouro destacando sua posição brilham conforme ele se movimenta, e ainda me dá arrepios a maneira como me encara, porém.. Ele nunca se aproximou assim.

— Esperem do lado de fora — Aponta com o queixo para os soldados saírem da tenda — Só voltem se eu chamar.

Isso não é bom.

Meus músculos tencionam quando Narmer abaixa o tecido que cobre os meus cabelos e desfaz a trança que os prende, lentamente, gomo por gomo.

— Não encoste em mim — digo entredentes.

— Sabe — murmura próximo ao meu rosto —, fiz uma promessa ao meu antecessor, Paneb, e ao seu pai. Por causa dessa promessa, nunca deixei um de meus homens tocar em um fio dos seus cabelos. Mas a questão agora é que seu pai está morto e Paneb não serve mais nesta área.

Um gosto ruim invade minha boca e olho para trás, buscando uma saída. Pela abertura da tenda vejo que os soldados estão de costas para nós, mas em prontidão. *Estou encurralada.* Mesmo se eu quisesse ou precisasse sair correndo, não conseguiria.

— Por que você pediu para outra hebreia vir aqui no seu lugar sem a minha permissão? Você quer me deixar louco? — pergunta, na minha orelha.

— Eu disse para se afastar de mim.

Ele me segura com força.

— O que você quer para ficar à vontade comigo?

— Nada!

Eu aperto os dentes quando o hálito quente com cheiro de cerveja e os lábios finos tocam meu rosto. Perco o ar, minha visão turva, meu sangue ferve. Tudo o que treino com David há anos vem à minha mente:

Não soque com o polegar exposto.
Se um homem te encurralar, atinja-o na parte mais sensível.
Você pode vencer uma luta com alguém mais forte se o ferir no lugar certo.

Minhas mãos param nos ombros largos e ele sorri antevendo a vitória e se aproxima mais, com as pernas relaxadas e meio abertas. Sem pensar em nada, jogo o joelho para cima e o acerto bem no meio.

— Eu disse para não encostar em mim, seu porco!

Narmer se dobra grunhindo, espumando enquanto um urro rouco e profundo explode do peito dele:

— Guardas!

Sou cercada por cinco soldados.

O capitão geme:

— Segurem-na.

Eles vêm para cima de mim, um grito ecoa abafado quando acerto um deles entre as costelas com o cotovelo. Sou imobilizada pelos ombros, mas deixo um soco no rosto de outro e um chute em uma parte sensível de mais um corpo musculoso e agitado.

Eles são muitos e se recuperam rápido. Mesmo lutando com todas as minhas forças, sou imobilizada, mas continuo me jogando, chutando e mordendo quem consigo, até Narmer se levantar do chão onde estava grunhindo havia pouco, enrolado como um verme. Os lábios enrugados se curvam num sorriso irônico e raivoso.

— Brava e corajosa — E me estreita entre os braços afundando o nariz no meu pescoço. — Eu gosto de mulheres assim. A luta aumenta o prazer, sabe?

Tremo conforme as mãos ásperas passeiam livres sobre o meu corpo. Ele lambe meu pescoço e desfaz as voltas do tecido que me cobre. Meu estômago revira e grito tentando me afastar, atingi-lo com as pernas, empurrá-lo, mas é inútil, o colo se desprende me expondo.

Minha respiração acelera e meus olhos se enchem de lágrimas, escuto risadas e murmúrios indecentes atrás de mim.

Os soldados.

Narmer se afasta um pouco, os olhos cheios de malícia ao me analisar sem pressa; um nó aperta meu estômago. Tudo o que quero é me cobrir, sair daqui, desaparecer. Quando ele volta a se aproximar, tirando a própria roupa, cuspo no rosto anguloso, suado e nojento.

— Desgraçada! — grita antes de me atingir com força.

A dor me impede de perceber o que está acontecendo, e os soldados me imobilizam completamente.

Lamento que uma das concessões dadas a meu pai foi que eu aprendesse a língua dos egípcios. Quando um dos soldados que me segura sopra no meu ouvido, eu entendo perfeitamente:

— Quando ele se cansar de você, serei o próximo.

Em segundos, estou no chão. Mãos passeiam sobre meu corpo e rasgam o meu vestido. Continuo lutando da maneira que consigo. Engulo terra e, conforme me debato, sinto a pele frágil do rosto, do braço e das costas ceder, engulo também o sal das lágrimas misturado com um gosto metálico.

— Soltem a garota — uma voz ecoa entre as risadas e indecências. Entre a minha dor, a raiva, o nojo. Entre meus pensamentos misturados, confusos e com o medo.

Estou tonta, trêmula e não sei mais o que é real ou ilusão. *É como um pesadelo.* Narmer abre minhas pernas com os joelhos, não tenho mais forças para lutar.

— Ordenei que soltem a hebreia!

Por mais alguns segundos nada muda. Então o peso sobre o meu corpo desaparece. Narmer se levanta lentamente, como uma víbora se enrolando, antes de esbravejar:

— Quem ousa falar assim co... — E para.

— Soltem a garota — a mesma voz rouca e poderosa repete.

A voz de um anjo. *Tenho certeza.* Somente um anjo poderia impedir que a violência continuasse.

As mãos que me seguravam com pressão largam os meus braços.

E só o que consigo fazer é chorar e me encolher um pouco ao sentir que alguém tenta me cobrir, tenta me ajudar. Tremo e ainda choro quando o meu vestido volta para o lugar sobre os ombros. Não consigo abrir os olhos, eles estão cheios de terra e ardem tanto.

— Vamos, vou te levar para casa.

Braços firmes envolvem minhas costas e me ajudam a levantar. Meus joelhos fraquejam e instintivamente preciso me apoiar nele, no meu salvador. Envolvo seu pescoço e afundo o rosto no peito firme e, ainda sem conseguir falar, suspiro aliviada.

Meu anjo me consola:

— Shh... está tudo bem agora — Não resisto e desabo. Quando meus pés perdem o chão, sou erguida no colo.

Tenho certeza de que é um anjo. Talvez eu tenha morrido. Só isso explicaria tal coisa. Talvez ele esteja me levando para o céu.

Após um momento de silêncio, consigo limpar meus olhos e, finalmente, abri-los. O sol me cega um pouco, estou zonza e tão perdida que nem percebo todos ao redor pararem o que fazem e se dobrarem em reverência enquanto sou carregada até o que parece ser o lombo de um cavalo.

— Onde você mora? — pergunta ele, sem me encarar.

Não consigo responder porque, desde que voltei a perceber melhor as coisas ao redor, não fiz nada além de analisá-lo, entre impressionada e confusa.

Nunca olhei para um egípcio dessa maneira. Nunca vi um egípcio interceder por uma servente antes.

Meu salvador tem o maxilar marcante, nariz reto, boca larga e o par de olhos pretos mais profundos que já vi. É como se a íris fosse uma extensão do kajal que os delineia. A intensidade do olhar destaca os lábios cheios, e que agora, rijos, formam uma linha firme. Ele parece contrariado com algo. O pescoço é atravessado por duas veias grossas que pulsam, rápido, e isso o deixa com a aparência humana. A pele branca e bronzeada e a cabeça raspada brilham ao sol, dando a impressão de que ele é realmente um ser celestial.

— Por que você me ajudou? — questiono sem responder. Ele franze o cenho e eu me adianto: — Me desculpe.

É assim que devo agir, ele não é um anjo. Não estou no céu. Ele é um egípcio, e, pelas joias enormes em seu pescoço e braços e a pele de leopardo que cobre metade do seu torso, intuo que é alguém bastante influente e poderoso.

Alguém que está acima de Narmer.

Mas por que faria isso? Por que me ajudou desse jeito?

Os lábios se tornam mais rijos ainda, antes de ele falar com firmeza:

— Eu quero te levar para casa. Qual direção devo tomar?

— Eu moro próximo ao muro, pegue a viela mais à esquerda.

Ele aquiesce com um movimento seco e eu prossigo com a voz falha:

— Obrigada, muito obrigada pelo que o senhor fez por mim, não sei por que fez, mas serei para sempre grata — digo, em egípcio, e só então me dou conta de que ele fala em hebreu comigo.

— Você fala minha língua? — pergunta, surpreso.

Faço que sim com a cabeça. Também estou surpresa. Somente os soldados e capitães que trabalham nos bairros hebreus falam a nossa língua, e somente os patriarcas ou pessoas do meu povo que conquistam alguma liberdade e cargos mais elevados falam egípcio.

— Meu pai me ensinou — respondo no idioma dele.

Percebo, pelo cenho franzido se suavizando, que ele entende sem que eu precise explicar. Deve saber que alguns hebreus se vendem para conseguir privilégios. As minhas bochechas esquentam de vergonha e viro o rosto, mas, ao fazer isso, fricciono a pele arranhada contra o couro do animal no peito dele e acabo gemendo de dor.

Sem aviso, ele para o cavalo junto ao muro e, ainda sem nada dizer, segura meu queixo entre o polegar e o indicador e o levanta com cuidado e atenção.

— Está muito ferida?

— Eu... — Estou na verdade muito abalada com tudo o que aconteceu e ainda está acontecendo, mal consigo respirar.

— Seu rosto está todo coberto de terra, é preciso limpar para vermos melhor — dizendo isso, ele se movimenta e, pouco depois, molha um pedaço de tecido no cantil preso junto à sela e me entrega o pano úmido.

— Você quer limpar? Conheço um pouco de medicina, posso te ajudar.

Aceito o pano e limpo o rosto com cuidado.

— Obrigada — digo baixinho, encarando-o.

— Agora deve doer.

E aperta com cuidado as áreas mais feridas, intercalando os movimentos com palavras de conforto.

— Foram só alguns arranhões e um inchaço embaixo do olho, alguns vergões no braço e... — Ele para.

Os olhos escuros como duas tâmaras se arregalam, e posso jurar que o rosto perde um ou dois tons, antes de ele dizer em um misto de surpresa e incredulidade:

— A marca da lótus. *Não pode ser.*

Apesar da confusão que sinto, sei em parte ao que se refere. Tenho uma marca de nascença no rosto, próximo à orelha direita, é o desenho perfeito de uma flor de lótus do tamanho da gema do meu polegar. Minha mãe sempre diz que é uma benção, um sinal dos céus, um sinal de que serei afortunada e sobreviverei com beleza e sorte, mesmo nas condições mais adversas.

Engulo em seco, um pouco sem graça, antes de responder:

— É um sinal de nascença.

— Os olhos azuis como gotas do Nilo e a lótus — arqueja — Por Amon! — diz para si mesmo. — Por todos os deuses do Egito! — E murmura uma prece.

Uma prece de agradecimento e, então, o cenho se franze e ele olha para cima.

— Por que agora, Amon, por que desse jeito? Isso é um teste?

— O quê? — pergunto, nervosa, enquanto ele parece estar dividido entre a euforia, a inconformidade e a surpresa.

— Os deuses às vezes jogam conosco.

— Desculpe, eu-eu não entendo.

— Também não. Eu te procurei tanto. Cheguei a pensar que você não existia.

Continuo sem entender nada quando uma curva mais acentuada faz a lateral do meu corpo colar no peito masculino. Para alcançar as rédeas, os braços firmes envolvem minha cintura. Sei que a proximidade é natural pelo modo como montamos, mas sentir o calor dele, a maneira como nossos corpos se encaixam e o conforto que isso traz é tão bom. *Não quero que ele se afaste.*

Isso é errado, devo estar apavorada, confusa, afetada com tudo o que acabou de acontecer. Ele é um egípcio importante e um dos culpados por meu povo viver nesta situação. Meu coração bate rápido e não consigo respirar.

— Obrigado, *Amon*, obrigado — murmura em egípcio.

— O que você quer dizer com isso? — insisto.

Viro o pescoço e voltamos a nos encarar.

— Você não se lembra, não é mesmo?

Faço que não com a cabeça.

Devagar, o cavalo é colocado para andar outra vez.

— Você vai entender. Por ora, quero que saiba que o nosso encontro... — Suspira, como se precisasse pensar antes de falar: — Eu não quero te assustar, apenas saiba que, por mais improvável que pareça, nosso encontro é muito importante para mim.

Nosso encontro é muito importante para mim?

— Vire à esquerda — consigo sinalizar com a voz falha, mal me reconhecendo. Os arranhões dos braços queimam, meu rosto lateja, mesmo assim, não queria ter chegado em casa... Devo estar louca. *Ele é um líder do povo que eu odeio!*

Os passos lentos do animal diminuem conforme nos aproximamos do fim da enorme e estreita viela, repleta de barracos e casas que amontoam gente. *Minha gente.*

— É aqui — aponto para o lado esquerdo.

O cavalo para e permanecemos por um tempo meio abraçados, antes de ele pedir com a voz rouca:

— Olhe para mim.

O cenho dele se crispa e o olhar estreita e um ar que eu só posso julgar ser de raiva domina sua expressão.

— Narmer, ele... eu.... cheguei a tempo? Ele fez isso outras vezes?

— Narmer nunca fez isso antes e... — Umedeço os lábios entendendo a pergunta: — Sim, você chegou a tempo.

Os músculos poderosos dos braços e torso relaxam conforme ele solta uma exalação profunda.

— Que bom. Venha, vou te ajudar a descer.

Dizendo isso, ele desmonta e me puxa para baixo quase ao mesmo tempo, como se eu não pesasse nada. Ele faz com que eu me sinta pequena, mas de um jeito bom. É estranho e reconfortante. Uma vez no chão e de frente um para o outro, as mãos dele emolduram meu rosto:

— Posso?

Concordo, incapaz de negar. Não sei o que está acontecendo comigo, não sei ao que ele se refere, mas não quero negar.

Então, os lábios macios como uma pluma param em cima da marca da lótus. Eu estremeço mais uma vez e arfo baixinho, sentindo as pernas amolecerem.
— Você está com dor?
Nego. Não quero parecer ainda mais frágil do que me sinto.
Orgulho? Um pouco de razão? Medo?
Não sei.
Contraio os ombros.
Ele volta a inspirar devagar e depois sussurra:
— Flor de lótus, não tenha medo, jamais lhe farei mal.
Flor de lótus?
Nós nos encaramos por um tempo. Somente nossa respiração alterada quebra o silêncio das vielas. A essa hora, quase todos estão fora de casa, trabalhando. E isso me faz lembrar de... *Mas que porcaria.*
— Eu tenho que voltar ao trabalho, preciso da minha porção de alimento de hoje e minha mãe precisa de mim.
— Você não precisa mais se preocupar com nada, entendeu? Hoje mesmo vou mandar algumas coisas para você e para sua mãe. — O cenho dele franze. — Alguém mais na família?
Faço uma negação confusa enquanto os lábios generosos e bem desenhados se curvam em um sorriso satisfeito.
— Muito bem — prossegue —, vou enviar alimentos e remédios para que você se cuide. Amanhã durante o dia venho te ver.
— Vou trabalhar, amanhã — digo, mais decidida, o peso da realidade se abatendo sobre mim.
— Eu quero cuidar de você.
Começo a negar.
— Não diga nada agora, entre em casa e descanse. Deixe-me cuidar de tudo até você se recuperar, *lótus*. Tudo vai ficar bem.
Meus olhos pesam, estou cansada e dolorida, o que mais quero é entrar em casa e deixar alguém cuidar de mim. Então aquiesço, tentando acreditar que tudo vai ficar bem, assim como ele acabara de prometer.
— Tudo vai ficar bem — repito baixinho ao abrir a porta.
Meus olhos pesam, meu corpo dói.
Escuto os sons do galope do cavalo se distanciando.
— Tudo vai ficar bem — murmuro outra vez e passo as mãos nos olhos.

Alguém bate à porta.

— Zarah? — é uma voz feminina que chama.

Volto a cruzar o cômodo pequeno, me esforçando para não gemer de dor, e abro a porta.

— Oi, Naomi — solto um cumprimento fraco, tudo que não queria era ter que explicar para alguém o que aconteceu.

Só quero me deitar e ficar sozinha.

— Por Deus, mas o que aconteceu?

Fico quieta, encarando-a em silêncio, apesar de saber que provavelmente a preocupação dela é autêntica — conheço Naomi desde que era criança. Eu, ela e David éramos um trio inseparável, mas nos afastamos muito nos últimos anos. Além disso, ela não deveria estar trabalhando?

— Vim abastecer os jarros e vi quando você entrou em casa.

Reparo nas ânforas de água cheias ao seu lado, sei que um dos poços de abastecimento é aqui perto. Suspiro conformada, já que terei que dar alguma explicação.

— Caí enquanto levava água para a pedreira norte, você sabe como o terreno lá é íngreme.

Ela franze um pouco o cenho.

— Precisa de ajuda?

— Não — minto, meu corpo inteiro está doendo. — Pode voltar ao trabalho, não se preocupe.

Ela faz menção de pegar as ânforas, mas para antes e me encara com um riso contido no canto dos lábios.

— Quem era o egípcio que te trouxe em casa? Alguém rico e influente como o rio Nilo, com certeza.

Arregalo um pouco os olhos porque, apesar de saber que a preocupação dela é verdadeira, essa última pergunta é apenas por curiosidade.

— Desculpe — ela se justifica —, é que eu estava passando no exato momento e vi o jeito que ele te olhava.

— Ele estava por perto quando caí e me ajudou, não foi nada de mais — minto outra vez.

Naomi olha para as próprias mãos, parecendo sem graça.

— O que estou querendo dizer é... bom, você se lembra da Raquel?

Concordo. Raquel deixou de morar aqui faz um ano. Algumas pessoas falam que ela fugiu; outras, que se casou com um soldado egípcio.

— Há duas semanas fui ajudar a servir na casa de um sacerdote de Hórus aqui próximo e encontrei uma prima dela.

— E a Raquel está bem? — pergunto, a curiosidade vencendo um pouco a minha vontade de deitar.

— Ela tirou a família inteira dos bairros hebreus. Dizem que ela trabalha em um harém que serve aos nobres egípcios, que tem uma casa enorme em Tebas e que é rica. Tudo isso porque um soldado a percebeu. Mas esse homem que te ajudou, pelas roupas, pelo cavalo, pelos guardas que o seguiam, é com certeza alguém capaz de enriquecer nossa vila inteira.

Suspiro, mordendo o lábio para não protestar de dor.

— Acho que jamais me deitaria com um homem por benefícios. Ainda mais sendo um egípcio.

Ela encolhe os ombros, lançando um olhar para as ânforas.

— Melhor do que morrer de dor por carregar esses jarros o dia inteiro. Aqui ainda estamos servindo aos egípcios, só que sem ter nenhum prazer e sem receber nada em troca.

— Pode ser que você tenha razão. Mas me deitar com alguém, sem estar casada? — Suspiro. — Acho que não nasci para isso.

Ela abre as mãos no ar e é minha vez de lançar um olhar demorado sobre as ânforas. Só quero que ela se vá para que eu possa descansar. *Esquecer tudo isso.*

— Quer que eu avise o David que você se machucou?

— Não! — nego mais enfática do que gostaria.

Naomi arregala um pouco os olhos.

Não quero que David saiba disso, não quero que ele imagine o que quase aconteceu.

— Quer dizer — disfarço —, logo mais ele volta do turno de trabalho e eu mesma conto para ele.

— Está bem, se cuide.

Respiro aliviada ao vê-la se afastar. Fecho a porta, cruzo o cômodo em três passos e abro a cortina que isola o colchão. Então me deito tremendo, um pouco por conta da dor e um pouco por nervoso.

Alguém capaz de enriquecer nossa vila inteira.

Toco na marca de nascença, a lótus, na junção do pescoço com a orelha, o ponto que ele beijou há pouco. Fecho os olhos, incapaz de mantê-los abertos por mais um segundo, e, em meio à névoa da inconsciência que quer me levar para longe, escuto:

Minha lótus.

3

— *P*elo amor de Deus, o que aconteceu?

Acordo e quero voltar a dormir, meu corpo inteiro dói. Imagino que minha aparência não esteja muito melhor que o incômodo que sinto. Minha boca está seca e os lábios rachados, meus olhos ardem e é difícil mantê-los abertos. Faço um esforço, a fim de não demonstrar como estou machucada.

— Está tudo bem, mamãe — digo, me sentando sobre o colchão e disfarço uma careta de dor enquanto passo as mãos no cabelo.

Observo a mulher de trinta e cinco anos, agachada junto a mim. Ela ajeita, nervosa, os cabelos fartos que já foram castanhos como os meus, mas hoje se mesclam com mechas de um cinza desbotado. Marcas profundas em volta dos olhos e da boca a fazem parecer bem mais velha do que realmente é.

Culpa de anos de trabalho sob o sol forte. Anos trabalhando mais do que qualquer pessoa deveria e comendo menos do que o corpo necessita. Hoje ela não carrega mais água, ela não corta mais pedras. Hoje, graças ao meu pai, ela ajuda a cerzir as roupas que nos vestem. Mesmo assim, as costas curvadas, os olhos turvos e as mãos quase sempre trêmulas são a prova de que, apesar de não se esforçar mais tanto, minha mãe não está bem. As dores acumuladas durante anos não lhe dão descanso.

Toda vez que chego em casa e a encontro deitada ou resmungando baixinho de dor, tenho vontade de gritar, de me rebelar contra o mundo. Sinto vontade de questionar a Deus. Na verdade, eu o questiono. O meu Deus de Avram. O Deus que ela ama e segue. O Deus que ela me ensinou a amar e respeitar, a temer e agradecer. E, quando eu o questiono e duvido da minha fé, é o momento em que mais os odeio. A esse povo que nos castiga.

Um par de olhos pretos e brilhantes invade meu pensamento e eu me levanto, ignorando o frio que envolve meu estômago e o ardor dos arranhões.

Os dedos incertos e gelados da minha mãe tocam o meu rosto.

— Me conte, você está bem? Narmer fez alguma coisa?

Seguro a mão dela entre as minhas.

— Está tudo bem, mãe, apenas um pouco machucada. Mas fui ajudada, acho que deve ser alguém importante e ele... — Paro ao me dar conta — Como você sabe que foi Narmer?

— David está aí fora, veio para te ver. Está preocupado e me contou que Narmer te chamou. Disse também que você não foi à tarde levar água.

— Diga a David que estou bem — emendo, aflita —, se souber o que quase aconteceu, ele é capaz de fazer uma loucura e...

— Estou aqui. — A voz grave do meu amigo ressoa pelo ambiente pequeno. — Eu vou matá-lo com minhas próprias mãos. Vou reunir alguns homens e vamos...

— Pelo amor de Deus, não! — imploro, tentando segurá-lo pela túnica grossa.

Mas David continua a se afastar, decidido.

— Você vai ser morto! — protesto. — É isso que você quer? Acabar com a minha vida e com a vida dos seus pais?

David segura o meu rosto antes de dizer, ofegante:

— Zarah, como vou olhar para você e não me culpar por não ter feito nada?

Meus lábios tremem e mordo o inferior, tentando me acalmar:

— Nada aconteceu além de uns arranhões, eu fui ajudada, entende?

David pisca, confuso, e eu emendo, tentando acalmá-lo:

— Se vocês tentarem fazer algo, é claro que os soldados saberão que é uma retaliação pelo que Narmer fez, e é claro-claro que vão fazer mal à sua família, a mim e à minha mãe, mesmo que você tenha sucesso no seu plano.

Sei que falar isso pode ser a única forma de dissuadi-lo dessa ideia louca de fazer justiça com as próprias mãos.

David passa as mãos nos cabelos, agitado, e me lembro do garoto que costumava brincar comigo até o anoitecer às margens do rio. Quando alguma criança me provocava ou zombava da nossa amizade, dizendo que éramos um casal ou, ao contrário, que eu jamais me casaria com um magricela como ele, David se irritava e, antes de correr atrás de quem havia provocado, sempre passava as mãos nos cabelos desse mesmo jeito. Sei que ele só faz isso quando está tentando controlar os próprios nervos. Sei também que está a ponto de explodir, por isso tento mudar o humor.

— Além disso, bati em alguns soldados e no capitão Narmer.

As sobrancelhas grossas formam um arco na testa dele.

— Bateu?

Eu me forço a sorrir, quero passar a impressão de que o acontecido não foi grave.

— Se eles não fossem tantos, eu teria escapado sem ajuda, graças ao que treinamos juntos.

David me analisa com os olhos entrecerrados.

— Quem te ajudou?

— Eu não sei. Não o conheço.

— Filha — minha mãe diz me oferecendo um pano molhado —, coloque sobre o olho machucado, ajuda a conter a dor. David — ela se vira e o encara —, escute a Zarah e vá para casa, deixe a justiça a cargo de Deus, entendeu?

— Isso mesmo — afirmo, apertando a mão dele de leve.

David me encara por um tempo em silêncio antes de concordar, se despedir meio contrariado e murmurar fechando a porta:

— Venho ver como você está antes de ir para o trabalho.

E blasfema. Tenho certeza de que ele blasfema ao sair para a rua.

Estou sentada no chão com o pano que minha mãe umedeceu em cima dos olhos, tentando esquecer como todo o meu corpo dói.

Três batidas firmes na porta chamam nossa atenção. Tiro o tecido dos olhos.

Assim que minha mãe abre a porta, observo, surpresa, uma mulher esguia, pele branca e ricamente vestida, com os trajes típicos da alta classe do Egito, entrar sem pedir licença. Somente quando está no meio do cômodo se dirige à minha mãe, sem olhar para mim:

— Aqui é a casa da filha de Avram e Miriam?

— Sim — minha mãe concorda, o cenho franzido.

— Muito bem. — Ela a analisa, antes de colocar uma cesta em cima da mesa — Fiquei sabendo que você fala nossa língua, isso facilita as coisas. Aqui estão os unguentos para os seus machucados e a comida que fui instruída a trazer e...

Sem esperar ela concluir, me levanto a fim de desfazer a confusão:

— Eu sou a filha de Avram e me chamo Zarah. Acho que o remédio é para mim.

Ela se vira em minha direção, deixando os olhos correrem em uma lenta investigação sobre meu corpo, até se fixar em meu rosto. Um sorriso forçado desponta nos lábios cheios:

— É claro que você é — E prossegue, me encarando num silêncio constrangedor.

Sei que ela deve trabalhar para o homem poderoso que me ajudou pela manhã e está aqui, provavelmente, cumprindo ordens, mas isso não diminui a tensão que paira no ar. Ela franze um pouco os lábios, e seu semblante assume um ar desdenhoso e pensativo.

Assim como todos os egípcios, essa mulher deve se considerar importante demais, inteligente e superior demais para perder tempo com simples serventes. Parece que passou a vida estudando, fazendo e aprendendo tudo o que teve vontade, sem ser forçada ou obrigada a aprender que nem tudo se consegue simplesmente por querer. Ela me encara e eu devolvo o olhar com igual rebeldia.

— Aham — minha mãe pigarreia, abrindo a cesta —, você gostaria de dividir um pouco do que trouxe conosco e nos acompanhar à mesa? Oh, meu Deus — exclama, tapando a boca, visivelmente surpresa —, são frutas, leite e carne!

E retira da cesta alguns figos, um pedaço generoso de carne assada, leite de cabra, pães e tâmaras.

Tâmaras da cor dos olhos dele. Já a egípcia não tira os olhos de cima de mim.

— Com certeza, por que não? Será uma boa oportunidade de nos conhecermos melhor. Eu me chamo Tamit, aliás.

— Eu sou Miriam — minha mãe se apresenta, colocando as coisas sobre a mesa antes de devolver uma mecha grisalha para trás da orelha — Vamos, sentem-se. Parece que as tristezas do dia estão sendo compensadas por Deus com essa fartura em nossa mesa.

Eu me seguro para não dizer que o nosso Deus não tem nada a ver com essa fartura, e sim os deuses deles. Mais precisamente... dele. Um arrepio percorre meu pescoço quando me recordo da maneira como o egípcio falou comigo, me tocou, me deixou meio entorpecida. Mas, afinal, quem é ele?

Suspiro ao me sentar, tomando cuidado para não forçar nenhuma das áreas mais doloridas. Esse jantar será uma boa oportunidade para descobrir, tentar entender.

— Agradecemos a Deus por esse alimento e por todo o ensinamento do dia de hoje.

Pela primeira vez na vida, acho, não acompanho minha mãe na oração. Estou encarando Tamit, que me devolve o olhar com as sobrancelhas arqueadas e um sorriso contido e indecifrável no canto dos lábios. Um riso preso e forçado que parece amarrado com uma linha invisível. Quando minha mãe nos serve, Tamit quebra o silêncio:

— Agora eu entendi tudo.

Meus olhos arregalam um pouco antes de eu perguntar:

— Entendeu o quê?

— Porque ele está fazendo isso.

— Bem — minha mãe se interpõe antes de levar um pedaço de carne à boca —, fiquei tão emocionada com toda essa fartura que me esqueci de perguntar quem está nos proporcionando tudo isso e por quê?

— É o homem que me ajudou, hoje mais cedo. — Franzo um pouco o cenho. — Mas, afinal, quem é ele?

Tamit dá uma risada incrédula e me encara como se eu não valesse mais do que o pedaço de pão em cima da mesa, por não saber quem é o egípcio que me salvou.

— Ramose é primo do faraó, é um importante comandante e conselheiro real. Para além das funções no Estado, é também um sacerdote na ordem de Amon. E, muito em breve, será um alto comandante e primeiro conselheiro. O fato é, Zarah, que quem te proporciona este jantar é um dos homens mais poderosos do Egito, abaixo de poucos e, claro, do grande Hórus e de seus filhos, os príncipes.

Minhas mãos ficam molhadas de suor sobre a mesa e tento disfarçar o nervosismo, quando as palavras dele voltam à minha mente: *Nosso encontro é muito importante para mim.*

O que um dos homens mais poderosos do Egito quer comigo? *Meu Deus!*

Observo minha mãe, que me fita com olhos enormes e expressão de espanto.

Um pouco atordoada, escuto enquanto Tamit prossegue:

— Para o grande Hórus, é importante que um sacerdote de Amon esteja ao seu lado a fim de... — Ela para e revira os olhos como se não valesse o esforço de tentar me explicar: — Ramose já é um dos homens mais influentes do reino e, em breve, terá a confirmação da vontade dos deuses sobre seu destino.

Minha garganta aperta, respiro fundo e somente depois falo:

— Você me encarava há pouco e disse ter entendido tudo, o porquê de ele estar... bem, o porquê de ele ter me ajudado e de estar fazendo tudo isso. O comandante costuma ajudar o meu povo?

Tamit cruza as mãos sobre a mesa de maneira relaxada:

— Em mais de dez anos que eu o sirvo, nunca o vi fazer isso. Mas, como disse, depois que eu te vi, tudo se explicou. Você é mesmo uma jovem muito atraente.

— Existem outras jovens chamativas, jovens egípcias.

Tamit estica a coluna e me encara como se finalmente concordasse comigo.

— Vou ser sincera Zarah, Ramose é o homem mais obstinado que conheço. Ele tem apenas vinte e seis anos, mas sempre soube aonde queria chegar, e normalmente escolhe suas amantes levando em conta a posição dele na corte e o cargo que sonha um dia ocupar. Ramose não me contou a intenção dele com você, mas ao te conhecer imagino que tenha se sentido atraído.

Arregalo os olhos e Tamit prossegue, com uma tranquilidade imparcial:

— Há alguns anos o comandante confia em mim para tratar dos assuntos de ordem mais íntima. E, se for mesmo isso, imagino que você deva se sentir uma mulher de muita sorte.

Comprovo que talvez ele não seja diferente de qualquer egípcio, como cheguei a pensar mais cedo — enxerga somente a superfície das coisas, das pessoas, tratando um hebreu como objeto.

— Mulher de sorte?

— Não me entenda mal — responde Tamit —, não é de estranhar que tantas mulheres desejem chamar a atenção de um homem na posição de Ramose, eu não te culpo, querida.

— O que você ou ele pensam que eu quero ser?

A mão da minha mãe cobre a minha, apertando-a de leve. É um alerta: devo ter cuidado com as palavras.

Tamit ri sem achar graça.

— Tenho que admitir, Zarah, você talvez seja a mais bela e, com certeza, a mais intrigante de todas as mulheres que já conheci e com as quais ele se relacionou.

— Não sou uma mulher com quem ele se relacionou — afirmo entredentes.

Minha mãe deve imaginar que estou a um passo de perder a cabeça e de falar mais do que devo, por isso tenta mudar o assunto:

— Quanto tempo de Mênfis até aqui?

Não espero pela resposta e me levanto abruptamente:

— Me desculpe, tive um dia um pouco difícil, como você deve imaginar. E devo seguir as ordens do comandante do Egito, ele pediu, ou melhor, *ordenou* que eu descansasse.

— Eu já estava mesmo de saída — a mulher diz e se levanta do chão. — Creio que teremos outras oportunidades para nos conhecermos melhor.

Pouco depois de Tamit sair, minha mãe ajuda a besuntar todos os meus machucados com a pasta verde-escura e com cheiro ardido que ele enviou. Sinto um alívio imediato na dor.

— Filha, você quer conversar sobre isso? — Ela coça a testa, preocupada — Esse egípcio que te ajudou hoje, ele é um nobre, meu Deus, o que será que ele quer com você?

Respiro devagar antes de responder:

— Não sei, mamãe, e tenho certeza de que não quero pensar muito sobre isso agora.

— Está certa, você deve descansar, amanhã conversamos melhor.

Deito, com as palavras de Tamit dando voltas em minha cabeça: mulher de sorte, comandante, atraído...

Fecho os olhos com o pulso acelerado: *Meu Deus, por favor me livre daquilo que não é para mim.* E, com essa prece em mente, consigo adormecer.

Tamit

Por Mut, deusa suprema e esposa de Amon! Ramose deseja uma hebreia como amante?!

Apesar de não ter deixado claro o que queria com a garota, depois de conhecê-la, tive certeza. Só pode ser isso.

Lembro-me dos olhos azuis tão incomuns, dos cabelos que se confundem num tom escuro com mechas mais claras. Brilhantes como os pelos do deus Seti, o deus da guerra e do caos. Será que é isso que essa servente trará para a vida dele: caos?

Tenho de admitir que a garota é realmente muito — meu maxilar trava —, ela é realmente muito bonita.

O que é isso?

Estou com inveja da beleza de uma hebreia? *Pela deusa, não!*

Não é isso. Sei que sou considerada uma mulher atraente, meus cabelos são fartos e pretos, minha pele é constantemente depilada e banhada com óleos e cremes, tenho seios generosos e costumo chamar a atenção de muitos homens. Mas não a dele, nunca a dele, e esse é todo o problema.

Apresso o passo, a essa hora da noite, as ruas aqui no meu bairro ficam mais escuras e vazias.

Entro em casa e, com expressão tensa, meu pai me informa que Ramose mandou dois mensageiros à minha procura enquanto estive fora. E, pelo que entendi, o segundo deles me espera junto à entrada do palácio com a seguinte ordem: se eu não aparecer no gabinete de Ramose o mais rápido possível, ele mandará uma tropa atrás de mim.

Isso é o suficiente para eu ter certeza de que algo grave aconteceu. Algo muito grave.

Corro e encontro o mensageiro ainda no caminho. Entro no palácio, parando apenas para me identificar.

Algo aconteceu.

Talvez não seja nada de ruim, *não deve ser nada de ruim. Mut, não deixe ser nada de ruim* — peço, enquanto cruzo as câmaras enormes em passadas largas. Talvez o comandante-chefe tenha finalmente descansado.

Ou... talvez, uma guerra tenha eclodido, uma rebelião.

Desesperada, passo pelo jardim que dá acesso ao gabinete e entro esbaforida, sem me preocupar em anunciar minha presença.

Ramose anda de um lado a outro da sala iluminada apenas pela luz das tochas.

Comprovo, tentando acalmar a respiração, que fisicamente, ao menos, ele parece bem. Levo a mão ao coração, recuperando um pouco mais o ar enquanto o analiso: ele usa um traje informal, saiote, preso pelo cinto de ouro e pedras. Está sem o colar, sem os braceletes e sem os adornos na cabeça, e também não usa anéis nem as sandálias. Meu pulso acelera toda vez que o vejo assim, sem as armaduras mais pesadas ou sem as joias. Quando ele fica mais à vontade, parece mais humano, mais alcançável, mais real, mais *meu...*

— Finalmente! — exclama ao me ver parada junto à porta — Como ela está?

Pisco lentamente, sem entender.

— Desculpe, senhor, quem?

Um sorriso forçado delineia os lábios cheios.

— A garota que você foi ver, Tamit, quem mais?

Fecho os olhos, aborrecida, e mordo a bochecha por dentro para não gritar. Nunca corri tanto na vida. Cheguei a pensar que ele estivesse passando mal. Cheguei a...

— E então?

Engulo a raiva e a vontade de bater nele.

— Não me faça repetir a pergunta — Ramose fala com a voz um pouco mais alta

— Sim, senhor, desculpe, a garota, é claro. — Meu coração encolhe. — Ela pareceu bem. Zarah é uma bela moça.

— Zarah — diz para si mesmo, parecendo testar o som, saboreá-lo. — Então esse é o nome dela — conclui em voz baixa, mas eu escuto e tenho vontade de gritar outra vez.

— Sim, senhor — respondo, com uma fingida imparcialidade.

— Por que demorou tanto?

— Porque ela me convidou para jantar e, você sabe — imprimo um tom descontraído, apesar da irritação —, eu não moro colada nos muros do bairro hebreu.

Ele faz um silêncio pensativo antes de prosseguir:

— E?

— Perdão, senhor, e o quê?

— Por Amon, o que te deu hoje? — Estreita os olhos. — E...?! Sobre o que conversaram e o que ela falou?

Cada palavra dele corta meu coração. *Rá poderoso, por que tanto interesse?* Será que minha intuição sobre essa servente é real? Será que com ela Ramose encontrará algo além de diversão rápida? Não, isso não é possível. Ela é somente uma servente, ele não percebe? Um homem na posição dele deveria se deitar somente com mulheres instruídas, preparadas para serem amantes de um sacerdote de Amon, de um comandante, de um parente do grande Hórus. *Não!* Nego internamente com força. Pensar nisso é ridículo.

— Estou esperando, Tamit. — Ramose se senta na poltrona dourada, junto a uma espreguiçadeira coberta por um tecido azul.

— O quê, senhor?

As narinas dele se expandem conforme inspira devagar.

— Está mesmo disposta a me tirar do sério? A resposta, o que mais eu poderia estar esperando, o faraó?!

— Desculpe. Ela pediu para te agradecer e depois conversamos sobre coisas sem importância, sobre o calor que tem feito e sobre as coisas que o senhor enviou.

— E nada mais? Nenhuma outra pergunta?

— Receio que não, senhor.

Omito que Zarah quis saber sobre ele. Sei que é isso que Ramose espera. Quero atingi-lo de alguma maneira. Para minha falsa satisfação, a expressão dele muda de sincera expectativa para autêntica frustração.

— Ela não perguntou nem ao menos o meu nome?
— Mas que diferença isso há de fazer na sua noite — digo rápida —, afinal ela é apenas...
— Boa noite, Tamit — me interrompe. — Isso é tudo, você pode ir.

Durante alguns instantes eu o observo levar as mãos até os olhos e os esfregar com força, parecendo cansado, muito mais frustrado do que me lembro de já ter visto algum dia. *Droga! Mas o que está acontecendo?*

Faço menção de sair, porém, antes de alcançar as colunas que ladeiam a porta, Narmer invade o gabinete, enfurecido.

O capitão ignora minha presença ao se dirigir a Ramose, falando sem nem ao menos cumprimentá-lo:

— O que deu em você para se intrometer em meus assuntos pessoais e me humilhar na frente dos meus homens?

Sei por que Narmer tem coragem de usar esse tom com Ramose. Anos atrás, quando o capitão morava na Núbia, a famosa terra do ouro, ele insuflou uma pequena rebelião nas minas contra as tropas egípcias, seguindo ordens de Ramose. A intenção de Ramose era de alertar o faraó com antecedência sobre a revolta e, assim, suprimi-la com eficácia.

O que Narmer nunca soube e nunca saberá era o que estava por trás do interesse de Ramose na Núbia: ganhar ainda mais a confiança do faraó Sethi e se aproximar da posição de comandante, um passo a mais para um dia se tornar vizir. Esse é o nosso sonho. O sonho de Ramose desde que o conheço: alcançar o cargo de maior poder administrativo e político, abaixo apenas do faraó. Foi para isso que trabalhamos a vida inteira.

— E então?

Narmer repete, o que chama a minha atenção para o gabinete outra vez.

— Por que me humilhou na frente de uma hebreia?

Ramose afasta as mãos do rosto antes de ordenar com uma calma forçada:

— Abaixe o tom.

O capitão arruma a peruca que escorrega meio torta na cabeça e controla a voz:

— Ela me bateu, machucou o rosto de dois soldados e deixou outro com o braço fora do lugar. Me fale que moral vou ter quando essa garota voltar a me encontrar?

Percebo o canto dos lábios de Ramose subirem numa satisfação disfarçada, antes de os olhos escuros se estreitarem, brilhando de um jeito predatório.

— Não vejo de que outra forma ela agiria. Você estava sendo tão gentil com a jovem, não é? Quem deveria te dar uma surra sou eu e dez soldados, e não uma garota sozinha e encurralada. O que acha? Aí então voltaremos a conversar sobre moral.

Narmer arfa confuso diante do veneno, da ironia e da raiva que Ramose imprime nas palavras.

— Eu não ia... quer dizer, eu estava disposto a recompensá-la, não queria machucá-la, mas aquela selvagem me deixou sem saída. O que eu poderia fazer?

Ramose passa os dedos no canto dos lábios com certa imparcialidade e se levanta com um papiro na mão, estendendo-o para Narmer.

— Pegue. Está aí, acabei de regularizar a sua transferência e promoção como encarregado geral da guarda egípcia na Núbia.

Narmer esboça um sorriso de satisfação. Sei que esse é o cargo que ele pleiteava desde que chegou aqui, dois anos atrás. O capitão pega o papiro, sorrindo, antes de dizer:

— Eu agradeço, mas isso não apaga a minha humilhação como homem, aquela servente, ela...

— Narmer, seja inteligente, esqueça o que aconteceu.

Ramose faz uma pausa longa e aperta as mãos nas laterais do corpo, como se transparecesse calma, mas eu o conheço, está muito longe disso. Sei, pela maneira como ele se movimenta e pelo tom de voz, que está a ponto de esmurrar o capitão.

Escuto-o prosseguir:

— Pegue a sua promoção e vá embora, sem me causar mais aborrecimentos. Fui claro?

— Está bem. — Narmer prende o papiro no cinto e arruma outra vez a peruca que insiste em escorregar. — Vou esquecer isso em nome da nossa parceria, mas, se posso te dar um conselho, fuja daqueles olhos azuis. Eles enfeitiçam.

Ramose apenas sorri, consentindo, e sai, seguido por Narmer, que não se despede.

Após o eco dos passos sumir, eu me vejo a sós na antessala do gabinete. Observo as colunas enormes que ladeiam o corredor de acesso e, no fim dele, as estátuas na cor preta com adornos em ouro dos deuses Amon e Mut.

Fecho os olhos, magoada, ao me dar conta de que Ramose não me contou tudo. Disse apenas que ajudara uma hebreia machucada. Mas, tenho certeza, pela conversa que acabo de presenciar, de que ele impediu Narmer de violentá-la.

Não consigo me lembrar de alguma vez que ele tenha omitido parte de uma história, especialmente quando me envolve nela, quando pede minha ajuda ou requisita meus serviços. Muito pior, não consigo imaginar Ramose interferindo, se expondo e se arriscando para defender uma hebreia.

Caminho pelas ruas em direção à minha casa, essa região mais central é sempre movimentada, apesar do horário avançado da noite.

Reparo no impressionante par de esculturas de Ptá e Sekhmet, deuses patronos da cidade, no início de uma avenida de colunas altíssimas e adornadas com pedras turquesas e coral. Essa é a maior avenida de Mênfis. À noite, com a iluminação das tochas, as ruas ganham tons mais quentes, as estátuas enormes de calcário se tornam alaranjadas enquanto as de alabastro preto brilham num tom dourado. Inspiro o aroma doce das tigelas com frutas, flores e incensos aos pés dos deuses. As inúmeras palmeiras se agitam com a brisa noturna.

Sethi I escolheu Mênfis como a capital de seu governo. Por isso, eu, Ramose, Amsu e nossas famílias saímos há alguns anos da rica e suntuosa Tebas, ao norte, onde servimos por alguns anos, e voltamos para nossa cidade natal. Não que Mênfis seja pior ou menos importante — ela mantém a glória de tempos antigos: prédios enormes, templos das diversas deidades, comércio abundante, esculturas e universidades —, é somente que, às vezes, sinto falta de Tebas.

Passo na frente de uma casa de cerveja lotada e miro à direita, sei que no fim desta rua está o harém de Amon. Conheço muito bem o lugar, lá trabalham mulheres de destaque na sociedade egípcia; sacerdotisas de Mut, preparadas para se casarem ou serem amantes de homens importantes, algumas das mulheres mais poderosas e influentes do Egito, iniciadas em rigorosos cultos, com anos de estudo e dedicação, designadas dentro dos templos ou do harém como as esposas de Amon. Esse é um local onde homens vão buscar não apenas o prazer sexual, mas o poder dos deuses que se alcança por meio dele.

Conheço tão bem a casa porque, normalmente, Ramose escolhe suas amantes nesse harém. É uma opção adequada à posição dele, e normalmente também sou eu quem o ajuda nessa escolha.

Mas não desta vez.
Não desta vez.
Reviro os olhos. *Zarah!* Ela não será ninguém na vida dele. Uma noite apenas; no máximo, outras poucas. Nenhum egípcio nobre e influente pode se relacionar por mais de alguns dias com uma mulher tão inferior e pouco preparada e não ter o próprio poder prejudicado ou desperdiçado. Ele, melhor que ninguém, sabe disso. Sabe que o sexo não é apenas por prazer e satisfação. *Ramose sabe disso.*

Agora, na frente do harém, pouso as mãos na cintura e respiro devagar. É uma construção em calcário bem claro, coberta por pinturas da deusa e de flores de lótus azuis, coral, brancas e verdes. Caminho um pouco mais e estou na frente do templo de Mut, me curvo diante da estátua e cumprimento duas sacerdotisas que descem as escadas em direção à rua. Sorrio lembrando que, quando era criança, amava explorar o pouco que era permitido para menores e não iniciados dentro dos templos, e às vezes me escondia para assistir a aulas e cultos.

Até que um dia... ele me achou.
Ramose.
Ele me viu encolhida, atrás de uma coluna, prestando atenção em uma das aulas e veio em minha direção. *Foi assim que tudo começou.* Eu me encolhi, ainda mais nervosa, porque sabia que não podia estar ali, sabia que seria castigada por estar ali. Ele se abaixou devagar, antes de perguntar o meu nome.

— Tamit — respondi, com a voz trêmula.

Meu pai me deixaria de castigo pelos próximos vinte anos se soubesse que eu assistia a aulas e cultos proibidos atrás das colunas.

— Por que está aí, escondida?

Respirei fundo, tomando coragem.

— É porque eu sou pequena — respondi baixinho. Na época, tinha nove anos e Ramose, quinze.

— Entendo. — Ele se abaixou sorrindo e perguntou também sussurrando: — Tem interesse em aprender sobre os deuses?

— Mais do que qualquer coisa.

— Isso não é motivo para se envergonhar, e sim para se orgulhar. Acredito tanto nisso que, se você quer mesmo aprender, eu e meu amigo Amsu — ele cutucou um homem alto, com ossos salientes nos ombros; eu estava tão nervosa que nem o tinha visto ao lado de Ramose — podemos te ensinar, podemos marcar um dia e um local e eu lhe ensinarei tudo o que sei sobre os deuses.

— Você-vocês fariam mesmo isso? — gaguejei.

— Sim, esse será o nosso segredo, não é Amsu? — E cutucou outra vez o homem que me encarava, meio carrancudo.

— Eu não sei, ela não é iniciada e...

— É só uma menina, Amsu, com sede de aprender sobre os deuses.

— Está bem — o tal de Amsu concordou por fim.

Mal acreditei no que ouvia, poderia estudar a religião como uma criança maior. Daquele dia em diante, eu soube que o amaria para sempre. Daquele dia em diante, Ramose mudaria a minha vida.

Quando completei catorze anos e já tinha idade para frequentar as aulas preparatórias para o sacerdócio, Ramose perguntou se eu tinha interesse em trabalhar direto com ele. Isso era tudo o que eu mais desejava na vida, muito mais do que estudar sobre os deuses ou a magia. Tudo o que eu mais queria e ainda quero é continuar próximo de Ramose, o mais próximo possível.

Chego em casa e me deito sem encontrar muito consolo nas lembranças. Apesar de amá-lo, sei que jamais serei sua esposa, mesmo sendo a filha de um escriba importante e de uma alta sacerdotisa de Ísis. As intenções dele de chegar ao cargo de vizir e sua posição na corte pedem um casamento à altura, um casamento que consolide a nomeação ao segundo posto de maior poder no Egito, um casamento que já devia ter acontecido.

5

Abro os olhos sem saber se é ainda de manhã ou se estamos no início da tarde.

Esta é a terceira vez que desperto. Mais cedo, minha mãe me obrigou a comer um pouco de figo e, antes de sair para o trabalho, deixou junto ao colchão tudo separado para eu trocar os curativos.

Fiz isso logo depois que ela saiu para o trabalho e, apesar de me sentir melhor, a experiência de lavar a pele coberta pela pasta seca foi horrível. Além de produzir um efeito calmante nas escoriações, o unguento enviado pelo comandante seca e gruda na pele mais que tinta sobre o papiro.

Estico um pouco os braços e as pernas e gemo baixinho com a dor nos músculos.

Não quero me mover, mas também não quero voltar a dormir. Amanhã devo trabalhar. Não posso continuar aceitando a ajuda de um egípcio.

— Ramose — murmuro o nome dele e um frio envolve meu estômago.

Não posso, não devo e não quero aceitar nada do comandante e conselheiro do faraó.

Primo do faraó, um parente do soberano que escraviza o meu povo.

Minhas mãos gelam quando lembro que ele prometeu passar aqui hoje.

Será que cumprirá a palavra?

E, se cumprir, qual seria o motivo? Por que está fazendo isso comigo? Uma hebreia, uma servente, alguém que é considerado indigno para qualquer egípcio.

Por que ele está fazendo isso?

As palavras de Tamit voltam à minha mente:

Não é de estranhar que tantas mulheres desejem chamar a atenção de um homem na posição de Ramose, eu não te culpo.

Se ele realmente vier até aqui — torço para que não venha —, terei que ser ponderada para fazê-lo entender que jamais aceitarei me converter em sua amante. Não aceitarei me deitar com um homem sem ser sua esposa. E, como não quero me casar, construir uma família, sei que não conhecerei esse lado da vida.

Minha nuca arrepia quando me lembro das palavras da minha mãe sobre algumas diferenças entre os costumes de um hebreu e um egípcio:

Eles não veem o sexo como algo que só pode acontecer entre um homem e uma mulher casados. Para eles, é como uma necessidade básica, igual a comer ou respirar. Fazem isso na frente uns dos outros, sem pudor ou recato, exibem o corpo. Homens e mulheres desfilam seminus e se vangloriam disso.

Nunca.

Levanto-me segurando a pasta medicinal. Ignoro a dor que me faz ter vontade de voltar a deitar e coloco o remédio sobre a mesa da sala pequena.

Eu não reaplicarei isso nem morta. Quase vomitei ao retirar da pele.

O calor do dia me deixa ainda mais letárgica, observo a ânfora de barro junto à porta. Talvez eu deva ir trabalhar e...

O som de trote de cavalo seguido por batidas na porta faz meu coração acelerar.

Ramose.

Ele veio.

Só pode ser ele.

Minha garganta seca.

Narmer também anda a cavalo.

Batidas mais firmes na porta.

Será que ele veio procurar satisfação e vingança?

Minhas pernas fraquejam.

Outras batidas.

Não, com a fúria e frustração que imagino que Narmer tenha sentido após ser privado do que queria, após eu ter batido nele... se fosse o capitão, uma porta fina não o seguraria, uma parede não seria capaz de detê-lo.

Eu me aproximo da entrada respirando devagar, a fim de me acalmar.

— Quem é? — pergunto com a voz incerta.

— Sou eu, *lótus*. — Ouço a resposta em hebreu. Ramose.

Sei que é ele. Não apenas por ter falado em hebreu, mas pelo apelido que me deu ontem.

Abro a porta.

Um sorriso preguiçoso e radiante curva os lábios masculinos.

O saiote curto coberto por um mais longo e transparente se movimenta conforme ele amarra o cavalo junto ao muro, revelando pernas vigorosas. Placas quadradas de metal com pedras azuis-turquesa e coral cobrem o peito largo e ressaltam os braços de militar. Ele não se parece com um homem que se dedica aos estudos da fé, que passa horas debruçado sobre textos e o único peso que ergue é o de papiros. Todo ele transpira potência, força e autoridade, como o sol do Egito e as tempestades de areia. Todo ele indomável, implacável e soberano. Se eu não soubesse que era um comandante, teria certeza agora. Minha respiração falha e meu pulso acelera.

Por que ele me afeta tanto?! Medo? Desejo? Um misto potente dos dois? Eu nem mesmo o conheço.

Ele avança pedindo permissão com os olhos e, como não recuo, envolve minha nuca com a mão, colando a testa na minha. Não consigo reagir. Minhas pernas ficam moles como uma pena de ganso.

— Por que você está me tocando assim e por que — arfo — por que está aqui?

Agora os lábios estão próximos a minha orelha.

— Os deuses sabem que pensei mil vezes em não vir, me tranquei no templo de Amon ontem à noite, pedindo orientação, pedindo respostas, e tudo o que consegui foi não parar de pensar em você o tempo inteiro. Você pensou em mim?

Concordo sem hesitar, porque é verdade.

— Que bom — diz ele, se afastando um pouco, e segura as minhas mãos, antes de prosseguir: — Como você está?

— Melhor. — Minha voz sai fraca, como se eu tivesse engolido areia quente; pigarreio antes de repetir: — Melhor, senhor, quer dizer, um pouco melhor que ontem.

Ele fica um tempo em silêncio, apenas me encarando, e minhas vísceras se contraem, tenho vontade de encolher os dedos dos pés.

— Você vai me convidar para entrar?

— Mas... o senhor quer entrar?

Ele concorda e eu me afasto, dando passagem pela porta estreita.

Sigo os olhos pretos, que pousam no chão de terra batida, depois na mesa baixa e, por último, no colchão isolado do restante da sala por uma cortina. Ele suspira e faz uma negação com a cabeça, como se sentisse pena ou como se não entendesse como alguém pode morar em um lugar assim.

Sem graça e um pouco incomodada com a situação, ofereço um copo de água.

Ele se senta junto à mesa e mais uma vez acena com a cabeça em silêncio.

Meus nervos pulsam, meu estômago se contrai e eu volto a sentir a pele queimar com os arranhões. Estou tão nervosa que, ao estender o copo, tremo um pouco. As mãos grandes e bronzeadas cobrem as minhas, pequenas e mais claras, detendo o tremor.

— Você deveria morar em um palácio — diz ele, sem retirar as mãos de cima das minhas.

Dividimos um momento de silêncio antes de eu afastar as mãos, um pouco sem graça. Mas, nesse movimento, toda a extensão do dorso e dos dedos é tocada, acariciada por ele.

— Nós temos tudo de que precisamos aqui, senhor — minto.

Nem todos sabem o que não têm, a maioria desconhece quantas coisas diferentes existem fora desses muros. Mas eu não sou uma dessas pessoas, faço parte de uma minoria.

Ele leva o copo até os lábios e bebe alguns goles antes de dizer:

— Me chame de Ramose, Zarah.

Minhas pernas voltam a ficar fracas, e me vejo obrigada a sentar ao lado dele.

Imagino que saiba meu nome por causa de Tamit, mas, ao pedir que eu o chame pelo primeiro nome, ele deixa claro que existe um vínculo entre nós. Para os egípcios, ainda mais para um nobre, o nome é algo sagrado e só deve ser pronunciado por pessoas do convívio íntimo, de confiança. Pessoas que mereçam dizê-lo em voz alta. E ele acaba de pedir para que eu o chame assim, demonstrando intimidade.

— Por que você não está usando o remédio que enviei? — ele chama a minha atenção entreolhando o pote sobre a mesa e os arranhões em meu rosto. — Posso? — pergunta após pegar um pouco da pasta esverdeada.

— Acabei de remover e prefiro esperar para aplicar novamen...

— É importante que você aplique o remédio, ajuda na cicatrização e evita que a ferida se agrave. — Pega um pouco mais do unguento. — Posso te ajudar?

Suspiro, vencida.

— Está bem... ahh!

Seguro o ar ao sentir os dedos dele espalharem o emplastro gelado sobre os machucados na lateral do meu rosto.

— Sinto muito. — Sopra baixinho ao cobrir a parte embaixo do olho que está mais ferida.

Mordo o lábio por causa do desconforto enquanto ele desce para os braços, cobrindo os arranhões mais profundos. Meu corpo inteiro arrepia com o contato e volto a apertar os lábios para reprimir um suspiro aliviado.

Ele para o movimento e fixa os olhos nos meus.

— Quero te fazer uma pergunta — diz limpando as mãos no pano que está sobre a mesa.

— Eu não quero mais o unguento, obrigada — tento soar bem-humorada.

A boca cinzelada se curva num sorriso espontâneo, mas ele volta a ficar sério e me encara com austeridade antes de falar:

— Quero que você e, claro, sua mãe venham morar em uma casa numa vila de Mênfis.

Abro a boca como um peixe morto, perplexa e sem saber direito como agir. Não esperava por isso. Não sei o que responder. Meu coração bate violentamente no corpo inteiro. Ramose segura minha mão com um suave aperto e somente depois prossegue, com a voz baixa:

— Será muito importante para mim que você diga que sim. Sei que posso dar uma vida sem preocupações para você e sua mãe. Posso dar o conforto e o descanso que ela e você merecem.

Meu pulso está tão acelerado que mal consigo respirar. O que de fato ele está me oferecendo?

A liberdade? Outro tipo de reclusão? Ele quer que eu more em Mênfis e...

— Quero cuidar de você, Zarah.

Quero cuidar de você.

Há muito tempo eu mesma cuido de mim; antes de meu pai morrer, ele adoeceu, e eu cuidei dele. Faz anos que não sei o que é ter alguém cuidando de mim.

Meus lábios tremem quando imagens de uma vida mais tranquila, fora desses muros, em uma casa melhor e confortável, passeiam na minha mente. São imagens esparsas e meio apagadas, das poucas vezes que visitei Mênfis com meu pai. Mas me lembro das casas, das roupas das pessoas, dos cheiros de fruta e incenso, lembro que o meu sonho era um dia morar em um lugar como aquele. Além disso, tem o descanso merecido por minha mãe, assim como Ramose acaba de falar — comida, fartura, remédios e muito mais, coisas que eu nem imagino que existam, e tudo isso está ao alcance da minha mão. Eu só preciso dizer... sim.

Sim, eu aceito deixar tudo para trás.

Tudo o que eu conheci e chamei de vida até hoje.

Aceito abandonar meus amigos, meu povo.

Aceito fechar os olhos e fingir que nada mais de errado acontece aqui.

Aceito me tornar sua amante. Porque, tenho certeza, é isso que ele quer que eu me torne.

Um homem na posição dele nunca me proporia casamento. Lembro-me da história que Naomi me contou de Raquel. Ela se tornou amante de um egípcio e recebe benefícios e proteção em troca de entregar seu corpo.

— Eu... — começo — eu preciso pensar.

A expressão dele muda em segundos. Como se tivesse acabado de lhe desferir um golpe, os lábios se apertam até formar uma linha reta, e juro que enxergo um traço de dor e frustração no reflexo dos olhos escuros.

Ramose respira lentamente e assente.

— Está bem — diz, sem soltar minhas mãos. — Apenas... — Pausa — Apenas não se esqueça de quem você é para mim, Zarah.

Quero responder: Quem eu sou para você? Nós mal nos conhecemos. Mas, em vez disso, engulo com dificuldade, como qualquer presa engoliria ao quase escapar do abate, e digo:

— Não, senhor, eu...

— Ramose, me chame de Ramose.

Ele levanta e caminha em direção à porta.

— Daqui a três dias eu volto para saber sua resposta. — Ele se detém. — Não se esqueça de quem você é para mim, flor de *lótus* — repete como uma oração, não sei se para ele ou para seus deuses.

Sei que não é para o meu Deus.

Ramose fica um tempo em silêncio, parado, as costas largas subindo e descendo com o movimento da respiração acelerada. A maneira como ele parece hesitar me dá a impressão de que está a ponto de voltar e tentar anular minha vontade, me paralisar. Um lado irracional meu quer que ele faça exatamente isso, quer, na verdade, pedir por isso.

Mas ele não volta, e eu permaneço calada.

Até que... ele sai, sem falar mais nada.

Aperto a borda da mesa com força, e só me dou conta do quanto estou tensa quando escuto o cavalo em disparada.

Não passamos de estranhos um para o outro, mas tudo que ele falou, o que sinto quando ele se aproxima de mim.

— Senhor, meu Deus, me ajude a fazer a coisa certa.

A fala de Tamit ressoa em minha mente: *ele se sentiu atraído, sou eu quem cuido desses assuntos, amantes.*

Será? Ramose mente. Meu corpo acredita nas mentiras dele. Me trai, me faz esquecer quem ele é e quem eu sempre serei para um egípcio.

Eu não preciso de três dias para pensar.

Sei a minha resposta.

— David! — chamo em frente à casa dele, desesperada.

Bato com mais força na porta.

Escuto a movimentação no interior da residência e olho para a lua cheia com a respiração ofegante.

— Zarah! É a sua mãe? — meu amigo se adianta assim que abre a porta, com o rosto marcado de sono.

Eu confirmo com um aceno. David sabe o que está acontecendo. É a única pessoa que tenho na vida. É quem me ajuda de verdade depois que meu pai adoeceu e se foi.

Aquiesço outra vez sem falar nada e ele segura a minha mão.

Corremos entre as vielas, sei para onde estamos indo.

Não preciso perguntar.

Sei para onde ele está me levando.

Paramos na frente de uma casa na esquina da viela mais central e David bate na porta.

— Como ela está? — pergunta, ofegante, enquanto esperamos.
— Nunca a vi com tanta dor, ela só... — arfo — ela só chora.
Ele bate com mais força na porta e me abraça.
— Vai ficar tudo bem — diz sobre meus cabelos.
— Eu não aguento mais — murmuro e a porta se abre.
José é um patriarca do nosso povo, um amigo do meu pai. Alguém que usufrui dos mesmos benefícios que meu pai usufruía. Não sei o que ele precisa fazer para conseguir isso, como suborna os guardas, mas neste momento essa é a minha menor preocupação.
— Por favor — me adianto —, é Miriam, minha mãe, ela, ela não consegue se mexer e...
Paro quando ele assente e se volta para dentro, antes de falar.
— Vou ver o que tenho aqui.
Viro para meu amigo.
— E se ele não tiver nada?
David me abraça outra vez e beija minha testa.
— Tenha fé, vai dar tudo certo.
Suspiro sem encontrar muito conforto.

Estou com um frasco na mão, ajoelhada em frente à minha mãe.
— Ela está tremendo muito — murmuro para David. — Mãe — chamo, levantando a cabeça dela pela nuca.
Os olhos vidrados dela me encaram meio fora de si.
— Tome — encosto o frasco nos lábios secos —, é o remédio que faz passar as dores.
Ela engole, as lágrimas escorrendo pelas faces.
Só quero que ela fique bem.
Não sei o que tem no frasco, mas todas as vezes que tem uma crise e que conseguimos esse remédio, ela dorme por horas e normalmente acorda melhor.
— Você quer que eu fique esta noite aqui? — pergunta David assim que o remédio a acalma, fazendo efeito.
— David — minha mãe o reconhece. — Desculpe pelo trabalho — diz com a voz pastosa.
— A senhora não tem que me pedir desculpas.

A mão de David acaricia a têmpora dela em um gesto carinhoso, enquanto arrumo os cabelos grudados na testa suada e ela enfim adormece.

David aperta de leve o meu ombro.

— Quer que eu fique? — repete.

— Não precisa, meu amigo, volte para casa, vá descansar. — Seguro as mãos dele. — Obrigada, mais uma vez.

Ele assente, me encarando intensamente.

— E você, está melhor?

Concordo e olho para baixo. Os dedos quentes dele erguem meu queixo.

— Quero estar sempre com você, Zarah.

— Você já está.

Ele beija minha testa.

— Quero também te contar a notícia boa que te falei, lembra?

Aquiesço mais uma vez.

— Se sua mãe estiver melhor, vocês vão se reunir lá em casa, depois de amanhã?

— Claro que sim.

— Se ela não estiver, venho ficar com vocês e conversamos aqui mesmo, está bem?

— Espero que ela esteja melhor, não tinha uma crise assim fazia tempo.

Ele enlaça minha cintura e prendo o ar quando nosso corpo encaixa. David beija minha testa de novo de um jeito íntimo e demorado.

— Eu te amo — diz, antes de virar as costas e sair.

Fico parada vendo-o desaparecer entre as sombras das casas, entre as ruas apertadas, entre a miséria disfarçada pela noite.

E se José não tivesse o remédio?

Fecho a porta.

Pisco devagar e volto para a cama, deito ao lado do colchão estreito em cima de uma esteira.

Seguro a mão da minha mãe.

— O que devo fazer, meu Deus?

— Não faça nada pensando em mim, filha.

Minha mãe escutou, ela está acordada. Nós conversamos mais cedo sobre a proposta de Ramose, eu contei para ela a minha decisão.

— Você está melhor?

— Estou.

— E se eu estiver errada, mãe? E se essa proposta do comandante for a única chance que temos de melhorar de vida, de cuidar de você, de sair daqui?

— Pense na sua felicidade, na sua vida, filha, e não na minha

— E se o comandante estiver sendo sincero, e se ele...

— A maneira como enxergamos a vida e as relações é muito diferente da forma como os egípcios agem, e não acredito que você conseguiria ser feliz com um homem que jamais te trataria como uma esposa Além disso, e o principal motivo, ele é um nobre egípcio e nós somos escravizadas por causa de pessoas como ele.

Respiro fundo e aperto a mão dela

— Tem razão, descanse, mãe. David disse que amanhã tentará conseguir mais remédio para a senhora

— Que Deus te abençoe, minha filha

Fecho os olhos com a certeza de que nossa fé em Deus é tudo o que nos resta de verdade. Fecho olhos com a certeza de que ninguém deveria viver somente de fé

6

Apesar do pedido do comandante, das promessas e da proposta, amanhã voltarei ao trabalho, já decidi. Preciso e devo retomar a rotina o mais rápido possível. Hoje pela manhã, David conseguiu mais um frasco de remédio com um soldado egípcio com quem ele tem um bom relacionamento.

— Boa noite — digo assim que entro na casa do meu amigo. É ele quem nos recebe à porta.

David me abraça com cuidado, talvez por causa dos machucados.

— Como você está? — pergunta baixinho antes de se afastar.

— Melhor.

— Boa noite, Miriam — e se vira para minha mãe —, que bom que a senhora melhorou.

— E estou ainda melhor agora, David, em tão boa companhia.

Os pais de David estão sentados nas esteiras junto à mesa, mas se levantam assim que nos veem.

— Entrem e fiquem à vontade — Léa fala com simpatia.

Reparo como a mãe dele parece ainda mais velha do que a minha, apesar de terem praticamente a mesma idade. Acho que é porque os cabelos dela são totalmente brancos, além do olhar triste que não a deixa, mesmo quando sorri.

Após os cumprimentos habituais, nós nos sentamos e permanecemos em um silêncio de certa forma constrangedor, até Yacov quebrá-lo:

— Ficamos tão preocupados ao sabermos o que aconteceu com você, querida Zarah.

Minhas bochechas esquentam, *estou envergonhada*. Sei que é absurdo porque nada do que aconteceu é minha culpa, mas, mesmo assim, não consigo evitar.

— Eu fui ajudada por um egípcio poderoso. Ele me salvou a tempo.

— Um comandante, não é? — Léa indaga.

Encaro minha mãe, confusa. Como eles poderiam saber disso? A não ser que...

— Sim, Zarah — minha mãe confirma. *Ela contou*. — Hoje, quando voltava do poço de água, encontrei David e ele, bem, ele estava preocupado comigo e com você também, por não termos ido trabalhar nos últimos dias, e nós precisamos, você sabe, da comida. Eu expliquei que recebemos algumas coisas de...

— Mamãe — eu a interrompo.

Imagino que está sem graça por ter contado a David. Mas ele é como um irmão para mim. Com isso em mente, prossigo mais segura:

— Não precisa se justificar, isso não é nenhum segredo ou vergonha. Ele, o comandante, me ajudou e se preocupou com a minha recuperação. E é só isso. Amanhã mesmo eu volto a trabalhar e vai ser como se nada tivesse acontecido.

David coça a testa com ar pensativo, e mais um silêncio chato se instala no ambiente até meu amigo falar:

— Preciso confessar que fingi concordar com você sobre não ir atrás de Narmer só para te tranquilizar. Mas estava decidido a fazer justiça, mesmo que custasse a minha vida.

Léa arqueja.

— Meu Deus! — exclamo, horrorizada. — Como você pôde insistir nisso?

— Narmer não estava lá, nem há dois dias, nem ontem. E hoje fiquei sabendo que ele foi transferido. — David franze o cenho. — Não parece um milagre que ele tenha sido transferido na manhã seguinte ao que aconteceu com você?

Quero cuidar de você. Lembro-me do que Ramose falou e meu pulso acelera. Será que foi ele? Ele moveria um capitão de sua área de trabalho apenas porque disse que cuidaria de tudo?! Lembro a maneira como me olhou, as coisas que despertou em meu corpo, o que falou e, tenho certeza de que, sim, foi ele quem transferiu Narmer.

Minha mãe tenta esboçar um sorriso.

— Graças a Deus, milagres acontecem.

David ainda me encara com o cenho franzido, como se perguntasse em silêncio se teria sido ele, *o comandante*.

— Talvez seja, sim, um milagre — replico, sucinta, ainda sem encará-lo. — Além disso, não consigo achar errado aceitar coisas, porque nunca recebemos nada de ninguém. — Viro para David. — Nós sempre conversamos sobre isso, sobre mudarmos de vida e sobre as injustiças que acontecem aqui nos bairros hebreus.

Não estou envergonhada com o que Ramose tem feito por mim desde que nos conhecemos, porque tenho plena convicção de que não fiz nada de errado e sei o que estou disposta ou não a continuar fazendo. Estou envergonhada porque, mesmo sem querer, me sinto entusiasmada, protegida e confortada demais com essa "ajuda" que venho recebendo de um nobre egípcio que escraviza o meu povo.

E outra vez o silêncio se prolonga como linhas invisíveis entre nós.

— Vamos cear? — pergunta Léa, querendo mudar o rumo da conversa: — Hoje é uma noite especial e David conseguiu pão e cerveja para todos.

Divido os pedaços de pão sobre a mesa e Léa serve os copos de cerveja.

— Fico feliz de estarmos todos aqui, reunidos.

David concorda, sua expressão finalmente suaviza: a boca larga relaxa, dando lugar ao sorriso tímido que conheço tão bem e que amo tanto.

Comemos o pão e bebemos a cerveja falando de amenidades e dando risadas. Como se não houvesse tido nenhum assunto tenso antes à mesa.

— Já comemos e conversamos. — Curiosa com a tal novidade que David tem para contar, pergunto: — O que mais temos que esperar para que você divida as novidades conosco?

David segura minha mão e fala, assumindo um ar mais sério:

— Em razão das amizades que tenho, consegui uma boa posição dentro da moenda e poderei sair das pedreiras.

Meus lábios se curvam em um sorriso genuíno e emocionado.

— Mas que notícia maravilhosa!

— O melhor de tudo é que, com isso, eu ganharei uma quantidade maior de alimento e carne de peixe vez ou outra e... — Meu amigo faz uma pausa, parecendo sem graça — E o direito de me casar e ter uma família

Estou surpresa e um pouco sem reação, mesmo sabendo que David sempre quisera ter uma família, sei também que esse é um direito concedido para poucos atualmente entre nosso povo. Os egípcios acham que nos tornamos numerosos demais. Para muitos, uma concessão dessas é uma benção. Mas...

Ah, meu Deus. Ele se ajoelha à minha frente e segura as minhas mãos entre as dele. Meu coração pulsa na garganta.

— David, fico feliz por você — é só o que consigo dizer —, sei quanto você quer ter uma família.

— O sonho da minha vida, Zarah, não é uma família qualquer, e sim...

Começo a negar com a cabeça, como se o gesto fosse impedi-lo de concluir a frase, mas ele está olhando para as nossas mãos unidas.

— Eu quero ter uma família com você e com mais ninguém.

Perco a respiração, meus olhos se prendem nos dele. Estaria mentindo se dissesse que nunca havia pensado nisso. Seria mentira se afirmasse que nunca senti ciúmes ao vê-lo cercado da atenção de outras jovens, ou quando o imagino se casando com uma delas. Mas nunca pensei que David fosse me propor isso, assim, na frente dos nossos pais, sabendo o que penso sobre ter filhos, sabendo que dificilmente concordaria, ainda mais desde que surgiram rumores de bebês recém-nascidos sumindo entre nosso povo. Eu não quero filhos, nunca quis. David sabe disso e eu jamais pediria para ele renunciar ao sonho de ser pai.

— Eu sei o que você pensa sobre ter filhos — ele se adianta, parecendo ler meus pensamentos —, sei que você não quer ter filhos escravizados, mas uma família com você, Zarah, é tudo o que eu mais quero nesta vida.

Mordo o lábio sem graça, todos me encaram com um sorriso estampado no rosto. Está difícil de respirar, o ar parece mais denso e pesado. O que devo responder? Observo David, o rosto tão querido e conhecido, tento enxergar nele mais que um amigo, e sem que eu possa controlar, sem que permita, um par de olhos escuros invade a minha mente, enquanto posso jurar que escuto junto ao vento ele sussurrar no meu ouvido: *Lótus, não se esqueça de quem você é para mim.*

Engulo em seco, a última coisa que quero é me lembrar de Ramose num momento desses. E, principalmente, não quero magoar meu amigo.

Será que eu conseguiria vencer o medo e a revolta que sinto só de imaginar um filho meu nascer sendo embalado pelo som dos chicotes e preso dentro deste mundo miserável? E nem quero pensar se há verdade nas histórias sobre os recém-nascidos meninos desaparecendo.

Sou sincera:

— David, não sei. Eu te amo, mas não sei o que responder. Você sabe o que sinto, o que penso sobre filhos. Não seria justo com você nem comigo se eu respondesse sem pensar. Não posso dizer nada sem pensar melhor.

— Você tem o tempo que quiser. Espero por você há tantos anos, posso esperar por mais alguns.

Tento sorrir e ele estreita um pouco mais as nossas mãos e me abraça.

Seguimos para casa eu, minha mãe e David, que insistiu em nos acompanhar, mesmo eu tendo dito que chegaríamos bem e que ele não precisava se preocupar.

Ao nos aproximarmos um pouco mais, uma silhueta se revela sentada em um dos degraus de terra batida, ao pé da porta.

Minha mãe diminui a velocidade dos passos tentando enxergar. David e eu nos entreolhamos enquanto meu amigo me abraça em um gesto protetor. À medida que avançamos, a luz da lua delineia e torna clara a silhueta de uma mulher.

— Zarah, é você? — A voz não é estranha.

Ela se levanta, deixando a capa de noite cair sobre os ombros e eu a reconheço: é Tamit. Mas o que ela faz aqui, sentada no chão? A esta hora? Olho para os lados e noto que os dois soldados que sempre a acompanham estão nos observando.

— Sim, sou eu — respondo, já de frente para ela.

— Por Amon, menina, onde você estava?

Sem entender nada, respondo, espontânea:

— Estava na casa de um amigo.

— Esse que está te abraçando?

Os braços de David me enlaçam com mais força.

— Sim.

— Estou te esperando faz muito tempo.

Não entendo por que ela parece tão exaltada.

— Mas por que você não foi embora?

— Vim te trazer comida e mais remédio para os ferimentos.
Ramose. Ramose. Ramose.
— Eu agradeço, mas não havia necessidade de esperar.
— Não havia necessidade de esperar? — Ela ri de maneira irônica — Você não conhece o homem com quem está lidando. O comandante me pediu para que trouxesse os presentes e que não demorasse a voltar com notícias suas. Sei que é melhor esperar do que retornar com uma tarefa não cumprida. Enquanto eu te esperava, Ramose enviou um mensageiro até aqui e, pasme — ela arregala os olhos forçando indignação —, ele tinha a tarefa de me informar que, se eu demorasse muito a voltar, Ramose viria pessoalmente saber o que estava acontecendo.
— Ela trabalha para o tal comandante, não trabalha? Mas o que ele quer com você? — pergunta David, sentindo o clima tenso. Ao contrário de mim, ele não fala egípcio.
— Eu não sei — minto.
Em parte, sei, apesar de não ter certeza.
Tamit nos ignora e prossegue:
— Estou fazendo o meu trabalho.
— Está bem — replico mais alto do que planejava — Então volte logo e diga que já estou em casa e que eu estou muito bem, obrigada.
— E que estava na casa de um amigo?
— Sim — afirmo, irritada.
— Amigos que andam abraçados pela rua?
— Mas o que ela está falando? — David volta a questionar.
— Está perguntando onde eu estava e por que estamos abraçados.
— Tenho certeza de que o comandante vai adorar saber disso — diz ela.
As palavras saem em um tom irônico e ameaçador, e eu não gosto nem um pouco. Sei que David também não gosta, os braços dele me apertam mais. Abro a boca para responder, mas meu amigo fala antes de mim:
— Fale para ela que tenho autorização para me casar, posso andar abraçado pelas ruas com quem escolho, sem que isso seja considerado um crime.
Nego com a cabeça.
— Fale, Zarah — insiste ele.
Quando acabo de traduzir, Tamit arregala os olhos e tento manter a coerência:
— David tem razão e, além do mais, você deve se apressar, o comandante está te aguardando, não está?

— Tome, pegue o que Ramose te enviou hoje — diz e me entrega uma cesta pesada. Mais um exagero de comida e itens de conforto.

Quantidade bastante para alimentar uma família por uma semana. Isso me incomoda. Além do mais, o que foi toda essa sabatina? Não gosto da ideia de continuar aceitando ajuda sem que ele saiba da minha decisão. Isso faz parecer que eu já aceitei a proposta, mesmo sem ter respondido.

E, antes que Tamit se afaste, afirmo impulsiva:

— Por favor, leve isso de volta.

Tamit pega a cesta com uma expressão surpresa.

— E fale para o comandante que agradeço muito toda a ajuda e bondade, mas ele não precisa se incomodar comigo novamente, nunca mais.

Assisto Tamit sair em disparada sem responder. Ficamos eu, David e minha mãe por um tempo em silêncio, enquanto os passos dela e dos dois soldados que a acompanham ecoam pelas vielas e se perdem junto aos sons da noite.

— Você nem precisa me dizer para quem essa mulher trabalha — David se adianta em voz baixa. — Sei que é para o comandante que te ajudou.

— Eu disse que ele não precisava mais se incomodar e devolvi o que ele oferecia.

David gargalha de um jeito ácido.

— É difícil acreditar que um homem na posição dele aceite qualquer tipo de resposta ou sugestão. Tenho certeza de que o interesse dele não é apenas na sua recuperação, além disso, ele pensa...

— David — eu o interrompo, não quero ter essa conversa no meio da rua e a esta hora. Estou cansada e meu corpo ainda dói. — Desculpe, estou realmente cansada, será que podemos conversar sobre isso outro dia?

Recebo um beijo casto no dorso da mão antes de ele afirmar com ar sombrio:

— Tudo bem, Zarah, vá se deitar. Mas uma coisa parece clara para mim, esse homem pensa que é o seu dono. Assim como todos os egípcios em relação aos hebreus.

7

Tamit

Aperto o galope mais do que ontem. E tinha certeza de que isso era impossível, ao menos até este momento. Corro para não deixar Ramose ansioso, sei como ele odeia esperar. Aperto o flanco do cavalo com mais força. Quero chegar até ele o mais rápido possível e contar tudo o que vi e ouvi.

E contar que ela, a hebreia, dispensou a atenção dele.

Se tem algo que Ramose odeia ainda mais do que esperar, é ter sua vontade, seus desejos negados.

Tenho certeza de que ficará furioso. Tenho certeza também de que é orgulhoso demais para demonstrar isso. Provavelmente gargalhará da ousadia dela e a esquecerá em quinze segundos. Tenho certeza de que, quando souber como ela andava agarrada com outro, mandará que eu vá atrás de uma dançarina núbia ou de uma nova amante no harém de Amon e na manhã seguinte não se lembrará nem mesmo do nome dessa criatura.

Consigo avistá-lo na entrada do templo, Ramose está com o cavalo pronto para sair. Provavelmente para partir ao meu encontro, *ao encontro dela*. Respiro fundo e continuo galopando. Ele finalmente me vê quando me aproximo mais.

Salto do cavalo e busco o fôlego entre os lábios. Desta vez, quero me adiantar e falar tudo sem dar espaço para perguntas, quero ser rápida e eficiente, como costumo ser.

— Boa noite, senhor — começo resfolegada —, ela está bem, estava jantando na casa de um amigo. Eles chegaram abraçados e ela não quis me dar nenhuma explicação. Mas o rapaz falou algo sobre ter autorização para se casar.

Os olhos dele saltam do rosto e a expressão cinzelada se torna a cada segundo mais transtornada. *Ele empalideceu?*

— O quê?

— Ela agradeceu toda a ajuda, recusou o que o senhor ofereceu hoje e disse não ser mais necessário que a incomode. *Nunca mais*, foram as palavras dela.

Ramose, que desmontara do cavalo assim que me avistou, começa a andar de um lado ao outro levando as mãos à cabeça e baixando-as repetidas vezes. Minha boca seca ainda mais, e não é somente pela falta de ar, é por ele estar fora de si, reagindo de forma muito diferente do que eu havia imaginado. Sem saber o que falar, arrisco:

— Senhor, se acalme, por favor.

— Isso é tudo, Tamit?

— Sim, senhor.

— Pois bem — grita.

— Senhor, não é possível que ela, uma simples servente mereça tu...

— Amanhã quando o sol nascer... não, antes do sol se fazer visível, junte cinco, dez soldados para te acompanhar até a casa dela.

Meu Deus, o que eu fiz? Ele vai matá-la.

Um frio envolve meu peito e cubro a boca antes de ouvi-lo prosseguir:

— Chegue lá, mande-a juntar o que achar necessário e a leve até a nova casa que já arranjei no bairro de Sekhmet.

Alívio e decepção se misturam em meu sangue como a cor da pedra malaquita quando moída e adicionada à água. Ele não vai matá-la, *graças aos deuses*, mas tampouco desistirá.

— E se ela não quiser me acompanhar?

— Traga-a de qualquer jeito. Ou você acha que dez soldados não dão conta de trazer uma única pessoa?

Nego indignada, frustrada.

— Isso é tudo, senhor?

Ele toma a direção do cavalo, decidido, e se detém para responder:

— Sim, isso é tudo. Boa noite.

Veloz, o comandante dispara pelas ruas de Mênfis. O galope que ecoa é intenso, como se a ira do condutor perpassasse o cavalo, se perdendo no silêncio da noite. Para trás, fica apenas a poeira que neblina o meu coração.

O silêncio da casa é interrompido vez ou outra pelos passos ecoando na viela. Demorei para pegar no sono pensando em David, na proposta que ele fez, em como poderia dizer sim ou, pior, em como poderia dizer não, sem magoá-lo? Como?

E quando, por fim, consigo relaxar, minha mãe foi acometida novamente pelas dores e passei metade da noite segurando sua mão, jurando que tudo ficaria bem.

Mas como?

Adormeço angustiada e sonho com Ramose.

Braços fortes que me envolvem, um corpo quente encaixado ao meu, a voz profunda, murmurando em meu ouvido:

Você é minha e eu sou seu, flor de lótus.

Acordo com o coração na boca, minhas mãos molham de suor quando me dou conta de que mal amanheceu e a porta da casa é esmurrada com violência.

Uma vez mais, e de novo.

Levanto em um pulo esfregando os olhos, minha mãe se senta no colchão ao meu lado, sobressaltada.

— O que está acontecendo?

— Não sei, mamãe — respondo em voz baixa, brigando pelo ar —, mas vou ver.

Tento, sem sucesso, enxergar quem é pela janela estreita. As batidas se tornam mais altas e insistentes, tenho certeza de que a porta não resistirá e, antes que ela seja colocada abaixo, tomo coragem e me aproximo:

— Um momento, já vou abrir.

Esfrego o rosto, enquanto a mão da minha mãe aperta meu ombro em um gesto de apoio. Respiro devagar, buscando força a fim de enfrentar o que se desenharia como a manhã mais assustadora da minha vida.

Em um movimento brusco, removo a trava da porta, que se escancara devido à força das pancadas.

— Meu Deus, é você Tamit! — grito, sem fôlego, e por um segundo meu coração se acalma. Até me dar conta de que Tamit não está sozinha.

Prendo o ar.

Ela vem cercada por uma dezena de soldados, no lugar dos dois que sempre a acompanham.

Cubro a boca, horrorizada.

— O que está acontecendo?

Sem pedir licença, Tamit entra e logo o pequeno espaço é ocupado pelo grupo de soldados que a segue. Estacas gigantes lançam sombras assustadoras pelo cômodo.

— Zarah, não me peça explicações, apenas vista isto. — E me oferece um vestido branco, uma veste egípcia. — Pegue o que você quiser levar daqui e me acompanhe.

Tamit parece aflita. Eu estou aflita. Desesperada, na verdade. Meu corpo inteiro treme.

— O que está acontecendo? — repito, engolindo o choro.

— Apenas vista isto e me acompanhe. — Ela não me dá explicações.

Busco minha mãe, que me encara com os olhos arregalados e o rosto pálido. O braço de Tamit segue esticado e ela sacode o vestido de linho.

Nervosa, engulo em seco antes de resistir:

— E se eu me recusar?

— Terei de vesti-la e levá-la a força — Nega com a cabeça — Não me obrigue a isso, por favor.

— Zarah — minha mãe fala com a voz firme, mas sei, pois eu a conheço, ela está tão apavorada como eu —, faça o que Tamit pede, não quero vê-la sair daqui arrastada como uma condenada.

Lágrimas de horror brotam dos meus olhos.

— Mas e a senhora?

Os olhos dela também estão cobertos de lágrimas, a respiração incerta.

— Não se preocupe comigo, vou ficar bem.

E começa a rezar em hebreu, baixinho. Pedindo ajuda, pedindo proteção.

Pego o vestido com a mão incerta. Vou para trás da cortina para vesti-lo, fecho o tecido grosso e meio esfarrapado com um movimento decidido. Muito diferente da confusão em meu interior.

— Será que podemos remover a cortina e assistir? — escuto um dos soldados brincar e meu estômago embrulha.

— Cale a boca — Tamit ralha — Repita isso na frente do comandante e é a sua vida que será removida da face da Terra.

Com movimentos atropelados, eu me visto.

Será que me visto para a morte? É isso que me aguarda por ter negado o convite de Ramose? Abro a cortina.

— Eu volto logo, mamãe — digo, abraçando o corpo magro.

Ao menos é o que eu espero. Ela segura o meu rosto entre as mãos trêmulas, busca meus olhos com as pupilas agitadas.

— Você não fez nada de errado — fala, tentando me consolar com a voz embargada — Nosso Deus irá com você e nada de mau vai te acontecer.

Mas nós duas sabemos que não é preciso que eu tenha feito alguma coisa errada para minha vida ser tirada ou para eu ser punida, se essa for a vontade do comandante.

Tamit está parada em frente à porta e acena com a cabeça ao me ver vestida, sinalizando que estamos prontas para partir.

Saímos escoltadas pelos soldados. Passo na frente da viela onde fica a casa de David e tenho vontade de gritar por socorro. De gritar que eu o amo. De pedir a ele que cuide da minha mãe, se eu não voltar. O céu começa a ser tingido por traços de rosa e lilás, as primeiras cores da manhã, anunciando a aurora.

Quando criança, eu gostava de ver o sol nascer às margens do Nilo. Aos oito anos, ainda não era obrigada a trabalhar. Essa é a infância que permitem às crianças do meu povo.

Inspiro devagar ao me dar conta do silêncio de um novo dia; os sons dos pássaros, o mundo que começa a despertar. Mas esta manhã não tem nada de pacífica, o silêncio conhecido se mistura com os sons dos passos dos soldados. Com as batidas do meu coração acelerado, com minha respiração descompassada

— Adonai, meu Deus, me proteja — peço baixinho.

Apesar de não sentir meu corpo, de tudo estar meio difuso entre o orvalho da manhã, o rosa e o lilás do céu, consigo acompanhar o ritmo do grupo.

Cruzamos os portões que isolam o meu mundo de outra realidade. E, à medida que nos afastamos, meu coração bate mais devagar, como se a cada passo fosse amarrado nele uma corda, uma calma falsa que antecede a tempestade.

A manhã ganha espaço no céu ao nos aproximarmos da cidade de Mênfis. O azul-escuro das águas do Nilo refletem as dezenas de barcos e suas velas orgulhosas e coloridas. Nas margens, plantações a perder de vista se estendem como um tapete multicolorido e, mais à frente, o topo das pirâmides. Enormes. *Nem um pouco parecidas com a minha cabeça.*

O sol ilumina cada vez mais a disparidade dos cenários: no lugar das casas pequenas, das vielas apertadas e pálidas, surgem à minha frente casas espaçosas e bem-acabadas, ruas mais largas e pavimentadas.

O muro da cidade de Mênfis é enorme, branco e com a borda colorida, tão diferente do mundo desbotado que ficou para trás. *Meu mundo.* No portão, duas estátuas gigantescas saúdam os visitantes e contam que os egípcios vivem para os seus deuses; são eles que protegem a cidade. Do lado esquerdo, uma deusa com a cabeça de leoa e o corpo de uma mulher, e do outro lado um deus segurando um cetro. Devem ser Ptá e Skhmet, os patronos de Mênfis.

A miséria e a prisão cinza de tudo o que conheço se desfazem como as dunas no deserto, dando espaço a construções imponentes, cores vivas, pedras que brilham polidas em meio a jardins.

— É lindo — murmuro.

Comerciantes abrem suas lojas e oficinas: tapetes, frutas, jarros de cerâmica. As lembranças apagadas da minha infância ganham dimensão, forma e cor. É magnífico. Mil vezes mais bonito do que me lembrava.

Da margem oposta do Nilo, no bairro hebreu, de onde é possível avistar Mênfis, tudo parece pequeno e tímido, mas, à medida que nos aproximamos, tenho uma incoerente vontade de me curvar. Tudo é tão grande e colorido que me faz perder o fôlego. No aclive do terreno fica o gigantesco palácio e, mais abaixo, prédios cobertos pelas pinturas: azul, coral, verde, dourado. Estátuas e colunas adornadas com pedras e ouro, cheiro de incenso, frutas e flores. Palmeiras e árvores frutíferas a perder de vista.

As ruas começam a ficar mais movimentadas e reparo nas roupas, nos diferentes tecidos e modelos, nas perucas trançadas, nas joias e em quase todos que param o que estão fazendo, abrem caminho e me observam, curiosos. Olho de esguelha para os lados e percebo que os soldados, apesar de manterem certa distância, me cercam. Meu coração acelera.

E o recente e breve encantamento dá lugar mais uma vez ao medo, à angústia, à incerteza do destino que me aguarda. Inspiro o ar adocicado ganhando coragem, antes de perguntar para Tamit, que caminha em silêncio, ao meu lado:

— Tamit, eu vou morrer?

Ela olha em minha direção e não responde. Entendo o silêncio como uma confirmação. Um gosto ruim invade minha boca, preciso ser forte, preciso ter coragem e fazer o que é certo. Engulo o bolo na garganta antes de dizer:

— Sei que você não gosta de mim, mas, por favor, se eu não voltar para casa, peça para David, aquele meu amigo que você conheceu, peça para ele cuidar da minha mãe.

Tamit me encara, anuindo.

— Chegamos — afirma, diante de uma casa de dois andares, com teto cor de coral, plano e cheio de árvores. Abre a porta — Entre!

Minha visão escurece, tenho que me segurar para não cair. Mal consigo respirar, busco inutilmente uma saída, uma rota de fuga, qualquer ajuda. Estou cercada por dez soldados, não tenho escolha, sei que não adiantará nada lutar.

— Meu Deus, me ajude — murmuro.

Sigo adiante, tentando não desabar. Escuto o barulho da porta sendo trancada por fora. Olho para todos os lados sem prestar atenção em quase nada, quero encontrar uma saída. Talvez, se eu conseguir fugir antes de...

Escuto o som de passos vindos do meu lado direito; alguém se aproxima. *Não estou sozinha.*

Provavelmente serei morta aqui dentro.

Fecho os olhos. Meus dentes batem uns contra os outros, meu estômago revolve e minhas mãos molham de suor. Com o que me resta de força e dignidade, peço, ainda de olhos fechados:

— Por favor, faça ser rápido e sem dor.

Aperto as mãos em punho, minhas pernas fraquejam mais e me viro apoiando a testa na porta. Ondas de soluços fazem meu corpo vibrar.

— Zarah!

Um vento gelado percorre minha espinha.

É a voz de Ramose.

Tenho certeza.

Ele está aqui dentro. Tento engolir o choro e passo as mãos trêmulas sobre os olhos. Não me viro, não tenho força nem vontade de olhá-lo.

— Zarah, por favor — insiste.

O calor da presença dele às minhas costas faz os pelos da minha nuca e braços arrepiarem. Ele toca em meu ombro devagar, cauteloso, e estremeço ainda mais. *Será que é ele quem vai me matar?*

— Zarah — repete baixinho.

Mas isso não faz sentido. Se ele realmente quisesse me matar, por que não ordenaria aos soldados? Por que estamos aqui, somente nós dois? Mordo o lábio, nervosa, será que ele quer ter a satisfação de tirar minha vida por eu ter recusado o convite dele?

— Minha lótus — prossegue em hebreu —, eu não vou fazer mal a você, por favor, olhe para mim.

Enxugo o rosto outra vez, a afirmação dele circulando por meu corpo, desoprimindo um pouco o meu peito. Inspiro devagar enquanto me viro. Ramose está a poucos passos de distância, parecendo angustiado.

— Eu não queria fazer você sofrer assim, te assustar desse jeito — ele se aproxima até estarmos próximos. — Você está segura aqui.

Eu me encolho, fugindo. Ramose percebe como estou nervosa e uma expressão de tristeza cobre seu rosto.

— Me perdoe, eu não queria te assustar — repete abatido.

Meu estômago é percorrido por ondas geladas, meu coração ressoa como os tambores tocados nas festas, minhas pernas ainda estão bambas. O medo devagar é substituído por raiva, revolta.

— Eu não podia... — ele hesita com a voz rouca — ... não podia perder você outra vez. Por favor, tente entender.

Nego com a cabeça de forma instintiva, e Ramose prossegue sem me dar espaço:

— Eu me descontrolei com o que Tamit contou ontem à noite.

E levanta a mão fazendo menção de tocar meu rosto.

— Não encoste em mim — explodo. — Como você pôde, como foi capaz de me trazer para cá desse jeito?!

Ramose recua, atingido, os olhos cheios de arrependimento.

— Você disse não, Zarah, não para o nosso encontro. Não para o futuro que podemos ter juntos.

— E, como você é um nobre egípcio, eu não tenho o direito de dizer não, é isso?

Mal tenho ar para falar. Não consigo raciocinar direito.

Ramose sabe, percebe como estou afetada. Isso é embaraçoso e atordoante.

— Não é nada disso. Por favor, sente-se. — Aponta para uma banqueta próxima à porta — Está me matando ver você assim, tão assustada.

Franzo o cenho e nego.

Ficamos um tempo nos encarando em silêncio, minha respiração finalmente se acalmando.

— Me perdoe — repete. — Eu nunca te faria mal.

— Você me forçou a vir para cá.

— Não — ele toca de leve em meu rosto —, eu não queria que você se sentisse assim.

— Dez soldados me trouxeram escoltada, como uma criminosa, como eu poderia me sentir?

Ramose se dirige até um aparador. Pega a jarra de cima dele e enche um copo.

— Beba um pouco de água, por favor — oferece.

— Não.

Respirando fundo, abandona o copo e volta a se aproximar.

— Agora que te reencontrei, não suportaria perdê-la novamente.

— Nós mal nos conhecemos. Pare de falar isso.

As mãos firmes e quentes seguram as minhas, geladas e instáveis.

— Sei que te assustei, que errei em mandar os soldados, mas eu nunca te faria mal.

Meus dentes trincam. Um misto de medo, raiva, alívio.

Ramose se afasta um pouco, sem soltar minhas mãos.

— A única coisa que peço é que aceite ficar, me dê a chance de tentar... Aceite ficar, nem que seja por um tempo, e, se estiver infeliz, juro que você será livre para partir, no momento em que quiser.

— Eu não sou obrigada a ficar, nem mesmo agora? — pergunto, tentando controlar o tremor da voz, mas falho.
— Não.
— Então eu quero voltar para...
— Zarah, olhe para mim — ele me interrompe estendendo as mãos espalmadas na altura dos meus olhos. — Você percebe? Está vendo o que acontece comigo quando estou com você?

As mãos dele estão trêmulas como as minhas, a voz rouca e a respiração alterada. Ele parece afetado como eu. Bem, não como eu, porque ainda estou apavorada.

— Eu tive tanto medo, ainda estou com medo — desabafo.
— Estou apavorado também, acredite. Nunca, jamais me senti assim e estou com medo que você não queira ficar, que não me dê a chance de explicar.
— Explicar o quê?
— Quem você é para mim. — Aperta um pouco os dedos entre os meus.— Por favor, fique.
— Eu não posso ficar.

Ele respira profundamente e se afasta.
— Não pode?
— Não.

Ramose passeia os olhos escuros pelo meu rosto, o delineado das pálpebras os tornam ainda mais profundos.
— Seria apenas por um...
— Não!

Um ar torturado sombreia o rosto masculino.
— Está bem.

Suspiro num misto de alívio e surpresa, quando o vejo abrir a porta e ordenar aos guardas:
— Levem-na de volta para o bairro hebreu, em segurança.

E se vira para mim, cada vez mais distante.
— Me desculpe, eu errei, nunca quis te assustar ou fazer mal. Achei que você tivesse sentido o mesmo que eu senti. Talvez um dia você entenda.

Sim, eu senti, e não apenas as sensações potentes e inexplicáveis quando você se aproxima de mim, mas também vontade de dizer sim a qualquer custo e o maior medo da minha vida. É o que quero dizer, mas digo no lugar:

— Achei que eu fosse morrer.

As sobrancelhas negras se unem antes de ele falar:

— Como eu poderia te machucar, se o que mais temo, desde que entendi quem é você, é perdê-la de novo?!

E aí está, mais uma resposta incoerente e enigmática. Afinal, o que quer dizer com isso?

— Por que de novo?

Ramose suspira e murmura algo para si mesmo.

— Não posso explicar agora, o faraó está me esperando. Mas, se você ficar, nem que seja por pouco tempo, vou te contar tudo e então, depois de me ouvir, você pode decidir o que quer fazer.

— Se eu ficar, será apenas por alguns dias, e não vou me deitar com você — rebato impulsiva, esquecendo que a porta está aberta e os soldados podem ouvir.

Ramose estica o braço e agarra a tranca da porta.

— Posso? — pergunta antes de fechá-la.

Concordo e sei que estou considerando a ideia de ficar e ouvi-lo. O brilho renovado e aquecido no olhar de Ramose ao me encarar demonstra que ele se dá conta disso.

— Eu jamais pediria para fazer algo que você também não quisesse.

— Os soldados não me passaram essa impressão. Além disso, o que está acontecendo aqui é que sou uma serva, enquanto você é o nobre que decide sobre minha vida.

Ramose se aproxima de mim outra vez. Meu estômago gela, apesar de agora me sentir um pouco mais tranquila, e não sei até onde posso ir, o que ele consideraria uma ofensa ou não. Ele faz menção de tocar meu rosto, mas para antes.

— Enviar soldados foi um jeito muito errado de trazer você até aqui para pedir que me escute. Deixe eu consertar esse erro, deixe eu te provar que você pode confiar em mim. E que você não é e nunca será uma serva diante dos meus olhos. Sei o que eu represento para você e seu povo. Se eu pudesse decidir, as coisas nunca seriam assim, eu mudaria tudo.

— Nunca conheci um egípcio que falasse ou pensasse desse modo — afirmo desconfiada — Então, por quê?

— Fique só por uns dias — repete junto ao meu ouvido —, mas fique e eu te explicarei tudo.

Meu pulso acelera e minha boca seca, não sei por que, toda vez que ele me toca ou se aproxima, eu me sinto fraca e não quero que ele se afaste.

— Está bem.

O que eu disse?

Ramose respira fundo, visivelmente aliviado.

— Obrigado. — E segura e beija minhas mãos. — Você não vai se arrepender, juro por Amon que você não vai se arrepender.

— Será por poucos dias, até conversarmos — estou tentando explicar para mim mesma em voz alta o que acabei de fazer. — Apenas para que você entenda que está enganado a meu respeito.

E para que eu entenda por que me sinto assim quando estamos juntos.

Essa resposta, essa lógica louca é o mais perto que consigo chegar de uma explicação racional para qualquer coisa. E talvez seja a verdade e única resposta possível aqui. *Será que ele aceitaria uma negativa?*

— Não tenho dúvida de que você é — afirma em hebreu com a voz baixa, antes de terminar em egípcio: — minha alegria nos Campos de Aaru.

Campos de Aaru, o paraíso egípcio?

Continuo sem entender o que ele quer dizer, mas, se vou ficar por alguns dias, somente até ouvi-lo, preciso avisar minha mãe, preciso avisar David.

— Quero pedir uma coisa.

— Farei o que estiver ao meu alcance.

— A minha mãe, o senhor pode pedir para alguém avisá-la que estou bem e que logo voltarei para casa?

Ele analisa a porta com um ar confuso.

— Mas ela não está aí fora, esperando para entrar?

— Não, senhor, ela ficou, quer dizer, eu também não fui convidada a vir.

— Me perdoe, não se aborreça mais. Não vou pedir para avisá-la que você está bem.

Arregalo os olhos e ele se explica:

— Vou pedir para que a busquem agora mesmo.

— Não é necessário — afirmo rápido —, eu ficarei apenas por poucos dias e...

— A sua mãe sofre de dores constantes, não sofre?

Minha boca abre e volto a arregalar os olhos.

— Como você sabe?

72

— Um dos soldados que trabalha no seu bairro me contou que há dois dias entregou um frasco com ervas anestésicas para um amigo da sua família e que vez ou outra vocês recorrem a ele, eu imaginei que seria para ela.

Fico quieta e Ramose percebe minha confusão.

— Quando eu disse que você, o nosso encontro, é muito importante para mim, isso inclui o bem-estar de todos os que você ama. A sua felicidade é importante para mim, tanto que já pensei em tudo.

— Em tudo?

— Traga a sua mãe para cá e nos próximos dias, independentemente de sua resposta depois que conversarmos, mandarei um médico, o melhor do reino, meu médico pessoal e amigo de confiança, vir cuidar de sua mãe.

Meus olhos se enchem de lágrimas e eu olho para baixo, envergonhada com minha própria fragilidade. Ele segura meu queixo entre o polegar e o indicador e levanta meu rosto.

— Vocês podem ficar aqui pelo tempo que quiserem e eu cuidarei de você, de vocês, sem esperar nada em troca. Isso é o que você significa para mim.

Será? E por quê? Quero perguntar, mas não pergunto quando os dedos dele secam as lágrimas no canto dos meus olhos.

Inspiro o ar devagar, sentindo alívio pela primeira vez na manhã.

— Senhor, peça que sejam gentis com ela, que expliquem para onde a estão levando e que digam a ela que estou bem. Eu não quero que ela sofra, por favor.

— Sim, claro que sim, farei isso agora mesmo.

— Obrigada — digo e tento sorrir. — Um último pedido.

Ele assente e eu acrescento:

— Peça para avisarem ao meu amigo, David, que eu estou bem e que em breve voltarei para casa.

Ele me encara com tanta intensidade que fico meio zonza.

— Está bem. Conversaremos mais tarde, tenho que resolver algumas coisas agora e, ao anoitecer, volto para jantarmos juntos. Isso, é claro, se você aceitar.

— E, se eu não aceitar, serei cercada por soldados de novo?

Pergunto com um humor ácido e Ramose acha graça, parecendo imune aos efeitos do próprio comportamento.

— Não haverá mais sustos ou medo, Zarah, você vai entender tudo e nunca mais nos perderemos. Posso? — pergunta, se aproximando.

Concordo e meu pulso acelera quando os lábios param sobre a marca da lótus.

— Seu coração já sabe a verdade, só falta a sua mente aceitar — murmura e se afasta, indo em direção à porta, mas se detém me encarando novamente antes de dizer: — Mesmo assim, eu agradeço por você ter aceitado ficar.

— Eu que agradeço.

Eu que agradeço?

Ele abre a porta.

Qual é o meu problema?

Eu que agradeço o quê?

Ser arrancada de casa à força, acreditando que seria assassinada e que meu corpo seria jogado no Nilo depois?

Começo a rir alto do absurdo das minhas palavras, tão alto que ele vira para me encarar e sorri, como se entendesse o motivo da graça, como se também achasse um absurdo ou, pior, não achasse absurdo algum. E somente depois fecha a porta e me deixa sozinha.

9

Assim que a presença de Ramose esfria dentro da casa, à medida que o sol se torna cada vez mais presente, me pego dividida entre a culpa, a dúvida, o medo e a excitação.

Um lado meu quer ficar e saber aonde isso vai me levar, não apenas por mim, mas principalmente por minha mãe.

Nem que eu fique apenas por alguns dias — por algum tempo, ela poderá ter algum descanso. Miriam será atendida por um médico egípcio. Suspiro devagar, passando a mão no tecido delicado das almofadas que cobrem o sofá. Além disso, quero entender o motivo de um nobre, um comandante do Egito, agir dessa forma com uma servente.

E sendo assim — não consigo deixar de pensar —, aceitando ficar aqui e usufruir tudo isso, quão diferente serei do meu pai?

Absurdo, não estou traindo meu povo. Não estou entregando informações nem traindo ninguém.. exceto David. Esfrego os olhos, exausta.

Sem ter muito o que fazer e cansada da briga entre meus sentimentos e a razão, começo a percorrer todos os cômodos da casa. Percebo em pouco tempo que a sala é maior do que duas casas inteiras do bairro hebreu. A quantidade de móveis, tecidos e cores é surpreendente. As paredes são bem-acabadas e lisas. O chão é coberto por uma pedra polida e clara. Espreguiçadeiras, mesas, sofás e poltronas forradas com almofadas vermelhas e azuis se misturam com jarros, estátuas e flores.

Subo a escada e encontro mais dois pavimentos e uma galeria no piso superior.

No telhado há um terraço onde estão instalados alguns silos de cereais e verduras. Sorrio sem conseguir deixar de me sentir embasbacada quando reparo no jardim, algumas árvores frutíferas, um banco e um tanque de água.

Apesar de ter lembranças da visita durante a minha infância, tenho cada vez mais certeza de que elas não eram nítidas. Desço reparando na quantidade de janelas, que são pequenas e cobertas por cortinas, provavelmente para proteger o interior da casa do calor e do pó. Ao entrar em um dos quartos, meu pulso acelera.

Meu Deus, é uma cama?

Lembro-me de ouvir falar desses móveis e de ficar tão curiosa sobre como seria me deitar em uma. Ainda sem acreditar, pulo sobre a cama sorrindo como criança. Esfrego o rosto no tecido azul com toque macio e surpreendentemente suave que cobre o colchão mais confortável do Egito, tenho certeza.

Ficar aqui por um tempo pode ser o descanso que minha mãe merece.

— Mais calma agora que entendeu que não vai ser morta?

É Tamit quem pergunta, com fingida diversão. Ela entrou na casa sem se anunciar e me encara do batente da porta do quarto.

Eu me levanto.

— Por que você me deixou acreditar nisso?

— Trouxe alguns produtos para higiene. — Não responde. — Vou ajudá-la a se banhar, a penteá-la e a depilá-la; por menos que goste da ideia, será assim todos os dias enquanto for a vontade dele.

A vontade dele.

— E quanto à minha vontade? Tenho direito a alguma?

— Serei seu contato para tudo o que precisar: roupas, cosméticos, alimentos. Enfim, tudo. Somente eu estou autorizada a lhe providenciar qualquer coisa, compreende?

Ela me ignora outra vez e tenho certeza de que nossas trocas sempre se darão dessa maneira.

— Está bem — tento soar educada —, como for melhor. Não será por muito tempo.

— Nisso você provavelmente tem razão.

Não sei por que, mas as palavras dela me incomodam. Tamit sai do quarto e eu a sigo, sem falar nada.

***

— Aqui é o quarto de banho — Tamit explica ao entrarmos em um cômodo da casa que eu não visitara. Ele é claro e arejado, com vista para o jardim, tem uma estrutura quadrada cavada na pedra do chão. — É uma banheira — Tamit explica.

E revira os olhos quando continuo em dúvida.

— Enchemos de água e óleos perfumados para o banho.

Meus lábios se curvam para cima. Deve ser incrível tomar banho nisso.

— Como um poço de água feito para pessoas.

Ela suspira.

— Hoje não teremos tempo para ela. Dispa-se que vou pedir para trazerem a bacia e os jarros com água.

Olho para os lados desconfortável com a ideia de alguém que eu mal conheço me banhar. Os poucos banhos que tomei na vida na frente de outras pessoas foram no rio Nilo, enquanto ainda era criança.

Penso em David e meu coração acelera; tomara que já o tenham avisado. Lembro-me das nossas brigas na água e das nossas risadas, sempre mais altas que os murmúrios do rio. Foi meu amigo quem me ensinou a nadar.

— Você ainda está vestida?! — Tamit resmunga ao voltar seguida por duas criadas trazendo água e vários potes, além de um vestido e joias.

Sem me demorar mais, tiro a roupa e entrego para uma das mulheres que ajuda Tamit. Ela lança um olhar investigativo e demorado por todo o meu corpo, virando os olhos em seguida, com cara de impaciência.

— Yunet — se dirige para a mulher que carrega alguns potes —, nós teremos trabalho, vamos começar com as pinças e os raspadores.

Arregalo os olhos e prendo o lábio inferior com os dentes quando, sem avisar, Yunet despeja água perfumada sobre minha cabeça e, em seguida, ela e a outra criada começam a remover todos os pelos do meu corpo, sob supervisão e ordens de Tamit. Estou segurando os gemidos de desconforto quando escuto:

— Sente-se e abra as pernas.

— O quê?

— Vamos depilar a sua área íntima. É assim que ele gosta e é assim que mulheres civilizadas usam.

Instintiva, começo a negar com a cabeça.

— Não estou nem aí para como ele gosta ou como as mulheres...

77

— Você parece um potro selvagem de tão suja, coberta de pelos por todos os lados e rebelde.

— Se ele não ficar satisfeito com algo, que se resolva comigo ou com ele próprio.

— Por favor, Zarah — fecha os olhos e soa mais gentil. Pela primeira vez desde que a conheço, Tamit usa um tom de voz mais ameno e pede minha anuência — Vamos conviver por um tempo, facilite a sua, a minha, a nossa vida.

— Eu mesma faço — digo, agarrando o raspador da mão de Yunet e, com cuidado e sob as ordens da criada, removo todos os pelos que cobrem meu sexo.

Aceito fazer apenas para acabar logo com tudo. Não imagino o dia em que Ramose me verá assim, sem roupas a ponto de reparar se estou ou não coberta de pelos aqui. Talvez nunca.

Um líquido viscoso é derramado sobre meus cabelos.

— É óleo de rícino — explica Tamit, enquanto Yunet começa a penteá-los com vigor.

Mesmo com alguns puxões mais fortes, volto a sorrir porque o único pente que meus cabelos conhecem é um quase sem dentes de tão antigo, além dos meus dedos e os dedos da minha mãe.

— Os arranhões estão melhores, mas os hematomas ainda demorarão um pouco para sumir. Todo o tratamento de agora deve acelerar a cicatrização.

Duas criadas passam outro óleo com cheiro mais cítrico em meu corpo e me ajudam a colocar o vestido. Ele é tingido com listras vermelhas, azuis e brancas. Um aperto nos seios faz com que eu me mexa desconfortável e o colo é preso por duas alças nos ombros.

— Para a cabeça, um diadema com uma pedra azul. — Tamit me mostra a peça — Foi o comandante quem escolheu, hoje mais cedo.

Encolho os ombros.

— Tudo bem.

Ela arqueia as sobrancelhas.

— Vamos prender seu cabelo para colocar a peruca trançada.

Arregalo os olhos.

— Eu não vou colocar peruca nenhuma.

Tamit bufa e as duas criadas dão uma risadinha incrédula

— Mulheres educadas usam assim.

Sempre achei que essas perucas deviam ser desconfortáveis e quentes. Além do mais, não quero. Aceitei o vestido, a depilação e as joias, mas não vou me vestir totalmente como uma egípcia só porque ficarei aqui por alguns dias.

— Eu gosto dos meus cabelos. Nisso não vou ceder.

Reparo que Tamit respira devagar antes de entregar a peruca para Yunet.

— Se Ramose achar ruim...

Empino o queixo.

— Eu me resolvo com ele.

Ela abre as duas mãos no ar, com a expressão beirando a arrogância.

— Você é quem sabe.

Puxo uma mecha longa entre os dedos. Faz tempo que não observo meu cabelo com calma. Ele parece mais comprido do que me lembrava, um palmo abaixo do seio. O óleo o deixou macio e com as ondas das pontas mais definidas.

— Feche os olhos — Tamit pede, e toques suaves e úmidos cobrem minhas pálpebras.

— É sombra e kajal — prossegue explicando.

— Maquiagem — afirmo para mim mesma.

Abro os olhos e vejo Yunet guardar um estojo que parece ser de mármore, com cores diversas e alguns pincéis.

— Ramose ficará orgulhoso do meu trabalho — Tamit afirma quase empolgada —. Você está praticamente uma egípcia... Se tivesse colocado a peruca, estaria perfeita.

Era para ser um elogio, acho. Mas só consigo pensar nas diferenças do nosso mundo e tudo parece errado. Aceitar tudo isso parece errado. Não devia parecer, mas é assim que me sinto. Como se estivesse me vendendo, assim como meu pai. Sacudo a cabeça tentando me convencer de que não estou traindo ninguém por estar aqui, usando tudo isso, talvez apenas... *a mim mesma*.

— Agora — Tamit fala segurando a risada —, feche os olhos outra vez, tenho uma surpresa para você.

Obedeço, curiosa.

— Pode abrir.

Cubro a boca com as mãos, maravilhada.

— Meu Deus!

Nunca tinha me visto de forma tão perfeita, nem sabia que os meus olhos eram tão azuis. Que meus cabelos parecem mais escuros na sombra. *Esta sou eu?*

Viro de lado sem parar de sorrir. É claro que sim. Que estranho me ver desse jeito, me ver como se fosse pelos olhos dos outros. Meus lábios são tão cheios e rosados. Toco em cima deles ainda sorrindo. As únicas vezes que vi meu rosto foi através do reflexo na água. Mal me reconheço.

— É um espelho de prata — Tamit explica — Este ficará aqui com você.

Ela parece cada vez mais amigável e não sei por que, mas me sinto aliviada.

Entro no quarto sorrindo, ainda admirada com meu reflexo no espelho. Demoro para perceber minha mãe sentada na cama, com a boca aberta e me encarando como se eu fosse uma estranha. Como se não acreditasse no que vê.

— Meu Deus! — Cobre a boca — Você-você.. — gagueja.

— Eu sei, são muitas coisas. — Toco nos anéis e depois no colar pesado que cobre parte do decote do vestido. — Nem sei se vou conseguir andar com todo esse peso.

— Você está divina — confirma com a voz fraca. Acompanho o olhar dela cair para o chão. — Tantas coisas diferentes. — E aponta para a cama — Lembro que seu pai contava sobre tudo isso, mas eu nunca imaginei que pudesse ser tão diferente assim daquilo que conhecemos.

Eu corro até ela e a abraço, entendo o porquê de ela estar chorando. Entendo a expressão dividida entre a excitação e a tristeza.

— Não chore, mamãe.

— Não deveria ser assim tão diferente, não é verdade?

— Não. Não deveria.

Miriam se afasta devagar, deixando os dedos correrem sobre o tecido fino e macio da cama.

— Tamit me disse que você não está aqui obrigada, disse que nós somos convidadas — franze o cenho antes de acrescentar —, é isso mesmo?

Concordo forçando um sorriso tranquilo e confiante.

— É isso mesmo. Não sei ainda por quanto tempo vou querer ficar, quer dizer, nós ficaremos aqui, mas...

— E os soldados? E a maneira violenta como você foi tirada de casa?

80

— Tamit devia ter me explicado — digo tentando achar razões para o inexplicável. — Foi ela quem errou em não contar direito as coisas.

— Filha — suspira —, por mais que isso tudo seja maravilhoso, muito mais do que sonhei um dia que pudesse existir, não fique aqui, não aceite tudo isso pensando em mim.

Ela baixa as mãos trêmulas sobre o colo e olha para a cama outra vez. Está tremendo pelo esforço que fez durante toda a vida. Sei também que deve estar com dor. E, por mais que eu tenha decidido ficar para ouvir o que Ramose tem a dizer, é impossível não pensar na possibilidade de dar uma vida mais confortável para minha mãe; é impossível não me sentir influenciada por tudo que estou conhecendo. Mas não posso admitir isso em voz alta.

Seguro as mãos dela.

— Mãe, estou aqui porque quero — falo parte da verdade. — Estou aqui por saber que todas as pessoas deveriam ter acesso ao mínimo de conforto e facilidades na vida.

— Tem certeza, filha? Porque para mim parece que o comandante não aceitaria outra resposta sua, apenas o *sim*.

Será? Estaria mentindo se dissesse que eu não me perguntei isso algumas vezes durante o dia.

— Ele disse que me explicaria algumas coisas hoje à noite, coisas que afirma desde que nos conhecemos, sobre a importância do nosso encontro, coisas que eu não entendo. Eu quero ouvi-lo e então vou decidir o que faço.

— Ele é um nobre do povo que...

— Nos escraviza, eu sei.

É impossível me esquecer, apesar de ele ter jurado que não concorda com a maneira como somos tratados. Olho para os anéis em meus dedos e para o tecido luxuoso do vestido listrado e me sinto errada, culpada. Não devia estar usando esta roupa, estas joias.

Começo a remover os anéis.

— Vou tirar tudo isso. Não é certo.

— Não, não foi isso que eu quis dizer, você parece uma princesa, mas...

— Não uma princesa — uma voz imperiosa e grave ressoa como um trovão.

Ramose está parado na entrada do quarto e, apesar de ter contrariado minha mãe, me encara com intensidade antes de completar:

— E, sim, uma rainha.

Meu pulso acelera enquanto ele se aproxima, repetindo:

— Uma verdadeira rainha, a mais linda entre todas. — O sorriso se estende para os olhos. — Jantaremos mais cedo. Eu te prometi respostas. Temos muito o que conversar e prefiro fazer isso enquanto ainda estivermos bem-dispostos.

— Está bem.

Respostas são mais do que eu quero, são o que preciso.

Ramose se afasta virando para minha mãe e se apresenta de maneira cordial:

— A senhora deve ser Miriam, a mãe de Zarah. Fico muito honrado.

Ela não retribui o sorriso nem o cumprimento. Um pouco sem graça, eu me adianto:

— Mamãe, este é..

— Eu sei quem ele é e também o que você significa para ele.

Nervosa, viro rapidamente para medir a reação de Ramose, que sorri em minha direção, como quem diz: *Não se preocupe, está tudo bem.*

Mas fica sério ao se voltar para minha mãe:

— Vamos jantar. Faz tempo que não me sento à mesa com pessoas tão importantes para mim.

Aquilo soa como uma resposta indireta à afirmação dela.

Para mim, as palavras de Ramose significam: Não, Miriam, você não sabe quem eu sou, muito menos quem Zarah é para mim.

10

Carnes, frutas, legumes e pães servidos em tigelas de cobre. Estamos sentados no chão, sobre almofadas ao redor de uma mesa redonda e grande, cheia de detalhes entalhados com pedras e desenhos.

A criada serve uma bebida escura, coada, antes de encher os cálices.

— É vinho — Ramose explica —, uma bebida fermentada como a cerveja, mas, na minha opinião, muito melhor. Vamos, provem — ele incentiva, sem esconder como o fato de não conhecermos nem mais da metade das coisas colocadas sobre a mesa o deixa ansioso sobre o que acharemos de tudo.

Experimento, mas minha mãe se nega a provar a bebida. Ramose nem percebe, não parece interessado nas reações dela, e sim nas minhas. Somente nas minhas.

É uma bebida com sabor diferente, um pouco ácida.

— Você gostou? — pergunta ele, após também dar um gole.

— É diferente. — Comprovo bebendo um pouco mais.

— É feito com uvas, uma fruta muito saborosa e especial. Este é importado da Babilônia. É a bebida usada para celebrar os cultos de Osíris.

— Eu senti mesmo um gosto de fruta.

— Você está certa.

O resto do jantar acontece em um silêncio entremeado por Ramose explicando sobre alimentos que não conhecemos e o som de uma música que toca em algum lugar não muito distante. Experimento o que ele diz se tratar de um bolo de frutas com mel. O sabor doce e a textura macia enchem minha boca e digo, sem nem ao menos engolir:

— É a melhor coisa que já comi na vida.

Ele segura minha mão e sorri amplamente satisfeito.

— Fico feliz que você tenha gostado do jantar.

— Eu adorei. Nunca experimentei coisas tão boas.

— Obrigado — diz para as duas criadas que ajudam a servir —, estava tudo perfeito, como sempre, vocês podem ir descansar.

As jovens terminam de arrumar as coisas sobre a mesa e deixam a casa. Ramose se volta para minha mãe.

— E obrigado por terem aceitado meu convite de ficar aqui por um tempo.

Durante o jantar, minha mãe não disse uma só palavra, um único comentário sobre as coisas maravilhosas que provamos, nem mesmo levantou o olhar do tampo da mesa. Agora, ergue as sobrancelhas em uma expressão que só posso classificar como de repulsa, antes de falar:

— Eu não chamaria isso de aceitar.

O que minha mãe pensa estar fazendo? Justo ela, que sempre foi a mais ponderada e cautelosa entre nós duas, está se comportando de forma tão rude. Devo ter batido a cabeça no caminho até Mênfis. Rude foi a maneira com que fui trazida para cá, e Miriam não sabe que já questionei Ramose sobre isso uma dezena de vezes logo que o encontrei.

— Mamãe — digo baixinho —, eu já conversei com o comandante, a senhora não precisa falar desse jeito, ele deixou claro que, se quiséssemos ir embora...

— Deixe — Ramose me interrompe —, não há problema, está tudo bem. O errado fui eu, Zarah, que trouxe você escoltada por dez soldados para cá e não deixei claro para Tamit que ela devia te tranquilizar e trazer a sua mãe junto, para que ela não se preocupasse com seu bem-estar.

Miriam assente, olhando de mim para ele.

— Na verdade — Ramose prossegue —, acho que devo um pedido de desculpas, afinal Zarah é sua única filha. A senhora tem a minha palavra de que não farei mal a ela. Por favor, me desculpem. — E termina curvando a cabeça em um gesto de respeito.

Os olhos cor de mel da minha mãe se arregalam um pouco, antes de ela concordar outra vez, suspirando.

Ramose emenda:

— Gostaria de conversar a sós com Zarah e explicar certas coisas para ela

Miriam fica um tempo em silêncio, apenas me encarando.

— Vou me recolher então, estou mesmo cansada. Boa noite.

Analiso uma das janelas, notando que já é noite lá fora. Minha mãe beija meu rosto e fala junto ao meu ouvido:

— Amanhã nós conversamos melhor, só nós duas.

E sobe as escadas. Escutamos a porta do quarto ser fechada. Ramose volta a pousar a mão sobre a minha, me puxando para levantar.

— Venha, vamos terminar o vinho no sofá.

Eu me sento próximo a ele sobre as almofadas macias e confortáveis. Continuamos a beber enquanto conversamos sobre temas variados. Depois da segunda taça, o vinho faz tudo ficar mais suave e calmo. Tudo, menos a reação do meu corpo junto a Ramose: meu coração continua acelerado e meu estômago vez ou outra é tomado por ondas geladas. Ainda assim, a sensação boa da bebida é reconfortante.

Acho graça quando ele conta que usava os mesmos braceletes que usa hoje, quando era criança, e que eles ficavam enormes, indo parar nos ombros, vez ou outra.

— E o seu pai, como era? — Ramose indaga se recostando.

— Ele era um homem maravilhoso, apesar de ter... — Desisto. — Eu o amava muito. Ele dizia sempre: "Podem tirar sua liberdade, as suas terras, a sua família, o seu trabalho, mas ninguém pode tirar o seu conhecimento e a sua fé". Por isso me fez estudar tanto.

— Parece que foi um homem sábio.

Encolho os ombros porque parte da minha admiração por meu pai morreu no dia em que soube que ele traía o próprio povo para nos beneficiar. Não quero falar sobre isso. Não aqui, não enquanto estou tão confusa por ter aceitado ficar — *apenas por uns dias*, lembro a mim mesma.

— E como foi a sua infância? — Ramose emenda servindo mais um pouco de vinho. — O que você gostava de fazer?

— Eu adorava brincar às margens do Nilo durante as cheias, na parte em que é permitido, porque — meu olhar cai —, bem... você sabe, a parte em que é impossível atravessar a nado por causa da correnteza.

— Zarah— ele me chama e eu volto a encará-lo —, como eu disse, nunca concordei com a maneira como seu povo é tratado.

Talvez Ramose esteja falando isso para me desarmar, talvez não pense desse jeito. E, se for assim, por que faria isso? Por quê?

Mordo o lábio inferior, nervosa, antes de perguntar:

— Por que eu estou aqui, Ramose? Por que você está falando e fazendo tudo isso, se jura não esperar nada em troca? Eu não quero te ofender, mas é difícil de entender.

Os olhos escuros e intensos roubam meu ar.

— Como errei com você mais cedo, eu só tenho as minhas palavras a meu favor. Então eu peço um voto de confiança, está bem?

— Passei a vida sendo oprimida pelo seu povo — olho para o cálice de vinho em minhas mãos e respiro fundo —, mas estou aqui para te ouvir, então, prometo tentar... dar esse voto de confiança.

Ramose franze o cenho e concorda.

— Vou ser transparente com você, em retribuição.

Dou mais um gole no vinho enquanto ele prossegue:

— Eu desejo algo em troca, na verdade, desejo muito, muito algo em troca. Algo que só você pode me dar. — Acaricia as costas da minha mão e me encara — Você entende o que estou falando?

Dou mais um gole no vinho. *Sim, eu entendo*. Apesar de não ter experiência, não sou inocente.

— Sim, você quer o mesmo que Narmer queria.

Uma expressão horrorizada cruza o seu rosto.

— Não, Zarah. Por Amon, não!

Fico sem reação por conta do tremor na voz dele.

— Sei que mereço que você pense dessa forma pelo jeito como as coisas aconteceram hoje de manhã, mas eu nunca… não assim.

Ramose apoia a taça de vinho sobre um banco próximo e segura minha mão com força, como se precisasse dar ênfase no que fala:

— Eu quis matar Narmer por tocar em você daquele jeito. Quero que acredite que eu nunca faria nada que você não desejasse ou quisesse, ou algo que te magoasse, porque, apesar de te desejar muito, você estar aqui não é apenas sobre eu querer que você seja minha.. amante.

Sinto a garganta apertar e meu pulso acelera.

— Não?

— Você acredita mesmo que eu faria tudo o que fiz e estou fazendo apenas para me deitar com uma mulher bonita por um prazer passageiro e rápido, por conta das nossas diferenças, sendo que há outras mulheres que estariam bem mais disponíveis?! Não faz sentido, não acha?

Lembro-me das palavras de Tamit: *Não é de estranhar que tantas mulheres desejem chamar a atenção de um homem na posição de Ramose.*

— Não, não faz.

— Com isso em mente, quero contar algumas coisas antes para que você me conheça melhor e entenda minhas motivações.

— Certo.

— Houve uma mulher que cuidou de mim depois que minha mãe morreu quando eu tinha oito anos. Ela foi o mais próximo que tive de uma mãe depois que a minha se foi, até três anos atrás, quando ela também morreu.

— Sinto muito por sua mãe e por essa senhora.

Ramose adota um ar pensativo.

— Ela era hebreia, a minha segunda mãe, e se chamava Yana.

Abro os lábios, surpresa. *Ramose foi criado por uma hebreia. Isso explica alguns comportamentos dele.*

— Yana na minha língua significa "Deus é bondoso", sabia?

Ramose concorda e pega as minhas mãos antes de dizer:

— Foi com ela que aprendi a falar hebreu. Yana me ensinou muito sobre muitas coisas. Era uma mulher sábia e bondosa, e eu a amava.

— Sinto muito — repito baixinho.

— Fiz uma promessa a ela de ajudar o seu povo. Tenho tentado convencer o faraó a lidar com as coisas de um jeito diferente. Tenho estudado saídas e... Ele realmente me escuta, Zarah.

Minha respiração falha.

Será?

Será que Ramose fala a verdade?

Talvez ele nunca faça nada para cumprir essa promessa. Mesmo assim, uma parte minha se apega a isso com unhas e dentes. Uma parte minha quer acreditar que Deus tem um plano para cada um de nós. Talvez conhecer Ramose, estar aqui, seja meu destino. Talvez, a ajuda que sempre quis dar ao meu povo esteja bem aqui, na minha frente.

— Obrigada, isso é o que mais quero na vida. Ajudar o meu povo.

Ramose inspira devagar, as narinas expandindo, os olhos um poço infinito de brilho e intensidade.

— Depois que minha mãe dormiu o sono de Osíris, meu pai só pensava na vida após a morte e em como reencontrá-la. Ele, que era primo do faraó e um grande general, perdeu parte do prestígio.

— Sinto muito por seu pai também.

— Meus pais estão juntos agora. Estão felizes desfrutando a eternidade. A verdade é que a tristeza pela perda da minha mãe fez o meu pai ficar ainda mais rígido comigo.

Ramose fita uma das tochas que iluminam o interior da casa.

— Eu nunca falei disso para ninguém, mas com você é diferente.

Por que comigo é diferente? Em vez de perguntar, passo a mão no dorso da mão dele, uma tentativa de mostrar compaixão. Falei que o ouviria e que acreditaria no que ele me contasse. Vou deixá-lo prosseguir sem interrupção.

— Meu pai foi um homem muito duro, não demonstrava afeto, me tratava como se eu fosse um de seus soldados, e então cresci tendo os estudos como companhia e consolo. Se não fosse por Yana, minha vida teria sido um inferno. Por isso, eu sempre soube aonde queria chegar.

Dou um gole no vinho.

— Você quer ser um dos principais comandantes do Egito, é isso?

— Quero vencer a morte, se um dia ela me surpreender, como fez com a minha mãe, ainda tão cedo, e assim poderei desfrutar a vida eterna com tranquilidade, por isso me dediquei ao sacerdócio, além da carreira militar.

Ramose me olha de um jeito ainda mais intenso.

— Tempos depois que minha mãe partiu, eu me fechei e, com o passar dos anos, jurei a mim mesmo que não me casaria nem amaria nenhuma mulher. Eu vi o que aconteceu com o meu pai. Nunca quis ser refém de outra vida senão da minha. Até que você apareceu e percebi que todo o poder e todo o controle que acreditava ter eram uma ilusão.

Desvio os olhos dos dele, um pouco ansiosa. Por fim, estamos entrando na conversa que quero ter desde que pus os pés nesta casa.

— Zarah — Ramose inspira devagar —, minha mãe era uma alta sacerdotisa de Ísis, e uma das lembranças mais nítidas que tenho é ela lendo um oráculo para mim.

— Um oráculo? — pergunto, sem me esforçar em esconder como estou confusa com o que ele acabou de falar.

— O oráculo que ela mais amava e respeitava, um que dá sinais claros de quem é a sua metade, a sua outra parte, bem como a chance de você se encontrar com essa pessoa aqui. Entenda, assim como os deuses, todos os homens têm a sua metade mulher. Somos reflexo dos deuses, criados da mesma essência, então não poderia ser diferente conosco.

Minhas mãos transpiram enquanto tento assimilar a intensidade do que ele acabou de dizer.

— Meu povo tem uma história que fala algo parecido: ao criar seu filho, Deus o divide em uma metade masculina e outra feminina, e as duas partes juntas são uma só, é sobre isso que você fala?

Ele concorda.

— Um encontro desses não é um encontro comum, poucos homens têm o privilégio de conhecer a mulher que está destinada a passar a eternidade com ele.

Meu pulso acelera.

— Ela também me explicou que esse oráculo é muito importante, pois, ao conhecermos antes da morte física a nossa metade, é mais fácil nós a encontrarmos depois da morte, em Sekhet-hetepet, os Campos de Aaru, ou o que vocês chamam de paraíso.

Meu pulso está cada vez mais acelerado, mal consigo respirar.

— Acho que eu entendo.

Os lábios generosos se curvam um pouco para cima.

— Você não entende, Zarah, o oráculo previu que minha metade teria no rosto o desenho do berço do sol — e toca em cima da minha marca de nascença —, a flor de lótus.

Prossegue tranquilo, imune à confusão que causa em minhas emoções:

— Disse também que ela teria os olhos como as águas do Nilo. — E toca nas minhas pálpebras. — Por fim, minha mãe me aconselhou a não procurar minha metade, eu só a encontraria quando não a estivesse buscando e no lugar menos provável entre todos.

Começo a negar com a cabeça, porque isso que ele está falando é algo sério. E nós somos separados por um mundo de diferenças.

— Mas como eu poderia obedecê-la? — acrescenta rapidamente. — Fui uma criança obstinada, e já naquela época passei um ano te procurando em todas as meninas que conhecia.

— Isso — minha voz falha — Você deve estar enganado quanto a isso, nós...
— Você não se lembra, mas nós já nos vimos uma vez.
Franzo o cenho
— Não é possível.
— Uma vez na minha casa, eu estava triste com algo que meu pai fez. Estava escondido em um canto do jardim, com a cabeça entre as pernas. Tinha cerca de doze anos, e você devia ter uns cinco ou seis... Você tocou no meu ombro e me deu sabe o quê?
— Não — respondo impulsiva, tentando sem sucesso me lembrar desse dia, desse momento.
Ele sorri, como se ainda não acreditasse.
— Você me deu uma lótus, uma que cresce na lagoa do jardim da minha casa. Você me viu triste e pegou entre tantas coisas uma flor de lótus — e sorri ainda mais com os olhos —, acredita?
— Eu não me lembro, eu...
— Seu pai não te levava junto em algumas visitas a pessoas que ele conhecia em Mênfis?
Concordo, com os lábios incertos.
— Lembro-me de vir com ele até Mênfis uma vez ou outra, mas...
— Quando vi a cor dos seus olhos e a marca da lótus no seu rosto, fiquei paralisado, sem reação. Demorei a conseguir raciocinar. Somente depois de um tempo fui atrás de você. Mas vocês já tinham ido embora. Lembro-me de ter visto você se afastando dos muros da minha casa, de mãos dadas com o seu pai.
— Eu não me lembro.
— Com o passar dos anos, me convenci de que provavelmente tinha imaginado coisas ou sonhado com isso. Nem pensava mais no assunto. Acho que nem mesmo queria encontrar alguém que, de certa maneira, fosse dona de uma parte do meu coração, do meu destino e da minha alegria. Eu não queria mais, até ter você ferida nos meus braços, dias atrás. Até entender que todos os meus passos pareceram me levar até você naquele dia. E, mesmo assim — ele sorri sem humor —, resisti um pouco a aceitar, tentei negar. Ao chegar em Mênfis naquela tarde, me tranquei no templo de Amon procurando respostas, mas tudo o que os deuses responderam em minhas orações e rituais é que era você, só podia ser você, minha alegria nesta e na vida eterna

Nego, ansiosa. Não pode ser.

— Entende agora o que você significa para mim?

Respiro devagar tentando encontrar o bom senso e a tranquilidade dentro de toda essa loucura.

— Como pode saber que eu sou mesmo a sua metade, só por causa de um oráculo? Afinal, por que Deus faria isso conosco?! Você é um nobre egípcio e eu, uma hebreia escravizada pelo seu rei.

— Sim, você tem razão, estamos separados por um rio de diferenças. Mas eu tenho certeza porque, quando olho em seus olhos, Zarah, eu enxergo a beleza do seu ser e me enxergo no reflexo deles. E isso nenhum oráculo pode prever ou explicar.

Segura o meu rosto entre as mãos e encosta a testa na minha.

— Depois de saber tudo isso, me diga, você ficará comigo?

A respiração dele está acelerada, os olhos inquietos, os dedos que tocam meu rosto, trêmulos.

— Eu...

Beija minha testa.

— Não vou me deitar com você sem sermos casados.

Outro beijo é deixado na minha testa, antes de ele me encarar:

— Nós somos casados, Zarah, para além desta vida — E beija minhas bochechas.

— Eu não sei.

— Por favor, diga que ficará aqui por mais um tempo.

Estou um pouco tonta pelo vinho, e tudo o que ele falou dá voltas na minha cabeça.

— Eu...

Ramose me abraça. O cheiro amadeirado e o calor do corpo, a respiração forte queimando a pele do meu rosto me deixam sem ar, me deixam sem conseguir pensar direito.

— Está bem. Mas será por pouco tempo.

Leva a mão até o coração acelerado dele.

— Obrigado — murmura em hebreu e repete em egípcio.

Ele me pega nos braços sem deixar de me encarar e sobe as escadas beijando meu rosto. Meus pés tocam o chão. Estamos em pé em frente à cama. Dedos longos e ágeis acariciam meus cabelos, a tiara é removida e o colar pesado também.

— Minha lótus — sopra rouco e beija o meu pescoço, o queixo e o pescoço mais uma vez.

As alças do vestido afrouxam enquanto meu ventre gela e o mundo gira. Efeito do vinho, efeito que Ramose tem sobre mim. E um sopro divino entra no quarto, derrubando uma peça no chão, provavelmente uma estátua. O baque seco e alto faz parte da minha consciência voltar. *O que estou fazendo?*

Ele é um nobre egípcio, um militar poderoso do império que escraviza meu povo. Como eu me sentiria se me deitasse com ele, mesmo que fôssemos casados? E quanto o fato de ele ser um comandante egípcio e eu uma hebreia escravizada é o que me faria dizer sim? E, por mais que um lado meu queira acreditar em tudo o que Ramose falou, não posso, não quero deixá-lo continuar.

— Pare. — Mas ele prossegue, imune, me puxando de um jeito mais forte, beijando meus ombros com mais intensidade. — Pare! — Desta vez eu o empurro e seguro a alça caída do vestido.

Ramose se senta na cama com os olhos cheios de espanto, respirando de maneira acelerada.

— Perdão. — Esfrega os olhos. — Me desculpe, isso não vai se repetir. Eu... — Passa a mão na cabeça — Não era para eu ter agido assim, não nesta noite, não tão rápido.

Respiro de maneira acelerada.

— E se eu não quiser que isso aconteça nunca?

— Venha — diz se esticando na cama sem me responder —, esqueça isso, vamos nos deitar para descansar um pouco e logo mais eu vou para casa.

Eu o analiso, desconfiada.

— Não acho que seja uma boa ideia.

— Não vou fazer nada, confie em mim. Só quero ficar um pouco mais com você, a não ser que você prefira que eu vá embora. Eu entendo, é tudo muito recente.

Cheia de dúvida, engatinho sobre o colchão e me deito ao lado dele. Apoio a cabeça em uma almofada e percebo que a respiração dele está descompassada como a minha.

11

Abro os olhos, sentindo o sol aquecer a pele do meu rosto, enquanto o peito baixa e sobe em contato com minha bochecha. *Oh, meu Deus, estou com a cabeça no peito de Ramose. Como eu vim parar aqui? E o pior, já é dia! O que minha mãe pensará?*

Franzo a testa, aflita, e me movo devagar tentando sair, sem acordá-lo. Um braço preguiçoso e forte enlaça minha cintura e me traz para junto outra vez.

— Bom dia, minha lótus. — Lábios mornos pousam em minha testa — Dormiu bem?

— Bom dia — me obrigo a responder.

Ramose se senta, me levando no impulso a sentar com ele. Passo as mãos nos cabelos, preocupada.

— Senhor, isso — aponto para a cama — não devia ter acontecido.

Os olhos pretos me fitam numa expressão indecifrável, as sobrancelhas curvadas com ironia antes de ele rir:

— Amon bem sabe como eu queria que algo tivesse acontecido. Acho que não durmo com a dor da não satisfação desde que tinha catorze anos. — E ri outra vez. — Mas, me responda, o que não devia ter acontecido? Não deveríamos dormir?

— Não — replico entredentes —, não deveríamos ter dormido juntos, na mesma cama, logo depois de você me tocar daquele jeito — concluo em voz baixa.

E ele volta a sorrir, fazendo minhas bochechas arderem.

— De que jeito?

— Os beijos.
— Um carinho quase inocente — e ri de novo —, depois dormimos.
— Você ainda está na minha cama e já é dia.

Ele se espreguiça, tensionando os músculos do braço, as linhas visíveis do abdome e das pernas potentes.

— Posso saber por que está sussurrando? Que mal há em dormir?
— Minha mãe está aí fora, e isso — aponto para a cama e para nós — pode não significar nada na sua cultura, mas para a minha é um pecado imperdoável, somente marido e mulher podem dividir um leito. E, o pior, você é um egíp... — Paro, arrependida.

Ramose me encara em silêncio, parecendo atingido.

— Como você falou ontem — começo a justificar —, é tudo muito...
— Não precisa se explicar, Zarah. Não imagino como é estar no seu lugar, mas saiba que farei o que estiver ao meu alcance para que você me aceite e confie em mim.

Ficamos um tempo apenas nos olhando, meu coração batendo acelerado.

— Está bem. Obrigada.

O peito largo sobe e desce numa respiração profunda.

— Tenho que ir agora, já devem estar à minha procura no palácio. Você vai me esperar para jantarmos hoje?

Concordo com a cabeça e lanço um olhar atráves da janela. O céu está azul e o barulho das pessoas do lado de fora chama minha atenção. Queria explorar as ruas, os templos, os aromas, as cores e tudo o que nunca vi.

— Eu quero sair de casa, posso?
— Pode, é claro que sim — Emoldura meu rosto com as mãos. — Você não é mais uma prisioneira, nunca deveria ter sido. Apenas peça para Tamit te instruir para onde e de que maneira é mais seguro sair.

Nunca deveria ter sido... Será?

— Eu fico feliz em saber que posso sair, mas precisarei pedir permissão para Tamit, é isso?

Beija minha testa devagar.

— Não, não precisa, somente avisar, e, se for necessário, alguns soldados te acompanharão.

— Soldados?
— Assim como Tamit, eu também sou sempre seguido por guardas da minha tropa pessoal.

— Eu sei me defender sozinha.

Mais um beijo demorado em minha testa, enquanto os lábios dele se curvam num sorriso e a voz rouca soa cheia de orgulho.

— Eu sei que sim. Narmer me contou que, naquele dia horrível, você não desistiu de lutar e feriu alguns soldados. Militares treinados, na verdade.

— Eles eram muitos, por isso não consegui me defender.

— Eu sei e acho você maravilhosa. Eu mesmo fiquei com vontade de dar uma surra em todos. Mas, sobre passear por Mênfis, sou um homem influente, com amigos e inimigos poderosos, e você também não conhece nada da cidade. Até que as coisas mudem, e com o tempo mudarão, te peço um pouco de paciência e que aceite a segurança que, sei, meus homens poderão te dar.

Suspiro.

— Está bem.

— Não se preocupe. — Ramose percebe meu desconforto. — Você não ficará sozinha, arrumarei muitas coisas para preencher os seus dias.

— Coisas?

— Você gostaria de aprender mais sobre os costumes e a cultura do meu povo?

Encolho os ombros.

— Sempre tive vontade de aprender sobre tudo.

— Que bom. Então vou pedir ao meu amigo, o médico que ajudará a sua mãe, que te ensine sobre o que você quiser aprender. Amsu é um dos melhores professores que já conheci.

Ouço a batida da porta. Ramose se foi. Vou até a janela e o vejo montar em um cavalo preto e sair ladeado por quatro guardas também montados. Não exagerou quando disse que sempre andava cercado de seguranças, mesmo por aqui. A rua é larga e pavimentada, as casas seguem o mesmo padrão de tamanho e cor da que estou hospedada, palmeiras enormes acompanham toda a extensão das calçadas. É um lugar limpo, bonito e aparentemente tranquilo. Mesmo assim, ele está cercado de guardas.

O problema é que são guardas egípcios, os mesmos que cercam os muros e as vielas dos bairros hebreus. O problema é que, por mais que Ramose jure que aqui eu estaria livre e que não concorda com a escravização do meu povo, se o que diz for mesmo verdade, talvez somente ele se sinta e pense dessa maneira.

Ontem eu aceitei ficar por pouco tempo, mas agora, com a presença de Ramose esfriando, não sei se fiz a coisa certa.

Pela minha mãe, ficarei um tempo a mais também por ela. E essa certeza ameniza o peso da vontade de ficar aqui por mim, por querer acreditar em tudo o que Ramose falou ontem.

Desço as escadas e encontro minha mãe sentada no sofá com o olhar perdido.

Inspiro o ar devagar. Imagino que nossa conversa não será fácil.

— Bom dia — digo e me sento em frente a ela.

Miriam me observa com uma ruga entre as sobrancelhas grisalhas, sem me responder.

— Sobre ontem — começo, sem perder tempo —, não aconteceu nada entre mim e Ramose, apenas dormimos juntos. Sei que a senhora não vai entender, já que sempre ensinou que somente marido e mulher podem dividir o mesmo leito.

— Não estou preocupada com isso.

Arregalo os olhos.

— Ah, não?

— Você escolher se entregar para um homem antes das bênçãos de Deus é a minha menor preocupação.

— Então... O quê?

— O que acha que vai acontecer quando ele se cansar de você?

— Não sei.

— Ele vai te devolver para os bairros hebreus ou acreditará que você pode fazer isso com outros homens, outros egípcios e...

— Eu não aceitaria isso. Você não ouviu o que ele falou ontem.

Ela cruza as mãos sobre o colo.

— E o que ele falou?

— Falou sobre um oráculo que a mãe dele leu, disse que éramos almas gêmeas, complementos e...

— Meu Deus — ela clama apertando a base do nariz —, você acredita mesmo que existe algo de especial entre vocês?

— Eu não sei. Por isso decidi ficar aqui por mais um tempo, para ter certeza.

— E decidiu isso em um par de horas?

— Decidi isso depois de ouvi-lo. Eu sei que Ramose é um nobre do povo que nos oprime. Mas também sinto que considerar apenas o julgamento que fazemos contra todos os egípcios pode não ser a escolha certa. Ramose parece ser diferente.

Faz uma negação com a cabeça.

— Mamãe — seguro as mãos dela —, a senhora sempre me disse que eu teria um destino brilhante como a luz das estrelas, e, de certa maneira, sempre senti no meu coração que havia nascido para algo grande. Algo que realmente desse sentido a tudo.

O cenho delicado se franze mais, e prossigo sem dar muito espaço para a dúvida se infiltrar no meu coração.

— Ramose prometeu que ajudará nosso povo.

Miriam inclina a cabeça para trás num gesto surpreso.

— Será?

— Algo me diz que esta é a minha chance de fazer a diferença para nossa gente. — *Ao menos na nossa, na sua vida.*

— Você nunca será uma igual para ele, Zarah. Nós sempre seremos hebreias e inferiores para qualquer egípcio.

— Quão diferente de como somos tratadas hoje no bairro hebreu?

— Só não quero que você sofra, essa é minha única preocupação.

Rio sem achar graça.

— Mais do que sofremos sendo oprimidos?

Ela baixa os olhos para as mãos cruzadas.

— Dentro dos muros, quem sofre mais é o nosso corpo. Mas aqui você pode se machucar de um jeito mais íntimo e profundo. De toda maneira, o problema ainda estaria no fato de ele ser quem é e das nossas diferenças.

Minha garganta aperta.

— Eu te amo, mamãe, e a sua opinião sempre será a mais importante, e também sei que você se preocupa comigo, mas eu decidi ficar — minha voz falha — Não estou aqui esperando nada além do que ele está nos oferecendo, e isso é muito mais do que já nos deram um dia. Inclusive a ajuda ao nosso povo.

* * *

— Bom dia — diz exultante —, hoje é um dia especial.

É Tamit quem entra em casa um par de horas depois que conversei com minha mãe. Almoçamos e descansamos no jardim e não falamos mais sobre minha decisão de ficar aqui. *Ainda bem*, já basta o meu conflito interno por estar aceitando ajuda de um nobre egípcio, por estar me sentindo tão atraída e inclinada a acreditar em tudo o que Ramose tem me falado.

— E o que o torna tão especial? — pergunto ácida.

Não gosto que Tamit entre sem bater à porta, não gosto da maneira como ela me trata.

— Bem, talvez não para todos, mas certamente para Ramose.

Diante do meu silêncio, Tamit prossegue com um sorriso tão grande que ocupa metade do rosto:

— O atual comandante foi para o mundo dos mortos, e isso significa que o faraó nomeará Ramose como primeiro-militar a seu serviço, não é incrível?

— Sim — respondo monossilábica.

— O que Ramose deseja há anos está cada vez mais próximo de acontecer — explica —, mas você não entende o quão grandioso e difícil é alguém que não seja um príncipe ascender a esse posto. — E me fita com olhos enviesados. — Por esse motivo, ele me incumbiu de te explicar algumas coisas, disse que quer que você entenda o motivo da ausência dele a partir de agora.

— Ausência?

— Sim, ele sairá de Mênfis por um tempo.

Percebo minha mãe suspirar parecendo aliviada, Tamit sorri e eu volto minha atenção para o que ela fala:

— O faraó decidiu agir contra os líbios. E, como Ramose será promovido comandante-chefe, abaixo apenas do grande Hórus no comando das tropas, ele terá de guiar mais de cinco mil soldados, só nessa expedição.

Eu a encaro em silêncio, minha mãe arfa baixinho e Tamit continua enaltecendo Ramose, como se ele não fosse deste mundo:

— É muito importante que Ramose tenha sucesso na primeira missão como comandante, por isso ele deve se concentrar antes de partir e participar de vários cultos e rituais dentro do templo em que serve, você sabe o templo de...

— Amon, o deus criador da vida, casado com Mut, a grande mãe.

— Muito bem, você conhece Amon e Mut — diz ela, sorrindo, mas eu percebo a nota de ironia, como quem diz: "Você pode aprender o que for sobre os deuses, mas nunca será uma de nós".

Não quero ser uma de vocês, penso em falar, mas me lembro das palavras de minha mãe mais cedo e disfarço a confusão das minhas emoções.

— Sei algumas coisas.

Ela analisa e mexe no bracelete do pulso antes de dizer:

— A nomeação oficial dele como comandante acontece hoje e, amanhã, haverá uma grande celebração para dar boa-sorte às legiões e abençoar a jornada do faraó.

— E por quanto eles se ausentarão?

— Não levará muito tempo, uns dois meses, eu acho.

Meu pulso acelera.

— Dois meses?

— Obrigada, meu Deus — minha mãe sopra baixinho.

— Sim — Tamit confirma e sorri.

Sinto, não sei se estou certa, mas parece que ela tem ciúmes de Ramose.

E algo mais me incomoda: Por que ele não veio pessoalmente me dizer tudo isso? Por que enviar Tamit?

— Ele ao menos virá se despedir pessoalmente ou enviará você para fazer isso também?

— Disse-me que fará todo o possível para vir ainda hoje.

— Está bem — concordo, sabendo que não tem mais nada que eu possa fazer.

Estou sentada junto à minha mãe. Acabou de anoitecer e os dedos longos e calejados começam a acariciar meus cabelos do jeito de que gosto tanto, enquanto ela canta músicas da minha infância. E, talvez por entender que isso simboliza a nossa reconciliação depois da discussão da manhã, ou porque em meu íntimo sei que as palavras dela mais cedo estavam repletas de amor, meus olhos se enchem de lágrimas.

Minha mãe me abraça, antes de dizer com a boca sobre meus cabelos:

— Estou do seu lado, minha filha; sempre estarei, você sabe disso, não?

A porta se abre antes que eu consiga responder.

Ramose entra, apressado, quase correndo.

Meu coração parece sair pela boca e bater no sorriso que ele dá para mim.

— Boa noite, não terei tempo de ficar para o jantar hoje, vim apenas me despedir e gostaria de falar a sós com a Zarah, se a senhora me permitir.

Minha mãe responde sem o encarar:

— Filha, estarei no jardim tomando um ar, quando quiser jantar, me chame.

Vira e sai, como se Ramose não estivesse ali. Como se ele não tivesse sido tão educado com ela.

Mais uma vez tento remediar a situação:

— Eu conversei com ela de manhã, mas parece que não surtiu muito efeito.

Ele se aproxima e me abraça, me desfaz em seus braços, outra vez.

— Já disse que isso não importa e que eu entendo sua resistência e a de sua mãe. Se eu pudesse mudar tudo, não hesitaria um só segundo.

— Obrigada.

— Não me agradeça, Zarah. Tentar melhorar as coisas para a sua gente é o mínimo que eu posso fazer.

Talvez Ramose realmente seja diferente.

— Tamit explicou o que está acontecendo?

— Sim, ela explicou.

— Venha, sente ao meu lado, quero te dar algo — dizendo isso, Ramose retira do pulso um dos braceletes de ouro que usa e o coloca em meu braço enquanto fala:

— Este bracelete foi da minha mãe, nunca o tirei do braço desde que ela morreu. Ele é decorado com o escaravelho, que é o símbolo do renascimento.

— Ele é lindo — digo, sem tirar os olhos das pedras e do desenho que já vi em outras joias e pinturas.

Ramose segura minha mão antes de prosseguir:

— Você se lembra de ontem, quando disse que meu pai foi muito duro comigo?

— Lembro — concordo ainda observando o bracelete.

— Meu pai me surrava, fez isso por anos enquanto repetia que só pararia de me bater quando eu não chorasse mais.

Minha boca seca e eu arfo de horror ao imaginar uma criança apanhando assim do próprio pai.

Ramose lança um olhar vago para o chão.

— Ele dizia que isso me prepararia para vencer as dores da vida. Dizia que, enquanto eu demonstrasse fraqueza diante da agressão, nunca seria um líder, um homem forte, alguém que merece respeito. E depois que consegui parar de chorar, acreditando que tudo acabaria, as surras continuaram sob alegação de que ele precisava prosseguir me treinando. Parece — a voz dele sai mais fraca —, parece que não tinha sido o bastante.

— Meu Deus — ofego, sem entender por que ele está me contando isso agora, prestes a partir numa viagem.

— O dia em que você me encontrou no jardim, meu pai tinha acabado de terminar um desses treinos comigo.

— Eu sinto...

— Não. — Ramose coloca os dedos sobre meus lábios. — Não sinta, isso já faz muito tempo. Só estou te contando para que entenda em quem eu confiei para cuidar de você durante a minha ausência.

Concordo e os dedos dele percorrem meus lábios devagar.

— Eu não tinha ninguém, Zarah, era um garoto alto demais e magricela. Mas tinha um amigo. Um amigo que cuidava de mim depois das surras que meu pai me dava. Um garoto dez anos mais velho, que me ensinou tudo o que sei e que me fez desejar ser mais do que um general, me fez querer ser tão sábio e maravilhoso como ele.

— Quem?

— O médico que virá atender a sua mãe e o mestre que vai te dar aulas, Amsu. Ele foi um segundo pai para mim, um muito mais bondoso e sábio, um que, se eu pudesse escolher, seria o único.

Quando eu era criança, e depois um pouco mais velha, sempre quis um professor que me ensinasse sobre o mundo e sobre as coisas da vida.

— Ficarei feliz em aprender com ele.

— Amsu é a única pessoa a quem eu confiaria a minha própria vida de olhos fechados. Acho que é a única pessoa em quem eu confio de verdade no mundo. E por isso pedi para ele cuidar de você, enquanto eu estiver longe daqui.

Um toque gentil na face me faz fechar os olhos.

— Promete que vai ficar, que vai me esperar?

— Prometo — digo, sem pensar em nada; nem no conforto desta casa ou na ajuda para minha mãe. Nem no que o povo dele ainda representa para mim.

Concordo por tudo que Ramose me faz sentir, mesmo em tão pouco tempo. No que poderemos ser quando ele voltar. Ramose ajusta o bracelete no meu braço.

— Esta joia contém pedras de três cores: vermelha, azul e verde. Usarei um bracelete durante todos os dias em que estiver longe de você e peço que use o seu também. Você pode fazer isso por nós?

— Sim — afirmo, observando que, enquanto Ramose usa o dele ajustado no pulso, eu o coloquei no meio do braço.

— Toda vez que olhá-lo, quero que se lembre de que a pedra vermelha é o símbolo da vida, pois é a cor do sol nascente e poente, é a cor do sangue e do coração. Lembre-se também de que eu deixo o meu coração aqui, em suas mãos.

Arquejo quando seus lábios se aproximam da minha orelha, antes de ele prosseguir:

— A pedra azul simboliza o céu e as águas do rio Nilo, que se envergonham ao serem colocados junto aos seus olhos. Por fim, o verde representa o ciclo das plantas, a cor de Amon e a vida do homem. Para que se lembre, quando eu estiver ausente, que a minha ressurreição não tem sentido se não for ao seu lado.

Então Ramose leva minhas mãos aos lábios e as beija, devagar, escorregando os lábios, a respiração quente com os toques mornos despertam e deixam minha pele sensível. Ele as beija até nossa respiração estar acelerada. E, quando levanta os olhos, um desejo líquido e profundo escorre por eles, tornando-os mais escuros.

— Eu lamento muito, você acabou de chegar e já a deixo sozinha.

Isso é verdade, não posso negar e me mantenho em silêncio.

— Sinto muito, mesmo — repete —, mas tenho que ir agora.

Permanecemos um tempo nos encarando até nossa respiração voltar ao ritmo normal.

— Eu te acompanho até a porta — digo por fim.

As mãos grandes em cima das minhas me impedem de abri-la. Ramose me abraça com força, antes de sair. Tenho vontade de pedir para que ele não vá.

Fico quieta.

Mais um beijo demorado é deixado em minha testa, antes de se despedir:

— Espere por mim.

— Sim.

— Jura por seu Deus que vai me esperar e que vai pensar em mim todos os dias?

Não vá. A sua ausência aumentará as dúvidas que tenho sobre estar aqui, me fará esquecer o que sinto quando você me toca, me fará ter certeza de que eu não devia aceitar nada disso, mesmo pelo bem-estar da minha mãe, penso.

— Sim, eu juro — digo no lugar.

12

O sol havia acabado de se firmar no céu e eu ainda estou com sono. Na noite anterior, não consegui dormir direito pensando na ausência de Ramose, que partira em viagem, e principalmente, em David. Depois do turbilhão de coisas que aconteceram no primeiro dia longe, acho que, mesmo que o comandante tenha avisado meu amigo de que estou bem, David deve estar preocupado. Quero dar um jeito de falar com ele pessoalmente. Preciso fazer isso.

Desço as escadas e vejo que minha mãe está em pé ao lado de Tamit e um homem egípcio, provavelmente o médico e amigo de Ramose.

— Zarah, bom dia, este é Amsu — Tamit confirma assim que me aproximo. — Ele acabou de examinar sua mãe e será seu professor, isso, é claro, se você quiser aprender alguma coisa.

— Oi, Zarah — ele me cumprimenta, educado.

Lembro-me do que Ramose falou sobre Amsu na noite anterior e noto o quão diferente eles são: enquanto Ramose é força, músculos e potência, Amsu é magro, com braços e pernas alongados, rosto oval, nariz acentuado, pele marrom-clara e olhos castanhos. Enquanto o olhar de Ramose é profundo e me envolve, tirando o meu ar, o de Amsu é sereno, contemplativo, emana confiança e sabedoria. Ele usa um tecido branco na cabeça, comum aos sacerdotes, e um saiote também branco.

— Obrigada por ter vindo e por tê-la examinado. — Viro-me para minha mãe. — O senhor vai poder ajudar?

— Já estudei alguns casos parecidos com o que a sua mãe me relatou sentir, acredito que não exista um tratamento definido, apenas conter as crises quando elas acontecem e, claro, muito repouso. Descanso e uma alimentação adequada.

Repouso. Descanso e alimentação adequada. Além dos remédios para conter as dores quando elas aparecem. Nada disso existe no bairro hebreu.

— Posso tentar um ritual com auxílio dos deuses, mas...

— Não — minha mãe interrompe —, agradeço pelos remédios e atenção, mas nós não seguimos os seus deuses.

Tamit bufa e Amsu arqueia as sobrancelhas numa expressão de quem acredita que não adiantará insistir.

Também não acho certo que ele faça um ritual para os deuses egípcios a fim de ajudar minha mãe, pois o pouco que conheço do que eles seguem é completamente diferente de tudo o que acreditei a vida inteira. Além disso, ainda são os deuses dos egípcios.

— Obrigada, Amsu, mas concordo com minha mãe, o remédio e suas orientações serão o suficiente por ora.

Tamit revira os olhos, minha mãe suspira e Amsu foca sua atenção nela.

— A senhora se queixou de dor há pouco, aconselho que tome dois goles da poção no frasco que te entreguei e se deite um pouco.

Minha mãe me encara abatida, os olhos fundos confirmando a dor.

— Obrigada, eu acho que vou mesmo me deitar um pouco.

Observo-a subir as escadas devagar e meu maxilar trava. O consolo é estarmos aqui, é ela não precisar trabalhar para comer. É saber que Miriam está indo deitar-se em um colchão confortável e com remédio em abundância. Nada é pior e mais angustiante do que ver quem amamos sofrer sem poder fazer muito para amenizar. Esse é o cúmulo da impotência.

Pouco depois que Miriam nos deixa, Amsu volta a falar comigo.

— Ramose me disse que você quer aprender sobre alguns temas, o que tem mais vontade de conhecer?

— Eu não sei. — Sou sincera porque, apesar de ter curiosidade e vontade de aprender mais sobre tudo o que existe, não tenho ideia do que sugerir nem por onde começar.

— Amsu é um dos melhore professores do Egito — Tamit emenda cheia de soberba — E provavelmente nunca ensinou uma hebreia antes. Entretanto, está aqui e vai fazê-lo por que Ramose pediu pessoalmente e de maneira bem específica e incisiva, não é mesmo, Amsu?

— Sim, estou aqui porque ele me pediu.

Aperto um pouco os dentes, Tamit falou como se Amsu fosse se tornar uma pessoa pior, ou menos sábia, somente por me ensinar. Não quero que alguém que me enxergue como inferior me ensine nada.

— O senhor não precisa fazer algo com que não concorde ou que não queira só porque Ramose lhe pediu. Sim, eu quero aprender, sempre fui curiosa e gosto de estudar, mas, se isso for um problema, prefiro que o senhor não se incomode comigo.

Amsu também inspira fundo antes de dizer com um sorriso discreto no canto dos lábios:

— Você parece uma jovem obstinada e com sede de aprender, e isso é tudo o que um professor quer encontrar em um aluno. Eu a ensinarei com prazer.

Encaro Tamit com o queixo um pouco empinado, ela estreita os olhos com ar ainda arrogante.

A voz de Amsu chama minha atenção:

— Que tal começarmos falando sobre os deuses egípcios? Notei que você e sua mãe tem alguma resistência com relação a isso.

Arregalo um pouco os olhos porque não quis passar essa impressão, apesar de — bem —, apesar de ser verdade.

— É normal resistirmos ou estranharmos aquilo que não conhecemos — Amsu prossegue —, mas tenho certeza, pelo que sei dos seus costumes, que, quando você aprender mais a fundo sobre nossas crenças, encontrará semelhanças com o que seus patriarcas ensinam. Apenas escute sem julgar e depois tire suas conclusões, pode ser?

— O senhor sabe o que os meus patriarcas ensinam?

Ele sorri de leve.

— Ao contrário do que Tamit falou, sou amigo de um hebreu e já o ensinei também.

Sei que algumas famílias hebraicas vivem de maneira diferente no Egito e que ainda mantêm certos privilégios, como ascender a cargos de mais destaque ou morar fora dos bairros hebreus. Vivem mais como egípcios que como hebreus. Lembro que esse era o desejo do meu pai para nossa família.

— Tenho curiosidade de aprender — falo com sinceridade — e vou escutar com abertura.

Tamit bufa novamente e Amsu ignora, perguntando:
— Vou começar do início então, está bem?
Aquiesço.

E, uma vez que ele começa a ensinar, se transforma por completo. O olhar calmo adquire um brilho renovado e audacioso, a voz mais baixa ganha potência e sai em um tom vibrante. Ele fala com tamanho entusiasmo que parece maior e mais forte, se igualando a um líder que todos parariam para ouvir.

Entendo que, de um momento a outro, não sou mais uma servente e ele não é um mestre acima das pessoas comuns. Acontece uma simbiose perfeita, ele é um professor e eu, a sua única aluna, nós precisamos um do outro, como a terra precisa do sol e, apesar de eu não acreditar no que estou aprendendo, aguardo com ansiedade a próxima informação:

— No princípio, só existia o oceano — diz —, então Rá, o sol, surgiu de uma flor de lótus, que apareceu sobre a superfície da água. Rá deu à luz quatro filhos: os deuses Shu e Geb e as deusas Tefnet e Nut.

— Certo.

Amsu continua:

— Amon é o grande deus, seu nome significa "o oculto". Em sua origem, ele é uma divindade do ar e do vento, o primeiro elemento cósmico a receber a vida no caos antes de o universo ganhar forma.

— O templo a que Ramose se dedica é o de Amon, não é? — pergunto, curiosa.

— Sim, e o principal templo de Amon é o de Tebas, mas, por ser o deus primordial, ele é adorado e cultuado em todo o Egito.

13

TAMIT

Talvez eu esteja realmente muito fragilizada, nunca o fato de provocar uma mulher me fez tão bem ou, o que é pior, me divertiu tanto. Sei que pode ser uma estupidez, uma infantilidade, mas, quando eu vi o bracelete — por Ísis —, perdi a cabeça.

A joia que Ramose não tira do pulso por nada. A joia que pertenceu à mãe dele, no braço daquela... daquela hebreia. Me segurei para não gritar e chorar. Como se não fosse revoltante o suficiente ser obrigada a cuidar dela, ensiná-la, embelezá-la para ele. Uma servente. Uma hebreia. Uma mulher totalmente despreparada para ser amante de um homem na posição de Ramose. *Que prazer ou exaltação do próprio poder ele acha que encontrará junto a Zarah?*

Por Amon, ele enlouqueceu? Perdeu o juízo? Parou de se preocupar com o que realmente importa? Afinal, Ramose deveria estar fazendo de tudo para concretizar a união que mudará sua vida, a nossa vida.

Kya, uma amiga e criada íntima de Néftis, a irmã caçula da rainha, me confidenciou, tempos atrás, que o faraó deseja realizar o casamento de Néftis com Ramose. E ele sabe disso, mas tem protelado, parece não se dar conta da honra que recai sobre ele, sobre nós.

Que absurdo.

Entro em uma das antecâmaras do palácio e, ao ver Ramose, meu coração idiota e masoquista acelera e eu sorrio com ironia para mim mesma.

— Boa tarde, Tamit, está feliz hoje?

— Sim, senhor — respondo, simpática.
— E que motivo a alegra?
— Nada de mais, senhor. — Lembro-me das palavras de Kya: *Néftis diz que está encantada com Ramose.* — Coisas minhas.

Um sorriso forçado vem em resposta.
— Conte-me, como ela está? Como foi com Amsu?
— Foi interessante voltar a ouvir Amsu lecionar.

Ele continua com o sorriso forçado curvando os lábios.
— Estou perguntando de Zarah, Tamit, como ela foi? O que ela achou?

É claro que está perguntando dela. Da hebreia. E o que resta do meu bom humor desaparece como mel em uma bebida quente. Obrigo-me a responder:
— Pareceu gostar da aula, senhor, não teve muitas dúvidas.

E então o sorriso forçado curva mais os lábios revelando dentes claros em contraste com a pele bronzeada de sol em um gesto genuíno e espontâneo. Ele se alegra só de falar nela. De saber que ela gostou de algo. Comprovar isso me indigna e eu quero atingi-lo. Afinal, ele não percebe quanto está parecendo patético ao se envolver desse jeito com uma serva?

— Amsu é realmente muito solícito.

O sorriso se desfaz um pouco antes de ele indagar:
— Como assim, o que quer dizer?
— A atenção que depositou sobre ela. Poucas vezes o vi tão disposto em suas aulas. Ao vê-la, não se opôs nem um pouco em ter de ensiná-la, mesmo quebrando alguns costumes. Ele se dedicou totalmente, não tirou os olhos de Zarah por um só instante. Bem... você deve entender, é esse efeito que ela provoca nos homens, não é?

Agora uma veia pulsa no maxilar tenso. Ramose está atingido, e eu? *Satisfeita.*

— Está me provocando?
— De forma alguma, senhor — minto. — Não quis que entendesse dessa maneira, afinal, Amsu é seu homem de confiança, o único; é como um pai para você.

Ramose permanece em silêncio por um tempo, anda de um lado a outro na antecâmara, antes de ordenar em um tom baixo e enganosamente calmo:
— Você não deixará os dois sozinhos nem por um minuto, fui claro?

Nãoo! O que eu fiz? Isso acabará com os meus dias.

— Mas Amsu é como seu pai e de extrema confiança.
Ramose coloca o sorriso forçado outra vez nos lábios.

— Sim, se ele não fosse, jamais apresentaria Zarah a ele. Jamais ele teria um contato tão íntimo com ela e por tanto tempo, isso não está em discussão. O caso é... — ele se senta de maneira relaxada antes de prosseguir: — Você tem razão, sei o que Zarah provoca nos homens e não vou dar chance ao azar, não vou arriscar perder o único amigo e pai que tenho. Fim de discussão, você os acompanhará sempre.

Já não sei se está realmente preocupado com algo que possa acontecer entre Amsu e Zarah ou se percebeu minha tentativa infantil de provocá-lo e me pune.

— Se eu tiver que acompanhá-los sempre, como darei conta de todas as minhas tarefas?

— Sei que dará um jeito. — E segura em minha mão. — Confio em você, Tamit. A melhor funcionária entre todas.

Ramose sabe que, sendo gentil, me elogiando, me dando um pontinho de atenção, costuma me ganhar. O problema é que fiquei tão irritada e fui tão impulsiva que esqueci o assunto que realmente o deixará furioso. Logo depois da aula de Amsu, Zarah me pediu para visitar o amigo dela.

Não posso mentir para Zarah e arriscar que essa garota insubordinada fuja para ver o amigo ou algo pior. Se isso acontecer, Ramose enforcará alguém quando souber, tenho certeza. Inspiro devagar, tomando coragem para falar:

— Está bem, senhor, não os deixarei a sós, prometo.

Mordo o lábio apreensiva.

— O que foi? — Ramose percebe.

— É que tem uma outra coisa.

— O quê?

Fecho os olhos e falo de uma vez:

— Ela me pediu para ver o amigo.

— Qual amigo? — pergunta, analisando os acessórios e joias que terá de usar para as cerimônias de hoje mais tarde.

Acho que, às vezes para se poupar, Ramose finge que não entende.

— O amigo que a pediu em casamento.

O ar é inspirado com tanta força que as narinas dele expandem.

— Hoje é um dia muito feliz, não é?

Um pouco confusa, concordo:

— Sim, senhor.

Ramose se levanta, inflando o peito, e meu estômago gela.

— Há três dias esse garoto está tocando fogo nos bairros hebreus, perguntando sobre Zarah e a mãe dela para todos os soldados, solicitando audiências com capitães, parece que até o meu nome ele descobriu e — ri com frieza — vem exigindo falar comigo, me expondo. Ele não sossega, mesmo eu tendo ordenado para os soldados garantirem a ele que Zarah está bem.

— Eu não sabia.

Agarra o colar de cima da mesa e o coloca sobre o peito antes de murmurar para si mesmo:

— Ela quer ver esse amigo? Quase noivo? Que o inferno deles o engula, isso é o que de fato eu queria.

Faz uma pausa e arruma os anéis, um por um nos dedos.

— Mas, se isso a fará feliz, ela vai ver esse amigo. Você a levará junto a guardas que as seguirão e a trará o mais rápido possível de volta para casa. Deixará claro que sei da importância dele para ela. E, se voltar a pedir para vê-lo, dirá que é muito arriscado ir até lá novamente e que não será possível. Não até a minha volta, compreende?

Tenho muito mais respeito ou… medo quando Ramose, em vez de extravasar a sua raiva com gritos, a converte numa falsa calma e razão obstinada.

— Sim, senhor.

— Então, se mesmo assim depois que eu voltar de viagem esse sujeito continuar expondo meu nome na guarda egípcia, terei uma conversa pessoalmente com ele.

— Algo mais?

— Durante a minha ausência, toda semana quero que entregue para Zarah algumas flores de lótus, em meu nome.

Prendo o ar horrorizada com o pedido estapafúrdio.

— Mas, o senhor deve saber, elas não são tão fáceis de encontrar nessa época e…

— Não estou pedindo para você mesma sair pelos pântanos à procura delas. — E ri divertido com a própria ironia — Use meus homens para isso.

— Está bem, farei o possível.

— Sei que conseguirá.

Tenho vontade de grunhir ou revirar os olhos.

— Vá tranquilo, eu cuidarei de tudo.

— Eu sei.

Ele toca meu rosto e eu me forço a manter os olhos abertos. *Droga*.

— Nos vemos logo mais, na procissão.

— Sim, senhor, até mais.

E sai, após colocar os braceletes e pegar as outras indumentárias do culto, deixando-me a sós com a minha devoção cega a ele.

14

*F*áz sete dias que Ramose viajou e nove que estou morando em Mênfis.
 E agora estou a caminho de casa.
Meu pulso acelera.
Tamit me tirou da cama ainda de noite dizendo que me levaria para ver meu amigo.
E, em breve, me encontrarei com David.
Por mais que Ramose tenha se esforçado para fazer com que eu me sinta em casa, por mais que as aulas com Amsu me distraiam e que os passeios pelas ruas de Mênfis, ainda que seguida por Tamit e alguns soldados, sejam interessantes, por mais que eu tenha luxo e conforto, coisas com que nunca sonhei, aqui não é minha casa. *Acho que nunca será.*
Ao deslizarmos sobre as águas azuis do Nilo, os monumentos se tornam menores. As pirâmides enormes voltam a caber entre os dedos. O barco diminui a velocidade até por fim parar por completo.
Tempos depois, o cheiro de terra batida, pó de pedra e trigo moído desperta minha memória, trazendo um aperto no peito e um aconchego familiar. Um nó se forma em minha garganta, um misto de saudade e tristeza. O deslumbrante mundo novo ao qual fui apresentada nos últimos dias se apaga a cada passo que dou ao encontro dos muros que cercaram minha vida.
As pessoas baixam a cabeça ao nos verem passar.
Engulo em seco.
Elas também se afastam para abrir passagem, como se quisessem se esconder dos nossos olhos.
O bolo aumenta na minha garganta.

Um senhor caído no chão agarra a barra do meu vestido pedindo ajuda.

Eu me ajoelho para tentar socorrê-lo, mas paro, confusa, quando dois soldados surgem do nada e desvencilham as mãos do homem da minha saia, o levantam do chão sem falar nada e o carregam para longe. Faço menção de segui-los, mas sou detida por Tamit, que agarra a curva do meu braço.

— Vamos, Zarah, não faça mais isso! Quer pôr tudo a perder? — E me puxa.

Engulo o bolo na garganta e continuo seguindo-a em direção à entrada do meu bairro.

Soldados agora são como abelhas guardando a colmeia, andando de um lado a outro, segurando lanças e escudos, como se protegessem um tesouro.

Instintivamente e com as mãos suando frio, cubro mais o rosto quando um dos homens que vigia a entrada pergunta para onde iremos e quem vamos ver.

— Eu sou Tamit e estou aqui com autorização do comandante Ramose.

Ao ouvir o anúncio, os guardas adotam uma postura respeitosa e abrem de imediato a passagem, como se tivessem medo do nome e do poder que ele representa.

As ruas cinza e cheias de pó se tornam memórias vivas de momentos difíceis, mas de muitos outros felizes. O meu idioma sussurrado no vento em cada curva é a chave para destrancar de vez a porta da lembrança.

Saudade.

Lágrimas.

Saudade do meu pai.

Da minha infância.

Do tempo em que eu não sabia tudo o que viveria, tudo o que esse muro traz.

E, principalmente, saudade do meu amigo.

— Agora — diz Tamit baixinho —, você sabe o caminho até o seu amigo, vá nos dirigindo.

Aquiesço e tomo a dianteira.

Caminhamos até a casa de moenda onde David trabalha. Tamit puxa o capuz sobre meu rosto, escondendo algumas mechas do cabelo que se soltaram durante o caminho.

— Espere aqui e tente não chamar atenção.

E eu a aguardo por alguns minutos. Longos demais, empoeirados demais, densos demais. Ela sai acompanhada de David, que se aproxima com o cenho franzido e a expressão de incerteza estampada no rosto.

Nossos olhos se encontram, ele franze ainda mais o cenho. Parece não me reconhecer. Eu não o culpo, devo estar mesmo muito diferente. *Em apenas nove dias um mundo nos separou.* Então os olhos castanhos se arregalam enquanto ele murmura:

— Zarah.

David se aproxima mais, o sorriso aberto, aliviado, destacando os dentes claros e os lábios trêmulos.

— Por onde você andou? — murmura e beija minha testa — Eu quase morro de preocupação. — E beija minha testa outra vez. — Já não sabia mais para quem perguntar, como e onde te procurar.

Observo Tamit de lado, com medo do quanto vou magoá-lo. Não será uma conversa fácil e quero estar sozinha com ele, é o mínimo que devo ao meu amigo.

— Tamit, pode nos dar um tempo a sós?

— Infelizmente não, Zarah, tenho ordens de não me afastar, tenho de estar perto caso algo aconteça, compreende?

Ignoro a resposta e tomo uma distância de poucos metros e, apesar de ela cruzar os braços sobre o peito com ar de irritação, não me segue. Fecho os olhos respirando devagar e vou direto ao ponto.

— Você não recebeu o meu recado, de que eu estava bem e logo voltaria para casa?

— Sim, alguns soldados me falaram que você estava bem e outros não se deram o trabalho de responder. Não sabia em quem acreditar.

— Por isso estou aqui.

As mãos ásperas emolduram meu rosto.

— Você sumiu, eu fiquei em pânico, desesperado.

— Tudo aconteceu tão rápido, acho que ele não teve tempo de se certificar de que você tinha sido avisado com o cuidado que eu pedi.

Agora é David quem franze o cenho.

— Ele?

— Me perdoe, meu amigo querido, as coisas saíram do meu controle.

— Que coisas?

Respiro fundo novamente.

— Você confia em mim?

— É claro — diz e segura minhas mãos —, você sabe que sim.

— Quero que saiba que sempre te amei e que, apesar do que aconteceu, a minha resposta à sua... — meus os olhos ardem — à sua pergunta — completo — é que eu não posso me casar com você, David. Estaria mentindo para nós dois se dissesse que nunca pensei ou senti algo a mais por você ou que nunca me perguntei como seríamos juntos. Mas eu te diria não, e você sabe o porquê, mesmo que isso não tivesse aconteci...

— Mas o que aconteceu, pelo amor de Deus?

— Eu não poderia me casar com você... — umedeço os lábios secos, o calor parece ter aumentado — sem ter certeza se nasci ou não para estar com outro — concluo.

David me encara em silêncio, o peito descendo e subindo rápido no ritmo de sua respiração.

— Estar com outro? — A voz sai em um silvo. — Outro quem?

Agora meus lábios tremem. Não quero magoá-lo. É tudo que menos quero.

— Sei que pode parecer uma loucura, eu mal o conheço, é uma loucura para mim também, mas eu sinto, quer dizer, acho que algo está acontecendo comigo.

— Você está falando do comandante, não é?

Concordo, em silêncio.

David solta minhas mãos e esfrega o rosto com força, antes de dizer:

— Por isso essa capa e essas roupas egípcias. E por isso essa mulher e esses guardas — fala, apontando para trás, onde sabia que estavam os três soldados da guarda particular de Ramose, observando cada um dos meus movimentos.

— Os guardas são apenas para garantir a minha segurança e a de Tamit.

Os olhos castanhos se estreitam mais e uma veia começa a pulsar no maxilar rígido.

— Segurança contra mim?

— Não — respondo horrorizada — Segurança por causa do caminho até aqui.

— Você está sendo obrigada, não está? — pergunta e toca meu rosto de maneira tensa — Ele te machucou? Está te ameaçando?

A maneira como David parece justificar minha escolha, provavelmente para não se decepcionar, faz meus olhos se encherem de lágrimas.

— Não, David. Saí daqui forçada, mas, ao chegar a Mênfis, ele disse que eu podia escolher. Ramose sabe que estou aqui falando com você. Não estou sendo obrigada a nada.

— Não está? Mas onde diabos você está morando?

— Em Mênfis, eu e minha mãe. — Forço um sorriso. — É uma cidade tão linda, tenho certeza de que você amaria conhecer a rua do comércio e as pirâmides... você tinha razão, é difícil enxergar o topo, e você não acredita na quantidade que...

Paro, me dando conta somente agora, olhando para David, do que parece ser a solução perfeita para tudo.

— Queria tanto que você estivesse lá comigo, nem sei como só pensei nisso agora, mas, se você quiser, meu amigo, falarei com Ramose, ele pode tirar você e sua família daqui.

De repente, isso parece a solução para tudo, a única coisa que realmente eu deveria ter vindo fazer aqui. Se David aceitar, ele poderá morar próximo à minha casa.

— Tenho certeza de que não faltará trabalho para você — prossigo —, nós poderíamos morar próximos e...

Ele arfa, dando uma risada triste.

— Enquanto o nosso povo continua aqui sofrendo todos os dias?!

— Não — nego, agitada —, quer dizer, Ramose prometeu ajudar a todos, ele vai...

— Eu nunca aceitaria nada desse desgraçado. Como você tem coragem? Justo você?

Meus olhos se arregalam, um frio percorre minha espinha.

— Ele está cuidando da minha mãe, você precisa ver como ela está melhor.

A expressão dele fica cada vez mais transtornada.

— Eu cuidava da sua mãe. Cuidei dela com você, sempre, ou não cuidei?

— Sim, é claro que sim. Mas nós sempre dissemos que, se tivéssemos a chance de escapar desta vida, é o que faríamos.

— Não à custa de um nobre egípcio, Zarah — prossegue, rindo com frieza — Jura por Deus que você está renunciando à nossa amizade, à vida que poderíamos ter juntos, por causa de um maldito egípcio? Um nobre filho da puta? — termina, quase gritando.

Vejo pelo canto dos olhos os soldados se aproximarem em uma postura defensiva.

— Sinto muito ter te magoado, só queria vir até aqui falar que te amo, mas você sabe também o que penso dos casamentos atrás desses muros, de filhos que nascem nesta opressão, de submetermos uma criança a esta vida, e eu jamais te levaria a abrir mão da sua vontade, arriscaria nossa amizade.

— Ah, é claro — cospe com ironia, e a expressão fria me machuca — Os filhos que por ventura você tiver com o comandante terão sangue real.

— Eu nem sei se terei filhos com ele, se algum dia nos casaremos, se eu vou querer isso.

— Parece que você trocou uma prisão por outra — afirma com a voz rouca, apontando com o queixo para os guardas, cada vez mais próximos.

— Você não sabe o...

— E você.. — ele me interrompe outra vez. — Está deslumbrada com as roupas, joias e a possibilidade de escapar deste mundo, de melhora de vida para a sua mãe, e juro, Zarah, se isso não me machucasse tanto, eu te apoiaria. Mas não se iluda, você jamais será um deles nem será aceita como tal. O que esse homem quer é te transformar em uma espécie de mercadoria, nada muito diferente do que somos aqui dentro. Só que a recompensa que ele quer está no meio das suas pernas.

Levanto a mão, mas detenho o impulso de dar um tapa nele. Sei que está magoado. Sei que está decepcionado, e só por isso foi tão grosseiro.

Engulo o choro.

— Não é nada disso.

— O meu amor por você não mudará. Quando você acordar, ainda estarei aqui te esperando. — Ri, ácido. — Para onde eu iria? — E olha para os muros altos que cercam a nossa vila, a nossa vida.

Fecho os olhos sentindo as lágrimas ganharem meu rosto.

Minha lótus, espere por mim, prometa. A voz de Ramose ecoa na minha mente. No meu coração. Rasga um pedaço da minha alma.

— Nós temos que ir — diz Tamit, se aproximando.

Observo o rosto do meu amigo, suas lágrimas refletindo minha escolha.

— Eu prometi esperar por outra pessoa — afirmo com a voz fraca e um pedaço do meu coração é arrancado e deixado no chão para ser pisoteado. — Não sei por quanto tempo, mas eu vou ficar em Mênfis.

David ergue o meu rosto com suas mãos e enxuga as minhas lágrimas.

— Temos mesmo que ir — Tamit repete, mais enfática.

— Adeus — digo baixinho.

— Nós ainda nos veremos, Zarah — escuto David dizer conforme nos afastamos.

Choro durante todo o caminho de volta, sem perceber que não sinto apenas por ter magoado o meu amigo, ou estar me afastando dele, ou por tudo o que ele disse e que, concordando ou não, me atinge e me enfraquece. Choro porque uma parte minha sabe que algo acaba de morrer dentro de mim. Algo muito valioso. Choro porque, neste momento, não tenho vontade nem coragem de entender o que é esse algo.

Não quis falar com ninguém.
Não quis assistir à aula de Amsu.
Não quis jantar.
À noite, minha mãe entrou no quarto e nós conversamos. Contei tudo o que David me disse e tudo o que falei para ele e como isso me machucou.

Miriam me abraçou sem falar nada. Não sei por que o silêncio dela me incomodou mais que as críticas. Acho que por isso acabei dizendo que esperaria Ramose voltar, que prometi isso a ele e então decidiria o que fazer.

Nós rezamos antes de dormir, fazia alguns dias que eu me esquecia por completo de rezar. É como se nenhuma parte da minha rotina anterior pertencesse a este lugar, a esta nova vida.

Agora estou sentada enquanto minha mãe ajuda uma das criadas a retirar a refeição matinal da mesa.

Mal consegui comer. Não estamos acostumadas com esta fartura, meu corpo não sente necessidade de tanto. No bairro hebreu, temos que nos considerar afortunados por termos uma refeição ao dia.

Aqui, tudo é exagero, desperdício e opulência.

Suspiro ao ver Tamit entrar, seguida por uma mulher diferente. Pelos trajes e aparência, deve ser de outra origem. Imagino que é a professora de dança que Tamit comentou que viria me conhecer.

— Eu não farei aulas de dança.

— Toda mulher agradável deve dançar. — Foi a resposta de Tamit dois dias antes, quando tivemos essa conversa.

— Não na minha cultura.

— Por isso vocês nunca serão nada muito diferente do que são hoje.

Levantei-me de uma vez, tentada a fazê-la engolir as palavras, mas Amsu se interpôs.

— A dança é sagrada para nossa cultura.

Aprendi a ouvir e respeitar Amsu nesses dias, porque ele também me respeita e me ouve, sempre perguntando minha opinião e minha visão sobre tudo o que me ensina.

— Entendo — respondi a ele —, mas não vejo necessidade de aprender a dançar.

Tamit bufou:

— Eu desisto, entrego os pontos! Ela é uma selvagem e nunca estará apta para amar um nobre, ela nem mesmo percebe quão privilegiada é por estar nessa posição.

— Você pode ter mais cultura do que eu, porque teve a oportunidade de estudar a vida inteira, mas, por tudo o que tenho aprendido com Amsu sobre os seus deuses e rituais, você é mais vazia do que um tear sem linha, como quase todos da sua gente.

Ela tentou avançar para cima de mim.

— Sua hebreia ingrata e mal...

— Chega, você duas! — Amsu se exaltou. — Parecem duas crianças birrentas!

— Zarah — Ele se virou para mim, segurando meus ombros. — Conheça Anelle, a professora de dança; ela é uma mulher gentil e muito sábia. Tenho certeza de que poderá se surpreender.

Respirei fundo.

— Está bem, farei isso porque você ganhou o meu respeito e confiança, Amsu. Só porque você está pedindo.

— Bom dia, Zarah — a voz de Tamit chama a minha atenção para a sala outra vez —, esta é Anelle, ela é da Núbia, é a professora sobre a qual conversamos.

Observo-a com mais atenção: olhos amendoados e levemente rasgados, rosto ovalado e pele marrom. Ela sorri com simpatia, destacando os lábios carnudos enquanto mexe nos cabelos negros e encaracolados que se abrem como uma coroa, poderosa e magnífica.

— Muito prazer, Zarah, vai ser uma honra ensiná-la a dançar como as mulheres do meu povo.

— Obrigada.

A dançarina se aproxima e pega as minhas mãos.

— Tenho certeza de que nos daremos muito bem — afirma sem deixar de sorrir. — Animada para começar?

— Eu não... — Hesito, essa mulher simpática e gentil está aqui trabalhando e não merece uma resposta ácida. Além disso, concordei em fazer essa aula e conhecê-la — Sim, estou animada.

Ela aquiesce sem deixar de sorrir.

— Se você ficar à vontade, porque sei que não é a sua crença, faremos uma saudação a Hathor, sempre a faremos antes de iniciarmos nossas aulas, pode ser?

Encolho os ombros e concordo. Fazer uma saudação a Hathor, a deusa da fertilidade e da beleza, antes de uma aula não me parece errado.

Ela fecha os olhos antes de prosseguir:

— Nós tocamos as nossas percussões para o seu espírito, dançamos pela sua graça, nós vemos a sua linda forma nos céus.

Anelle tira a bata que a cobre, revelando um vestido transparente que marca a sua silhueta e, em seguida, começa a cantar e a movimentar o corpo de uma forma estontante, intercalando os movimentos com a fala:

— O corpo, principalmente o ventre e a anca, desenha figuras circulares que simbolizam os ciclos da vida: as estações, as fases lunares, as marés, dia e noite. Tudo ligado à mulher, aos ciclos da fertilidade, de dar à luz.

É estranho, mas estou um pouco hipnotizada pela suavidade marcante da dança. Percebo em pouco tempo que é uma dança misteriosa, envolvente e sedutora. Anelle parece agora ainda mais bela que antes.

Não sei se serei capaz de aprender a dançar dessa maneira ou se quero fazer isso.

Parecendo sentir minha dúvida, ela pede:

— Venha, se aproxime.

Paro à sua frente e ela me mostra devagar como devo fazer os movimentos com o corpo. No começo, não consigo coordenar as pernas com os braços e me atrapalho, arrancado risadas de Anelle. Mas, após insistir um pouco, entro no ritmo.

15

Dois meses depois

Amsu segue mostrando-se uma grata surpresa. As horas com ele passam rapidamente, entre os ensinamentos e as conversas que temos. Dia a dia se estabelece um vínculo de carinho e respeito mútuos. Ele se alegra ao notar o meu esforço para aprender e ao ver que sempre trago dúvidas para as próximas aulas.

Não acho difícil nem cansativo ter aulas durante horas, a verdade é que as conversas com Amsu e as aulas de dança — que tanto hesitei em fazer, no começo — são a ocupação que mais me distraem.

Minha mãe, quando não está descansando e se cuidando, passa o dia ocupada com a casa, o jardim e cerzindo roupas com os mais diferentes fios de linho que Tamit traz para ela todas as semanas. Eu nem me lembro de já tê-la visto tão bem assim. Comprovar isso é a certeza que muitas vezes meu coração precisa sobre eu ter feito a escolha certa.

Durante esse tempo fiquei dividida entre o prazer por estar desfrutando tudo isso, a satisfação em ver minha mãe melhor a cada dia e a tranquilidade em adiar qualquer pensamento sobre o que Ramose espera de nós no futuro.

— Faça um movimento mais amplo com o quadril e estará perfeito — Anelle pede, chamando a minha atenção para o presente, para a aula de dança.

Eu sigo a orientação.

— Isso, muito bem. Aliás, tenho certeza de que daqui a pouco tempo você será uma grande dançarina, sua evolução é visível, Zarah, está indo muito bem.

Tento sorrir com o elogio, mas falho.

— Você parece triste hoje, tem algo te chateando?

— Não sei — encolho os ombros —, estou assim desde que acordei.

Ela sorri com a expressão de quem decifrou um segredo.

— Alegre-se, em breve, o comandante estará de volta.

Suspiro, fechando os olhos devagar. Logo vou precisar tomar uma decisão e ainda não sei o que devo fazer ou falar quando Ramose voltar. Voltar para casa muitas vezes parece ser a escolha certa. Mas também significa deixar tudo isso para trás. Eu e minha mãe rezamos, pedindo que Deus me oriente, mas não me sinto orientada.

Ao contrário, estou cada dia mais dividida entre a vontade de viver o que Ramose prometeu e a vontade de voltar para o meu mundo conhecido, para o meu amigo, que jurou me esperar.

— Não se entristeça por sentir a falta dele — Anelle começa, sem saber o que de fato me inquieta —, garanto que Ramose não teve tempo de sentir muito a sua falta.

— Como assim?

Ela observa Tamit, pedindo permissão para falar, e, quando Tamit consente, prossegue virando-se para mim outra vez:

— As viagens do faraó são famosas por não deixarem que ele, nem ninguém que o acompanha, tenha motivos para sentir muita falta de casa.

Enrugo a testa antes de perguntar:

— E o que isso significa?

— Ora, Zarah. Foi em uma dessas viagens que conheci Ramose. Festas inimagináveis em palácios suntuosos em homenagem ao faraó e aos seus acompanhantes e até mesmo no barco, enquanto viajam para outros destinos.

— Festas inimagináveis? — pergunto, ainda tentando entender ou sem querer entender.

— Festas com lindas mulheres, dançarinas, bebida, comida e música. Festas que duram a noite inteira, algumas vezes.

Minha boca seca.

— É isso então que ele foi fazer longe daqui?

— Zarah, não acredito, você empalideceu. Não entende, não é?

Busco o ar com dificuldade.

— E o que há mais para entender?

— Ramose — ela parece confusa diante da minha reação — é um homem de destaque e, mais que isso, ele é egípcio.

— E por isso as festas e mulheres?

Fito Tamit, que esboça um sorriso contido. Passo as mãos nos olhos e Anelle se aproxima, abaixando o tom de voz ao responder:

— Não sabe a fama que os homens egípcios têm de serem os mais viris e os melhores amantes que existem entre todos os povos? Eles devem zelar por sua reputação. E o comandante não é diferente. Posso afirmar, pois eu mesma fui sua amante por um tempo, ele é incansável em suas batalhas — finaliza, rindo baixinho da própria brincadeira de um jeito natural.

Apoio as mãos trêmulas sobre meu colo. Preciso de um copo de água. Preciso voltar a respirar.

— Anelle, desculpe, eu realmente não estou muito disposta e não vou continuar nossa aula de hoje.

A expressão dela muda de divertida para confusa.

— Zarah, isso é normal entre os egípcios, eu não sabia que esse assunto causaria desconforto. Se soubesse, não teria falado, me perdoe.

— Não é com você o meu problema — Observo Tamit me encarar pelo canto do olho antes de prosseguir, mais decidida — Isso pode ser considerado normal para vocês, mas eu não sou egípcia. Tamit, obrigada, mas não vou mais precisar de você por hoje, amanhã nos vemos.

As duas consentem, Tamit com uma expressão de gozo interno e Anelle ainda parecendo preocupada.

Quando elas saem, minha mãe se senta ao meu lado e segura minhas mãos:

— Você quer conversar?

Apesar de reconhecer as boas intenções dela, tudo de que não preciso agora é um discurso de "Deus está te mostrando o caminho certo a seguir" ou "Eu te avisei".

— Não, mamãe, obrigada, quero ficar sozinha.

Ela suspira, dá um beijo em minha testa e volta para o jardim.

A sós, sentada no sofá, as palavras de Anelle me enjoam.

Como pude ser tão burra?

Como pude cogitar dar crédito às palavras dele?

Como pude acreditar que eu era especial?

Minha lótus — escuto nos meus pensamentos e tenho vontade de rir e chorar.

Aperto os dentes com força.

Enquanto Ramose se deita com outras mulheres, estou aqui praticamente confinada dentro de uma casa, aprendendo a ser o quê? Dou risada da minha própria estupidez.

Uma diversão de luxo?

Um acessório que ele quer lapidar antes de usar?

Como estive tão iludida?

Meus olhos se enchem de lágrimas e dou razão a David, a minha mãe e a Tamit, que falou no meu primeiro dia nesta casa que eu não ficaria por muito tempo.

Observo o bracelete fechado no meu braço.

— Eu não o tirei nem por um minuto, seu mentiroso — murmuro entredentes.

Enterro o rosto em uma almofada e choro de raiva. Estou com raiva dele e de mim. Um ódio que turva meu discernimento.

Vou esperar Ramose voltar, assim como prometi, somente para dizer tudo o que quero e vou embora, mesmo que isso custe a minha paz, a minha vida e infelizmente o conforto e bem-estar da minha mãe.

Enxugo o rosto e me levanto, respirando fundo e com outra certeza.

Enquanto ele não chegar, vou usufruir de tudo o que ele está me proporcionando com a maior intensidade possível, sem ter que pedir permissão para ninguém, sem precisar ser escoltada ou vigiada. Ele mesmo jurou que eu não era uma prisioneira.

Segurança?

Que se dane, nunca precisei disso para nada na vida.

Pego a minha capa e visto-a. E vou começar a fazer isso, agora mesmo.

Passo por uma casa inteira pintada de tons ocres, brancos e azuis. Reparo em um senhor que toca um instrumento de corda emitindo um som profundo. O único instrumento que já vi ser tocado nas festas do meu povo é o tambor. Aqui, a música se mistura com o cheiro de incenso e faz tudo passar mais devagar.

Não sei por quanto tempo permaneço imóvel, encantada com a melodia. Percebo alguém se aproximar, parando ao meu lado. E puxo mais o capuz ao analisar a pessoa.

É uma mulher de idade, com longos cabelos brancos. Ela usa um vestido azul e anda se apoiando em uma bengala, parece não enxergar direito.

— Apreciando o som? — pergunta, apontando o queixo para o instrumento.

— Sim — respondo um pouco insegura.

— Mágico, não é? — confirma e continua sem dar espaço para respostas. — No Egito tudo é magia, toda as raízes da cultura e do povo estão relacionadas à alquimia. Se prestar atenção, encontrará mágica em tudo: na dança, na música, nas joias e amuletos, nos aromas, nas pinturas, em tudo. Sabe qual é a fonte de toda essa magia?

Fico em um silêncio cheio de dúvidas e a escuto responder, sorrindo:

— Você, a força dos deuses que anima o seu corpo, a vida em você, em mim, em todos e em tudo. Se você quiser — ela faz uma pausa —, posso te ensinar muitas coisas sobre isso.

— Como o quê, por exemplo? — pergunto cada vez mais curiosa.

— Alquimia, por exemplo.

Abro a boca tentada a aceitar o convite, quando um grupo de soldados passa rindo e falando alto bem próximo a mim. E se eles me virem? E se perceberem que sou uma hebreia?

Fico tão nervosa e atordoada que me afasto rapidamente, olhando para baixo. Quando percebo que abri uma distância confortável dos soldados, viro o rosto para trás, à procura da senhora que falava comigo.

Algumas pessoas pararam para escutar a música, os guardas se afastaram e a anciã desapareceu.

Mas como? Busco-a sem sucesso por entre as pessoas que caminham em várias direções. Pisco lentamente e me viro, desta vez a fim de voltar para casa.

Vou pedir para Amsu me ensinar sobre alquimia, fiquei curiosa com essas poucas frases trocadas. Em uma de nossas aulas, ele me disse que servia a Thoth, o deus da alquimia no Egito, mas que esse era um assunto proibido para os não iniciados.

Vou tentar convencê-lo de que, após mais de dois meses de aulas e estudos, me sinto pronta.

Na manhã seguinte, estamos sentados às margens do Nilo, eu, Amsu e Tamit, que concordara, a contragosto, que Amsu me ensinasse em outro ambiente. Não aguento mais ficar dentro de casa, e visitar as grandes pirâmides foi a minha sugestão para convencer a todos:

— Já que falaremos sobre as grandes construções e os seus significados, não seria bom que estivéssemos junto a uma delas?

E aqui estamos em frente à pirâmide de Quéops, sentados embaixo de algumas palmeiras, em uma alameda pavimentada e ladeada por elas. Mesmo na sombra, tenho que semicerrar os olhos porque o calcário polido e branco da enorme construção reflete os raios do sol como se fosse uma extensão do próprio astro aqui na Terra

— Se queres ser um homem perfeito — Amsu cita, fitando o horizonte com ar contemplativo —, aperfeiçoa o teu coração. Diz aquilo que é, em vez daquilo que não é O teu silêncio é mais útil do que a abundância de palavras. Deixa o teu coração sofrer, mas domina a tua palavra

— Isso é bonito

— Você percebe que quase todas as grandiosas construções que empreendemos são templos e túmulos? — pergunta ele, se recostando no tronco da palmeira

Assinto com a cabeça

— Como alquimistas, enxergamos a vida acima da vida cotidiana As nossas principais obras se destinam à vida real, que é a vida eterna Fazemos isso para lembrar que tudo o que a vida aqui nos reserva é transitório e ilusório e que a realidade está além desta vida, naquilo que é eterno.

E aí está, talvez, a explicação sobre a fixação deste povo com a morte.

— Como o corpo sobrevive à morte para a vida eterna?

— Vou te explicar sobre a visão do corpo na concepção egípcia e você vai entender melhor — responde Amsu, mexendo em um coquinho que caiu de um dos galhos antes de continuar: — Entendemos que o ser é composto de diversas partes. Não existe apenas o corpo físico, e, sim, seis partes imortais ou semidivinas que sobrevivem à morte.

— Seis partes? — indago, curiosa e sem ter certeza se acredito nisso.

— Vamos devagar, você vai entender. Mas, para isso, esqueça um pouco o mensurável, o palpável e se permita sentir aquilo que não podemos tocar, o invisível, o imensurável. O som, por exemplo, é invisível, mas evidentemente real, concorda?

Concordo dando um gole no cantil de água

— O corpo físico é uma das partes e a única palpável — continua Amsu. — Outra parte visível é a sombra, uma emanação móvel que acompanha o indivíduo ao longo de sua existência; o nome, que individualiza e torna você quem é

— Por isso o nome é sagrado para um egípcio — afirmo para mim mesma — Ele é uma das partes que deve ser preservada para a vida eterna?

— Isso mesmo. — Amsu enxuga o suor da testa com o tecido que cobre a sua cabeça — Temos também o Ib ou coração, onde reside a essência do ser, o Ka e o Ba

— O Ka e o Ba?

Amsu assente.

— O Ka é o princípio do sustento, você deve entender melhor se eu comparar com a alma, e o Ba é o princípio do movimento. Para você, acho que seria como o espírito.

— Certo.

— Ao morrer, todas as seis partes se separam, por isso é necessário passar pelo ritual de mumificação e enterro e também ter uma máscara funerária, para que as partes conheçam o ser para onde devem retornar.

A tarde está agradável, e, apesar do calor sob o sol, embaixo da sombra das folhas é possível relaxar. Mais à frente, o rio num tom de azul profundo, e às margens seguem palmeiras e plantações a perder de vista Toco de leve em meu coração, lembrando que o meu povo, ao rezar, coloca as mãos sobre ele. Entendo cada vez mais que, de certa maneira, e assim como Amsu apontou na nossa primeira aula, os ensinamentos e crenças falam línguas diferentes, mas a essência deles é similar.

Volto meu foco para Amsu, tentando disfarçar minha desatenção:

— Como é a viagem que o ser faz para chegar ao paraíso?

— É uma longa jornada — explica, se espreguiçando —, que pode terminar na vida eterna ou no aniquilamento. Após todas as partes reunidas, o ser deve seguir as instruções do livro dos mortos e passar por 42 deuses. Diante de cada deus, deve-se afirmar que não foi cometido um determinado erro ou pecado.

— Quais são esses erros?

— Mentir, matar, roubar, entre outros.

— E escravizar um povo não seria um desses erros?

Amsu me analisa por um tempo em silêncio, enquanto Tamit se agita ao meu lado.

— Sim, Zarah, eu acredito que seria.

Concordo, sem encontrar muito consolo com a resposta. Sei que Amsu sozinho não teria o poder de mudar as coisas e percebo que o assunto o incomoda. Após um momento de silêncio, escuto-o prosseguir voltando ao assunto da aula:

— A cada resposta correta, pode-se avançar até o desafio final: a sala de julgamento, onde Maat, a deusa da justiça, pesará o coração da pessoa.

— Onde está a essência do ser — murmuro.

— Onde residem todas as ações, palavras e pensamentos que se tem durante a vida, as boas e as más. Até esse momento, o sucesso da jornada está baseado nas palavras, portanto a pesagem do coração confirmará se a pessoa falou a verdade aos outros deuses. E, caso contrário, ela é devorada por Ammit.

— Devorada por uma deusa com cabeça de crocodilo, parte dianteira de leão e traseira de hipopótamo? — pergunto, com os olhos arregalados, me lembrando da imagem que vira de Ammit.

Amsu sorri, enquanto Tamit revira os olhos.

— E esse é o pior dos castigos. Significa que a pessoa deixará de existir. Mas aqueles que passam do último desafio são finalmente conduzidos pelo deus Hórus até o deus Osíris e podem entrar no paraíso. E somente aqueles que têm todas as partes do ser preservadas e reunidas é que podem fazer essa jornada. E isso, você sabe, só é possível por meio da mumificação.

— Meu povo não acredita nisso — afirmo.

Tamit se inclina para a frente com ar arrogante:

— Por isso sempre digo que somos afortunados por nascermos egípcios, pois somente por meio desse processo se alcança a vida eterna, enquanto os demais povos têm de se contentar com esta vida, que é a única que terão.

— Isso, Tamit, na sua opinião e na sua crença — não resisto e respondo em tom seco.

— Que é a certa.

Amsu se vira com ar impaciente para Tamit.

— Pare de provocá-la, Tamit. Há dois meses vejo você sendo grosseira com esta jovem que não te fez nada.

— Você acha que o fato de ela ser uma servente — retruca e me encara com indiferença — não tem nada a ver com meu comportamento?

Alargo os ombros, ofendida.

— Quem devia se envergonhar sou eu de te tratar com respeito e educação, quando quase nenhum egípcio merece nada disso.

— Parem vocês duas — Amsu diz mais enfático. — Tamit, você sabe muito bem que Ramose é contra a forma como os hebreus têm sido tratados, eu tampouco sou a favor! Oprimir um povo jamais deve ser motivo de orgulho.

Então Ramose realmente se importa com meu povo. É verdade o que ele me falou antes de viajar.

— Obrigada — murmuro.

Tamit curva as sobrancelhas de um jeito arrogante.

— Isso jamais será sério, ela é só uma..

— O fato de ter nascido com uma beleza invejável — Amsu a interrompe — e de Ramose ter se apaixonado por ela não justifica a sua falta de cordialidade e respeito.

Tamit se levanta com uma expressão de raiva indignada e se afasta alguns metros, chamando os soldados que nos dão guarda a se aproximarem.

Meu coração está tão acelerado que mal consigo respirar.

— Por que você disse que Ramose está apaixonado por mim? Nós mal nos conhecemos e...

— Ah, Zarah — Amsu sorri complacente —, você é uma jovem inteligente. Eu conheço Ramose há muitos anos e nunca o vi agir assim com mulher nenhuma, entende?

Concordo, engolindo com dificuldade.

— Então só posso supor que ele esteja apaixonado e que Tamit concorda comigo, por isso tem se comportado dessa maneira.

— Ela tem ciúmes?

Amsu abre as duas mãos no ar, como se não soubesse a resposta.

— Para ela, um homem na posição de Ramose deve se relacionar com uma mulher que foi preparada e educada durante toda a vida para isso.

Estou tão atordoada com a declaração de Amsu que nem o escuto direito, só consigo pensar no que Anelle contou, só consigo ver Ramose se deitando com outras mulheres.

— Mas Anelle disse que ele, que, nessa viagem, ele... — Paro, sem graça.

— Ele? — Amsu me incentiva.

— Outras mulheres... — digo e estreito os olhos ao observar a pirâmide, fingindo que meu coração não está batendo na garganta.

— Isso é normal para um homem na posição dele. Para nosso povo, o ato sexual é algo muito sagrado, já que o próprio universo foi criado por meio do ápice do prazer do deus Amon. Isso não quer dizer que ele não esteja sentindo algo forte por você. Algo especial.

— Eu não sinto as coisas dessa forma — Hesito. — Não fui ensinada a ver as coisas dessa maneira.

— Nós também podemos ser fiéis e monogâmicos. Diga a ele como você se sente.

Permanecemos um tempo em silêncio, Amsu bebendo água e eu ainda observando as pirâmides. Se eu conseguir passar por cima do fato de ele ser um nobre egípcio, será que conseguirei também passar por cima de todas as nossas diferenças?

— Somos muito diferentes, nunca dará certo. — Eu me levanto por fim.

Nos dias que se seguem continuo a estudar, mas somente com Anelle e Tamit, Amsu estava ocupado com as aulas na universidade e no templo de Thoth.

Dia a dia, as minhas convicções se reforçam.

Agora, por exemplo, enquanto Anelle me ensina um novo movimento, imagino se Ramose fala coisas parecidas com as que falou para mim para todas as suas amantes.

Bufo e reviro os olhos sem perceber. Simplesmente não aguento mais imaginar tais coisas e me sentir assim, tão angustiada.

— O que foi? — pergunta Anelle.

— Ramose te dizia coisas enquanto estavam juntos? — Não consigo evitar de me torturar. Não consigo, e isso, sim, está me deixando louca.

— Que tipo de coisas?

— Que você é a única em sua vida ou que vocês estão destinados um ao outro para além dessa vida?

Anelle enruga os lábios carnudos antes de responder:

— Não, minha querida. Ramose nunca falou nada parecido.

Suspiro, bobamente aliviada.

— E como ele era, quero dizer, com você?

Ela sorri antes de responder

— O que posso te dizer sobre Ramose é que eu fui a amante com quem ele permaneceu mais tempo. Pelo menos das que tenho conhecimento.

— Quanto tempo ele ficou com você? — *Louca, mil vezes louca. Eu já decidi ir embora, por que simplesmente não consigo parar de pensar sobre isso?*

— Quase um ano, mas eu sabia que não era a única que ele visitava.

— Como você conseguia não se importar com isso?

— Ah, Zarah — ela fala como se eu tivesse cinco anos, e isso me irrita ainda mais.

— Na verdade, eu não entendo.

— Isso é normal para os homens egípcios poderosos e em cargos de destaque. A virilidade é um sinal de fortuna e sorte. — Anelle encolhe os ombros e depois conclui: — Mas com você as coisas podem ser diferentes e, se quiser, eu posso te ajudar.

Será?

Por alguns segundos, considero esse desafio interessante, instigante e estimulante.

Mas o que estou pensando?

Que posso me tornar amante de um homem e que terei de usar minha inteligência como em um jogo, para mantê-lo interessado somente em mim? Por quanto tempo? Pelo máximo possível?

— Não, obrigada — respondo rápido. — Já tomei minha decisão e...

Tamit entra correndo na sala.

— Anda, se apresse! — ordena — Ele voltou, chegou alguns dias antes do esperado e deve vir te ver ao cair da noite. O navio dele aca...

As palavras dela somem.

Ramose está de volta.

Meu pulso acelera.

Ramose logo mais estará aqui.

Minha boca seca.

Eu me obrigo a levantar, respirar fundo e voltar a pensar.

Estou decidida. Tenho certeza do que vou falar para ele.

Mesmo assim, não o esperava hoje, não tinha me preparado para isso. Encaro Anelle, que pede calma com a mão.

— Deixa eu te ajudar a se preparar?

Sei que Anelle quer mostrar o trabalho que fez comigo, sei que ela quer surpreendê-lo. Bem, talvez uma parte minha também queira. Um lado pequeno e orgulhoso quer que ele se arrependa do que fez quando eu contar que vou embora. E, por isso, concordo. Um lado mesquinho e que venho escondendo de mim mesma muito bem, a prova de que minha decisão de ter ficado aqui e esperá-lo talvez esteja mais baseada no que Ramose me faz sentir e no fato de eu acreditar no que ele falou para mim que na possibilidade de dar conforto para minha mãe.

— Ótimo — Anelle sinaliza satisfeita — Vou pegar algumas coisas e já volto para começarmos.

Minha mãe, que acabara de voltar sua atenção do tear para a sala, assim que Tamit esbaforida sai, seguida pela sorridente Anelle, se manifesta:

— Eu fiquei quieta diante dessas aulas de danças, seja lá o que elas signifiquem, que você se vista como uma egípcia quase todos os dias, que você estude sobre os deuses deles e se entusiasme como poucas vezes na vida vi, por respeitar as suas escolhas. Mas, hoje, quero que seja sábia e escute o seu coração com tranquilidade. Esta noite eu vou me recolher mais cedo e dar o espaço que você precisa para conversar com o comandante. Rezarei para que nosso Deus te ajude e guie as suas palavras e decisões.

Aquiesço sem absorver uma palavra, não consigo me concentrar em nada mais.

Estou perdida.

16

*E*stou pronta já tem algum tempo. Andando pela sala. Passo a mão na saia da roupa que Anelle insistiu que eu usasse:
— Azul é a cor dos seus olhos, a única coisa que tem destaque em todas as peças que você usará é esse colar de turquesa e ouro.

O vestido é branco, sobreposto a outro vestido também branco de um tecido translúcido e plissado e que revela mais do que eu gostaria do meu corpo.

Mexo nos cabelos soltos, penteando as ondas que chegam na altura da cintura.

Pela janela vejo que o sol está se pondo.

Sento-me no sofá.

Minha mãe jantou mais cedo comigo e se recolheu.

Levanto-me e vou até a mesa coberta por tigelas díspares com frutas, pães, carnes, bolos.

Água.

Preciso de água.

Encho um copo.

Observo os cálices e a jarra com vinho.

Sei que Ramose deve chegar a qualquer momento.

Bebo, desfrutando o alívio. Minha boca estava seca.

Meu Deus, me dê coragem e discernimento para falar o que é preciso, o que é certo.

Que Ramose entenda, que me deixe ir embora.

Eu jamais serei feliz com um egípcio e, como Tamit falou, ele jamais teria algo mais sério com uma hebreia.

Que Ramose se arrependa por ter mentido para mim.

Que eu...
Que ele...
A porta se abre.
Eu me viro de frente para Ramose.
Ele entra e sorri, ocupa toda a sala com o sorriso, como o sol do Egito.
Minhas pernas amolecem.
Respirar fica impossível.
Está ainda mais bonito do que me lembro.
Olhos expressivos brilham em contraste com a pele ainda mais bronzeada. Os cabelos negros e ondulados agora cobrem a cabeça. Ele veste um saiote branco e uma armadura no peito, com pedras turquesas e vermelhas.
O sol de outras terras fez bem para ele ou... as outras mulheres.
Esfrio.
Tapa a boca com a mão enquanto se aproxima.
— É possível? — pergunta, enlaçando a minha cintura. — A cada vez que te vejo, você está ainda mais linda! — E me abraça com força.
O cheiro amadeirado de Ramose invade minha percepção. Os músculos firmes, o calor e a maneira perfeita como nosso corpo se encaixa fazem meu pulso acelerar. Minha sustentação vira líquido e engulo um bolo na garganta. Estou decidida a ir embora, renunciar a tudo que ele desperta em meu corpo e me faz desejar. Abrir mão de tudo o que conheci aqui. Esquecer que um dia existiu...
— Minha lótus, tinha me esquecido de como eu preciso de você assim, nos meus braços. — E beija a minha orelha — De como isso é forte e me deixa fraco. — E beija todo o meu rosto.
As palavras dele são como calor e fogo escaldantes em choque com o frio e a sombra da verdade.
Ele teve outras mulheres, por isso esqueceu.
Respiro lentamente, tentando equacionar as emoções, e tiro as mãos dele de cima de mim, antes de dizer com a voz falha:
— Não mais.
— O quê?
— Eu disse... não mais.
Os olhos inquietos passeiam sobre meu rosto.
— Não mais?

— Nós não nos veremos mais. Quero voltar amanhã cedo para casa, para o bairro hebreu, de onde eu nunca deveria ter saído.

Ramose segura meu rosto entre as mãos e sorri.

— Você perdeu o juízo.

— Não, só quero voltar para casa.

O sorriso se desfaz nos lábios cinzelados, que formam uma linha reta, acompanhando um vinco enorme entre as sobrancelhas.

Ele prossegue sem soltar meu rosto:

— Você está brincando, não está? — E agora as mãos deslizam e seguram a curva dos meus braços.

Nego.

— Eu chego após uma viagem exaustiva, após uma batalha difícil. Eu quase morri algumas vezes e tudo o que eu mais queria desde o primeiro dia em que parti era voltar para você e sou recebido desta maneira?

É a minha vez de rir sem esconder a ironia.

— Tudo o que você mais queria era voltar para mim, mesmo enquanto estava nos braços de outras mulheres?

Dois olhos negros crescem em uma expressão de perplexidade.

— Tome — digo enquanto retiro o bracelete —, entregue para quem acredita nas suas palavras, para mim, tudo o que isto simboliza é uma grande mentira.

O peito dele sobe e desce rápido.

— Você não sabe do que está falando.

Volto a dar uma risada triste, raivosa.

— Enquanto eu estava aqui, estudando para satisfazer os seus caprichos.

— Achei que você quisesse estudar.

Ignoro.

— Esperando dia e noite que você voltasse. — *Abrindo mão devagar de muito do que valorizo e acredito ser.* — Tudo o que você fazia era se divertir com outras mulheres.

— Você não sabe o que está…

— Ainda não acabei — eu o interrompo. — Você disse que o vermelho representa o seu coração que ficou nas minhas mãos, e eu o devolvo, acho que você deve ter sentido falta dele nas orgias de que participava.

As mãos agora instáveis voltam a emoldurar o meu rosto.

— Pare e me escute.

— Você me disse que enxergaria com os meus olhos durante toda a viagem. Como eram as mulheres que os meus olhos enxergaram por você?

— Zarah — Ramose me chama baixinho, tentando fazer com que eu me cale. Não funciona.

— Disse também — prossigo mais alto — que o verde representa a vida eterna ao meu lado. Sugiro que carregue para o seu paraíso as mulheres que preencheram suas horas durante a viagem. Afinal, por que se contentar com uma, quando se pode ter várias, não é mesmo?

Ramose encosta a testa na minha e eu me odeio porque tenho vontade de ceder, de ouvi-lo.

— Eu só te esperei retornar porque honro o que falo, prometi e jurei pelo meu Deus que te esperaria.

— Por favor — sussurra —, você vai me ouvir agora?

Não quero. Se eu te ouvir, vou querer ficar. Não quero, porque voltar significa encarar o que estive fazendo aqui durante dois meses.

A verdade não é tão bonita quanto parece, por mais que não queira admitir, por mais que talvez nunca tenha coragem de pensar nisso outra vez. Não é fácil renunciar a tudo isso. Sim, eu quis dar conforto e cuidados para minha mãe. Sim, Ramose me atrai e me faz sentir coisas que nunca imaginei, nunca quis. Mas não é fácil voltar para casa quando quase não se tem uma casa de verdade para voltar. Não é fácil admitir como estava errada em querer acreditar que isso tudo era algo a mais. Algo diferente do que sempre condenei: eu, virando a amante de um egípcio poderoso.

— Há mais de dois meses você disse que eu era livre para partir na hora que quisesse, você é um mentiroso e eu quero ir para casa.

— Eu não me deitei com outras mulheres, Zarah.

— Anelle me disse... — balbucio, surpresa. — Tamit confirmou e Amsu, eles disseram que isso era algo esperado, algo que...

— Na minha cultura o sexo é uma das maneiras de entrarmos em contato com os favores divinos, um indício de sorte e força, algo sempre natural e nem sempre emocional. Mesmo se houvesse outras mulheres, não significa que eu te trairia.

Arregalo os olhos cada vez mais confusa.

— Não havia mulheres?

— Sim, havia, e elas me foram apresentadas noite após noite e eu as neguei, não porque considere que ao fazer sexo com outra mulher estaria te traindo.

Tento tirar as mãos dele dos meus ombros.

— Se não é errado para você, por que não se deitou com elas? Por que está aqui tentando me convencer?

Sei que gritei, que o desrespeitei e o ofendi. Em uma situação normal, por ele ser um nobre e eu, uma servente, eu seria punida. Severamente punida. Talvez até morta. Mas nada aqui, nada entre nós é normal, porque este homem enorme e poderoso, tão poderoso que as árvores e as sombras delas se curvam ao vê-lo passar, acaba de cair de joelhos aos meus pés e abraça as minhas pernas, como se implorasse pela própria vida ao dizer:

— Porque estou aqui aos seus pés, ajoelhado diante de uma mulher, não de cem, nem de mil, mas de apenas uma, pois ela não entende que não é uma mulher qualquer, ela é a única mulher. A única que realmente importa.

Ramose ergue o rosto e eu encontro dois lagos negros brilhando de angústia.

— Você disse que acreditaria em mim, que confiaria em mim.

Ele segue ajoelhado com o peito baixando e subindo rápido e, em seguida, enterra o rosto entre as minhas coxas.

Por menos que eu queira, por menos que eu permita, e por mais que eu saiba que não devia, o lado que me leva a dizer sim para tudo isso, o lado que me leva a esquecer coisas importantes da minha vida e da minha essência quebra um pouco da minha resistência. Sei que, mesmo que Ramose não tenha ficado com outras mulheres durante a viagem, o que temos aqui, o que ele me propõe se eu resolver ficar não é a liberdade e a igualdade que uma esposa egípcia teria. Eu seria sua amante. Aqui ainda é um nobre egípcio diante da hebreia escravizada por esse reino. Mesmo assim e sem pensar direito, me ajoelho diante dele. Ramose entende o gesto como a trégua recém-pedida. Braços fortes me envolvem enquanto ele respira profundamente e, em seguida, beija minhas faces, o nariz, o maxilar e os lábios.

Uma onda gelada cobre meu estômago, me fazendo arfar. Reações involuntárias e inconsequentes. Odeio o poder que ele tem sobre minhas reações, sobre meu corpo.

— Senti tanto a sua falta.

Engulo com dificuldade. Não sei o que falar.

Como ficará o meu autorrespeito se eu ceder? Se eu aceitar virar amante dele? O que restaria do que eu sempre quis e valorizei? Quanto restará de tudo o que acreditei ser, amar, odiar e respeitar?

— Quanto você quer que eu fique? — indago, impulsiva.

— Mais do que qualquer coisa.

Quero que Ramose me prove o quão disposto está a ceder, para existir um nós.

— Eu não quero ser tratada com diferença por ser hebreia, quero poder sair sem precisar da autorização da Tamit. Passei quase dois meses presa aqui, porque, quase sempre que eu pedia para sair, havia um problema.

Ramose inclina o pescoço um pouco para me encarar.

— Eu não sabia e, apesar de ter pedido isso pensando em sua segurança, você poderá sair de casa de agora em diante, sem avisar a Tamit.

Ramose está apaixonado. As palavras de Anelle e Amsu dão voltas em minha mente.

O que quero que ele faça para eu me sentir um pouco menos impotente?

Paro em silêncio, por um breve momento, e tenho um vislumbre, uma ideia que não ameniza o fato de ele ser um egípcio, as nossas diferenças, não muda muita coisa. Não sei por que estou fazendo isso, mesmo assim, eu faço:

— Nada mais justo que te peça para nos conhecermos de verdade, já que ficamos poucos dias juntos e você saiu em viagem.

Ramose concorda e prossigo sem pensar em mais nada a não ser em provar para mim mesma qualquer coisa:

— Se eu aceitar levar as coisas adiante, não quero ser apenas sua amante, quero ser tratada como sua esposa.

A mão quente dele desliza devagar na minha coluna.

— Você será mais do que minha esposa.

E beija minhas faces, encaixando o corpo inteiro no meu, e o contato é tão bom que eu suspiro sem me conter, não consigo pensar direito quando ele me toca, *esse é o problema.*

— Quando nos tornarmos íntimos, você entenderá de vez que nascemos para ser um do outro.

Faço uma negação com a cabeça e espalmo as mãos incertas no peito coberto pela armadura.

— Eu nunca quis ser amante de ninguém, nem queria me casar para não ter filhos escravizados. A verdade é que preciso de um tempo.

O peito largo sobe e desce quando ele respira fundo e se afasta um pouco.

— Eu já te disse que você terá o tempo que precisar e quiser.

E tenta me beijar outra vez, mas eu o empurro de leve.

— Preciso de um tempo e de espaço, não quero que você me beije mais, nem me abrace, nem tente me tocar, a não ser que eu te peça. *Nenhum toque.*

A boca para aberta e ele estreita os olhos parecendo atingido.

Sei que parece uma loucura, mas de certa maneira preciso disso para sentir que tenho algum controle sobre o que está acontecendo, sobre o que ando sentindo, preciso que Ramose me prove estar disposto de fato a esperar e principalmente...

— Você juraria por seu deus, por sua vida eterna no paraíso, que não tocará em mim enquanto eu não te pedir e estenderá essa promessa a não tocar em outras mulheres, nunca mais?

Um momento de silêncio se estende entre nós. Tenho certeza de que ele declinará, e isso é tudo de que preciso para ir embora. Ramose não quer ceder em nada.

— Estamos dois meses longe e parece que volto sendo punido por algo que não cometi.

— É uma punição não se deitar com outras mulheres?

Ele balança a cabeça rindo de um jeito triste.

— Não. Uma punição — gruda os olhos nos meus — será não encostar em você, como acabou de me pedir.

— Nunca prometi nada a não ser que esperaria você voltar.

Levanta a mão, como se fosse acariciar o meu rosto, e para.

— Eu sei.

E olha para baixo com uma expressão cansada.

— Imagino quanto é difícil para você passar por cima da raiva que sente dos egípcios, ceder com relação ao que aprendeu como certo, como deve ser difícil confiar e querer ser tocada por alguém que representa o que você odiou a sua vida inteira. Eu realmente entendo, Zarah, mas isso machuca.

Franzo o cenho angustiada.

— Eu não te odeio e não é apenas porque você é egípcio que não quero que me toque, é por que...

Paro quando ele levanta os olhos e posso jurar que enxergo um poço fundo de dor e frustração.

— Não me entenda mal, Ramose, sou grata por tudo o que você tem feito por mim e principalmente por minha mãe, pelo que disse que faria pelo meu povo. Eu só estou confusa, achei que você tinha ficado com outras mulheres e isso me fez muito mal, achei que você tinha mentido e que só queria.. eu preciso de um tempo, só isso, um tempo.

Mais um silêncio cheio de eletricidade corre entre nós.

Ramose fecha os olhos e aquiesce.

— Se eu fizer essa promessa, quero que me prometa que vai se abrir de verdade e confiar em mim.

É minha vez de concordar, meu pulso está tão acelerado que meus ouvidos zunem.

— Você entende que vou prometer, sem garantia nenhuma de que um dia você me aceitará, aceitará meu amor, somente pela certeza que tenho de que nascemos para ser um do outro?

— Sim.

Vejo Ramose inspirar devagar, as narinas dilatarem, as veias do pescoço pulsarem rápidas.

— O que importa para mim é que permaneça comigo — diz rouco antes de colocar a mão direita sobre o coração. — Juro, diante de Amon, que não me deitarei com nenhuma mulher e não te tocarei até que peça. Se eu não cumprir essa promessa, que seja devorado por Ammit.

Sei como a palavra é algo valioso para um egípcio, sei que eles acreditam que toda promessa fica registrada no coração. Vejo o movimento da garganta dele ao engolir.

Ramose faz menção de me acariciar outra vez e para a centímetros do meu rosto, olhando para baixo com o maxilar retido, como se precisasse se esforçar para se manter longe, e sou eu quem me seguro para não levar a mão dele até minha pele.

Ele jurou não encostar em mim e nunca mais se deitar com mulher nenhuma, mesmo sem ter certeza de que um dia eu me tornaria sua amante. E neste momento, essa é toda a prova, todo o conforto, toda a atitude de que preciso.

Seguro a mão dele entre as minhas e a levo até meu coração acelerado. Os olhos delineados crescem, surpresos.

— Dois meses — digo baixinho — para nos conhecermos melhor e então, eu, nós... se eu sentir que esse é o caminho, eu...

Ele pega minha mão e a direciona até os meus lábios, me impedindo de continuar.

— Obrigado, Zarah.

17

— Bom dia, filha — diz minha mãe ao me ver no pé da escada. Bocejo, lembrando que Ramose saiu daqui pouco depois de conversarmos. As palavras dele ainda dão voltas na minha mente.

Por estou aqui aos seus pés, ajoelhado diante de uma mulher, não de cem, nem de mil, mas de apenas uma, pois ela não entende que não é uma mulher qualquer, ela é a única.

— Bom dia, mamãe — respondo com a voz ainda rouca de sono.

— Acordou mais tarde hoje? — Ela aponta o queixo na direção de Tamit e Anelle, que me aguardam para a aula matinal, distraídas e conversando entre si.

— Acho que eu precisava descansar.

Minha mãe se aproxima.

— Conversou com o comandante?

— Sim, nós conversamos. — Sei que ela provavelmente não concordará, eu mesma não me reconheço mais. — Mamãe, eu resolvi ficar — falo de uma vez.

Miriam me fita com a boca torcida para baixo, como se eu tivesse acabado de anunciar algo trágico, horrível. Sem esperar o protesto, eu me adianto:

— Sei que não é isso que a senhora esperava, não era como eu acreditei e planejei que seriam as coisas nessa conversa.

Ela enruga a testa em dúvida.

— E como foi a conversa?

— Ramose me jurou que não houve outras mulheres e que me trataria como sua esposa, eu decidi que quero ficar, por mais um tempo. Por mim, em primeiro lugar, pela senhora, pelo que ele vai fazer pelo nosso povo.

Ela suspira devagar antes de dizer.

— Filha, não se venda por... — E para, como se estivesse arrependida.

— Estou me vendendo, é isso que a senhora ia dizer?

Faz uma expressão triste e assente.

— Sinto muito, mas, se eu não te disser a verdade, quem dirá?

— Então eu também vou dizer algumas verdades, mamãe. No começo, eu tinha certeza de que estava aqui somente pela senhora, porque a miséria que nos foi imposta durante a vida não é o que Deus quer para seus filhos, não pode ser. Ou você acha que é?

— Não.

— A senhora nunca esteve tão bem.

Os olhos cansados dela baixam para o chão.

— Eu sei, mas, se você está aqui por mim, eu posso ir embora.. Aliás, acho que é o que eu devo fazer.

Faço uma negação com a cabeça

— Eu preciso da senhora aqui comigo — prossigo baixinho —, e, apesar de ficar muito feliz em vê-la tão bem, vou parar de mentir, principalmente para mim mesma; resolvi ficar também por Ramose, pelo que estou sentindo. É a minha escolha, pare de me questionar a cada aula que assisto, a cada vez que resolvo usar um vestido egípcio, a cada momento que danço com Anelle, toda vez que Ramose vem até aqui.

Ela joga um olhar por toda a extensão da espaçosa, colorida e iluminada sala.

— Como você acha que poderá ser feliz com um egípcio?

— Sei que se preocupa e entendo sua apreensão. Eu te amo por tentar cuidar de mim, mas esta é a minha vida e, caso algo dê errado, a senhora não precisará se culpar, nunca. Essa é a minha escolha e ela pode beneficiar não apenas a mim ou a senhora, mas muitos da nossa gente.

Miriam respira devagar outra vez, antes de dizer:

— Sendo assim, minha filha, eu não vou mais falar nada.

Ficamos um tempo nos olhando em silêncio, enquanto Anelle finalmente percebe minha presença na sala e se aproxima.

— Bom dia, Zarah — cumprimenta com um sorriso enorme nos lábios.— Conte-me, como foi?

Olho para Tamit, que nos encara curiosa, não quero contar a conversa que tive com Ramose na frente dela.

— Mãe, você pode acompanhar Tamit ao jardim? Eu gostaria de falar a sós com Anelle.

— Está bem — concorda, suspirando.

Tamit me analisa antes de sair com uma expressão indignada, como se fosse um absurdo eu ter segredos com Anelle, se vira sem falar nada, e é seguida por minha mãe até as escadas.

Aponto para as almofadas coloridas no chão.

— Vamos nos sentar à mesa? Estou faminta.

Quando nos sentamos, passo a mão na mesa de ébano com detalhes em ouro. Amsu me contou que os melhores móveis são feitos com madeira importada do Líbano e da Núbia. Acho que nunca vou me acostumar com a diferença das coisas por aqui. Acho que nunca vou entender por que tudo é tão diferente. Pego um figo na tigela de bronze e o mordo antes de falar, o sabor doce e a textura macia envolvem minha boca.

— Resolvi ficar, Anelle.

Os olhos dela brilham cheios de curiosidade.

— Me conte tudo.

Pesco algumas tâmaras e, enquanto como, falo com detalhes sobre o que ocorreu na noite anterior; nesse tempo desde que cheguei aqui, aprendi a gostar de Anelle e a confiar nela, que agora me fita boquiaberta, num silêncio atônito.

— O que foi? Por que está tão espantada?

— Tem noção do que aconteceu? Digo, do que o fez fazer?

— O mínimo que eu precisava para concordar em ficar?! — rebato encolhendo os ombros.

— E eu subestimei você quando a conheci.

Continuo olhando-a sem entender.

Anelle prossegue, empolgada:

— Você realmente não sabe, não é, mesmo depois de tudo o que conversamos?

— Eu não sei.

— Zarah — sorri incrédula — Você o fez jurar diante de Amon de se abster de qualquer ato sexual com outra mulher durante a vida inteira. — E sorri ainda mais, dizendo para si mesma: — E sem garantir que se entregaria, que cederia. É inacreditável.

— Eu também não acreditei que Ramose fosse concordar e...

— Isso, para um homem egípcio, ainda mais para um nobre comandante, é quase como se abster de alimento, da guerra ou do culto aos deuses.

Enrugo a testa.

— Não pode ser assim tão ruim.

Anelle arqueia as sobrancelhas marcantes e agarra uma maçã da cesta.

— E agora, quanto você ainda duvida de que Ramose acredita em cada palavra do que fala para você?

— Não duvido mais. — Passo os dedos no linho fino e colorido das almofadas no chão. — Eu pedi dois meses para nos conhecermos melhor.

Ela morde a maçã fazendo barulho e fala ainda mastigando:

— Você quer conhecê-lo melhor durante esse período e ganhar experiência para que, quando chegar o dia em que se entregará totalmente, seja algo intenso e poderoso, é isso?

— Eu não sei — sou sincera —, não tinha pensado nas coisas desse jeito e não tenho certeza se vou...

— Oras, Zarah, pare com isso. Se Ramose for fiel ao juramento, não poderá se casar com alguém da classe dele como é o esperado, como é o prome...

Para e sacode a cabeça, as ondas do cabelo balançam com o movimento.

— Marque um dia, uma noite por semana em que você o chamará aos seus aposentos. E, nessa noite específica, você permitirá que ele toque em apenas uma parte do seu corpo e você também o tocará. Uma parte por noite, oito partes do seu corpo que você revelará aos poucos para ele e que Ramose também as revelará para você. Na última noite, vocês devem dormir juntos.

Meu pulso acelera. Na noite anterior não pensei em transformar isso em uma espécie de caça ao tesouro, não queria um jogo, não queria... O que eu queria? Talvez só quisesse um jeito de me convencer a não ir embora, de continuar aqui, de ficar com ele.

— Garanto uma coisa, Zarah — Anelle prossegue. — No final de oito semanas, vocês estarão tão enlouquecidos um pelo outro, que, quando se entregarem, será a melhor experiência da vida de vocês e Ramose terá convicção de que nunca mais sentirá nada parecido com nenhuma outra mulher. A monogamia será puro deleite para ambos.

— Eu não sei.

— Como assim? O mais difícil você já conseguiu, que foi fazê-lo concordar com tudo o que você queria. E, além do mais, você o quer, não é verdade?

Chega de mentir, de fingir.

— Sim. Muito.

— Então, não tem mais discussão. Durante esse período, eu trabalharei com você para te transformar na melhor amante que o Egito já conheceu.

18

Ramose me encara com a boca meio aberta e a respiração acelerada. Acabei de fazer minha proposta para nos conhecermos melhor. E agora o olhar dele é como fogo líquido incinerando a íris junto ao kajal.

Estou um pouco trêmula, não sei se pelo fato de ter dito que ele me tocaria uma vez por semana, ou por perceber que esse jogo o excita e, *ainda mais arriscado*, me excita mais do que havia imaginado. Além disso, essa é a confirmação para mim, para nós, de que em dois meses me entregarei, serei dele.

Nós nos sentamos no chão frente a frente, a luz das tochas deixa o ambiente acolhedor, íntimo e aquecido. Ou talvez o que faça meu sangue esquentar seja a maneira como ele passa a língua nos lábios e encara minhas mãos como se elas fossem o maior tesouro do mundo.

As mãos bronzeadas agarram as minhas e as direcionam até a altura da boca. Ramose para e me encara com os olhos ainda mais escuros, mais profundos, pedindo permissão.

— Sim — murmuro, e ele beija minhas mãos.

Um toque lento e eu prendo a respiração, e depois outro toque ainda mais cuidadoso gela a boca do meu estômago e me faz soltar o ar em um silvo.

As pálpebras sombreiam o olhar dele conforme os lábios exploram cada curva, reentrância, cada dedo e depois a palma da minha mão. A língua macia como uma pluma lambendo, saboreando lentamente e, em seguida, os dentes deixam mordidas de leve. Choques de prazer disparam pelos meus braços e arrepiam minha pele.

Quando chega na parte interna do punho e o suga, o morde e lambe com força, como se fosse uma fruta madura e suculenta, o calor das tochas incendeia minhas faces e desce pele pescoço, pelo colo.

Eu gemo baixinho e aperto minhas pernas uma contra a outra, instintiva, impulsiva.

Ramose sorri sem tirar os lábios do meu punho e volta a sugar com força. Como se bebesse meu sangue, como se precisasse disso para viver, me entorpecendo e me acendendo ao mesmo tempo. A sensação potente, desconhecida e arrebatadora incinera minhas veias e é tão forte que preciso tocar mais e ser tocada em todos os lugares. Agarro a mão dele e a beijo com desespero. Levo os dedos para dentro da minha boca, imitando-o, e os sugo, um após o outro, enquanto acompanho as pálpebras dele pesarem, a respiração cada vez mais acelerada escapar entre os lábios cheios e úmidos.

— Zarah.

E sentir que sou eu quem faz isso, sou eu quem deixa esse homem lindo, poderoso e inalcançável assim vulnerável, exposto, me faz perder o que resta do controle.

Seguro suas mãos e as levo até o meu rosto, colo a testa na dele mal conseguindo respirar. Ramose está também ofegante e fecha os olhos com força, parecendo travar uma luta interna. Então, com carinho e cuidado, se afasta, pega as minhas mãos, beija uma depois da outra, e volta a me encarar, ainda lutando para acalmar a respiração. Beija minhas mãos de novo.

Eu entendo o que ele diz em silêncio.

Não. Estou cumprindo a minha promessa, a promessa que você me pediu para fazer.

Dividimos um momento de silêncio, as mãos quentes ainda envolvem as minhas, o polegar traça círculos calmantes na pele sensível.

Sem falar nada, Ramose se levanta, arqueia o pescoço para trás, de olhos fechados, volta a me encarar com uma expressão intensa e fala antes de sair:

— Amanhã eu venho te ver, minha lótus. Boa noite.

Durante as três primeiras semanas, Ramose vem me ver todas as noites, sentamos à mesa, jantamos e conversamos sobre temas variados. Rimos e contamos histórias, descontraídos.

Cumprindo o que prometeu, ele não encosta em mim nem mesmo para uma despedida de boa-noite ou qualquer outro toque; com exceção das noites em que o convido a me tocar, não encostamos um dedo um no outro.

Dia a dia, me pergunto se a minha ideia, a minha condição para ficar aqui, afeta mais a mim ou a ele. Isso porque, a cada jantar, a cada noite em que conversamos, às vezes por horas, como se nos conhecêssemos há uma vida inteira, eu me sinto mais atraída, mais envolvida e mais fascinada. Tornou-se comum, antes de Ramose se despedir, passarmos um tempo apenas nos encarando, como se o olhar tivesse mãos e lábios e pudesse despertar sensações e prazer. E isso se estende por horas depois que durmo. Em quarenta dias, sonhei com ele, pelo menos, metade das noites. São sonhos acalorados e reais, toco e sou tocada, conheço e sou conhecida e sinto um prazer que nem as minhas mãos tinham me apresentado.

Antes de Ramose, nunca tive curiosidade ou a chance de me tocar, me descobrir dessa maneira. Mas, desde que ele voltou de viagem, *Deus*, fico até envergonhada. É como se, de alguma maneira, já conhecesse tudo antes de conhecer, é como se estivéssemos nos relacionando em uma dimensão abstrata, e isso é estimulante, intenso, estranho e um pouco assustador.

Acho que tudo o que venho sentindo pode estar relacionado também com as aulas diárias que tenho com Anelle. *Não*, tudo que venho sentindo está ligado com a forma como meu corpo reage sob a atenção de Ramose.

Hoje será a quarta noite em que ele me tocará, e nas últimas três, quando isso aconteceu, me vi lutando para não perder o controle, para não implorar por mais. Só que não peço, e Ramose tampouco. Faz parte da promessa, faz parte do jogo. E esse mesmo jogo, que antes parecia estar relacionado com nos conhecermos melhor, passou a ser sobre quem cederá antes, quem não aguentará, quem conseguirá levar o outro a perder o controle. *Eu não, eu nunca*, me convenço todas as noites. Vingança? Orgulho? Loucura? Prazer? *Não sei*.

Só sei que é um tanto angustiante perceber que em alguns momentos pareça que estou lutando contra mim mesma. Contra alguns monstros que, eu nem sabia, moravam no meu interior, e é, na mesma medida, viciante e horrível gostar de perceber que noite após noite, quando nos tocamos, também é difícil para Ramose não perder o controle.

Suspiro lembrando que na semana passada ele tocou nos meus cabelos e foi, segundo Anelle, um descanso para o que virá hoje, quando ele beijará os meus lábios.

Apesar de isso já ter acontecido algumas vezes, Anelle me garantiu que o que trocamos não foi um beijo de verdade e que, mesmo isso não sendo um costume muito comum aqui no Egito, ela tem certeza de que Ramose saberá o que fazer quando eu encostar os lábios nos dele e os abrir.

Estou tão tensa como se fosse me entregar para ele.

Mas não é isso que tenho feito semana a semana, de um jeito inebriante e torturante?

Preciso me distrair, pensar em outras coisas. Preciso que... *Deus me ajude*, porque ando precisando cada vez mais de Ramose. E é por isso também que saí desviando dos guardas na frente da casa e sem falar com ninguém. Minha mãe estava descansando e só terei aulas à tarde.

Agora caminho entre as casas luxuosas do bairro onde moro e passo embaixo das sombras de algumas palmeiras enfileiradas e olho para cima. *Como podem ser tão altas?* Elas não se intimidam diante das inúmeras e enormes esculturas dos deuses que também decoram as ruas. Faço uma curva mais acentuada à esquerda e reparo que estou próxima da rua onde encontrei aquela senhora intrigante que me falou sobre alquimia, tempos atrás.

Parece que andei como se uma força invisível me levasse ao mesmo lugar. Reparo que as cores das pinturas se tornam mais intensas à medida que a música ganha vida. O mesmo instrumento é tocado. O cheiro floral do incenso se mistura com o aroma de frutas e especiarias.

Olho ao redor e avisto dois soldados vindo em minha direção. Meu estômago gela e minha boca seca, sei que não deveria ter vindo aqui sozinha. Ou talvez seja uma reação instintiva de autoproteção.

Em meio ao som hipnótico, ao aroma adocicado e à aglomeração de pessoas, puxo o capuz que esconde meus cabelos e entro em uma viela no sentido oposto ao deles. Com a respiração e o pulso acelerados, continuo andando até me sentir segura. Até o som da música, das risadas e vozes ficar mais distante, dando lugar ao murmúrio de um córrego e a pássaros cantando.

É um lugar diferente de tudo o que já vi: amuletos nas portas pendem de cordas coloridas trançadas, símbolos de bronze que balançam e tilintam um som longo e calmante. Junto aos amuletos, estátuas e imagens de deuses observam o som, as pessoas esparsas e o vento no batente das janelas.

— Oi, menina, sabia que voltaria a vê-la.

Arregalo os olhos, surpresa, ao perceber quem encontrei.

— Boa tarde.

— Guiada pela magia, não é mesmo? — pergunta a senhora com um sorriso tranquilo.

— Eu não sei. Talvez — respondo ainda surpresa.

— Acho que você veio até aqui atrás de respostas. Mas não sabe direito o que quer perguntar. Venha, vamos até minha casa e tentarei te ajudar.

Ela fecha a mão na ponta de uma vara de madeira, tateando de leve o chão à sua frente, o que confirma minha suspeita inicial de que não enxerga direito. Caminho devagar, tentando espantar a insegurança de seguir uma estranha.

Ao entrarmos na casa, o aroma de sândalo e flores enche minha percepção. Analiso com curiosidade os objetos sobre os móveis, com símbolos que não conheço e flores de tinta nascendo das paredes em círculos idênticos e harmônicos. As pinturas se expandem em cores novas aos meus olhos.

Uma música distante envolve o ambiente como cordas vibrando de maneira prolongada. A senhora se movimenta sem dificuldade, apesar de agora eu ter certeza de que não enxerga. Ela pega uma jarra de água e uma tigela.

— A senhora precisa de ajuda?

Nega com a cabeça.

— Sente-se à minha frente — pede, antes de despejar a água no pote.

Meu coração acelera tanto que bate na garganta.

— Não tema o que você não conhece ou não consegue explicar.

— Não estou com medo, acho que só estou um pouco ansiosa e... — Me dou conta de que ela deve esperar algo em troca pelos serviços e coço a cabeça sem graça, não tenho nada a oferecer, abro a boca para falar, mas ela responde antes:

— Não preciso de nada hoje.

Não sei se vou voltar aqui e muito menos o que devo trazer, se houver uma próxima vez.

— Não se preocupe com isso agora — Ela lê meus pensamentos e eu só consigo sorrir, meio embasbacada e um pouco assustada.

— Dê-me suas mãos — pede, virando as dela para cima.

Estico os braços e dedos longos envolvem os meus. Ela fecha os olhos antes de falar:

— Muito trabalho e tristeza, tristeza em olhos jovens demais.

Com um movimento preciso, abaixa a minha mão para a água na tigela de barro e coloca a próprias mãos em cima das minhas, antes de prosseguir quase sussurrando:
— Vejo um homem em seu caminho.
Silêncio.
— Muito poderoso.
Meu pulso volta a acelerar
— Vejo exércitos, deuses e o faraó ao lado dele. Esse homem trará uma paixão que não começou aqui, vocês já estiveram juntos sob outra aparência, em um outro tempo.
Minha boca abre e, sem perceber, solto um silvo pela boca
— Outra vida?
Concorda e fico quieta, não sei se acredito em outras vidas. Mas sei que algumas pessoas de culturas diferentes acreditam.
— Os seus olhos são azuis, não são, criança? — ela emenda
— Sim.
A expressão muda de pacífica para preocupada
— Olhos que causarão disputa e inveja
Tento remover as mãos da tigela, não estou muito confortável.
— Que tipo de disputa?
Ela ainda está de olhos fechados e faz uma negação com a cabeça
— O futuro não pode ser lido, nem por mim, nem por ninguém. O futuro não é fixo, é impermanente, como tudo à nossa volta. O que a água me mostra é uma tendência, e não um decreto. Tudo está em constante movimento e só você pode moldar o seu destino.
E remove as mãos de cima das minhas e as apoia sobre a mesa
— Entendo — digo, retirando as mãos também.
— Alguns escolhem aprender por meio do amor e outros escolhem o caminho mais difícil.
— A dor?
Os lábios dela se curvam um pouco.
— Exatamente, mas todos os caminhos conduzem para um único fim.
— Qual?
A curva dos lábios se acentua
— Para a sabedoria

— E o amor?
— Nada sem o amor funciona, até a sabedoria se perde e vira arrogância.
Passo os dedos sobre os veios da madeira.
— E o poder?
— Poder sem amor vira autoritarismo, controle e posse.
— Como saber o que é amor e o que não o é?
Faz uma afirmação lenta com a cabeça antes de responder:
— Essa é uma boa pergunta. Tão difícil quanto diferenciar um grão de areia do outro. Acho que por isso estamos aqui, para aprender a amar.
Quero perguntar há quanto tempo ela não enxerga, se ela nunca enxergou.
— A real cegueira é a cegueira sobre quem você verdadeiramente é.
Abro a boca surpresa com mais uma resposta dela sem que eu precise perguntar e penso em Ramose, em como minha vida mudou em tão pouco tempo, penso nas minhas escolhas e no medo que sinto de estar indo para o lugar errado.
— Não sei se o que estou fazendo é o certo — desabafo. — Às vezes parece que sim, mas ninguém que amo e confio apoia ou entende minhas decisões. Apesar de acreditar que esteja fazendo isso por sentir algo especial, nunca me senti tão só.
— Estamos aqui para errar e acertar, mas sobretudo para aprender a amar, sem abrir mão nem do poder pessoal nem da nossa sabedoria. A verdade é que devemos viver sem medo das emoções, porque elas têm muito a nos ensinar.
Cruzo as mãos sobre o colo com a respiração acelerada.
— Vou tentar ver as coisas desse jeito.
— Muitas vezes, onde residem os nossos maiores medos se escondem também os nossos maiores aprendizados e tesouros.
Volto para casa pensando em tudo o que ouvi e me dou conta no meio do caminho de que nem perguntei o nome dela.
Quem será ela, afinal?

Ramose passa o jantar inteiro em silêncio, apenas me encarando com uma intensidade perscrutante. Ele sabe que hoje é a noite em que nos tocaremos.
Minha mãe também percebe que tem algo fora do usual pairando no ar e se recolhe mais cedo. Como se não suportasse sentir o clima envolvente que nos rodeia todas as vezes que Ramose me olha dessa maneira mais intensa.

— Boa noite — diz no nosso idioma e sai sem falar mais nada.

Desde que discutimos pela última vez sobre minhas escolhas, desde que falei de maneira mais firme com ela sobre o fato de estarmos aqui, durante os dias é como se Ramose não existisse. Conversamos, damos risadas e fingimos que nossa vida não mudou drasticamente em poucos meses, e Miriam finge que isso não tem nada a ver com o fato de eu ter cedido ao pedido do comandante do Egito, que é, na verdade, quem proporciona todo o luxo e conforto de que desfrutamos.

— O que será? — Ramose pergunta com a voz rouca.

Minhas pernas perdem um pouco a firmeza.

Não respondo e vou para a sala íntima onde temos ficado nas últimas quatro semanas. Escuto os passos atrás de mim e o barulho da porta sendo fechada. Ramose mede todos os meus movimentos quando me aproximo devagar e encosto os lábios nos dele. Esqueço que queria dançar antes. *Esqueço tudo.*

Um choque ondula por minha espinha quando nossa respiração se mistura através dos lábios. Ele fica parado por alguns instantes, como se não entendesse ou não acreditasse e então leva as mãos até a minha nuca e puxa de uma vez a minha boca para se juntar totalmente à dele.

Ramose entendeu.

Os lábios se movem de leve sobre os meus, explorando todo o contorno e, quando abro de vez a boca, a língua aveludada me invade. Braços fortes envolvem minhas costas, o corpo dele inteiro treme em resposta enquanto, de maneira tímida, coloco a língua dentro da sua boca, imitando-o.

Sou invadida com mais força, com mais paixão, com mais fogo. Como se todos os deuses do Egito exigissem que Ramose fosse mais fundo e tomasse tudo o que é possível tomar em um beijo. Um grunhido alto e rouco escapa do peito dele conforme eu também preciso buscar mais, estar mais dentro dele, mais próxima. Perco a força das pernas e mal consigo respirar. Ele me apoia, me puxa para junto do corpo potente e eu viro um punhado de barro, buscando o destino nas mãos do escultor. Estou inteira maleável e *só quero... quero tudo.*

Nada que Anelle pudesse descrever teria me preparado. Passo as mãos nas costas largas e ele arqueja, me devorando. Eu quero ser dele, quero esquecer qualquer promessa, receio, julgamento e dúvida. Quero que ele me dê tudo de si. Tento deixar isso claro levando minhas mãos até o saiote abaixo dos quadris, apertando contra o meu corpo a evidência do desejo dele, convidando-o a acabar com esse jogo, com a espera.

Um tipo de rosnado baixinho escapa do peito dele enquanto move sua língua em todas as direções. Devagar, Ramose diminui a loucura do beijo e, respirando de maneira absurdamente acelerada, escorrega os lábios até minha orelha.

— Eu preciso de você, Zarah, não aguento mais — prossegue, ofegante. — Estou a ponto de... perder o controle.

Quero dizer que eu também. Estou a ponto de pedir para que ele perca o controle quando os lábios macios grudam sobre os meus deixando alguns beijos rápidos e tranquilizadores antes de ele se afastar com a expressão contida.

— Boa noite, *minha lótus* — diz e se vira com a rigidez e disciplina do comandante que é.

Fecho os olhos com força e, sem conseguir ficar em pé, deixo o corpo cair na poltrona às minhas costas. O frio da noite remove o calor do corpo dele, dos beijos dele. Um vazio enorme se infiltra devagar sobre minha pele, contrai meu estômago e sombreia meu coração.

19

TAMIT

Ramose é um homem enigmático para a maioria das pessoas, mas acredito que consigo ou conseguia lê-lo como poucos. Para mim, ele sempre pareceu ter uma característica dupla: um alguém no exterior, contido, sempre dono de suas emoções, soberano de si, um brilhante político de carismática personalidade, envolvente e sedutor. Transparece estar sempre no controle de si e dos seus sentimentos, como se possuísse uma autodisciplina que ninguém e nada consegue transpor. E outro alguém internamente, com conflitos, dúvidas e uma grande dor que ele não revela para ninguém. Esse Ramose atormentado se torna visível em raríssimos momentos, mas, diante de Zarah, essa dualidade fica cada vez mais evidente.

Quase todos os dias, depois de vê-la, ele se tranca nas alas restritas do templo de Amon e permanece horas por lá, foi o que me contaram alguns amigos sacerdotes. Isso para mim é a prova do enorme embate interno e desequilíbrio que ele vive desde que a conheceu.

Zarah também se mostra uma mulher diferente. A princípio, ela pareceu ser somente uma garota bonita, um tipo raro, talvez uma das mais belas que já vi, mas apenas uma garota imatura, despreparada e inexperiente.

Entretanto, a cada dia ela revela um lado que talvez seja o qual Ramose enxergou desde o princípio: ela é inteligente, corajosa e transborda sensualidade em todos os gestos. É algo tão natural e espontâneo que a torna ainda mais irresistível aos olhos dos homens. Por isso Ramose está diferente, está tão envolvido; ela sabe usar o poder e a magia da sedução de forma nata. Parece até uma mulher pronta para amar alguém na posição de Ramose. Mas isso não é verdade. Zarah é apenas uma servente, e os deuses não devem deixar passar impunemente uma relação dessas. Estalo os dedos, agitada, conforme caminho ao encontro de Ramose.

Faz quase dois meses que ele retornou de viagem.

Estalo os dedos com mais força. Uma mania que tenho desde criança, uma mania que me acalma.

A cada semana que passa, eu o vejo mais obcecado, chegando por vezes a adiar compromissos políticos, mudar datas de viagens, se perder em meio a conversas. É como se ela o houvesse enfeitiçado. *Será?*

Não, hebreus não conhecem feitiços e encantamentos, não contra os poderes dos deuses. Impossível.

Preocupada com Ramose, com o bem-estar dele, consultei um oráculo para ver se ele poria tudo a perder por causa de uma hebreia, mas o oráculo só o aponta com mais glória e poder. *Mas como? Como os deuses não o ensinarão? Nenhuma escolha pode ser feita sem que haja consequência. Para o bem ou para o mal, tudo tem um custo.*

E Ramose está tão fora de si, tão esquecido dessa lei do retorno que há algumas semanas falou outra vez em adiar o casamento com Néftis.

Adiar ainda mais o casamento com a princesa e cunhada do faraó?! Ele só pode estar enfeitiçado.

Será que pensa em se casar com Zarah?

Isso os deuses não deixarão passar em branco. Ele perderá o poder que tem por favores divinos. *Tenho certeza.* Ramose não deixará isso acontecer, eu não deixarei, não depois de tudo o que enfrentamos para chegar até aqui.

Passo por uma das salas do palácio, deve haver pelo menos uns dez nobres e importantes conselheiros nela. Todos à espera de Ramose.

Entro, por fim, na sala onde ele analisa um mapa com a mão fechada, apoiando o rosto.

— Bom dia, senhor — falo baixinho, anunciando minha presença.

— Bom dia, Tamit — responde sem levantar os olhos do papiro, e o descaso como me trata de uns tempos para cá volta a me incomodar.

— Soube que o faraó sairá em uma nova viagem para caçar, o senhor o acompanhará?

— Não, o faraó achou melhor eu ficar aqui, para manter tudo sob controle. Acabamos de realizar o remanejamento das tropas em postos de controle sobre os afluentes do Nilo, estou sendo informado constantemente sobre o andamento dessa alteração e das posições das tropas e devo permanecer aqui até que a mudança esteja completa.

— Compreendo.

Não consigo disfarçar a minha decepção, viajar seria uma maneira de ele sair de perto de Zarah por mais um tempo.

— O senhor jantará hoje com Zarah?

Agora ele levanta os olhos do papel e finalmente me encara com o sorriso forçado que conheço tão bem.

— Já disse que, quando eu não for, eu aviso e que você não precisa me perguntar todos os dias a mesma coisa?

— Sim, senhor — respondo rápido e emendo, impulsiva: — O senhor não acha que seria mais prudente diminuir as suas visitas a Zarah enquanto o faraó estiver fora, quem sabe assim se concentre melhor em seus planos e... Sinto muito alertar, senhor, mas creio que a presença constante da moça o perturba, o senhor anda mais impaciente e distraído.

Ramose arqueia as sobrancelhas numa advertência. Ignoro.

— Posso buscar uma amante no harém de Amon, ou uma dançarina instruída, alguém que saiba como entrar em contato com os favores divinos e não te preju...

Ele dá um murro na mesa e eu me calo.

— Chega, Tamit! Não é de hoje que percebo a sua insatisfação com esse assunto. Vou deixar claro então: este é um assunto meu e, portanto, sou eu quem resolvo quando e o que fazer a respeito dele; o próprio faraó é casado com uma mulher que não pertence à corte diretamente.

O quê?

— Mas a rainha é egípcia, de uma família de destaque — contesto abruptamente —, você não pode estar falando sério.

— Não posso?

— Se você não se preocupa mais com nada aqui, como pode imaginar que Zarah será capaz de acompanhá-lo na jornada pós-vida e ajudá-lo a passar por todos os desafios sem ter as habilidades ou poder que uma posição importante perante os deuses confe...

— Isso — me interrompe arqueando as sobrancelhas escuras — é problema meu. Aliás, se te desagrada tanto assim a ideia de eu estar com Zarah, sugiro que busque outra ocupação.

Meus olhos ardem. *Então sou substituível?* Então seria fácil assim colocar outra pessoa em meu lugar após tantos anos de dedicação? Ele realmente pensa em se casar com ela?

Por que não coloca Zarah no meu lugar? Assim ela acaba de vez com a sua vida! É o que eu tenho vontade de dizer.

— Não, senhor, apenas rezo aos deuses para que o senhor saiba o que está fazendo.

— Sim, Tamit, eu sei.

Viro as costas e saio.

20

Faz três semanas que nos beijamos e, de lá para cá, tentamos, sem conseguir, levar as coisas com menos intensidade. Lembro que na semana retrasada, ele tocou nos meus pés. A princípio eu quase morri de cócegas, para em seguida me derreter com uma massagem lenta e sensual.

Na semana passada, foi a vez da barriga e, após uma longa sessão de beijos e carícias enlouquecedoras, Ramose foi embora dizendo que provavelmente não conseguiria dormir, nem mesmo depois de se tocar em busca de alívio. Eu sei que passei a noite dividida entre a tensão e o sono, acordando após sonhos estranhos e intensos com Ramose e David.

Suspiro.

Tirando as noites em que nos tocamos, não é raro Ramose sair daqui quando o dia está clareando. Nós conversamos sobre tudo abertamente. Ramose tem se tornado um amigo e se mostrado muito diferente da pessoa que eu imaginei antes de conhecê-lo melhor. Às vezes esqueço tudo: nossas diferenças, o fato de que ele nunca deixará de ser um nobre egípcio e eu uma hebreia, as inquietações com o futuro, os medos, dúvidas e a culpa que inevitavelmente me perseguem.

Agora, estamos sentados na sala de jantar, minha mãe acabou de se recolher e há pouco peguei uma maçã para levá-la até a boca e mordê-la de maneira sensual, tentando provocá-lo. *Uma ideia de Anelle.* Mas, no meio do caminho da maçã até a boca, me atrapalhei e a fruta caiu, rolando no chão.

Eu gargalho e ele também.

— Depois que eu te reencontrei — é como ele continua falando do nosso encontro —, ando rindo como nunca na vida.

— Estava tentando ser sedutora, mas acho que não nasci para esse tipo de cena.

O sorriso nos lábios se desfaz e ele passa a me olhar como se meus olhos fossem a paz que todos os homens buscam — *ou o tormento*.

— Você não precisa fazer nada que Anelle te ensina para ser a mulher mais sedutora e poderosa que já conheci.

Meus lábios tremem em uma risada desconcertada.

— A maçã não concorda com você — digo, mirando a fruta que ainda está embaixo da mesa.

Ramose volta a rir de maneira relaxada.

— O que mais você aprendeu hoje?

— Amsu me ensinou sobre os símbolos sagrados, a ankh, o olho de Hórus e o escaravelho. Sabe o que tenho percebido?

— O quê?

— Minha mãe, apesar da resistência em nos ver juntos, está em paz, descansada e cada vez melhor, bem como nunca a vi.

Os olhos dele brilham e os lábios se curvam num sorriso satisfeito.

— Nada me faz mais feliz do que saber que você está feliz.

Impulsiva, eu pego nas mãos dele.

— Estou, sim, muito feliz.

Ele mira as nossas mãos em contato e fecha os olhos, desfrutando esse mínimo toque. Removo a mão rapidamente, com o pulso acelerado.

Ramose inspira devagar, antes de voltar a me encarar.

— Tenho notícias do seu amigo.

Meu estômago gela.

— David?

Ele aquiesce.

Meu pulso acelera mais.

Pergunto por David todas as semanas. Depois que Ramose voltou de viagem, ele acredita que será mais prático trazer meu amigo até aqui para me visitar do que me levar até os bairros hebreus. Eu não me oponho, de certa maneira quero que David veja como estou, como eu e minha mãe estamos bem e, quem sabe assim, aceite ajuda. Quem sabe assim ele aceite se mudar para uma casa próxima. Tenho certeza de que, se eu pedisse, Ramose o ajudaria.

Mas, para minha decepção e tristeza, semana após semana, David é convidado para vir me ver e nega todas elas.

Sei que Ramose convenceu o faraó a fazer certas melhorias: o aumento na quantidade de alimento para todos e a distribuição de itens como esteiras, lã e linho para roupas e utensílios de uso diário. Fico confortada e feliz em saber que as coisas estão um pouco melhores por lá, graças à ajuda e influência de Ramose, mas triste pela negação do meu amigo. Será que ele me perdoará algum dia?

— David está bem — Ramose chama minha atenção. — Graças ao bom trabalho que fez na moenda nos últimos meses, foi direcionado a trabalhar no novo moinho próximo a Tebas.

Arregalo os olhos.

— Tebas? No alto Egito?

— Lá mesmo.

— Mas isso é muito longe daqui. — Aperto os dedos sobre a mesa — Por que o mandaram para lá?

Ramose para o copo a caminho da boca.

— Pelo que sei, as condições de vida por lá são diferentes, não tem muitos hebreus na cidade, ele está vivendo como um homem praticamente livre.

Engulo o bolo na garganta e a emoção de saber que está tudo bem com meu amigo, apesar da tristeza, porque isso significa que será muito difícil eu voltar a vê-lo. Pelo menos por um tempo.

Tento sorrir, mas minha voz sai embargada:

— Como poderei vê-lo com ele morando tão longe?

— Não fique assim — Ramose segura minha mão —, ele ficou muito satisfeito com a mudança. Foram para lá ele, a família e a noiva também, pelo que me relataram.

— Noiva? Ele vai se casar?

Ramose franze o cenho.

— Isso te incomoda?

— Não — respondo baixinho —, eu só estou curiosa, ele me jurou que... — paro e penso no que falar. — Faz quatro meses que o vi pela última vez e David não estava noivo. Só fiquei surpresa. Você sabe quem é a noiva dele?! Provavelmente alguém que eu conheça.

O vinco entre as sobrancelhas escuras se aprofunda.

— Eu não sei quem ela é, mas parece que a notícia te perturbou.

— Não, imagina. Quero que ele seja feliz e é só isso que importa — E tento sorrir outra vez, mas não consigo, meus lábios tremem. — Ele queria ter uma família. Estou-estou feliz por ele. E feliz pela mudança de cidade também, se isso significar condições de vida melhores para ele e para a família.

Ramose fica em silêncio, me analisando.

— Obrigada pelas notícias — digo, exibindo um sorriso mais firme. — David é uma das pessoas que mais amo na vida, nós crescemos juntos. Foi ele quem me ensinou a nadar e a brigar, aprontamos tanto, inclusive com alguns guardas.

— Que bom que ele cuidou de você quando era criança.

Sorrio mais abertamente com as lembranças.

— Ele tornou o fato de sermos oprimidos mais leve. Por ter ele como amigo, muitas vezes, era como se não houvesse os muros. Era como se as nossas risadas fossem maiores do que os soldados e...

— Chega, Zarah — Ramose ordena, uma veia pulsando no maxilar retido.

Eu me assusto com a reação explosiva, afinal foi ele quem tocou no assunto.

— Ele é como um irmão para mim — explico, como se fosse necessário.

— Me desculpe — pede —, fico feliz que você tenha tido um amigo em sua vida, mas não fico feliz por eu não ter estado ao seu lado desde essa época. Por não ter te encontrado antes e por você ter crescido escravizada. Também não fico feliz por ter tido uma infância talvez mais solitária que a sua, mesmo sendo rico. Se tivéssemos nos encontrado antes — suspira —, poderíamos ter poupado muita dor um ao outro.

— Sim, acho que você tem razão.

Ramose, com ar pensativo, desvia a atenção para o tampo da mesa e, depois, volta para mim.

— Zarah, eu não ia falar nada, porque sinto que não estou fazendo mais que uma obrigação, pelo menos para a minha consciência.

— O quê?

— Depois que eu soube da transferência de David, entendi que já devia ter feito algo assim por outros.

Meu pulso acelera e meus olhos se enchem de lágrimas.

— Libertar hebreus?

— Ontem consegui a transferência de mais três famílias para Tebas e pretendo fazer isso sempre que possível.

Agarro as mãos dele, emocionada, e levo os dedos para cima dos meus lábios, beijando-os em gesto de amor e gratidão. Ramose arregala os olhos, surpreso. Eu o abraço, esquecendo que esta noite não deveríamos nos tocar; que esse sentimento de gratidão só existe porque somos escravizados há anos; esquecendo que, por mais que Ramose seja maravilhoso, diante do mundo, ele sempre será um nobre egípcio e eu uma hebreia.

A oitava semana, apesar de o tempo ter se arrastado pelo que pareceram anos, finalmente chega.

Já não aguento mais segurar as aparências, segurar esse jogo de sedução que aceitei, que pedi para acontecer.

Várias vezes por dia, e cada vez com mais frequência, me angustio enquanto uma pergunta se repete em minha cabeça: *Ainda me orgulho da imagem que vejo refletida no espelho quando me arrumo diariamente?*

Essa pergunta me atormenta principalmente quando percebo, noite após noite, que uma parte minha sente prazer ao ver Ramose se dobrar, se ajoelhar, se render ao que falo como se fosse uma ordem, como se eu fosse a rainha do Egito e ele, apenas um súdito.

Hoje não tocará em mim.
Tocará os meus pés.
Tocará os meus braços.
O meu colo.
O meu pescoço.
Por hoje, chega.
Ramose respira fundo, sempre fecha os olhos e me obedece.
Cegamente.
Obedece a uma servente.
Uma garota que carregava água pelo bairro hebreu.
Uma mulher sem voz. Assim como a maioria das mulheres do meu povo.
E ele? Um dos homens mais poderosos do Egito.
É doentiamente satisfatório.
Esse lado sombrio meu quer prolongar o jogo.
Mas tem outro lado, que me incomoda ainda mais: me sinto cada vez mais estranha, me sinto sufocar quando Ramose está ausente, quando não vem me visitar durante a noite.

Anelle insiste:

— Querida, você já foi tão longe, termine com o que começou e sei que será recompensada. Acho que o pior já passou, falta apenas uma semana para que isso termine.

A noite caiu e Ramose chegará mais tarde que de costume. Ele avisou, por meio de Tamit, que não viria para jantar.

Minha mãe já se deitou e eu estou esperando por ele tem algum tempo.

Intercalo minha ansiedade com vinho e água.

Não quero estar bêbada, mas preciso de algo para me acalmar.

Dou um gole grande na água e outro no vinho.

A porta da frente se abre.

Um arrepio percorre minha nuca.

Ramose entra em casa sem falar nada. Nem boa-noite.

Ele sabe que hoje eu dito as regras. Sabe que esta noite ele obedece. O peito largo e nu, parcialmente coberto pelo colar de ouro e turquesa, abaixa e sobe de maneira acelerada.

Ainda em silêncio, ele para à minha frente.

Fica um tempo apenas me encarando. Intensamente.

— Você pode se sentar na poltrona da sala íntima? — pergunto, sentindo meu pulso acelerar. — Vou diminuir a luz das tochas.

Ramose concorda em silêncio e se dirige para lá. Eu entro em seguida, fecho a porta que nos isola do resto da casa e apago a maior parte das chamas que iluminam a sala.

Uma penumbra morna e alaranjada envolve o ambiente. Respiro devagar e paro de costas para ele. Com os dedos um pouco trêmulos, remove o vestido mais grosso, ficando apenas com uma combinação transparente e que marca todas as curvas do meu corpo. Sei que, pela penumbra da sala, ele não enxergará tudo, mas o fato de estar assim, tão exposta, faz com que me sinta nua. Sento na espreguiçadeira e abaixo o colo do vestido antes de me recostar.

— Hoje você pode tocar nos meus seios.

Escuto Ramose soltar uma exalação lenta e entrecortada, e depois outra. Ele demora um pouco para se mexer e penso se está tão tenso como eu. Apesar de saber que isso não deve significar nada para ele, perto do que poderia fazer com qualquer mulher do Egito, e parece que nesta sala, agora, é como se eu estivesse oferecendo tudo o que ele deseja.

Imagino isso porque, ao se ajoelhar próximo, Ramose arqueja e me olha como se eu fosse uma rainha, a única mulher que ele já desejou e todas as mulheres do mundo ao mesmo tempo. Os punhos dele estão cerrados, o peito definido subindo e descendo rápido, como se ele tivesse corrido até o palácio e voltado. E essa maneira quase devocional de ele me olhar me enche de uma confiança e coragem que nunca experimentei.

Nunca me senti tão sedutora e tão bem em saber que, sim, tenho esse poder. Não é feio ou vulgar, nem certo ou errado, não sou apenas uma mulher que ele admira ou deseja, estou sendo amada e venerada com os olhos.

— Você é tão linda — diz, rouco.

Levanta as mãos meio trêmulas e toca num mamilo, girando-o entre os dedos e o apertando de leve até enrijecer. Faz isso com o outro, provocando-o até ele também estar teso e sensível. As mãos bronzeadas e um pouco ásperas seguram em concha um seio, apertando-o devagar. Ramose me encara quando agarra o outro seio e umedece os lábios baixando a cabeça, medindo minhas reações.

— Sim — sibilo aos sentir os lábios se fecharem em um mamilo e a língua rodeá-lo.

E, quando ele chupa, a pressão e o calor enlouquecedor disparam ondas de prazer que apertam meu ventre e descem até entre o meio das minhas pernas.

Arqueio o pescoço, gemendo, os dentes agora trabalham com a língua e meu ventre contrai com meu sexo. Gemo outra vez e mais uma quando ele geme comigo, parecendo se deliciar com meu prazer.

As mãos dele pressionam meus ombros para me manter no lugar e Ramose passa para o outro seio. Mal consigo respirar. Preciso tanto, tanto de uma fricção entre as pernas que estou meio tonta, minha boca está seca e toda a minha sensação está ali. Sem pensar em nada, aperto uma coxa contra a outra e gemo baixinho.

Ramose percebe o fogo que está ateando em meu corpo e suga meu seio com mais força. Choques de puro prazer e dor, mas de um jeito bom, percorrem minha coluna e jogo o pescoço para trás.

— Por favor, por favor — murmuro fora de mim —, eu não aguento mais. — E aperto outra vez uma coxa contra a outra, buscando qualquer alívio.

Ele se afasta um pouco, os olhos injetados de puro desejo.

— O que você quer?

— Você.

Um sorriso satisfeito cruza os lábios cheios.

Ramose volta a apertar de leve um dos meus mamilos e eu levanto a coluna do encosto. Os olhos escurecidos de desejo estão no triângulo entre as minhas pernas que o tecido fino da combinação revela. Estou tão sensível que bastaria alguns toques para chegar ao ápice. Os olhos escuros estreitam, as narinas dilatam um pouco conforme tenta acalmar a respiração. É como se Ramose sentisse o cheiro da minha excitação. Talvez eu atinja o clímax só com a força do seu olhar.

— O que você quer que eu faça? Peça. Hoje sou seu escravo.

Quando ele se afasta, um pouco ofegante, para remover o colar e os braceletes, a brisa noturna envolve meus seios onde a boca dele estava. As últimas palavras entram no meu sangue e me paralisam.

Hoje sou seu escravo. E amanhã, Ramose, voltarei eu a ser escravizada?

As chamas contornam o torso nu esculpido por músculos, algumas cicatrizes esbranquiçadas marcam o tórax.

Um general marcado pelas batalhas de que participou.

Você dobrou um gigante e todo o seu exército interno.

— O que você mais quer agora? — Ramose arfa e reparo no movimento da garganta dele ao engolir. — Tocar em você onde você mais precisa — diz sem disfarçar o olhar para o meio das minhas pernas.

Sem controle eu as pressiono uma contra a outra, com força, desejando o mesmo, como uma pessoa sedenta precisa de água, desejando os dedos dele me abrindo, me penetrando com força, como tenho feito muitas vezes sozinha no meu quarto.

Reparo no saiote justo na altura dos quadris, a evidência do desejo me faz perder o fôlego. Ele acompanha meu olhar e ri de um jeito vitorioso, como quem diz em silêncio: *Você sabe o que eu mais quero.*

Meus lábios curvam num sorriso fraco, enquanto meu sangue circula muito rápido com o que estou prestes a fazer.

Pare, Zarah, não brinque com ele desse jeito, com vocês. Mas não consigo evitar a sensação de prazer que percorre meu corpo.

— Quero que você se sente naquela poltrona.

Poder.

O cenho dele se franze um pouco, mas ele obedece.

As frases surgem na minha mente e alimentam minhas ações.
Você não pode sair nas ruas sem ser seguida.
— Quero que você me olhe e não me toque mais hoje, e nem se toque.
Ramose passa um tempo me encarando com a expressão dividida entre a tensão e a luxúria. Fecha as mãos com força nos braços da poltrona antes de assentir.
Abro as pernas fornecendo uma visão parcial a ele do que estou fazendo, já que o tecido transparente do vestido me cobre.
Você nunca será uma igual para ele.
Com os dedos, pego parte da minha umidade e levo para cima, até o botão rígido que pulsa sem parar.
Eu gemo.
Ele arqueja.
Faço movimentos circulares rápidos e meu quadril sobe ao encontro da minha mão. Saber que ele está me olhando, que Ramose está sentado me assistindo potencializa todas as sensações. Abro mais as pernas.
— Zarah — ele diz tão rouco que mal reconheço sua voz —, por favor, me deixe...
Enfio um dedo e o movimento para fora e para dentro, assim como aprendi a fazer, assim como meu corpo está pedindo, precisando agora.
Ramose grunhi tão alto que o som reverbera no meu corpo.
— Por favor, me deixe — repete.
Ergo minhas costas da espreguiçadeira e o encaro. Se um dia achei que já tinha sido olhada de maneira intensa, sei que estava errada. Ramose morde, literalmente morde a mão fechada em punho.
Você nunca será boa o bastante para ele.
Acelero ainda mais os movimentos sem parar de olhá-lo, até o clímax se acumular na base da minha coluna, um nó de fogo que me faz tremer, minhas coxas repuxam, meu ventre aperta e eu desabo num redemoinho de vento, fogo, areia e água.
Nossa respiração acelerada se mistura com os gemidos, os meus de alívio brutal e cego, os dele de desejo, desespero e súplica.
Ficamos um tempo longo demais nos encarando: ele ainda mordendo a mão, eu ainda sentindo os espasmos de prazer diminuírem até soltarem os meus músculos.

Não sei quanto tempo passa. Minha mente mergulha num vazio, onde as consequências para qualquer escolha, certa ou errada, se apagam.

Ramose se levanta, vem até bem próximo do meu rosto e murmura:

— O que eu queria agora era te abraçar e te beijar e entrar em você até você esquecer a sua origem ou a minha, até nossos gemidos serem o único som que você queira escutar, até meu desejo e meu corpo te mostrarem que você não precisa usar o poder que tem sobre mim para me punir ou provar algo para si mesma.

— Eu não... — começo a negar, mas paro ao me dar conta de que fiz exatamente isso.

— Assistir você sentir prazer sempre será um presente e nunca uma punição.

Ramose se curva e deixa um beijo demorado em cada mamilo, o local *permitido* de hoje, respira fundo, se levanta e sai.

— Ramose — o chamo antes de ele abrir a porta da sala íntima.

Ele para e vira o pescoço até nossos olhos se encontrarem.

Me beije, me toque, me ame, me desculpe.

— Boa noite — falo no lugar.

Agora uma expressão dividida entre a devoção e a dor cruzam os olhos escuros.

— Boa noite, minha lótus.

E, apesar do alívio físico, de o corpo parecer relaxado e satisfeito, não me sinto aliviada. Subo até meu quarto e me deito engolindo o arrependimento e a vontade de chorar.

21

Desde a noite em que me toquei na frente de Ramose, na semana passada, a forma como ele me olha mudou de carinhosa e admirada para calorosa e frustrada. É como se minha presença o consumisse.

Talvez por isso ande mais ausente durante as noites, disse que está ocupado com questões no palácio, o que me dá tempo de pensar em.. tudo.

Na minha vida antes.

Em David.

Nas minhas escolhas de agora.

No que será do meu futuro. Faltam apenas três dias para tudo mudar de vez.

Tentando não pensar no que virá, voltei a estudar o máximo que posso. Voltei a insistir com Amsu para me ensinar sobre o assunto que realmente me interessa, que é o estudo da alquimia.

E por isso estamos falando sobre um deus específico.

Por isso, os olhos arregalados de Tamit ao indagar:

— Você vai falar sobre Thoth?

Amsu concorda.

— Mas poucos sacerdotes têm o privilégio de conhecer esses ensinamentos, Zarah não é egípcia.

— Não me questione, Tamit — Amsu a interrompe com firmeza.

— Eu insisti para aprender sobre alquimia, mas não quero causar problemas.

Tamit encolhe os ombros.

— Mas parece que é só isso que você causa.

— Chega — Amsu esbraveja — Eu mesmo relutei, mas algo em meu coração diz que é para ser feito assim.

Amsu se senta na minha frente, de costas para Tamit.

— Vamos prosseguir.

Concordo, com expectativa.

— A alquimia se baseia no domínio das forças mentais, e não no domínio dos elementos, como é costume de alguns cogitar. O que nos leva ao primeiro princípio *do mentalismo*: "O todo é a mente".

— Isso quer dizer que está tudo na nossa mente?

Amsu sorri de leve, antes de continuar:

— Isso quer dizer, Zarah, que tudo aquilo que conhecemos como o universo material é energia, é indefinível em si, mas pode ser considerado uma única mente infinita e universal.

Meu cenho franze conforme relaciono o que escuto com alguns ensinamentos do meu povo:

— É tão curioso isso que você acaba de me falar, me lembra de uma história que escuto desde criança. Esse ensinamento diz que o corpo pode ser comparado com o ferro, que, quando em contato com o fogo, no caso, o amor de Deus, derrete e purifica. Mas, em contrapartida, ao se afastar desse calor, endurece, condensa e esfria.

— Muito bom, Zarah — diz Amsu, mais entusiasmado. — Acredito que faremos uma troca rica e muito proveitosa.

Tamit permanece em silêncio, com o olhar vago. Sem disfarçar como o fato de Amsu estar me ensinando coisas que não devia e me ouvindo com interesse a enfurece.

Respiro fundo e me concentro no que ele fala, não vou deixar o humor inconstante de Tamit me atrapalhar.

— O segundo princípio é o da correspondência: "O que está em cima é como o que está embaixo, e o que está embaixo é como o que está em cima". Tudo na existência se corresponde como um espelho.

No dia seguinte à minha aula de alquimia com Amsu, Anelle chega um pouco mais cedo do que de costume.

— Como você me contou que está muito interessada em suas aulas com Amsu, tenho certeza de que vai gostar da nossa aula de hoje, afinal faltam somente duas noites para o grande dia.

Anelle sorri e mantém o suspense.

— O quê?

Os lábios generosos se curvam ainda mais.

— Tranquilidade é a chave da orientação que vou te dar. Vamos falar de alquimia.

— Alquimia?

— Uma das magias mais potentes: a alquimia do amor.

— Alquimia do amor? Você entende de alquimia? — pergunto, confusa.

— Sim, todas as amantes instruídas devem conhecer isso com profundidade, passei anos estudando e depois praticando.

Franzo o cenho inconscientemente. É impossível não sentir ciúmes quando me lembro que ela e Ramose já foram amantes.

— Entenda, Zarah — Anelle prossegue, imparcial —, quando comentei que Ramose é um mestre na arte de amar, acho que mestre não seria a palavra mais precisa para defini-lo, e, sim, mago.

Meu coração bate nas veias do pescoço e não sei se é por causa das imagens de Ramose com Anelle em minha mente ou pela loucura do que ela me fala. *Mago?*

— Os magos na arte do amor são capazes de...

Ela para quando arregalo os olhos porque durante meses Anelle me instruiu a dançar, me ensinou o que ela sabe sobre o ato de amor entre um homem e uma mulher, sobre como ter, dar e receber prazer, mas jamais falou dessa forma específica de Ramose.

— Você tem que saber que não há motivo para ficar surpresa. Esse é um assunto sagrado, belo e natural.

Mexo no bracelete de ouro me sentindo um pouco desconfortável.

— Está bem, pode me falar tudo o que acha importante que eu saiba.

— Alguns homens são capazes de permanecer amando uma mulher por horas, pela noite inteira, por um dia inteiro. Não se trata simplesmente de atingir o clímax, e, sim, de consagrar a união, de elevar a energia dessa união e de ampliar a consciência, o contato com os deuses, entende?

Suspiro.

— Acho que sim.

— Sei que, antes de você conhecer tudo por experiência própria, talvez seja difícil compreender, mas se mantenha aberta, pois, se você já souber um pouco o que esperar de sua noite com Ramose, ela se tornará ainda mais completa.

— Você disse que eu teria que ser tranquila, e sinceramente me sinto a cada dia que passa mais confusa e ansiosa e, de certa maneira, amedrontada e tensa. Com medo de estar fazendo a escolha errada, do futuro e...

— Querida, você não tem que ter medo. Talvez ele, sim, deva temê-la.

Isso parece tão absurdo que eu dou risada.

— Isso é uma loucura.

— Quem detém o poder dessa energia é a mulher. A sensualidade, a sexualidade feminina, quando usada com sabedoria, pode se tornar muito intensa.

— Eu não sei se acredito nessas coisas.

— Você, Zarah, conhece e usa esse poder de maneira intuitiva.

O quê? Meus olhos se arregalam e me inclino um pouco para trás, na defensiva.

— Eu não se...

— Você tem levado Ramose a experimentar essa energia de muitas maneiras, por oito semanas.

— Eu não fiz isso.

Anelle curva os lábios e segura minhas mãos.

— A cada semana, uma parte do seu corpo foi revelada, experimentada e tocada aos poucos. Meu bem — ela ergue as sobrancelhas marcantes —, apesar de ter sido uma ideia minha, você é quem tem conduzido como uma especialista na arte do amor, e imagino que Ramose também a perceba assim.

— Eu-eu não quis isso.

— Não mesmo?

Eu me lembro de todas as vezes que senti prazer em vê-lo obedecer e ao perceber como Ramose ficava rendido e entregue, como parece fraco diante do que sente quando estamos juntos. Me lembro de tudo o que fiz e tenho feito nas últimas semanas, dos sonhos com ele, das vezes que me toquei, da semana passada. Cubro o rosto, envergonhada, ao me dar conta de que foi exatamente isso o que fiz, e, pior, gostei de fazer.

— Eu não devia ter feito isso, é errado, não é?

Anelle tira minhas mãos de cima do meu rosto.

— Errado, só se não houver respeito, se não houver entrega de verdade, se deixarem de reconhecer um ao outro como sagrados e confundirem as coisas.

Respiro de maneira falha, um pouco tensa.

— Não se preocupe, Zarah, Ramose sabe o que está fazendo.
Mas eu não sei.

Estou terminando de me arrumar para encontrar Ramose.

Eu me convenço de que meus dedos tremem ao fechar o colar porque me sinto ansiosa, e não porque estou insegura.

Mas é mentira.

É estranho me sentir assim porque isso, esta noite, era uma certeza anunciada há dois meses. Ao mesmo tempo, ela também é a certeza de que hoje fica para trás muito da mulher que eu era antes de morar aqui. Antes de Ramose.

Minha mãe entra no quarto.

Miriam sabe que eu vou passar a noite na casa do comandante.

Sabe que eu vou me deitar com ele.

Uma parte minha está feliz, já que as oito semanas se passaram e nós finalmente seremos um do outro, como Ramose repete, sempre: "Eu nasci para te amar".

Nós consumaremos esse amor.

E, apesar de querer, desejar e sonhar com isso, sei também por que tenho medo.

Não foi assim que aprendi que deveriam ser as coisas.

Nós não somos casados nem nunca seremos diante da permissão e bênçãos do meu Deus.

E eu não sei como será o nosso futuro.

O que esperar das coisas depois de hoje.

Minha mãe toca no meu ombro com carinho.

— Estou com medo — murmuro, olhando para baixo. — Quero estar com ele e não vou voltar atrás, mas estou com medo.

Há dias não falamos mais sobre isso.

Sobre estarmos aqui.

Sobre minhas escolhas.

Sobre o futuro.

— Sente-se — diz ela, me puxando para a cama, e eu obedeço. — Esta casa, esta vida, este conforto não deveriam ser um privilégio de poucos. Entendo você não ter querido voltar, de verdade, eu entendo.

— Não foi só por isso que fiquei, que estamos aqui.

— Eu sei que não, sei que você acredita que sente algo especial por Ramose e talvez ele também acredite nisso. Só me resta rezar para que o sentimento entre vocês seja suficiente para diminuir as diferenças que os separam.

Eu a abraço com força antes de dizer, com a boca pressionando o ombro estreito.

— Não é porque estou aprendendo sobre os deuses egípcios que deixei de acreditar no nosso Deus. Eu também rezo todas as noites para que ele guie meus passos, minhas escolhas. A verdade é que não entendo porque tudo isso foi acontecer comigo, justo eu, que sempre recriminei meu pai por se unir aos egípcios.

— Você não está traindo nosso povo ao ficar com Ramose — minha mãe tenta me consolar, repetindo o que eu mesma disse para ela algumas vezes.

— E David, eu não estou traindo David? Sua amizade e confiança? Por mais que tenha decidido ficar e seguir com isso, não tem uma só noite em que não pense nele.

— Ele está bem, minha filha, se casou com outra mulher. Seu comandante mesmo te informou.

Sorrio de leve. Acho que minha mãe está tentando justificar minhas escolhas, nossas escolhas, como nunca fez antes. Talvez porque ela saiba que hoje à noite é o passo definitivo, hoje é o ponto em que não haverá mais retorno e, independentemente de tudo, estou disposta a dá-lo.

— Saber que David está feliz é a única coisa que apazigua minha consciência, com relação a ele e à nossa amizade.

— Você está seguindo seu coração? Porque, se a resposta for sim, você não precisa temer.

— Eu te amo.

— Zarah — Tamit me chama do andar de baixo.

Respiro fundo e me levanto da cama

22

Os muros que cercam a casa são altos e a perder de vista.
Apesar de estar mais calma após a conversa com a minha mãe, minha respiração ainda é incerta. Consigo ver que o palácio real se estende daqui como se os muros de uma propriedade fossem a continuação da outra.

Como se fossem construções integradas.

Meu Deus!

Engulo em seco.

Durante as muitas noites que passamos juntos, conversando, rindo e nos tocando, o Ramose poderoso, inalcançável, por vezes não existia para mim. O nobre egípcio desaparecia.

No lugar, aprendi a enxergar, e talvez a amar, o homem e o amigo que ele se tornou. Porém aqui, em frente a essa casa enorme, toda distância que nos separa, que separa os nossos mundos, é exposta e evidenciada.

Respiro devagar para me acalmar até alcançarmos o portão guardado por cerca de dez soldados. Percebo que eles me observam pelo canto dos olhos quando passamos.

— Entre e siga até encontrar um corredor — diz Tamit. — Depois passe pela sala e então você verá a entrada do jardim. Ele te aguarda lá.

— Está bem, boa noite.

Entro e o portão é fechado atrás de mim.

Avanço pelo amplo corredor, todo iluminado por tochas, logo depois do vestíbulo. Reparo nas paredes cobertas de pinturas coloridas e, à frente, avisto a sala. A enorme sala.

Móveis dourados cujos pés imitam patas de bichos, muitos deles cravejados de pedras azuis, vermelhas e verdes, disputam atenção com poltronas, sofás e espreguiçadeiras, uma mesa enorme e almofadas espalhadas pelo chão. Um véu separa a sala de jantar da sala de estar. As paredes e colunas parecem querer competir com os móveis chamativos, pintadas com imagens de deuses, bichos e flores e entalhadas com pedras semipreciosas. Do lado esquerdo, no fim da sala, algumas portas estão fechadas. Vejo também uma escadaria de pedra branca. *Deve ser o acesso aos quartos no andar de cima.* Uma brisa fresca toca o meu rosto, boa parte da extensão da parede à minha frente é aberta e, do lado de fora, está o jardim.

Meu pulso volta a acelerar.

Cada passo que dou é uma vitória, minhas pernas estão trêmulas, nem sei como consigo andar.

Aqui fora, o cheiro de flores e frutas se mistura com ar. A casa dá uma meia-volta em torno das árvores e uma varanda espaçosa a acompanha. O jardim se estende tanto que é impossível ver o final. Mas a luz da lua torna visíveis alguns caramanchões cobertos por folhas e flores.

Continuo caminhando sem saber se estou indo para o lugar certo.

Dentro de alguns desses caramanchões, há colchões erguidos uns dois palmos do chão, outros têm cadeiras e espreguiçadeiras e outros, apenas mesas, almofadas e jarros, com flores boiando sobre a água.

É lindo, magnífico. Se achei que já tinha visto algum luxo e beleza em Mênfis, estava enganada.

— Ramose?! — arrisco baixinho.

Estou, acho, no meio do jardim, em frente a um lago. Em um dos cantos tem um barco com espaço para dois, brigando por atenção com os gansos, alguns se coçam e outros dormem à margem. Avanço um pouco mais, parando na frente de um dos caramanchões, o maior que vi até agora. No centro, um colchão envolto por um tecido claro que pende de uma estrutura alta parece flutuar, dançando com a brisa da noite.

Eu me aproximo do lago para olhar as flores que cobrem parte da água.

Braços fortes me envolvem por trás e um beijo na lateral do pescoço me faz arfar. As mãos dele se fecham na curva dos meus cotovelos e, com um movimento preciso, Ramose me vira, procurando por meus lábios com carícias suaves.

Abro a boca, rendida, e a língua me invade, sem piedade, acabando com o meu equilíbrio.

Mãos firmes percorrem a curva das minhas costas, da base da espinha até a nuca, exigindo que o beijo se aprofunde. Gememos juntos e entregues.

Os lábios deslizam por todo o meu rosto até o meu ouvido, e meu coração está tão acelerado que mal consigo respirar.

— Como esperei por isso — sopra, com a voz muito rouca — Como desejei isso, mais do que já desejei qualquer coisa na vida — prossegue, alternando beijos com carícias. — Intermináveis dias de espera — solta o fecho do meu colar —, nada mais importava, somente este momento.

As alças do vestido cedem, meus olhos pesam e não consigo deixá-los abertos.

— Oito semanas — murmura, desnudando meu colo enquanto a brisa enrijece e estica a pele sensível dos mamilos.

Eu arquejo.

— Oito semanas — repete e continua beijando a clavícula —, você falava e eu obedecia.

E beija devagar o mamilo exposto, o frio da noite é substituído pelo calor macio, disparando ondas de prazer pelo meu ventre. Ramose percebe que estou a ponto de cair? É provável. Os braços envolvem minhas pernas e as costas, sou erguida do chão e carregada até o colchão. Conforme meu corpo afunda entre as plumas, os dedos ágeis tiram meu vestido de cima e a combinação e, em poucos segundos, estou nua. Não consigo falar nada. Não consigo nem mesmo respirar. Estou a ponto de chorar de tanto que sinto e sei que ele mal começou.

— Minha lótus — diz, removendo o saiote.

Observo o peito e o abdome esculpidos, as linhas marcadas pelos músculos e o desenho de dois deles, um de cada lado junto aos quadris, como se fossem a cabeceira de um rio afunilando, e, mais abaixo, o pênis ereto.

Meu pulso acelera.

Ramose se deita ao meu lado, o calor e a rigidez do corpo dele encaixam nas curvas do meu corpo. Os lábios dele se fecham sobre meu seio, sugando o mamilo de um jeito muito mais ávido e prazeroso que na semana passada. Sinto uma pressão enlouquecedora entre as pernas e meu corpo é varrido por ondas de calor. Ele mordisca e vez ou outra os dentes escorregam de leve na pele cada vez mais sensível.

A boca se fecha no meu pescoço, em cima de uma veia que pulsa rápido, e Ramose lambe e suga com vontade e depois faz o mesmo no colo e na barriga, enfiando a língua no meu umbigo de um jeito lento e incisivo. Aperto as pernas em busca de alívio e faço menção de levar as mãos até o meu sexo. Ramose percebe o que quero e se ergue um pouco a fim de me encarar:

— Hoje é só o meu corpo que te dará prazer.

Agarra minha mão e a conduz para o meio das minhas pernas, bem na entrada do meu sexo, que lateja, e ali pressiona o meu dedo, arrancando um gemido alto do meu peito. Em seguida e com olhar de satisfação, faz com que eu me acaricie de leve, com movimentos circulares. Eu deixo Ramose me conduzir sem resistência, nem penso em resistir. Com a mão livre, abre minhas dobras íntimas e continua guiando meus dedos, recolhendo a minha umidade e espalhando-a mais acima, no ponto que vibra ao menor toque e pede por atenção.

Ergo os quadris sem movimentar os meus dedos em busca de alívio, Ramose entende, sabe que estou cedendo para ele o controle que tive durante semanas. A gratidão e o desejo que transbordam dos olhos escuros são tão intensos que aumentam o meu prazer. Assisto resfolegada enquanto ele leva os meus dedos para a própria boca e os chupa, absorvendo o gosto da minha excitação e gemendo de olhos fechados.

O som do prazer dele é tão rouco e sensual que vibra dentro de mim e minhas pálpebras pesam; preciso fechar os olhos.

— Vou amar você de oito jeitos diferentes, um para cada noite, para cada parte do seu corpo que me fez conhecer e desejar como se deseja a própria vida.

Volto a gemer baixinho quando Ramose suga outra vez meus dedos e depois abre mais as minhas pernas. Agora são os dedos dele que estão no meu sexo, pressionando e percorrendo cada dobra externa, sem a menor pressa. Meu corpo arqueia para cima e eu arfo enlouquecida quando um dedo me penetra devagar e escorrega molhado e quente para cima. Um segundo dedo é inserido e levado para cima, inundando meu sexo com minha umidade.

Minha mão é agarrada, beijada, lambida e os dedos chupados, enquanto com os próprios dedos ele trabalha sem parar onde mais preciso ser tocada. Faz carícias tão leves que meus quadris vão para cima, involuntários, em busca de mais e toda a minha barriga contrai numa tensão elétrica gigante. Após um tempo que parecem horas, Ramose começa a apertar de leve e puxar o ponto sensível, repetidas vezes, e minhas pernas tremem.

Gemo, murmuro e arfo desesperada por mais e pelo prazer que me domina

— Tão perfeita — sibila e volta a beijar minhas mãos, aumentando a pressão com que aperta entre o polegar e o indicador o botão do meu sexo.

Eu gemo alto, ele aperta um pouco mais e puxa devagar. Jogo o pescoço para trás e o mundo despenca ao meu redor conforme ondas intermináveis do maior prazer que já senti arrebentam se espalhando por todo o meu corpo. Ramose não me espera parar de gemer e me beija de um jeito profundo e faminto, antes de ir ao meu ouvido:

— Primeira vez.

Na quinta vez chego ao ápice com Ramose usando os dedos e a boca, me penetrando com a língua e depois com os dedos e com a língua novamente e um dedo ao mesmo tempo, enquanto com o polegar me estimula mais acima. Eu grito tão alto que, tenho certeza, acordo a cidade inteira.

Ele não me deixou tocá-lo intimamente ainda, apesar de eu ter pedido por isso algumas vezes.

— Não, nada me dá mais prazer do que te dar prazer com meu corpo. Eu quero guardar tudo para quando estiver dentro de você, em breve.

Entre os diversos orgasmos que alcancei, ficamos um tempo abraçados, cochilamos, comemos frutas ou tomamos um pouco de vinho e água. Não sei há quanto tempo estou sendo levada de um orgasmo a outro de jeitos cada vez mais intensos e criativos. Passo os dedos na almofada em que apoiei a barriga e que foi usada para levantar meus quadris, enquanto Ramose me tocava como um mestre entre as pernas, usando um óleo para massagem corporal e, ao mesmo tempo, abrindo minhas nádegas e beijando com a língua o ponto entre elas. Ele não parou até eu gritar o nome dele diversas vezes, até eu chorar de tanto prazer.

Agora, acabei de acordar de um dos cochilos e o óleo morno e viscoso é derramado sobre meus seios. Com um dedo Ramose circula os meus mamilos e então desce pela barriga, massageia minhas coxas e abre minhas pernas, dobrando os meus joelhos para cima.

— A mais linda que eu já vi — diz com voz aveludada, e não sei se ele fala de mim ou do meu sexo, que está mais rosado pelos estímulos constantes e brilhante pelo óleo que agora é derramado sobre a pele íntima. Estou tão excitada mais uma vez que somente o contato do óleo grosso escorrendo me faz arfar e tremer por antecipação.

— Você quer pegar nele agora? — pergunta com a voz cada vez mais grave, e os olhos tão escuros que parecem se fundir com o kajal que os delineia.

Olho para a mão de Ramose que ergue o membro ereto.

Minha boca seca, eu quero muito fazê-lo experimentar um pouco do prazer que tem me proporcionado.

— Sim — murmuro e me sento.

Assisto Ramose se deitar numa espreguiçadeira e colocar as mãos atrás da cabeça, os músculos poderosos do ventre e do braço contraídos e evidenciados.

Levanto, e o óleo viscoso escorre e acaricia a parte interna das minhas pernas, meus seios, que são fartos, pesam ainda mais e caminho para ele como, imagino, uma leoa caminharia para o seu macho. Penso nisso porque, quando me abaixo junto a Ramose e envolvo o pênis, apertando-o entre os dedos, ele praticamente rosna de prazer.

Esse homem poderoso e magnífico está literalmente nas minhas mãos.

Meus lábios se curvam para cima num prazer instintivo quando comprovo como ele é quente e grosso, as veias saltadas nas laterais fazem a textura macia não ser totalmente uniforme e, por baixo da maciez, ele está duro como uma pedra.

Com o polegar capturo a gota da semente que brilha no topo do seu sexo e a espalho. Eu sou inexperiente e devia estar insegura, mas meses de aulas com Anelle me deram confiança o suficiente para saber como arrancar respostas de prazer de maneira lenta ou rápida. Quero prolongar as sensações, o prazer e o desejo dele, por isso agarro o membro pela base sentindo o peso pulsar contra a palma da minha mão e não me permito ficar insegura enquanto penso: *Como isso tudo caberá dentro de mim?*

Com a mão livre recolho entre as minhas pernas um pouco da minha umidade e do óleo, tal como Anelle me instruiu, e espalho em seguida nele, da base até a ponta.

— Você gosta assim? — Coloco um pouco mais de pressão, repetindo o movimento, e ele trinca os dentes e geme. — E assim?

Aperto um pouco mais me lembrando das aulas. Deixo minha mão direita descer e subir alternando a pressão e, com a esquerda, agarro em concha e massageio de leve as bolas que se movem na minha palma.

Ramose solta um rugido de prazer puro, o ventre contraindo e o membro pulsando em minhas mãos.

— Chega, Zarah — diz tão rouco que parece ainda rosnar.

Um leão maravilhoso e rendido.

Mas não quero parar, quero fazê-lo gritar o meu nome como eu mesma gritava o nome dele pouco antes. Sorrio de um jeito malicioso antes de baixar a cabeça, envolver a ereção entre os lábios e sugar forte. Rodeio a glande com a língua e sinto o gosto salgado; a semente dele que volta a gotejar da ponta misturada ao adocicado do óleo. Meu sexo aperta, *ansiedade*. Eu quero senti-lo dentro de mim de todos os jeitos.

As mãos dele agora estão enroscadas nos meus cabelos e com carinho e firmeza ele puxa minha cabeça para cima me fazendo erguer o rosto.

— Chega!

Ramose se senta na espreguiçadeira e me conduz para o seu colo com uma facilidade estonteante. Envolvo os quadris dele com as pernas ao ser beijada de um jeito apaixonado.

— Agora eu quero entrar em você e quero ficar... — desliza a mão entre nós e toca com a ponta do dedo a minha entrada, antes de concluir: — quero ficar aqui dentro por muito tempo. — E enfia o dedo fundo, me estimulando.

Eu gemo e cravo as unhas nos ombros dele.

— É gostoso esse movimento? — pergunta, alcançando um ponto tão sensível que eu gemo alto e me esfrego contra a mão dele, sem o menor pudor ou limite.

Qualquer limite ficou esquecido quando me desfiz no primeiro clímax. Nos outros seis, um mais potente que o outro, Ramose me fez esquecer — como um dia prometeu — toda e qualquer diferença entre nós, meu nome, nossas origens, meus medos, minhas inibições, e me deixou desmontada e sem a menor resistência.

Enlaça minha cintura com as mãos e me vira até eu deitar na espreguiçadeira. Minhas pernas caem, uma de cada lado, e apoio os pés no chão. Estou aberta e exposta outra vez e a cabeça escura de Ramose para entre as minhas pernas. Ele passa a me beijar de novo ali, enquanto toca aquele ponto incrível dentro de mim, enfiando o segundo dedo.

Com dedicada experiência, não me deixa atingir o orgasmo por uma, duas, três vezes. Quando estou quase lá, desesperada e quase desabando no alívio necessário, Ramose para, apoia a mão em concha no meu sexo e aperta um ponto no meu ventre que arrefece e aumenta a vontade do alívio para, então, recomeçar. É só quando estou inteira tensa, sentindo os músculos da barriga e da coxa repuxando e contraindo e implorando por ele, que Ramose me carrega de volta para o colchão e se deita, abrindo minhas pernas com os joelhos.

Vejo-o agarrar o membro e o posicionar na minha entrada, a ponta macia e quente faz uma pressão prazerosa, um choque gelado percorre meu ventre e se espalha por minha coluna, me fazendo arquejar.

Mal consigo respirar. Meu rosto é emoldurado entre as mãos dele e sou beijada na testa, nos lábios, nas bochechas e na boca repetidas vezes, conforme Ramose avança devagar, centímetro a centímetro.

Afundo os dedos na massa de cabelos pretos e ele ganha mais um pouco de espaço, meu corpo se ajusta à invasão. Eu noto a expressão tensa dele, a testa coberta por uma camada fina de suor. Ramose está se segurando para não ir de uma vez, depois de todo o prazer, de tudo o que fez antes de me amar. Depois de me deixar querendo que ele dê tudo de si, Ramose ainda se controla e toma cuidado ao me penetrar.

Essa certeza desmancha o que resta da minha razão, eu só quero que ele não se controle. Lembro o que Anelle falou sobre a primeira vez só ser desconfortável quando o homem não sabe amar uma mulher. Depois de algumas horas aqui, tenho certeza de que se tem algo que Ramose sabe fazer, podendo dar aulas e atenção para umas cinco ao mesmo tempo e ainda sobrar energia e experiência para continuar como um perito, é amar uma mulher. Tento demostrar que estou pronta erguendo os quadris e apertando as nádegas firmes, puxando-o para mim. A mão dele escorrega pela minha barriga até o meio das minhas pernas e estou tão sensível que basta alguns toques com mais pressão para eu mergulhar num orgasmo ofuscante e poderoso.

Ele geme rouco e se enterra totalmente em mim, seguindo as ondulações dos meus espasmos. Embebida no prazer e ao senti-lo inteiro em mim, senti-lo me preencher e me expandir, não tenho dor ou incômodo algum, ao contrário, isso aumenta o ápice.

— Ramose, por favor — arfo enquanto afundo as unhas com força nas costas dele, como uma gata escalando um muro, exigindo que ele se movimente. Meu corpo pede por isso. Mesmo que não conhecesse a teoria, eu saberia.

Ramose começa a se mexer devagar, saindo quase completamente para investir até o fundo, até nossa pelve se encontrar, e ele me beija, me fazendo engolir os sons do nosso prazer.

Tenho certeza de que nasci para ser desse homem como ele sempre falou, tenho essa certeza com todas as fibras do meu corpo.

O dia amanhece e estou gritando com mais um êxtase dividido, conforme Ramose se move devagar dentro de mim. Ele grunhe alto dentro do beijo e estremece uma, duas e três longas vezes.

— Eu te amo — diz em hebreu e repete em egípcio.

Suspiro, tocando no rosto perfeito enquanto as cores da manhã transbordam dos olhos negros. De um tempo para cá, os cabelos ondulados cobrem a cabeça. Adoro sentir as ondas macias enroscarem nos meus dedos. Durante a noite e agora há pouco, enquanto amanhecia, fui amada por Ramose com a intensidade do sol aquecendo a terra.

— Eu amo você — murmuro com a voz rouca.

Um braço preguiçoso me puxa para junto e me aninha. Escuto a voz dele, misturada às batidas do coração ainda acelerado:

— Você me faz o homem mais feliz do mundo.

Volto a sentir o torpor do sono, entregue, na certeza de que esta é a maior alquimia que existe.

Lábios quentes e exigentes acariciam os meus. Faço força para abrir os olhos.

— Fique aqui esta noite também — pede, segurando meu rosto entre as mãos.

Pela posição do sol, percebo que dormimos por muito tempo.

— O sol já está se pondo? — pergunto em vez de responder.

— Prometo que não exigirei tanto de você hoje — afirma com um riso na voz.

Exija, é o que quero pedir. Abro a boca para responder e meu estômago ronca antes.

— Estou faminta.

Ramose sorri, a expressão suavizando.

— Não quero matá-la de fome, também estou, vamos comer algo.

O dia amanhece, jogando matizes alaranjados e rosa no céu. Abro mais os olhos com preguiçosa disposição e meus lábios se curvam, involuntários, com as lembranças da noite anterior. Ramose foi um amante diferente ontem, nos conduzindo a horas de experimentação lenta e mútua. Experimentando o meu corpo reagindo ao dele, tentando ao máximo nos aproximar do êxtase perfeito, da troca sem barreiras. Toco nos lábios inchados pelas centenas de beijos. Abro mais os olhos, bocejando, consciente de um novo dia, e o vejo voltar para o caramanchão, vestido para sair.

Não consigo me mover no colchão, estou bêbada de sono. Sei que Ramose precisa ir ao palácio e ao templo de Amon, conversamos sobre isso na noite anterior.

O colchão afunda conforme ele se curva para me dar um beijo lento e apaixonado.

— Me espera aqui? — pede, rouco. — Quando voltar, ficaria muito feliz em encontrá-la.

Paro por um momento, desembaralhando os pensamentos do sono e do torpor do beijo. Quero ficar, mas também devo voltar para casa, encontrar minha mãe. E, de verdade, sei que uma noite inteira de sono e descanso será bem-vinda.

— Eu adoraria, mas quero ficar um pouco com a minha mãe, já faz três dias que não a vejo.

O sorriso nos lábios cinzelados se desfaz. Ramose suspira devagar antes de falar.

— Está bem, faça como achar melhor, de qualquer maneira nos vemos em breve.

E sai, sem me dar espaço para responder.

23

TAMIT

— Ele já está aqui.
O olhar de Ramose sobe dos anéis de ouro nos próprios dedos entrelaçados sobre a mesa para o rosto do homem à sua frente.

Os dois ficam se encarando numa espécie de duelo visual, o peito de David subindo e descendo rápido embaixo da túnica de lã típica dos hebreus, os quatro guardas que o acompanharam até aqui, logo atrás dele.

Atualmente, além de ter deslocado algumas famílias dos bairros hebreus para Tebas, se expondo e trocando favores com guardas, Ramose pede por audiências com serventes no próprio gabinete. Por esse tipo de comportamento que pode não apenas prejudicá-lo, mas também me levar para a ruína junto, resolvi aprender, nos últimos meses, o hebreu. Quero entender o que Ramose fala com Zarah, o que Zarah fala com a mãe dela tendo certeza de que eu não entendo e...

— Fiquei sabendo que você tem insistido bastante para me ver — Ramose começa em hebreu.

Esse tipo de conversa.

— Eu quero ver Zarah, não você.

Ramose respira profundamente.

— Você tem desafiado as regras, falado de mim para guardas e capitães, causado um rebuliço entre alguns do seu povo, espalhando mentiras.

— Mentiras? — o jovem aumenta o tom de voz, parecendo furioso.

Ramose se levanta de trás da mesa, os guardas seguram David pelos ombros.

— Deixem-no — ordena e dá a volta na mesa, parando na frente dele, antes de acrescentar: — Se você for o homem inteligente que parece ser, porque suponho que somente um homem inteligente conseguiria ser ouvido e chegar até aqui, você vai entender que o quero te oferecer é muito mais do que um dia sonhou.

David estreita os olhos e Ramose prossegue sem se importar com a expressão contrariada do jovem:

— Vou organizar a sua transferência e de sua família para Tebas, você sairá daqui com uma recomendação minha para trabalhar na área agrícola e com uma casa boa para se acomodarem na cidade.

David sorri com ar irônico, que Ramose também ignora.

— Contanto que nunca mais se aproxime de Zarah, não fale mais o nome dela para ninguém e muito menos o meu.

— Eu exijo ver a Zarah, exijo falar com ela agora!

Ramose solta uma gargalhada fria e horrível.

— Vá embora daqui aceitando o que eu acabei de oferecer sem causar mais...

— Eu não vou descansar até estar frente a frente com Zarah e ver se ela está bem.

Ramose gargalha outra vez, agora de um jeito mais relaxado.

— Tolo e iludido. Mesmo depois de ouvi-la, você ainda acha que estou mantendo Zarah trancada em algum lugar? Que ela e a mãe são minhas prisioneiras? Eu devia estar furioso por sua falta de respeito e ousadia, mas... — Mexe nos braceletes. — Estou muito feliz hoje. Faz três noites que Zarah dorme nos meus braços e acorda sem ter saído deles.

David tenta avançar para cima de Ramose e os guardas o seguram.

— Soltem-no — ordena com os olhos tomados de fúria.

E em dois golpes encurrala David contra a parede.

— Eu não acabo com sua vida porque Zarah parece se importar muito com você. Mas juro, David, que, se você continuar se metendo onde não foi chamado, a minha oferta da próxima vez não será tão generosa.

David tenta tirar as mãos de Ramose fechadas no pescoço dele antes de falar com a voz abafada:

— Eu não estou à venda. Apesar de você ter iludido Zarah com a promessa de uma vida melhor, o ouro que reluz quando você anda é falso e, mais cedo ou mais tarde, ela perceberá — tosse. — E, quando ela se der conta do homem sem honra que, me falaram, você é, Zarah voltará para mim.

Ramose aperta o laço com que imobiliza o pescoço do jovem.

— Cale a boca.

E agora os pés dele são erguidos do chão e o rosto fica todo vermelho pela falta de ar.

— Ramose! — interfiro.

— As mentiras que você tem contado a meu respeito. — Aperta mais. — É porque você a quer de volta, não é verdade?

Os lábios de David ficam um pouco arroxeados.

— Ramose — eu grito.

Ele para e solta o pescoço do jovem com os olhos um pouco arregalados.

Sei que Ramose não deve matá-lo aqui, na frente de dez soldados — metade deles serve nos bairros hebreus e de um jeito ou de outro espalhariam a notícia de como e por quem David fora morto. Esse jovem é conhecido e tem se tornado influente entre o seu povo, e matá-lo assim pode causar revoltas, problemas. Ramose tem inimigos que desejam a posição dele na corte e, por isso, todos os seus passos devem ser sempre pensados. *Apesar de ele não ter feito muito isso atualmente.*

Por isso me pediu para trazer David até aqui: ele quer que o hebreu pare de falar no nome dele unindo-o ao de Zarah, que pare de fomentar fofocas. *O que obviamente não teria acontecido se ele não insistisse nessa história com a servente.*

Lembro-me das palavras do próprio Ramose, dias atrás:

Uma mosca zunindo na orelha de um cavalo o incomoda, dez moscas o incomodam muito, cinco mil moscas podem matá-lo. Traga David para falar comigo, eu darei um jeito nisso.

— Levem-no daqui — Ramose esbraveja, a voz potente reverberando nas colunas, despertando os deuses de pedra que nos observam em silêncio.

Quando ficamos a sós, vejo Ramose se sentar e passar as mãos trêmulas no rosto.

Já o vi sendo ameaçado de diversas maneiras, já o presenciei sob enorme estresse e pressão, mas nunca o vi perder o controle desse jeito, se expor assim, por nada.

Por nada não, por ela. Por Zarah.

Que os deuses nos ajudem.

— O que você vai fazer com David? — pergunto.

— Não sei, vou pensar.

— Pague alguém para silenciá-lo e simule uma briga entre hebreus por poder entre as famílias, você sabe que existe esse tipo de disputa

— Eu já disse que vou pensar — repete em tom autoritário e áspero.

— Isso é porque Zarah se importa com ele?

Ramose trava o maxilar e fecha as mãos em punho.

— Deixe-me em paz, Tamit, vou resolver tudo do meu jeito.

É patético. Nunca imaginei que o veria assim tão enfraquecido. Tão vulnerável e irracional.

Olho para as enormes estátuas de Amon e Mut.

Pelos deuses, isso tem que acabar.

24

TRÊS MESES DEPOIS

Conheço o que é ser plenamente amada.
Profundamente amada.
Mais do que isso.
Nunca estive tão feliz.
Ramose não é só um amante intenso e apaixonado, ele se tornou um amigo.
Suspiro, levando um pedaço de figo à boca.
Nunca estive tão feliz.
— Pobre macaco — fala Ramose, chamando minha atenção, e aponta para o lado em que um dos bichinhos segue com a cabeça o movimento da minha mão, subindo e baixando.
Dou risada e corto um pedaço de fruta, jogando no chão.
— Não vi que ele estava esperando.
— Ele estava quase perdendo a cabeça.
— Estou distraída.
Ramose se aproxima e segura meu rosto entre as mãos.
— Pelo visto vou ter que me esforçar muito mais hoje à noite para te deixar cem por cento presente. E acho que vou começar agora — Ele envolve meu seio com a mão — E depois quero te dar uma coisa — sopra enquanto escorrega os dedos no interior da minha coxa, arrancando um gemido de satisfação. — Mandei fazer um presente muito valioso para você. — E pressiona com o polegar.

— É mesmo? — arfo.

— Achei que você fosse gostar de saber — continua me estimulando —, mas não a ponto de gemer de prazer — termina, bem-humorada. — Amo ouvir você gemer assim, sabia?

Não consigo fazer nada durante um bom tempo, a não ser emitir os sons que Ramose afirmou amar.

Nós nos amamos no jardim, quase sem tirar as roupas. Acho que nunca vou me acostumar a essa urgência que temos um do outro, faz meses desde a nossa primeira noite e parece que jamais teremos o bastante, que nunca será o suficiente. Ramose entrou em casa há pouco e volta agora para o caramanchão com algo embrulhado num pedaço de tecido — *o presente que ele mencionou mais cedo.*

O colchão afunda quando ele se senta ao meu lado

— Você já pensou na vida após a morte?

Arregalo os olhos, surpresa.

— Não muito, na verdade, meu povo acredita que Deus nos coloca para dormir e, no dia do juízo final, seremos julgados e os bons e merecedores entrarão no paraíso.

— Eu penso muito, entendo que esta vida é uma passagem curta e que a real vida é a vida eterna. E, apesar de ser uma coisa só, um ciclo único, esta vida aqui representa muito pouco, o que conta é o que teremos pela eternidade. Por isso é tão importante para mim tudo o que conquistei, entende?

— Como assim?

— Tudo o que ganhamos aqui nesta experiência será útil na eternidade para usufruirmos nos Campos de Aaru. E por isso também é tão importante termos nos encontrado aqui — ele desliza a mão pelo meu rosto —, assim poderemos fazer os encantamentos certos e será mais fácil nos reencontrarmos depois. — E me beija antes de completar: — Mas, para que isso aconteça, é preciso que, quando deixar esta vida, seu corpo seja mumificado. Só dessa forma será possível ficarmos juntos após esta vida.

Abro a boca para falar *não, nunca*. A ideia de ser mumificada me arrepia. Não cresci com essa crença. Mas Ramose continua falando, sem me dar espaço:

— Pensando nisso, encomendei esse valioso presente para você.

Acompanho, intrigada, enquanto ele retira do tecido um rolo de papiro bem grosso e o desenrola um pouco.

— É o livro dos mortos, o seu próprio livro dos mortos, Zarah. São poucos afortunados que podem pagar por um.

Observo algumas folhas preenchidas com palavras e desenhos coloridos e detalhados.

Sorrio de um jeito nervoso.

— Ramose, eu não quero ser mumificada, meu povo não acredita nisso. Eu não acredito que levaremos algo desta vida para o outro lado.

— Entendo sua resistência; por isso, se você quiser saber um pouco mais sobre o que acredito, posso te explicar ou Amsu pode te dar detalhes do que de fato acontece depois desta vida. Seria importante para mim.

Sei como isso é importante para Ramose, resolvo ser simpática e dar abertura para ele falar.

— Certo, e do que trata esse livro dos mortos?

— É um livro com encantamentos para a ressurreição, como um manual que contém o passo a passo para você entrar no paraíso. Este aqui tem mais de cem encantamentos e foi escrito especialmente para você. — E volta a enrolar o papiro. — Você passará pelos desafios e por todos os deuses e tarefas junto a mim e, quando chegar a hora, viveremos felizes do outro lado.

Minhas mãos gelam.

— Como assim junto a você?

Ramose beija minha testa.

— A esposa sempre acompanha o marido em sua jornada.

Minha boca seca e meu coração acelera.

— Isso significa que, se você morrer antes que eu...

Ele sorri relaxado, eu franzo o cenho assustada.

— Não, isso significa que quem for primeiro esperará o outro para então acordar, cruzar o Nilo em uma barca, enfrentar uma série de tarefas, encontrar os deuses e entrar no paraíso. — E beija os meus lábios. — Isso depois da nossa vida longa e feliz aqui no Egito.

Suspiro sem disfarçar o alívio.

— Ahh, bem... sendo assim, agradeço você ter pensado nisso e por ter encomendado esse presente para mim, mas...

— Apenas me diga que aceita estudar o livro e depois você decide o que quer, dou minha palavra de que respeitarei a sua vontade.

As nossas crenças são muito diferentes. Mais para a frente — decido — deixarei claro que não quero ser mumificada. Amsu me explicou um pouco do processo e me dá calafrios pensar em partes internas do corpo guardadas em potes e um sacerdote com cabeça de cachorro, Anúbis, removendo e embalando tudo e, depois, enfaixando o corpo com linho e não... *Deus me livre*.

Aproveito que vou ficar em casa para passar o dia inteiro ao lado de minha mãe e para conversarmos. Hoje em dia é raro estarmos a sós. Então, cuidamos do jardim, tecemos no tear e damos risada juntas.

Agora, acabamos de jantar e minha cabeça repousa no colo conhecido e aconchegante. O melhor e mais imprescindível colo de todos.

— É bom estar assim com você, como nos velhos tempos, somente nós duas.

— Eu também acho, filha, ultimamente sempre tem alguém ao nosso lado.

Solto um suspiro longo.

— A vida é imprevisível, não acha, mamãe?

— Sobre o que fala?

— Sobre todas as mudanças que aconteceram nesse período.

Os dedos longos passeiam pelos meus cabelos.

— Sim, é mesmo, nossa vida mudou muito.

— A senhora é feliz aqui? — pergunto, temendo um pouco a resposta.

— Sim, sou feliz. Já tive minha vida. Penso em você que ainda tem muito pela frente. Você está feliz com suas escolhas?

Um pensativo silêncio paira antes de eu responder:

— Estou feliz, quer dizer, toda a situação ainda traz dúvidas e inseguranças, mas, quando estou com Ramose, sinto que tudo vale a pena.

Aconchego ainda mais a cabeça no colo macio e conhecido.

— Você acha que precisamos amar alguém para sermos felizes?

— Acredito que os relacionamentos são a oportunidade que a vida nos dá para conhecermos nossas fragilidades e limitações, e talvez assim tenhamos a chance de superá-las.

Ela faz uma pausa trançando os meus cabelos e depois continua:

— Eu amei muito o seu pai, mas acho que nunca fui apaixonada por ele.

— Mas então, como?

— Como se ama o melhor amigo, como se ama um irmão, e depois aprendi a amá-lo como homem.

Ela reprime uma risada, como sempre, quando fica um pouco sem graça.

— Você acha que nunca senti por ninguém o que vejo que você sente por Ramose?

Dou de ombros sem responder.

— Sim, minha filha, me apaixonei por um amigo do seu pai, que também já tinha a família dele formada.

Eu me sento, surpresa, a fim de encará-la.

— O quê? Como assim?

— O casamento com o seu pai foi um arranjo entre nossas famílias. Nos conhecemos de verdade poucos dias antes da cerimônia. Na época, os muros do bairro hebreu tinham acabado de ser construídos, diziam que era para a proteção da cidade. Éramos oprimidos, mas ainda podíamos usufruir de muito mais liberdade. Os casamentos, por exemplo, eram arranjados, e não restritos, como hoje.

— Eles ainda não tinham medo de sermos muitos — comprovo baixinho.

— Já faz mais de vinte anos e parece que foi ontem. Entenda, minha filha, aprendi a amar o seu pai com a convivência. Eu era muito jovem e, pouco tempo depois de casada, me vi meio fascinada por outro homem.

— Por quem, mamãe, eu o conheço?

— O nome dele é Isaac, é um dos patriarcas do nosso povo.

Arregalo um pouco os olhos.

— O filho de Josué? — pergunto, surpresa — Ele é um dos amigos do papai, um dos líderes que sabem o que meu pai fez.

Miriam concorda, parecendo envergonhada.

— Ele sabe.

— Ele também ficou viúvo recentemente, não foi?

— Sim, pelo que ouvi de outras pessoas, um ano antes do seu pai nos deixar, a esposa dele, Sarah, também nos deixou. Faz anos que eu e Isaac não conversamos.

— Entendi, vocês se afastaram para honrar o casamento.

Ela volta a concordar.

— E, pouco depois, descobri que estava grávida. A partir daí soube que tinha feito a escolha certa e não me questionei mais sobre isso.

Se meu relacionamento com Ramose fosse simples assim...

Eu a abraço e permaneço em seu colo por um tempo antes de irmos para a cama.

Estou transitando entre a consciência e o torpor do sono quando batidas firmes na porta fazem meu pulso acelerar.

Levanto assustada e passo pelo quarto da minha mãe, reparo que ela está dormindo. Desço as escadas correndo e, com o pulso acelerado, levo a mão à trava, engolindo em seco.

— Quem está aí?
— Venho trazer uma informação para Zarah — responde uma voz masculina e desconhecida.

Entreabro a porta, colocando metade do corpo para fora.
— Eu sou Zarah, qual é a informação?
— Uma mensagem urgente do comandante Ramose.

Meu pulso acelera ainda mais.
— Aconteceu alguma coisa?
— Ele a aguarda em sua casa, agora. A mensagem foi passada em caráter de urgência.
— Quem te passou essa informação?
— Um homem, pelos trajes, alguém do clero. Desculpe, sou apenas um mensageiro, não sei dizer o nome de quem me pediu para que eu viesse avisá-la.
— Está bem — murmuro —, obrigada.

Meu olhar o acompanha até ele desaparecer entre as ruas.

Mas o que pode ter acontecido?

Ramose nunca fez isso antes, falar que não poderíamos nos encontrar e enviar um mensageiro a esta hora para pedir que eu vá ao seu encontro.

Mais tensa do que me dou conta, coloco um vestido às pressas, arrumo meu cabelo com os dedos incertos e enfio algumas joias no braço e nos dedos.

Será que aconteceu algo ruim com Ramose?

Um gosto amargo envolve minha boca e minhas mãos suam.

Coloco a capa e puxo o capuz, cada vez mais nervosa, saio correndo pelas ruas, atravessando as casas, na maior velocidade que consigo. O eco dos meus passos, minha respiração acelerada, os sons da noite e uma música que se torna cada vez mais presente conforme me aproximo do palacete, que me acostumei tanto a frequentar.

Música? Sim, com certeza, uma música, intercalada com risadas distantes ecoam de dentro *do jardim*. Meu pulso acelera mais ao perceber que há um número maior de soldados junto ao muro e na frente da porta.

Cavalos, carros de transporte e criados.

Meu coração gela.

... Mas o que está acontecendo?

Parece uma.. uma festa?

Continuo tentando recuperar o fôlego e percebo dois soldados vindo em minha direção.

— Quem é você? — pergunta um deles. — Abaixe o capuz.

Abro e fecho as mãos em uma tentativa tola de disfarçar o tremor.

Estou suando frio.

— É a amante do comandante — um deles me reconhece —, deixe-a entrar.

É a amante do comandante. As palavras do soldado dão um nó no meu estômago.

Mas não é isso mesmo que eu sou? Que aceitei me tornar?

Respiro fundo, nervosa, e sigo para dentro da casa.

O barulho da algazarra se torna mais nítido.

Entro no jardim e analiso tudo, cada vez mais confusa.

É realmente uma festa.

Mas...

Por que fui convidada para uma festa no meio da noite, sendo que não devo sair à rua sem estar acompanhada por soldados?

Meus olhos inquietos percorrem a cena no jardim.

A música é alta, mulheres nuas ou seminuas dançam em grupos espalhados, distraindo homens que parecem já ter bebido demais.

Outros — minhas bochechas esquentam — fazem o que nunca sonhei existir, na frente de todos: com mais de uma mulher, com mais de um homem, no mesmo grupo, ao mesmo tempo. E riem e gemem e bebem.

A algazarra se espalha contorcendo a música que se mistura com o cheiro forte de bebida, comida e uma névoa branca espalhada pelos incensários e por...

O que é isso?

As pessoas tragam uma fumaça espessa de um objeto redondo em grupos de homens e mulheres e depois riem sem parar ou caem deitados. A euforia é cortada por alguém que dorme em um canto.

Estou inteira trêmula e descrente. Não entendo o que acontece. Por que Ramose me chamou até aqui? Para ver isso?

Continuo avançando, um pouco encolhida dentro da capa, e tento me esconder dos olhares curiosos que às vezes pairam sobre mim.

Vou procurá-lo dentro de casa.

Meu coração sai do corpo e dá voltas no jardim até sumir de vez.

Todo o som da música, das risadas, dos gemidos, das vozes se apaga como uma tocha, colocada em uma bacia de água, e esfria o meu corpo inteiro.

Ramose está com um grupo de homens, algumas mulheres dançam nuas e uma delas está sentada em seu colo, acariciando-o. Os dedos longos deslizando pelos músculos do peito. O mesmo peito no qual apoiei minha cabeça ontem à noite, depois de nos amarmos. Um homem ao lado dele diz algo que o faz sorrir.

É o faraó? Pelos adornos na cabeça, acho que sim. *O homem responsável pela opressão do meu povo.* Do outro lado de Ramose, um nobre, talvez, apoia duas mulheres no colo. Uma em cada perna. Meu estômago embrulha quando uma delas pega a mão de Ramose e a coloca em cima do seio.

Meus lábios tremem.

Quero ir embora.

Sumir daqui.

Nunca mais olhar para a cara dele. Viro o corpo na intenção de ir embora. Correr. Fugir.

Uma mão grande agarra a curva do meu braço e me faz virar.

É um homem. Jovem.

Pelos trajes, é um nobre egípcio.

Ele passa um tempo me encarando e então escorrega as costas dos dedos no meu rosto. Analiso outra vez o grupo em que Ramose está, a mulher ainda no colo dele o tocando, como... como achei que só eu fazia. Uma mistura de emoção e um turbilhão de sensações: meus lábios repuxam e a respiração acelera. Ciúme.

Mas não é só isso.

Tem um sentimento muito mais perigoso e nocivo do que o ciúme se infiltrando devagar, correndo como ácido pelas minhas veias.

Raiva.

Ódio.

Vingança.

Meus dentes batem.

Quero atingi-lo.

Quero machucá-lo.

Quero...

Olho para o jovem à minha frente. Os lábios generosos se curvam em um convite, um gesto íntimo, uma proposta muda.

Sem pensar, dou a mão a ele e aceito.

Sou conduzida para uma espreguiçadeira alguns metros distante de Ramose. Ele desfaz o laço da minha capa, que cai, se amontoando como uma nuvem aos meus pés. Sou impulsionada a me sentar junto, no colo dele. Ele ri, satisfeito, antes de soprar no meu ouvido.

— Você é linda.

Enrugo o nariz com o cheiro forte de bebida e estico o pescoço para tentar enxergar Ramose. Meu olhar o atinge, ele para de rir e olha direto para mim. Nos meus olhos, enquanto o jovem beija o meu pescoço, praticamente em cima da marca da lótus.

Sustento o olhar com o queixo empinado.

O cenho masculino se franze e ele pisca lentamente, como se não acreditasse no que enxerga. Então, afasta a mulher que ainda está em seu colo e se levanta. Fala algo para o faraó, que responde com um meneio de cabeça.

Vem em minha direção.

A alça do meu vestido cai, revelando parte dos meus seios. Meu pulso está cada vez mais acelerado. Sei que consegui o que queria.

Atingi-lo.

Sei, pela fúria em sua expressão, em seus olhos enquanto se aproxima, que, se fosse mais prudente ou medrosa, estaria assustada.

Mas estou com muita raiva para ser uma coisa ou outra, deixo os dedos escorregarem na nuca do homem me tocando entusiasmado e viro o rosto, rompendo o contato visual com Ramose.

Ele que vá para o inferno.

Afinal, por que me chamou até aqui? Por acaso queria que eu o visse com outra? Queria me ver com outro? Queria que eu o tocasse na frente de outras pessoas?

Com a respiração ofegante e o olhar transtornado, ele agarra meu braço e me puxa para fora do colo do outro homem, que fica paralisado, nos encarando.

Ramose força um sorriso antes de dizer, como se fosse natural o que acaba de fazer:

— Meu irmão, por que você não procura outra? Tenho certeza de que há mulheres mais preparadas por aqui.

O nobre nos entreolha surpreso, hesitando, antes de sorrir sem graça:

— Ramose, na verdade, eu e a jovem estávamos come...

— Ela não é para você — as narinas dele se expandem —, você... tenho certeza de que ficará mais feliz com uma amante de Amon. — E aponta com o queixo para algumas mulheres que riem mais à frente.

Ele permanece me encarando.

— Volte aqui depois, para terminarmos o que começamos.

Ramose se curva e pega a capa no chão com agilidade, estendendo-a para mim:

— Vista!

Ele pode estar furioso, posso ter sido impulsiva, mas isso não apaga o fato de que Ramose estava trocando carícias íntimas com outra mulher até pouco tempo atrás.

Deixo clara a minha raiva ao me vestir com movimentos bruscos.

— Venha comigo — diz entredentes —, e nem pense em não me seguir.

E sai disparado para dentro de casa.

Se tinha alguma dúvida de sua fúria, agora não tenho mais.

Pois bem, que ele fique furioso, que morra afogado na própria insatisfação, porque também tenho certeza de que nunca senti tanta raiva em toda a minha vida.

25

Entramos no quarto dele.
Já dormi aqui algumas vezes.
O ambiente enorme, as pinturas coloridas nas paredes, as estátuas de deuses, os móveis luxuosos, as sedas e as almofadas, o véu pendurado em cima da cama nunca pareceram tão opressivos, tão sem sentido, tão exagerados.
Meus lábios tremem e engulo o choro mais de uma vez.
Não quero que Ramose veja, não quero me sentir mais humilhada.
Ele caminha até a porta, fechando-a de maneira violenta.
Respira fundo três vezes antes de se virar para mim com os olhos fechados. Como se pudesse perder a razão somente ao me olhar.
Como se a errada fosse eu.
— O que faz aqui? — pergunta em tom gélido, quase ameaçador.
Estou possuída pelo ódio do que vi, pela frieza dele. Uma ironia inconsequente ferve o meu sangue.
— A minha função, servir como amante aos nobres do Egito, não é isso o que sou para você?
Ele abre os olhos. Um rio de fogo, lava e fúria escorre por entre as pálpebras.
Sem responder, vai até um aparador, pega um jarro verde e o arremessa com força contra a parede.
Uma chuva de fragmentos estilhaça e se atrita no chão de pedra.
Ele se vira para mim outra vez.
— O que você está fazendo aqui?
— Sabe de uma coisa, é o que eu também estou me perguntando, o que ainda estou fazendo aqui, o que estou fazendo junto a você?

Ele segura os meus braços com uma pressão incômoda.

— Você quer me enlouquecer?

E tenho certeza de que louca estou eu porque não consigo me segurar.

— Então é isso que você faz nas noites em que não pode me ver? Fica com outra, com outras mulheres? — pergunto sem disfarçar mais as lágrimas, o choro na voz, minha indignação. — Você me chamou para te ver com outras, é isso?

O cenho dele se suaviza e os olhos arregalam um pouco.

— Eu não te chamei.

— Mas não foi o que o mensageiro disse, ele-ele pediu urgência e...

As mãos dele me apertam mais um pouco.

— Isso não explica você estar beijando outro homem — bufa — Explica?

— E explica você estar com outra mulher? — Eu me desvencilho com brutalidade. — Você gostou de me ver com outro? Te machucou? Doeu em você?

Ele fica me encarando com a respiração acelerada entre os lábios.

— Acho que não quero saber a resposta. Eu te disse que nunca aceitaria isso, me transformar em sua amante, você me prometeu, seu mentiroso. E, que ridículo, olha onde me coloquei!

Viro as costas para sair e me entrego às lágrimas, um soluço escapa da minha garganta.

Abro a porta do quarto.

— Adeus, Ramose. — A mão dele cobre a minha por cima da trava e volta a fechá-la com um puxão firme.

— Eu não te traí, Zarah. Não descumpri minha promessa.

Ele me vira de frente, segurando a curva dos meus braços.

— Nunca te trairia. Isso, ser tocado desse jeito, é normal e o esperado na minha cultura. Não significa que me entrego para outra mulher, quebrando o meu juramento. E você? O que você estava fazendo? Se vingando de uma traição que nunca existiu a não ser na sua cabeça?

— Me solta.

Ramose sobe uma das mãos e aperta de leve meu rosto.

— Nunca mais homem nenhum encostará em você desse jeito! Entendeu?

Eu tremo pelo choro e de raiva, porque estou tão perdida. Tão nervosa, tão aflita.

— Mas outra mulher pode te tocar desse jeito, seu hipócrita?!

— Quantas vezes vou ter que repetir que eu não estava fazendo nada?! O que você viu? Fale! Uma mulher no meu colo, uma mulher me tocando, por acaso eu estava com as mãos nela?

Tento lembrar, tento desenhar a cena que vi há pouco, mas as imagens estão embaralhadas com a raiva que sinto e o ciúme que senti.

— Eu quero ir embora. Por que você me chamou?

— Não me ouve? Não te chamei, alguém criou uma cilada. Alguém que quer me prejudicar, te prejudicar... você não percebe? — ele volta a gritar. — Não percebe que arriscou tudo se expondo dessa maneira? Esse homem com quem você se enroscou é um nobre importante e um adversário político. Por sorte ele estava bêbado para se importar a ponto de brigar, mas e se não estivesse? O que eu faria? O que você faria?

E me abraça. Com força. Uma incongruência com as atitudes. Uma loucura. Não retribuo. Não quero retribuir. Quero somente... atingi-lo e, sem pensar, bato nele.

Um tapa no peito.

Ramose me segura como consegue. Me segura com uma facilidade ridícula.

— Me bata, vamos! — diz entredentes. — Desconte sua raiva em mim, me mostre como está doendo o que você acredita ter visto.

E se afasta abrindo os braços.

Cega de raiva, culpa, atormentada, avanço para cima dele, acertando murro atrás de murro: na barriga exposta, um tapa no rosto e mais socos no peito, nos ombros.

Ramose tocando outra. Sendo tocado por outra.

Na barriga, no peito, com toda a minha força.

— Me bata, Zarah — mais um soco —, com isso eu sei lidar — outro —, mas não com a ideia de você ir embora — mais um —, não com a ideia de você ser de outro — soco na barriga — Aquela mulher que você viu em meu colo — tapa — nem sei quem é — tapas e mais um soco —, isso é normal para mim, para minha cultura — eu o arranho no ombro. — Eu nunca te trairia, meu coração nunca te trairia. Além do mais, eu prometi que nunca mais me deitaria ou tocaria em outra mulher, não que não poderia ser tocado.

Minha mão levanta mais uma vez e corta o ar com toda a força e meus dedos afundam no rosto dele.

— Então não ligue do meu corpo ser de outro, de eu ser tocada por outro, seu dissimulado — digo, mas essa não é minha voz, é um rosnado.

Vejo a mão grande se erguer, o braço levantar, fecho os olhos e me encolho, esperando o golpe que tenho certeza quebrará meu rosto ao meio. Mas o golpe não vem.

Abro os olhos, ofegante, e Ramose me encara tão transtornado quanto eu.

— Passei a infância apanhando de um homem com o dobro do meu tamanho e força, jamais cometeria o mesmo erro. Jamais te machucaria, Zarah — a voz dele falha —, por mais que você tenha me machucado, por não acreditar em mim, na sua tentativa ridícula de vingança, porque você é minha vida.

As minhas mãos doem e só então reparo que elas estão rasgadas, trêmulas, com pontos de sangue, arranhadas pelos anéis que uso, pelo colar dele, por minha agressão contra ele.

Meu estômago gela por completo quando observo o peito e o rosto de Ramose arranhados, marcados, feridos, sangrando. Meu corpo inteiro treme.

O que foi que eu fiz?

Sento-me no chão, cubro o rosto e choro alto. Não me reconheço mais.

Braços fortes me envolvem de maneira protetora.

— Me perdoe — diz com os lábios no meu cabelo —, se te machuca tanto assim, te juro, te prometo. — Ergue meu rosto, segurando meu queixo com o polegar. Leva em seguida a minha mão até o peito, o pulso imprimindo batidas firmes contra a palma — Eu juro por Amon que nunca mais... — Ele para, ofegante.

Quero dizer a ele que não jure nada. Quero dizer que não sei de mais nada. Que não sei o que quero. Que não acredito mais.

Ele limpa o sangue do canto dos lábios e depois termina:

— Juro que nunca mais deixarei nenhuma mulher me tocar dessa maneira.

Meus lábios tremem, lágrimas riscam o meu rosto sem que eu perceba.

Não consigo falar nada quando Ramose nota que minhas mãos estão machucadas e remove meus anéis, colocando-os em cima do aparador próximo. Em seguida, beija os dedos um por um, ignorando as próprias feridas.

Machucados que causei. Um gosto ácido sobe por minha garganta. Mais uma vez, fico quieta quando ele me ergue no colo e me leva até a cama.

— Por favor, não chore mais. Odeio te ver assim — murmura, afundando no colchão ao meu lado.

Assisto, como se estivesse fora do meu corpo, a minha mão levantar e acariciar o rosto cinzelado, os olhos ainda mais escuros. Continuo sem posse de mim quando beijo o peito marcado por meus punhos. Me escuto pedir desculpas baixinho por tê-lo machucado.

E ele me beija.

Um beijo nu, lento e sem receio.

Como se eu não fosse dizer não.

E não digo.

Retribuo o beijo com força, ouvindo-o gemer de prazer, me ouvindo gemer de prazer. Não sei dizer o que é minha vontade e o que é somente a dele.

— Seremos um do outro para sempre. — Ramose se afasta e jura sobre os meus lábios. — Eu quero que você seja minha esposa e somente minha, você aceita?

Estou confusa, meio tonta, minhas mãos doem por conta dos golpes. Meu coração dói. Não sei o que responder. Meu corpo responde ao toque dele sem que tenha nenhum controle. É como uma doença, como estar embriagada de vinho. *Muito mais forte.* Ele volta a me beijar e se afasta, os olhos vidrados nos meus, hipnotizados, a respiração falha como a minha. O desejo dele esquenta meu sangue. Dedos que sabem onde me tocar, me abrem, me penetram. Antes que consiga dizer não, pedir um espaço, dizer que não sei. Estou trêmula, buscando o alívio que ele prolonga me torturando.

— Aceita? — pergunta no meu ouvido.

— Eu não se...

Ele põe os dedos sobre os meus lábios.

— Terá um nome egípcio e será livre, não precisará mais se esconder de nada nem de ninguém. — Me puxa pela cintura, até nossos corpos encaixarem e repete com os lábios sobre os meus: — Diga que sim, que aceita ser minha esposa. Eu não suportaria vê-la nos braços de outro homem, nunca mais.

Faz uma pausa e respira fundo. Os dedos dele estão parados, sou eu quem o busco com os quadris, é horrível, mas só quero o alívio.

— Sim, por favor — respondo, incoerente, arfando.

— Eu te prometo que será feliz. Te farei a mulher mais feliz de todo o Egito.

Dedos ágeis capturam e espalham minha umidade, acelerando os movimentos, me cegando. Mergulho dentro da mais visceral onda de prazer, todo o meu corpo é varrido pelo orgasmo.

— Sim — respondo, com voz falha, arqueando a coluna.

Ramose me beija e tira o resto do meu fôlego.

— Eu te amo — diz sem parar de me beijar, abrindo meu vestido e deslizando por meu corpo entorpecido conforme me despe, até parar com a cabeça entre minhas pernas.

Ainda estou enuviada pelo êxtase quando ele começa de novo, desta vez com a boca.

— Esta noite será só para você, minha lótus — afirma antes de voltar a me deixar sem ar, sem conseguir pensar, falar ou querer qualquer outra coisa que não seja ele em mim.

Entre a bruma inconsciente e o prazer viciante, uma pergunta:

Será que realmente tenho algum poder de escolha com ele? Será que algum dia tive? Será que seria possível eu ter esse poder de escolha sendo ele quem é e eu quem sou?

Esqueço tudo antes de pensar na resposta.

Pouco antes, Ramose desceu para se despedir de alguns convidados e falar com o faraó. Agora estou com a cabeça no peito firme e quente, ouvindo os batimentos ritmados.

Sei, pelo compasso da respiração, que ele está quase dormindo. Conheço todos os ritmos, reações, sons e encaixes do nosso corpo quando estamos juntos.

Somente então entendo que provavelmente ele arrancou a resposta dos meus lábios quando eu mal raciocinava, e isso me angustia.

Aperto os dentes, com vontade de chorar outra vez.

Quero, preciso sentir, ter certeza de que toda essa loucura, esse sentimento irracional tem um propósito maior, tem uma razão mais nobre. De que ainda tenho algum controle sobre as coisas na minha vida.

— Quero te pedir um presente de casamento, posso?

Um braço vagaroso envolve minha cintura e me traz para mais perto.

— Sempre.

— Você sabe como fiquei feliz com os benefícios que conseguiu para o meu povo. Será que tem algo mais que você possa fazer?

— Do que você acredita que o seu povo mais precisa?

— Liberdade.

Ele respira devagar antes de dizer:

— Se fosse assim tão simples ou dependesse apenas de mim. O que posso fazer é deslocar mais algumas famílias para Tebas.

— Obrigada, você sabe como isso me alegra.

Os lábios mornos pousam na minha testa.

— Considere feito.

— Além disso, quero ver David, saber como ele está.

Os músculos do peito enrijecem sob minha bochecha.

— Vou pedir por notícias dele amanhã mesmo e posso também sugerir ao faraó a entrega de alguns bens, como roupas novas, móveis e utensílios, quem sabe mais cabras e ovelhas para servir a todos no bairro hebreu.

Meu pulso acelera.

— Obrigada.

Ramose, que estava de olhos fechados, se vira e me encara com intensidade.

— Minha lótus, nada é mais importante para mim do que te fazer feliz. — Segura meu rosto entre as mãos dando ênfase nas palavras: — Nada.

26

TAMIT

Pela bagunça em que a casa se encontra, a festa, assim como imaginei, deve ter sido a melhor de todas as festas de Ramose, tenho certeza.
Na noite anterior, fui, ao lado de Zaid — o chefe de segurança da casa de Ramose e meu amigo —, encontrar o mensageiro. Achamos melhor contatarmos um mensageiro de fora de Mênfis, que ficará na cidade por pouco tempo. Me aproximei dele com um capuz cobrindo o rosto. Não posso ser reconhecida. Paguei muito bem para o homem dizer que a mensagem tinha sido enviada por alguém do clero.

Após dar as instruções, segui para o portão da casa de Ramose para me certificar da entrada de Zarah.

Ela apareceu como planejado, e Zaid me ajudou a colocá-la para dentro. Combinamos que, se for questionado, Zaid deve dizer que a reconheceu e que acreditava que Zarah era aguardada pelo comandante na festa. Seja o que for que tenha acontecido depois da entrada dela, estou muito, *muito* curiosa para saber.

Escuto passos na escada e viro o rosto, encontrando Ramose.

Ele não está só.

Desce com uma mulher no colo.

Desce com Zarah nos braços.

Meu coração dispara e meu cenho franze.

Mas como assim?

— Bom dia, vocês estão bem? — me adianto, um pouco nervosa.

Zarah não responde e vira o rosto, plantando um beijo demorado nos lábios dele.

Meu maxilar trava.

— Bom dia, Tamit — Ramose diz, assim que se afasta um pouco.

— O senhor precisa de algo?

— Na verdade, preciso, sim. — Ele coloca Zarah no chão e me encara com um vinco fundo entre as sobrancelhas.

Meu cenho franze outra vez quando reparo que, por baixo da regata bordada com pedras, alguns hematomas e arranhões marcam a pele dele.

— Quero que mobilize parte dos meus homens — prossegue e eu pisco, voltando a encará-lo — para descobrir quem foi o mensageiro que esteve na casa de Zarah ontem à noite e falou que eu a aguardava e quem enviou a mensagem. Esse assunto é de suma importância, posso ter algum inimigo com a intenção de me comprometer.

Gelo por completo. Não me dei conta de que Ramose poderia se sentir diretamente atingido com isso. Tudo o que pensei foi que Zarah entraria, veria que tipo de festa acontece na casa do comandante e exigiria voltar para os bairros hebreus, assustada e fragilizada. Ou, na pior das hipóteses, que ela faria um escândalo obrigando-o a mandá-la de volta.

Será que Ramose desconfia de mim? Será que...

É melhor eu falar algo rápido, algo que não seja toda a verdade. Apenas uma parte dela. Esse é e sempre foi o melhor jeito de fazer alguém acreditar em uma mentira e não se atrapalhar, caso o assunto volte em outro momento.

Minhas mãos molham de suor e disfarço minha expressão de pânico.

— Senhor, enviei um mensageiro ontem à casa de Zarah, para reforçar o aviso de que o senhor não poderia recebê-la, evitando assim qualquer mal-entendido.

— Perdeu o juízo, Tamit? Com ordem de quem você precisa enviar mensageiros para confirmar aquilo que já havia sido dito por mim no dia anterior?

Sei que é uma desculpa horrível, mas é única que me ocorre. Ramose confia em mim. Sempre confiou mais em mim do que em qualquer outra pessoa, com exceção de Amsu. Será a minha palavra contra a dela.

— O senhor me conhece, sei como essa festa era importante e queria ter absolutamente tudo sob controle. Acho que o mensageiro se confundiu ou Zarah não entendeu direito o recado.

Ela — a hebreia — me lança um olhar cortante.

— Eu não confundiria uma informação tão simples como essa. Além disso, o homem disse que foi alguém do clero, outro homem, que falou com ele.

— Ah — tento soar descontraída —, provavelmente foi porque eu estava com Ankamon, meu grande amigo do templo de Hórus.

— Busque esse mensageiro — diz Ramose com a expressão rígida, tenho quase certeza de que ele desconfia — Se certifique de que é o mesmo que falou ontem com Zarah.

Ele se vira para ela.

— Minha rainha, você acha que consegue reconhecê-lo?

Minha rainha? Mas o que é isso, agora?

— Não sei, estava escuro, mas acho que sim — responde, segurando as mãos dele.

— Quando encontrá-lo, traga-o até Zarah em minha casa, ela morará aqui de agora em diante.

Morará aqui? O quê? Perdeu completamente o juízo? E seu noivado com a irmã da rainha e o cargo de vizir? E o nosso esforço de anos para chegarmos até aqui? — quero perguntar, mas em vez disso assumo meu sorriso mais amistoso e respondo:

— Está bem, senhor.

— Ah, sim, e mais uma coisa — Ramose me detém com a voz seca — Nunca, mas nunca mais, faça nada por conta própria, sem que seja uma ordem explícita minha, entendeu?

— Sim, senhor.

Ele estreita os olhos.

— Entendeu mesmo?

— Sim, me desculpe — afirmo, tentando me sentir aliviada por essa ser toda a consequência pelo suposto mal-entendido.

Mas, antes de me afastar, escuto-o falar para Zarah, para a servente hebreia, com a voz baixa:

— Vamos comer algo e, se você quiser, volte para a cama e descanse. Desculpe te manter tanto tempo acordada.

Ela dá uma risadinha abafada pelo som de beijos.

Estou enjoada.

Saio para o jardim com o corpo rígido de raiva. O que ocorreu na noite passada, em vez de separá-los, parece que os deixou ainda mais próximos.

27

Me olho no espelho e mal me reconheço, cortei uma franja reta na linha das sobrancelhas.

Minha mãe foi embora há três dias.

As palavras dela dão voltas na minha mente, enquanto duas criadas ajudam a me vestir.

Respeito suas escolhas, por isso não estou tentando te convencer a voltar comigo, mas isso não significa que concorde com elas.

Ela retornou ao bairro hebreu depois que contei que me mudaria de vez para a casa de Ramose. *Que nos casaríamos.*

Que ela devia ir morar comigo no palacete do meu futuro marido, que ganharíamos nomes egípcios, que seríamos livres. Miriam ficou uma hora dentro do quarto, rezando ou pensando, antes de sair e informar sua decisão:

— Não vou morar com vocês, vou voltar para o bairro hebreu.

— O quê? — gritei. — Por quê? — prossegui, nervosa.

— Porque essa é a sua vida, são suas escolhas, mas não posso mais, Zarah, não consigo mais assistir ao que está acontecendo e...

— Eu achei que você me apoiava, que você tinha entendido o que quero, que eu o amo. Achei que respeitava minhas escolhas.

— Respeito suas escolhas, por isso não estou tentando te convencer a voltar comigo, mas isso não significa que concorde com elas. Esse tempo aqui me fez muito bem, não vou ser injusta quando também aceitei usufruir de tudo isso. Mas não posso ficar quando vejo você chorar baixinho há dias no seu quarto. Não quando, por mais que tenha rezado, ainda sinto que isso pode não acabar bem. Vocês têm um mundo de diferenças os separando.

— É só porque eu sou uma servente? Ele vai se casar comigo, eu terei um nome egípcio; nós seremos livres, mamãe.

— Não, minha filha — retruca com a voz baixa — Não é apenas porque ele é quase um rei no Egito e você, uma hebreia, mas pelo que já conheci dele.

Meus olhos arregalam.

— Como assim?

— Acho que Ramose não renunciará ao poder por nada neste mundo. Acho que, apesar de vocês sentirem algo forte e talvez inexplicável um pelo outro, Ramose te faz sofrer mais do que te faz feliz.

Sei ao que ela se refere. Faz duas semanas desde a festa na casa de Ramose, e, a partir daí, tenho vontade de chorar quase todos os dias.

Talvez por tê-lo machucado.

Talvez pela maneira como ele me fez sentir errada por não gostar de vê-lo com outra mulher.

— É impossível ser feliz com uma pessoa cujos conceitos de certo e errado são tão diferentes dos seus, Zarah — ela prosseguiu, determinada — Qualquer união precisa de mais do que amor ou desejo para dar certo. Muito mais.

Discordei.

— Ele quer fazer dar certo, quer me fazer feliz.

— Infelizmente o inferno está cheio de boas intenções.

— Ramose não é assim, ele me ama e nós seremos felizes.

Poucos dias depois dessa conversa, Miriam voltou para o bairro hebreu. Ramose providenciou tudo. Garantiu que a instalaria bem, com condições confortáveis e que cuidaria dela. Prometeu que a traria para passar uns dias comigo, sempre que quisesse.

No fim, eu agradeci a ele por ser tão compreensivo e por cuidar de tudo e por... A verdade é que, apesar de me sentir feliz e realizada com a certeza do casamento, de que não precisaremos mais esconder nossa relação, sem minha mãe para conversar e com Amsu mais distante por conta de suas ocupações com a universidade e o templo onde serve, me sinto outra vez ansiosa e cheia de dúvidas.

E amanhã é o dia da celebração.

Por isso, estou aqui na frente da porta azul. Na casa daquela senhora que conversou comigo, tempos atrás. Por isso, saí de casa sem avisar ninguém, não queria guardas me seguindo.

O aroma doce que envolve o ar e a melodia tocada são a confirmação de que estou no lugar certo. E, apesar de o sol forte fazer tudo ficar envolto em uma névoa e confundir um pouco meus sentidos, bato com mais força na porta.

Só pode ser aqui, eu me lembro e...

— Entre, Zarah, a porta está aberta.

Como ela sabe que sou eu?

E como sabe o meu nome?

Tenho certeza de que esquecemos de nos apresentar, na última vez que estive aqui. Confusa, sigo em frente e sou recebida com um abraço caloroso.

A casa tem o mesmo cheiro de flores. Me afasto um pouco e a analiso com mais atenção: se não fosse pela bengala e pelos cabelos brancos como linho, teria certeza de que não tem muito mais que a minha idade. Quero muito fazer algumas perguntas, mas sei que devo dar algo em troca. É assim que devem funcionar as coisas.

— Senhora, trouxe um anel de ouro que ganhei de presente.

Esta é uma das muitas joias que ganhei de Ramose, quase toda semana ele me dá algo, dizendo que quer me fazer feliz e que eu sou a rainha dele.

A senhora toca na peça entre meus dedos e sorri:

— Não, querida, não se preocupe, eu não preciso disso.

Se ela enxergasse, entenderia minha expressão de dúvida. Os dedos firmes dela envolvem os meus.

— Venha, vamos nos sentar.

Aceito o convite e me sento à sua frente.

— Desculpe-me, mas ainda não sei o seu nome.

— Me chamo Yana.

Engulo em seco. E meu coração dispara com a coincidência, esse é o nome hebreu da mulher que ajudou a criar Ramose.

— A senhora conhece o comandante Ramose?

Ela sorri olhando para a mesa.

Não pode ser a mesma pessoa, claro que não. Ramose me disse que ela tinha falecido. Estou cada vez mais intrigada, não sei como reagir. Mesmo assim, ela transmite uma segurança e uma paz tão grandes que, de alguma maneira, acho que está tudo certo.

— A senhora é hebreia?

— Sou.

— A senhora sabe que eu sou...
— Hebreia? — ela me interrompe. — Sim.
— Como?
— Você veio até aqui para perguntar algo e imagino que não seja sobre nomes ou origens.
— Não, está certa — Franzo o cenho e, por mais estranho que tudo isso pareça, me sinto motivada a perguntar, a me abrir. — É que tenho medo, estou com medo de tudo o que está acontecendo comigo.
— Você tem medo de que, especificamente?
— Medo de sofrer, medo de me decepcionar. Medo do futuro.
— E quem pode te decepcionar?
— O homem que eu amo. Somos de mundos diferentes. Além disso, ele é um nobre egípcio e, por mais que se oponha à opressão do nosso povo e nos ajude, seria impossível ele se eximir totalmente, não seria?
— Entendo — diz, mexendo em uma flor de lótus sobre a mesa, uma flor que eu não tinha visto ali. — E quem pode te fazer sofrer?
— Como eu disse, Ramose, um nobre egípcio.
— Tem medo do que ele representa? Ou tem medo de quem ele é?
— Tenho medo de estar me iludindo.
— E quem pode te fazer sofrer?
Enrugo o cenho outra vez.
— Desculpe, senhora, não compreendo.
— Repito para que perceba que existe apenas uma condição que pode te fazer sofrer, e ela não vem daquilo que você está me apontando como a possível causa.
— E do que ela vem, se não disso?
— Você acredita que o amor pode caminhar com o medo, mas o medo é o oposto do amor. O amor não ganha do medo lutando contra ele. E, sim, por ser tão mais forte que se sobrepõe a ele. A dor e o medo caminham juntos, é impossível experimentar um sem sentir o outro. Mas o amor? O amor não tem nada a ver com os dois. Volte a enxergar, minha criança.
— E o amor o que é, então?
— Não sei definir, mas de uma coisa tenho certeza: nada em excesso traz felicidade, e com o amor não seria diferente. É impossível amar de forma descontrolada, possessiva, e não ser dominado pelo medo.

— Medo?

— Medo de perder a pessoa amada, posse, medo de não controlar quem se ama, domínio; tudo isso é uma grande ilusão, o amor real é livre.

Coloco o cabelo atrás da orelha, inquieta.

— E o que eu devo fazer, então?

— Volte para a sua essência, lembre-se do poder das palavras e de que algumas pessoas as usam sem a menor consciência. Então elas viram armas, tão poderosas quanto um veneno eficaz.

— Parece tão fácil quando você fala, não sei se conseguirei sentir as coisas assim quando sair daqui.

Ela ri outra vez. Não fico brava porque está longe de ser um riso debochado, é simples e cheio de amor. Como uma mãe ri de uma criança que tropeça dando os primeiros passos.

— Não se perca de você mesma, essa é a liberdade por que muitos anseiam.

— Eu agradeço muito as suas palavras, elas me fazem bem, ou talvez seja a sua presença que faz isso. Seja como for, como posso retribuir?

— Você já retribuiu — diz enigmática, como sempre, e se levanta para pegar as minhas mãos.

Eu me levanto também, os braços dela me envolvem em mais um abraço confortante e acolhedor.

Suspiro enquanto o meu cabelo é puxado em um penteado elaborado.

Duas criadas me ajudam, Opra e Danúbia, que são gerenciadas por uma jovem de pele marrom-clara, peruca enfeitada com tranças triplas e um rosto fino e de feições delicadas, chamada Inet. Ela chegou hoje na casa e será minha assessora de agora em diante.

Depois da festa, da briga com Ramose e do pedido de casamento, Tamit está mais ausente. Esse foi outro pedido meu, que Ramose atendeu. Não a quero mais por perto. Quero vê-la o mínimo possível. Sei que ela não gosta de mim. Não me acha digna de estar aqui, vivendo esse papel.

Inet me ajuda a colocar o colar.

Ramose vem nos preparando para a cerimônia de casamento faz alguns dias.

Ele me contou que vai usar um traje para representar Amon e que o meu traje representará Mut. Durante dias, provei um vestido vermelho e ornamentos pesados de ouro: uma coroa de pássaro para enfeitar a cabeça, além de um enorme colar de ouro coral e turquesa.

Desde a semana passada, Amsu me ensina tudo sobre Mut e Amon.

Lembro-me das palavras do meu professor e amigo:

— *Mut, é a deusa, mãe de todas as coisas, associada com a água e de onde tudo nasceu. Já Amon é o pai dos deuses, criador do homem, criador de todos os animais. A união de Amon e Mut é a união da mãe e do pai do cosmos.*

A lembrança das palavras de Amsu se desfaz no calor dentro da casa.

E o dia escolhido para cerimônia está especialmente quente, parece que um bafo escaldante preencheu todos os cantos da Terra e se acumulou dentro dos cômodos. E, como os preparativos para a noite começaram logo nas primeiras horas da manhã, não pude ir ao jardim para me refrescar.

Não tive tempo para nada.

Passei o dia entre banhos, óleos, raspagem de pelos, tratamento para o cabelo, penteado e maquiagem. Quando, por fim, chega o momento de me vestir, as mulheres que me ajudam começam colocando as pulseiras, tornozeleiras, brincos e colar. E, então, o vestido vermelho de alças e que desce rente ao corpo, deixando à mostra praticamente todo o meu busto. O colar largo de ouro e pedras é o que cobre meus seios.

Olho-me no espelho quando o adorno do cabelo é fixado.

Percebo Tamit parada, me analisando através do reflexo. Ela acabou de entrar no quarto.

— Igual a uma rainha — balbucia — Uma hebreia como a grande Mut, há de haver punição sobre isso.

Ela realmente rogou uma praga? Que Deus tenha misericórdia.

Respiro fundo e sigo em direção à escada, mas, antes de descer, ao passar por ela, murmuro em resposta:

— Você acabou de me amaldiçoar no dia do meu casamento, eu não aceito e espero que seus deuses escutem e devolvam seu ódio para você.

Sigo com o coração acelerado, sem esperar a resposta, e desço para o jardim.

O sol se despede, dando lugar à lua cheia, exibida, pálida e brilhante. Respiro devagar o cheiro de incenso e vejo um caminho de flores brancas e vermelhas se estendendo da porta até o caramanchão central.

Prendo a respiração e continuo avançando jardim adentro. Tudo está decorado com tochas e flores que cobrem boa parte do chão, mesas com frutas, bebidas, carnes e pães. A cama do caramanchão central deu lugar a duas poltronas douradas, colocadas uma na frente da outra, e uma mesa atrás, com copos de ouro e outros objetos que não conheço. Na frente das cadeiras, duas esteiras descansam cobertas com pétalas de flores. Uma delas, com pétalas brancas, e a outra, com pétalas vermelhas.

Meu pulso acelera.

Ramose está em pé, junto à mesa, de costas para mim. Ao ouvir meus passos, se vira.

Ele parece uma imagem viva do deus Amon. Uma coroa dourada, com dois palmos de altura, forma uma espécie de cone, e duas plumas pendem do lado direito. No peito, um colar entalhado com pedras azuis e vermelhas. Um cinto chamativo divide o saiote branco de linho plissado. Ele é enorme, pesado e acompanha os músculos baixos do abdome. Nos pulsos e tornozelos, as peças de ouro brigam para se manterem fechadas. Ramose se parece com uma estátua, segurando na mão direita um cetro fino de ouro e, na outra, duas peças que reconheço das aulas com Amsu; elas são semelhantes a uma cruz, mas com a haste superior substituída por uma alça ovalada. Duas ankhs de ouro.

Intimidaria se ele não me olhasse com tanto amor e devoção.

Quando me aproximo, ainda sem falar nada, Ramose oferece uma das ankhs, tocando a peça em minha mão esquerda, e eu a pego sem hesitar. Sei que devo me sentar junto a ele, que acaba de fazer isso, na esteira coberta pelas flores brancas.

Ramose pega a minha mão direita, colocando sobre o seu ombro esquerdo e, sentado, com as costas viradas para mim, fala com a voz firme e grave:

— Eu, Amon, te recebo agora como minha mulher, Mut; por toda a eternidade será minha esposa.

Lembro o que devo falar, Ramose ensaiou por dias comigo:

— Eu, Mut, te recebo agora como meu homem, Amon; por toda a eternidade será meu esposo.

Ele se levanta e pega dois copos, um punhal, um jarro de água e um de vinho e os coloca no chão, em frente às esteiras. Dando-nos as mãos, sentamos agora um de frente para o outro. O céu azul profundo é iluminado pela lua, uma presença magnética que acende as pétalas e roupas brancas e reflete o brilho prata nas joias e na água.

Ramose agarra minha mão, direcionando-a às pétalas vermelhas e conduzindo-a a soltá-las em cima dele. Enquanto as pétalas caem, ele volta a falar:

— Estas pétalas vermelhas caem sobre mim e representam o seu ser, que se funde em um com o meu. Vermelho, a cor da sua veste, Mut, somos um pela eternidade. Doze partes que se unirão em uma.

Em seguida, Ramose pega um punhado de pétalas brancas e sinto o toque delicado e macio sobre o rosto e ombros, antes de repetir:

— Estas pétalas brancas representam o seu ser, que se funde em um com o meu. Branco, a cor da sua veste, Amon, somos um pela eternidade. Doze partes que se unirão em uma.

A mão bronzeada agarra a jarra de vinho e serve dois copos. Bebendo em alguns goles, me oferece o outro.

Ramose limpa os lábios e serve mais uma porção, repetindo o que acabara de fazer. Sem esperar, também viro mais um copo de vinho. Quando acabo de beber, assisto a ele pegar o punhal e abrir um corte na mão esquerda de ponta a ponta.

Meu estômago gela e arregalo os olhos, um pouco assustada. Com cuidado, ele remove o adorno pesado da minha cabeça, levando mechas do meu cabelo para trás da orelha. Tira em seguida a coroa da cabeça dele e me dá um beijo longo, entregue, apaixonado. Parecendo sentir meu medo, me beija até eu relaxar e me entregar. Então envolve a minha mão esquerda um pouco trêmula e abre um corte, também de ponta a ponta.

O sangue escorre abundante por nossa mão, abrindo gotas escarlates em cima das pétalas de flores.

Brancas e vermelhas.

Gotas.

Gotas.

Gotas.

Sem esperar, ele pega um dos copos e deixa escorrer seu sangue, o dourado ficando vermelho. Então segura e dirige minha mão para a borda da taça, o meu sangue termina de tingir o ouro e se mistura com o dele.

Alquimia.

Enquanto acrescenta água no copo, ele murmura:

— O vermelho do nosso sangue em um se torna e se mistura com a água, que conduz a vida na eterna fusão de corpos, fusão de todas as partes do nosso ser, nos tornamos agora um só. — Fecha os olhos e dá um gole na mistura.

Ainda de olhos fechados, entrega a taça para mim. Sei que devo imitá-lo e é o que faço, com a voz incerta. Quando termino de engolir, quando o gosto ferroso envolve minha boca, o meu corpo inteiro está trêmulo. Sou dominada por um frenesi e por uma onda de sensações que nunca experimentei.

Não sei direito se o que estamos fazendo é certo aos olhos do meu Deus.

Mas sei o que está acontecendo — alquimia, magia, encantamentos que nos ligam para além desta vida. Se acreditei ter realizado algo relacionado a isso, entendo que eram passos de aprendiz e que, agora sim, estou sendo apresentada ao poder da magia egípcia.

Ramose pega as duas ankhs, passando-as no sangue da sua mão e a outra no meu sangue. Levanta o meu colar enquanto segura a ankh com o sangue dele, na altura do meu coração, manchando a minha pele branca, enquanto afirma:

— A ankh sagrada representa a nossa união eterna, símbolo do casamento perfeito do céu e da Terra, do homem e da mulher. Símbolo da vida eterna com você. Agora você é sangue do meu sangue, carne da minha carne, minha metade mulher, minha completude na vida eterna.

Sem que ele precise falar — me lembro do que ensaiamos —, me adianto e pego a ankh com meu sangue, levando-a até o coração dele, e marco um desenho perfeito no peito firme.

Ramose me beija, nos beijamos. Ainda com gosto ferroso na boca. Meu corpo inteiro vibra e o dele também. Devagar, remove minhas joias e, por fim, o vestido.

Nessa mistura de juras, lágrimas e sangue, ele me penetra, se movendo tão devagar que eu vejo as estrelas se misturarem com a lua e então ele muda e se movimenta tão forte e fundo, querendo misturar nosso sangue por inteiro.

Quando o orgasmo nos atinge, duas horas ou uma eternidade depois, não percebo mais nada a não ser a nossa união; o prazer que nasce do nosso corpo; a forma como ele ainda não saiu de dentro de mim, mesmo depois de algum tempo; a duração quase sem limite dos orgasmos; a tempestade de luz de estrelas que rasga o céu, colorindo nosso sangue de ouro; e as juras que ainda repetimos, trêmulos de prazer. Dormimos enroscados um no outro, em total simbiose.

Acordo pouco antes de o sol raiar, com uma pressão sobre a minha mão. Somente agora sinto um pouco de dor. Ramose está passando algo no corte. Olho para a mão dele já com o curativo feito.

Na mesa lateral, Ramose alcança uma faixa branca de linho e enrola com habilidade sobre o ferimento, depois dá um beijo em cima, antes de dizer:

— Você não faz ideia do que me proporcionou esta noite, eu te amo tanto por isso. — Fecho os olhos e ele beija minha testa: — Visitei o paraíso sem morrer e experimentei um pouco do que será a eternidade com você.

E mais um beijo na testa.

— Eu te amo tanto, lótus.

— Também amo muito você.

Segura o meu queixo com a expressão séria:

— Sou o homem mais afortunado de todo o Egito, até mais do que o grande faraó, por ter você em minha vida.

Pega uma das ankhs e passa um cordão de ouro na abertura central.

— Esta ankh está marcada com o meu sangue, é o símbolo da nossa união eterna consumada na Terra, nela está gravado: unidos por toda eternidade.

Coloca em cima de meu peito, fechando o cordão atrás do meu pescoço.

— Use-a sempre, minha Zarah.

E, então, segura a outra ankh, antes de afirmar:

— Usarei a minha da mesma maneira.

28

— Nunca imaginei que isso existisse — afirmo, levando o copo de cerveja aos lábios.

E não é qualquer cerveja, e, sim, uma especial produzida fora do Egito e importada pela maior cervejaria de Mênfis.

As pessoas vêm até aqui, se sentam em mesas sobre almofadas coloridas e macias e pagam para beber em um ambiente meio místico e encantador. O teto é forrado por um tecido azul em camadas, preso no centro e abaloado no sentido das paredes, o que dá a sensação de estarmos dentro de uma flor. As várias tochas espalhadas pelas colunas brancas e cobertas com desenhos dos deuses Osíris e Isis nos tons de turquesa e ouro conferem uma iluminação boa e, ao mesmo tempo, aconchegante.

Inet dá um gole enorme antes de falar:

— É um dos meus locais favoritos da cidade.

Olho pelo canto do olho para Zaid, que está com uma expressão de poucos amigos, e os quatro soldados que nos escoltam, sentados numa mesa próxima, não parecem muito mais animados do que ele.

— Eles não relaxam nunca? — pergunto e aponto com o queixo para o grupo.

— Devem se preocupar com duas mulheres bebendo sozinhas aqui.

Percorro com o olhar as mesas ocupadas, a maioria delas lotada de homens, outras com homens e mulheres, e a minoria somente com mulheres.

Imagino ao que ela se refere. Animados pela bebida, alguns homens podem tomar liberdades. Isso, pelo que Inet falou, se fôssemos solteiras, seria algo engraçado e talvez bem-vindo, mas há dois meses sou uma mulher casada.

Meu coração acelera e eu toco a ankh sobre o peito.

Muito bem casada.

Tenho um nome egípcio de que eu gosto — Muyeti, mas com o qual ainda não me acostumei. E tenho também a liberdade que Ramose prometeu. Posso sair de casa sempre, sem avisar ninguém e ir aonde eu quiser, inclusive me sentar numa casa de cerveja em que poucas mulheres desacompanhadas se sentam e provar a bebida importada da Babilônia.

Ramose sempre pede que eu saia com Inet, mas, independentemente disso, tenho gostado cada vez mais de estar com ela. Inet é uma das minhas principais companhias durante os dias, especialmente quando Ramose se ausenta. Como agora, que está viajando há vinte dias para suprimir uma revolta em terras próximas. Ele saiu jurando que era uma batalha pequena e que em breve estaria de volta.

Dou outro gole na cerveja.

Só de imaginar Ramose na frente de soldados inimigos entre flechas, lanças, escudos e armaduras, meu peito aperta e meu coração acelera.

— E se algo acontecer com ele? — murmuro em voz alta.

Inet arregala os olhos.

— Com o comandante?

Aquiesço com o pulso mais acelerado.

— Os deuses lutam ao lado do faraó.

Meu Deus, proteja Ramose. Sorrio tentando passar um ar confiante.

— Tem razão.

Ela abaixa o tom de voz:

— Não pense mais nisso, com certeza não atrai boa sorte a esposa do comandante pensar assim.

Concordo e Inet prossegue:

— Quando chegarmos em casa, podemos fazer um encantamento para proteger as tropas egípcias.

Dou mais um gole na cerveja lembrando que, na noite antes de Ramose partir, ele me amou por três vezes, uma para cada legião que comandaria e, no fim, fez uma oração e um ritual, oferecendo a energia dos orgasmos aos deuses, para trazer a vitória na batalha.

Depois de quase um ano vivendo praticamente como uma egípcia, eu não devia mais estranhar esses rituais, a maneira como eles transformam tudo em encantamento e magia, inclusive o ato sexual. Mas é impossível não me pegar vez ou outra intrigada com certas coisas. E é impossível também não pensar em como Ramose tem feito para driblar esses rituais durante as celebrações que antecedem e precedem batalhas ou em épocas importantes como os festivais da cheia do Nilo, por exemplo, na frente do faraó e de outros nobres ou militares do alto escalão.

Pisco lentamente, engolindo a bebida adocicada. Sei que devo confiar nele. A loucura é que entendo cada vez mais e menos seus rituais e crenças.

Dez dias depois que nos casamos, por exemplo, um alto sacerdote visitou nossa casa. Ramose me explicou que o tal sacerdote faria um ritual para a proteção do lar e a prosperidade da família, realizado anualmente. Os criados separaram três gansos que seriam sacrificados e os colocaram num cercado feito com grades de madeira. Meus olhos se encheram de lágrimas quando vi os bichos dormindo inocentemente dentro do cativeiro enquanto o sacerdote começava os preparativos para o ritual, virado de costas para os gansos.

Devagar, abri a porta e joguei uma pedrinha para acordá-los. Por infelicidade — do sacerdote, é claro —, o homem virou na mesma hora em que cutucava dois deles para fora e, surpreso, tentou colocar os animais na jaula enquanto eu os incitava a correr para o lago.

Gansos podem ficar muito bravos quando são acordados e perseguidos. Não fazia ideia do quanto, até dois deles bicarem de um jeito muito convincente o sacerdote nas pernas e entre elas. No fim, o alto sacerdote estava grunhindo de dor, os gansos voltaram para o meio do lago e Ramose se aproximara por causa dos gritos e da confusão.

E, se eu não estivesse tão aliviada com a fuga dos bichos, teria ficado apreensiva quando o sacerdote amaldiçoou nossa casa.

— Nunca mais volto aqui — gritou por fim, se afastando.

— Pois faz muito bem — rebati também em voz alta.

Virei para Ramose, encontrando dois olhos estreitos e os braços firmemente cruzados sobre o peito.

— Você falou para o alto sacerdote do Egito ir caçar sapos?

Encolhi os ombros com o coração acelerado.

— Ele me contou que não conseguiria pegar os gansos sozinho e, portanto, não faria mais o ritual.

Um sorriso reprimido começou a despontar no canto dos lábios de Ramose.

Continuei com ar inocente:

— O sacerdote pareceu bravo com a sugestão e eu disse que, se ele ainda achasse os sapos muito grandes e difíceis de manejar, podia buscar alguns mosquitos. Essa época tem vários aqui na margem do lago.

Ramose não aguentou e gargalhou.

— Eu não acredito.

— Seria um enorme desperdício, com tantas pessoas passando fome.

— Nós assaríamos os gansos depois para o jantar, faz parte do ritual.

— Ah — Ergui as sobrancelhas, surpresa — Bem, eu não sabia disso. Mesmo assim, os gansos estavam dormindo e acho que não gostariam de ser acordados para virar o jantar.

Ramose se aproximou ainda rindo e enlaçou minha cintura.

— Tenho certeza de que não.

— Podemos jantar frutas e pães.

Ele soprou uma risada na minha orelha e mordeu a pontinha de leve.

— O que eu faço com você?

— Desculpe estragar seu ritual de prosperidade.

Minha mão esquerda foi beijada em cima da cicatriz, antes de Ramose falar com a voz rouca:

— Tenho uma outra ideia para compensar os deuses.

E me pegou no colo.

— Tem?

— Vamos usar um pouquinho de sangue e muito prazer para o deleite deles.

— Ao menos para o nosso — sibilei, envolvendo o pescoço dele com os braços. — Mas com certeza para a alegria dos gansos.

E Ramose gargalhou outra vez.

Passo os dedos nas tranças da peruca ornamentada com pedras e ouro que uso e volto minha atenção para a casa de cerveja.

Usá-la é o único jeito de eu poder sair e me igualar a eles, não chamar a atenção por ser diferente. E, na verdade — coço um pouco a têmpora —, já nem me incomoda tanto quanto no começo.

— Não acredito, olha quem eu encontrei — uma voz masculina afirma e eu levanto os olhos dos pés da mesa em formato de patas de leão para o rosto do homem que agora se abaixa ao meu lado.

Meu pulso acelera.

Eu o reconheço.

Ele coloca a mão em cima da minha, com liberdade demais.

As palavras de Ramose voltam a minha cabeça:

Um nobre importante.

Um inimigo político.

Encaro Inet, que me observa com olhos arregalados. Deve saber quem ele é.

— O senhor não devia colocar as mãos em quem não lhe convidou — digo com um sorriso forçado.

— E você — responde, passando os dedos em uma das tranças da minha peruca — não devia cobrir os seus cabelos, pelo que me lembro eles são tão bonitos como seus olhos.

Removo a mão cheia de anéis e coloco-a em cima da mesa, torcendo para que ele estivesse muito bêbado na noite da festa a ponto de ficar em dúvida.

— Acho que o senhor está me confundindo.

Ele analisa os guardas chefiados por Zaid que levantaram da mesa, um deles acaba de colocar a mão sobre a pele de leopardo que cobre o seu ombro.

— O senhor não gostaria de voltar para a mesa com os seus amigos?

O nobre se levanta rindo e vira de frente para os guardas

— Não acredito — e se volta para mim —, Ramose continua te cercando?

Deve ter reconhecido os homens da guarda pessoal de Ramose e, infelizmente, comprovo, não estava tão bêbado a ponto de não se lembrar do que aconteceu com detalhes durante a festa.

Eu e Inet também nos levantamos dispostas a ir embora rapidamente.

— Não sei do que o senhor está falando.

— Eu não julgo Ramose — diz próximo ao meu rosto —, se você fosse minha amante, agiria do mesmo jeito.

— Khafre, boa noite — diz Inet, ela realmente sabe quem é esse nobre. — Esta é minha prima, ela é de Tebas e é a primeira vez que está na cidade. Com certeza você a está confundindo.

Não consigo conter o suspiro de alívio ao ouvir a desculpa que Inet inventou.

— Olá, Inet. — E ele também a conhece. — E os homens da guarda pessoal de Ramose estão aqui me encurralando por quê?

— Senhores — digo olhando para Zaid, suplicando internamente para que ele entenda —, acredito que vocês se preocuparam com a maneira como fui abordada, mas podem voltar às suas mesas, está tudo bem.

— Isso mesmo — Inet emenda — Obrigada, nós já estamos de saída

Os lábios de Khafre se curvam para cima de um jeito irônico e arrogante.

— Entendi, você assumiu o lugar de Tamit para cuidar dos interesses de Ramose.

Inet agarra minha mão.

— Vamos. Bem que meus irmãos me avisaram que, apesar de não estarmos em vilas selvagens e sim na maior cidade do Egito, alguns lugares não se modernizaram e não são adequados para mulheres frequentarem sozinhas.

Inet segura minha mão e faz um sinal discreto para que Zaid e os soldados aguardem um pouco, antes de saírem atrás de nós.

Meu pulso está tão acelerado que preciso lutar para acalmar a respiração.

— Amon nos livre dos soldados de Ramose brigarem ou agredirem um nobre inconveniente — murmura Inet quando atravessamos a soleira.

Respiro a brisa fresca da noite, tão diferente do ar viciado de dentro da casa, de cerveja, e reparo nas enormes colunas que ladeiam a avenida e nas sombras das palmeiras que a lua cheia projeta.

— Desculpe — Inet prossegue ao meu lado. — Não te apresentei como esposa do comandante com receio de ele ainda não ter divulgado a união e de isso piorar as coisas. É muito... recente.

— Não tem problema — falo baixinho e só então me dou conta de que Inet tem razão. Faz dois meses que somos casados e, apesar de ter a liberdade, conforto e luxo que, imagino, a esposa dele teria, somente Inet, Tamit, Amsu e alguns soldados sabem que vivemos como marido e mulher.

— Ramose deve me apresentar em breve para os amigos e para a corte — afirmo, mais para mim mesma do que para Inet, e uma mão firme se fecha na curva do meu cotovelo.

Khafre nos seguiu até a rua.

— Sabe de uma coisa — diz ele bem próximo à minha orelha, tão próximo que sinto o hálito de cerveja —, hoje eu não vou ser dissuadido tão facilmente. Ramose não está aqui para cortar nossa diversão.

— Tire as mãos de mim — afirmo entredentes.

Inet corre para dentro a fim de chamar os guardas.

— Você deve ser uma amante muito especial para o maldito do Ramose colocar a guarda pessoal dele na sua sombra. Ele paga bem? Eu posso te favorecer ainda mais.

E enlaça minha cintura com os dois braços. Sem pensar em nada a não ser em me livrar do contato indesejado, eu o empurro com toda força. Khafre cambaleia para trás, pisa numa pedra solta e cai esparramado no chão. A peruca sai do lugar cobrindo parte do rosto. Se eu não estivesse tão nervosa, daria risada.

Na verdade, consigo rir um pouco quando algumas pessoas que estão na frente da casa acham graça e uma gargalhada rouca e alta se sobrepõe às demais.

Quando Khafre descobre o rosto e me encara, tenho certeza de que os guardas às minhas costas, com Inet, não o intimidarão.

— Você vai me pagar por isso — confirma minha impressão e se levanta segurando meu braço outra vez. — Quem você acha que é..

— Pare com isso, Khafre — uma voz masculina e cheia de diversão pede. — Tenha um pouco de bom humor pela sua saúde ou pela minha.

Imediatamente Khafre se curva numa reverência respeitosa.

Percebo que os soldados e Inet também se curvam. Curiosa e surpresa, eu observo o jovem alto com rosto longo, nariz proeminente, maxilar marcante e que deve ter a minha idade sorrir em minha direção. Se não estivesse coberto pela armadura de ouro e pelas joias mais luxuosas e brilhantes que já vi, teria certeza de que o brilho que o envolve vem dele próprio.

O jovem ainda me observa sem tirar o sorriso maroto da boca larga. Sorrio de volta, um pouco sem graça, percebendo somente agora que eu já deveria ter imitado todos ao redor e feito uma reverência.

— Alteza — diz Khafre —, bem-vindo de volta.

Alteza?

Meu Deus, esse jovem deve ser o príncipe do Egito. Ergo o pescoço após executar a reverência e o encontro ainda me encarando.

— Estava resolvendo uma questão com esta jovem — Khafre acrescenta, furioso. — E ela me empurrou.

— Nós conseguimos ver — o príncipe retruca ainda bem-humorado, e o grupo de soldados e outros nobres que o seguem cai na gargalhada outra vez.

O rosto de Khafre fica mais vermelho.

— Ela é amante de Ramose e deveria saber como lidar com um homem na minha posição.

O príncipe dá alguns passos, se aproximando de mim.

— Maldito Ramose — murmura divertido. — Mesmo eu sendo um príncipe, é ele quem sempre acaba com as mulheres mais bonitas.

E todos que o acompanham gargalham outra vez, todos menos Khafre, que parece cada vez mais enfurecido.

— E você, Khafre — o príncipe se vira para o nobre —, desde quando a decisão de uma bela mulher sobre o que ela quer, ou obviamente não quer, o deixa tão mal-humorado?

E mais um coro de gargalhadas rompe o ar.

— Venha — o príncipe coloca a mão no ombro dele e o impulsiona de volta para dentro da casa —, vamos beber e comemorar, nós ganhamos a batalha e estou muito sóbrio para ter vontade de assistir a qualquer outra briga tão cedo. Mas, se fosse apostar, acho que a jovem ganharia.

E volta a sorrir em minha direção antes de falar, ignorando o ódio com que Khafre me encara.

— O comandante Ramose é meu amigo e lutou ao meu lado nessa batalha, eu o convidei para se juntar a nós, mas ele negou dizendo que estava muito cansado. — E amplia o sorriso. — Acho que gostará de saber que Ramose está bem e que, a esta altura, já deve estar em casa.

Meu pulso acelera.

Saudades.

Alívio.

Orgulho.

Tudo isso misturado.

— Obrigada, alteza — E faço outra reverência.

Todos saem e Inet me encara com olhos enormes.

— É Ramsés, o príncipe herdeiro. Ele costuma comemorar suas vitórias aqui com os amigos. Pelo que sei, Ramose normalmente o acompanha, com certeza o comandante deve estar em casa e à sua procura.

Mal tenho de tempo de sorrir com a notícia e escuto Khafre dizer como se não falasse com ninguém em especial.

— Isso não ficará assim.

Entro em casa e encontro Ramose próximo ao portão. Ele agita os braços falando com dois soldados, o cenho franzido, e a expressão de quem venceu uma batalha após dias de luta transborda dos olhos vermelhos, da barba por fazer, do cabelo mais comprido do que costuma usar.

Quando ele me vê, o olhar suaviza e um sorriso ilumina o rosto perfeito.

Ramose corre em minha direção, enlaça minha cintura com uma mão, minha nuca com a outra e me beija, acabando com minha capacidade de respirar, de falar ou pensar em qualquer coisa. Eu o abraço de volta com tanta força que as placas de metal da armadura passam pelo tecido do vestido de linho e pinicam um pouco meus seios. A língua dele invade minha boca com força, urgência e fome, e eu o imito, aprofundando o beijo.

Pulo abraçando os quadris dele com as pernas. Ramose me sustenta e geme comigo, me beijando com mais intensidade.

— Estou coberto de pó das estradas — diz rouco e me beija outra vez. — Preciso de um banho.

— Posso te dar um banho.

Os lábios cheios se curvam sobre os meus.

— Vou adorar. — E encosta a testa na minha — Estava com tanta saudade que cheguei de viagem e vim direto para cá, nem pensei em participar das comemorações pela vitória.

— Senhor — é Zaid quem o chama.

Nos viramos de frente para o capitão. A mão de Ramose, com algumas cicatrizes recentes, aperta a minha de leve. Meu rosto esquenta de vergonha. Esqueci que estávamos na presença de várias pessoas. Pelo visto, Ramose também não se deu conta de que me agarrava na frente de pelo menos uma dezena de soldados. Ele arregala um pouco os olhos.

— Precisamos conversar — o capitão afirma.

Imagino que Zaid vai falar sobre Khafre e tudo o que aconteceu. Ramose escorrega as costas dos dedos na lateral do meu rosto e responde ao capitão, olhando para mim.

— Agora não. Vou tomar um banho. — E beija meus lábios, ignorando a presença de todos. — E comer. Estou faminto. — Me beija outra vez e um frio na boca do meu estômago me faz encolher os dedos dos pés.

Tenho certeza de que não é de comida que ele fala.

— Mas, senhor...

— Depois nós conversamos sobre o que quer que seja, Zaid.

Ramose me pega no colo e eu perco completamente a vontade de fazer qualquer outra coisa que não seja o que ele quer fazer comigo, o mais rápido possível.

29

— Estou repassando as informações na cabeça — diz Inet, levantando os olhos para mim —, alguém já vem para ouvir.

Sei o que Inet está fazendo. Sei por que ela foi a escolhida para fazer isso. Ela é rápida e parece se importar de verdade comigo. Sei também que nos tornamos amigas. Mas, principalmente, ela é detalhista e atenta. Desde que relatou para Ramose o episódio com Khafre com riqueza de detalhes, parece que ganhou de vez a confiança dele. Inet demonstrou se importar com meu bem-estar e segurança, e é isso que Ramose procura na pessoa que me faz companhia.

Depois da última batalha, três meses atrás, tudo está diferente. Lembro que durante as duas primeiras semanas, logo depois que Ramose voltou, ele mal saiu do meu lado. Mas, passados esses primeiros quinze dias, as coisas mudaram; Ramose tem se ausentado de casa, mesmo estando em Mênfis, e essa é a menor das mudanças.

— Que fruta você comeu depois do almoço, mesmo? — pergunta Inet com cenho franzido. — Ah, sim, responde a si mesma — Duas tâmaras e algumas uvas. Você tomou o chá afrodisíaco de manhã, lembrou de tomar agora à tarde também?

Concordo e meu pulso acelera enquanto uma estranha satisfação se mistura com a ansiedade. Estranha e provavelmente doentia.

Logo Ramose saberá o que Inet está repassando comigo.

Sei que ele terá prazer ao saber disso, sei que provavelmente se tocará pensando em mim. Ramose já me disse quanto gosta de receber esses relatórios, especialmente quando tem de se ausentar por dias seguidos.

— Vou subir para tirar um cochilo, esse calor me deixou letárgica

— Vou pedir para Opra te acompanhar.

Opra ficará me olhando enquanto durmo, próxima à cama, abanando um dos enormes leques cheios de penas ou apenas sentada junto à cama. São ordens de Ramose.

E é essa a maior mudança depois da noite na casa de cerveja. *Maldita noite.*

Ramose me mantém sob constante vigilância de soldados ou criadas o tempo inteiro.

Enquanto durmo, como ou tomo banho.

No começo, não percebi que tinha algo errado.

Até.. perceber.

Até isso passar a me incomodar, sufocar. Mas de um tempo para cá..

— Será que Ramose mandará alguém ouvir o relatório hoje?

Inet levanta o pescoço e me encara:

— Acho que sim, ontem já não vieram. — E olha para o céu antes de acrescentar: — Se bem que, pela posição do sol, pode ser que não, está ficando tarde.

Encolho os ombros fingindo indiferença. É absurdo e horrível, mas, de um tempo para cá, passei a esperar que Ramose envie mensageiros atrás desses relatórios e, o pior, toda vez que ninguém aparece, fico um pouco decepcionada. Engulo com força o bolo na garganta e faço menção de levantar.

— Espere — Inet pede.

Eu paro, ela se aproxima e começa a trançar meus cabelos.

— Se você se deitar com eles soltos...

— Eu sei.

Desde a cerimônia do casamento, quando não estou nas ruas e preciso vestir perucas, uso penteados no estilo egípcio, contas de pedras e ouro, adornando parte das mechas. *É como ele gosta. É como eu gosto*, tento me convencer olhando meu reflexo na água.

A verdade é que tem dias que não sei mais quem eu sou, e isso me angustia. E tudo está pior agora, já que Ramose tem estado muito ausente. Inclusive durante as noites. Sei que ele está ocupado resolvendo um assunto importante com o faraó e deve ficar no palácio ou nos templos — isso é o que ele me contou.

Enfio o pé na água outra vez, fazendo um desenho, e uma ondulação carrega uma das folhas até ela tocar em uma flor de lótus, mais no centro do lago.

Minha lótus — a voz de Ramose invade minha memória

Inet acaba de trançar meus cabelos e volta para o caramanchão, onde arruma as ervas para meu chá afrodisíaco, devo tomar à noite também, mesmo quando ele não volta para casa

Lembro-me da primeira vez que questionei o fato de ser vigiada constantemente e desses memorandos sobre tudo o que faço. Foi no fim de um jantar, um mês depois de Khafre me ameaçar, dentro desse mesmo caramanchão, onde agora Inet enrola as ervas antes de secá-las ao sol.

— O que está acontecendo aqui?

Ramose não me respondeu, como se não tivesse ouvido ou entendido minha pergunta

— Quero saber o que está acontecendo dentro desta casa há quase trinta dias! — repeti.

— Se refere à minha ausência? Você sabe que estou no palácio e...

— Me refiro ao fato de estar sendo constantemente vigiada durante os dias e noites quando você não volta. Estou sempre acompanhada, mesmo durante o meu sono. Sou vigiada o tempo inteiro, estou sufocando

O cenho franzido acompanhou os olhos estreitos dele ao me encarar, ainda sem dizer nada

— E esses relatórios, se eu não ficar louca, Inet ficará: em que momento do dia eu acordo, tomo banho, o que como e quanto durmo

Franziu ainda mais o cenho, ignorei prosseguindo:

— Quanto tempo duraram minhas aulas e sobre o que falamos. Com quem conversei durante o dia e o que vesti, como eu dormi. Para onde eu saí, quem encontrei, quem me olhou ou... — bufei. — Quero ouvir de você o que tudo isso significa

Ramose parou de beber, largando o copo de prata sobre a mesa com força A cerveja respingou no tampo de madeira

— Isso é o que você faz comigo. A sua ausência, a preocupação sobre como você está — esfregou o rosto com força — me consomem. Esses relatórios foram a maneira que encontrei de me sentir mais próximo de você. De ter certeza de que você está segura

— É por causa daquele maldito do Khafre?

— É por causa do maldito do Khafre, é porque o príncipe herdeiro veio me perguntar de você com interesse, é porque todos os homens do Egito que colocam os olhos em você parecem perder a cabeça, enfeitiçados.

Meus lábios tremeram.

— É isso que você acha que eu fiz com você, te enfeiticei?

O olhar intenso subiu do prato para meu rosto.

— Não, você sabe que não.

— Eu quero que essa loucura pare, eu exijo que isso pare!

Ramose se levantou e em seguida se aproximou com as veias do pescoço dilatadas. Meu sangue gelou, não sei o que ele estava sentindo, pensando. Não sei nem mesmo o que eu estava sentindo. Ele enlaçou o meu braço e me impulsionou a levantar também, antes de repetir com os lábios colados nos meus:

— E você acha que gosto de me sentir assim, consumido por preocupação, por saudade, pelo que eu sinto quando estamos longe? Se eu pudesse, não sairia do seu lado, não te deixaria por dia nenhum.

E me soltou, como se sentisse dor, e se afastou, como se precisasse fazer isso. Meu coração batia na garganta. Dei a volta na mesa, parando na frente dele.

Ramose nem sequer me olhou ao dizer:

— Se te incomoda tanto assim os relatórios, eu vou ordenar que parem.

— Está tudo bem — afirmei baixinho, mas Ramose continuou sem me encarar, com a expressão torturada. Segurei o rosto dele entre as mãos antes de repetir: — Está tudo bem. Se você gosta de saber tudo o que fiz durante os dias, quando não volta para casa, se isso faz diferença para você, está tudo bem.

Braços fortes me envolveram como se pudessem me levar para dentro dele.

Suspiro, constatando que foi depois dessa conversa que passei a sentir prazer e conforto com essa atitude dele.

Coloco os pés outra vez no lago.

O sol esquenta a pele do meu rosto.

— Não ia cochilar?! Se não, entre aqui embaixo da sombra, você é muito branca — diz Inet, chamando minha atenção. — Não devia ficar tanto tempo no sol.

Tenho várias sardas no rosto e no colo causadas pela exposição ao sol, quando não tinha escolha. Agora que tenho, sinto falta do calor em meu sangue, da luz em minha pele; por isso, todas as tardes, desço para aproveitar um pouco do dia.

— Ramose gosta das manchas no meu rosto — digo, como se fosse apenas isso que importasse.

Mas não é. Não dentro de mim. Quero ficar ao sol porque isso me lembra da época em que trabalhava no bairro hebreu.

Não tenho saudade do esforço e da fome. Muito menos da falta de conforto. Tenho saudade do meu povo, da minha mãe e de David.

Faz meses que não vejo minha mãe. Miriam esteve aqui no mês seguinte ao meu casamento, veio passar alguns dias comigo e foi tão bom tê-la por perto que insisti que ela não voltasse, que ficasse aqui comigo, mas ela respondeu:

— Desde que voltei para o bairro hebreu, Isaac me procurou e estamos conversando bastante, todos os dias. Estou feliz lá, Zarah, mas, sempre que você quiser ou precisar, vá me visitar ou peça para Ramose me trazer até aqui.

Só que, depois dessa primeira visita, todas as vezes que peço para vê-la, existe alguma explicação e o encontro é adiado.

A última notícia que tive foi que há dois meses minha mãe está morando com Isaac. Fico feliz por ela. Mas não fico feliz em estar tão distante, em ficar sabendo de uma novidade importante da vida da minha mãe por informantes de Ramose, em sempre ter algo inesperado acontecendo e minhas visitas ao bairro hebreu não serem possíveis. Ramose prometeu que em breve a trará para passar alguns dias comigo outra vez. Aperto os dentes controlando a vontade de chorar. *Estou com saudade da mamãe, eu sei.*

E, principalmente, a última notícia que tive de David, dias atrás, foi que ele está muito bem em Tebas, mas continua sem querer me ver. Quero ir até ele, ouvir da boca do meu amigo por que, passado um ano, ele ainda tem tanta mágoa. Nunca me perdoará? Suspiro para o meu reflexo nas águas. A sombra turquesa, as joias, o penteado.

Cadê a Zarah que eu era antes de chegar aqui?

Muyeti, esse é o meu nome egípcio. É ela quem está refletida nesse lago. É o mesmo nome da mãe de Ramose. Ele disse que era uma homenagem, já que foi ela quem leu o oráculo que proporcionou o nosso encontro.

Olho para a frente e vejo Tamit cruzando o jardim em nossa direção.

Algumas vezes, é ela quem vem pegar as informações sobre os meus dias. Odeio que seja Tamit quem faça isso por Ramose. Por nós.

Odeio que ela o veja mais do que eu. Que sinta prazer em deixar isso claro. Mas odeio especialmente as insinuações de que Ramose não vem mais todas as noites porque se cansou de mim, porque está em festas no palácio.

— Eu vou tirar aquele cochilo — digo me levantando, e Inet suspira com um olhar compassivo.

Inet sabe quanto a presença de Tamit me incomoda.

— Vamos plantar esta figueira aqui junto dessa outra árvore.

Colocar frutas para os pássaros e para os macacos que vêm nos visitar e cuidar das plantas com o jardineiro passou a ser um dos meus maiores prazeres, com as aulas de Amsu. Mas não hoje. Há dias estou apenas furiosa.

Faz nove noites que Ramose não volta para casa.

E, três dias antes, Anelle confirmou, inocente, que ele anda frequentando festas enormes.

Tamit, que estava ali próxima, deu uma risadinha irônica e contida e eu fechei a cara.

— Ele tem ficado com outras mulheres? — perguntei, sufocando.

— Não sei, Muyeti, não fico vigiando o tempo inteiro, mas não é normal que tenha ficado com... — Anelle se deteve e arregalou um pouco os olhos. — Você já entendeu que é assim que funcionam as coisas, não entendeu?

Assenti com a cabeça, forçando um sorriso.

Mas não entendi.

Nunca vou entender.

Sei que devo confiar nele, nas promessas que fizemos, só que neste momento sinto apenas raiva e ciúme e, por isso, talvez, tenha dado uma liberdade maior a Kanope, o jardineiro da casa, nesses últimos dias. Agora mesmo, desci do quarto onde descansava sem Inet perceber e estou a sós com ele.

Algo provavelmente proibido.

Algo que deixaria Ramose furioso.

E pensar nisso, somado às lembranças das risadinhas e insinuações de Tamit, me deixa ainda mais satisfeita.

Kanope é filho de uma hebreia com um egípcio e fala meu idioma. Algo na maneira como sorri, como mexe no cabelo, me lembra de David. *Meu amigo*. Tenho tanta saudade de todos, de certa maneira tem sido um conforto falar em hebreu com alguém dentro da minha casa.

Minha casa.

Minha vida.

Será?

Pairo os olhos sobre a enorme figueira, ao lado de onde Kanope planta uma muda e avisto uma fruta.

— Achei que não estávamos na época de figos — digo, chamando sua atenção.

Ele se vira na direção apontada. Levanto o pescoço para cima, medindo a distância do chão até o figo.

— Pena que está tão alto.

— Quer que eu pegue para a senhora?

— Não — nego, removendo o vestido mais grosso, ficando apenas com um mais leve.

Removo também os colares que escondem parte do decote e que dificultariam a escalada. Conviver por muito tempo entre os egípcios me fez perder a vergonha de mostrar meu corpo. Me fez entender que não há nada de errado nisso.

Será?

Ao contrário, eles encaram com naturalidade a exposição da pele, das curvas, do corpo, por causa do calor, talvez? Isso não é algo condenado, nem proibido. Esse vestido mais fino que uso agora, por exemplo, é uma veste normal, apesar de ser mais transparente e de deixar à mostra uma boa parte do meu corpo.

Coloco as mãos em um galho mais grosso e me impulsiono para cima, sentindo entre os dedos dos pés as reentrâncias da madeira, que escalo com certa agilidade. Estico o braço e alcanço a fruta macia.

— Peguei — comemoro, puxando o galho e sentindo os pelos do figo na minha pele.

— Cuidado — alerta Kanope enfático, mas é tarde.

Meu pé escorrega, fazendo o outro também perder o apoio e meu equilíbrio vai comigo para baixo. Por sorte, estou a apenas uns três metros do chão, por sorte também o galho que cedeu fica bem em cima do lago.

Meu estômago contrai conforme a água me abraça e me envolve.

Ergo a cabeça da água sorrindo com a fruta ainda na mão, mas Kanope já se jogou no lago, provavelmente por medo de que eu não soubesse nadar.

— Está tudo bem — digo, vendo-o dar algumas braçadas em minha direção. — Sei nadar. — Sorrio, eletrizada com a corrente gelada e revigorante que percorre meu corpo.

— A senhora está bem?

Mordo o figo sentindo a calda suculenta e doce encher minha boca.

— Estou ótima — respondo, mastigando.

E ele gargalha.

— Que susto.

— Mergulhei de propósito — brinco e gargalho com ele.

— Tem uma — aponta para meu cabelo.

— O quê? — pergunto, passando a mão na cabeça sem encontrar nada.

— Não... mais para trás.

— Onde?

— Posso?

Concordo e dou algumas braçadas me aproximando um pouco.

Ele remove uma folha na parte de trás da minha cabeça e rimos outra vez.

— Posso te perguntar uma coisa íntima?

Imediatamente as palavras de Inet embotam minha consciência: *Pare de conversar tão abertamente com Kanope. Se Ramose ficar sabendo a maneira como vocês têm conversado horas por dia, ele não gostará nada. Se ele ficar sabendo a maneira como esse jovem te olha, vai gostar menos ainda. Pense no jovem, se o comandante imaginar que vocês estão se tornando amigos, eu temo o que pode acontecer.*

— Eu... acho que não é uma boa ideia — respondo, me afastando.

— Você é feliz aqui? — ele pergunta, de todo jeito.

E a pergunta me desarma um pouco. Porque sim, sou feliz, mas não, não tenho estado feliz nos últimos dias, nos últimos dois meses e meio, sendo mais sincera, desde que Ramose voltou a se ausentar noites e dias seguidos. Desde que Tamit insinua com satisfação que ele está com outras mulheres. Desde que Amsu desconversa todas as vezes que pergunto onde Ramose está passando as noites. E, especialmente, desde que Anelle confirmou que Ramose tem estado em festas.

Ciúme, raiva, saudade e desconfiança. Me aproximo um pouco mais.

— Sou — respondo baixinho e desvio dos olhos castanhos que buscam a verdade no fundo dos meus —, apesar de sentir falta de muitas coisas e pessoas que eu amo, tenho tudo... tudo de que preciso para ser feliz.

— Você sabia que existe ao menos uma tribo do nosso povo que vive livre, em terras não muito distantes daqui?

Meus olhos se arregalam um pouco. Já tinha ouvido falar disso tempos atrás, mas nunca soube se eram boatos ou se realmente havia algo parecido.

— Eu mesmo vivi por um tempo assim.

Meus lábios se curvam involuntários para cima.

— Não são muitos e não são organizados como os egípcios, por isso, acredito, não se rebelam contra o que nosso povo tem passado. — Kanope olha para os lados antes de abaixar o tom de voz: — Mas ouvi uma profecia de que nascerá um escolhido de Deus e ele levará nosso povo para a terra prometida.

Meus lábios se curvam ainda mais.

— Você não se considera egípcio? — pergunto, curiosa.

— Minha mãe era hebreia, ela me educou como um hebreu. Como disse, vivi por um tempo entre nossa gente.

Nado até a borda do lago e Kanope me segue.

— E me conte, como é essa tribo?

— Não é uma vida com muito luxo, visto que são pastores e que viajam atrás de condições e de terras melhores de tempos em tempos, mas — ele também sorri — somos livres. E isso é maravilhoso.

— Livres — suspiro.

Ele toca no meu rosto e, não sei por que, não o afasto.

— Você não gostaria de conhecer um lugar assim? De viver entre seu povo outra vez, só que livre?

— Eu acho que... — Paro com o coração acelerado, um frio envolve e aperta a boca do meu estômago.

Uma silhueta enorme está com o ombro largo apoiado na coluna bem próxima. Os braços fortes cruzados sobre o peito. Não consigo ver o rosto porque ele está nas sombras, mas sei que é Ramose que nos observa em silêncio. Há quanto tempo?

Parece que meu ciúme e a saudade foram capazes de trazê-lo justo neste momento. E, por alguns segundos, sem pensar em nada, só quero atingi-lo, quero que ele se sinta como eu: provocado, enciumado, testado.

— Eu acho que... — prossigo, inconsequente, tocando no rosto de Kanope — que eu adoraria conhecer um lugar desses.

Ele fecha os olhos, conforme devolvo uma onda do cabelo preto para trás da sua orelha.

— A senhora é a mulher mais linda de todo o Egito.

— Somente um cego discordaria — Ramose afirma com a voz grave, sem se mexer, ainda envolto nas sombras. — Talvez eu deva fazer isso com todos que se aproximam assim da minha esposa, cegá-los. O que você acha, Zarah?

Meu pulso acelera. Ele não me chama de Zarah desde que nos casamos.

— Vamos — prossegue áspero —, continuem para que eu possa decidir se acabo com uma vida ou com duas.

Minha boca seca, sei que exagerei, que perdi a cabeça, que vou me arrepender disso. Kanope empalidece, saindo da água e adotando uma postura de respeito, como um soldado bem treinado diante do seu comandante.

— Ramose — chamo, tentando transparecer arrependimento com o que acabei de fazer —, eu caí da árvore, Kanope pulou achando que eu não sabia nadar e...

— Eu assisti a tudo.

Meu pulso acelera mais, não sei se pela expectativa, pela saudade ou por medo.

Não fiz nada de mais, fiz?

— Saia daqui! — Ele se vira para Kanope, gritando como um trovão: — Depois me resolverei com você.

Eu me impulsiono com os braços e saio do lago.

Ramose me analisa de cima a baixo, antes de ordenar entredentes:

— Para o quarto.

Engulo em seco, mortalmente arrependida.

— Eu só fiz isso para te provocar. Anelle me disse outro dia que você estava com..

— Para o quarto agora — volta a exigir como uma fera raivosa, ferida e acuada.

O que eu fiz, meu Deus, Adonai, me perdoe. O que eu fiz?

A língua de Ramose está na minha boca, ele ainda está dentro de mim. Nosso corpo está inteiramente suado e faz um calor infernal na casa.

Os dedos ágeis trabalham desamarrando meu pulso. Ramose se retira do meu interior, a respiração dele está acelerada como a minha e os lábios tocam em meu ouvido:

— Não faça mais isso, lótus. Nós não precisamos nos machucar para aprender a confiar um no outro.

Ele se levanta e se veste antes de sair com a energia de uma tempestade.

Eu me encolho na cama como uma trouxa de roupa apertada e fecho os olhos.

Ao subirmos, Ramose amarrou os meus braços com os lençóis e fizemos sexo enquanto ele me pedia para repetir diversas vezes que eu era somente dele. No final, gritei e estremeci por um tempo longo demais. Ramose sabe prolongar o meu êxtase, *sempre soube*, me tocando do jeito certo, no lugar certo, mas agora há pouco tudo foi estranhamente mais poderoso e, talvez, distorcido do que aquilo que já tínhamos feito antes.

— Vou te avisar uma vez só: se você olhar ou tocar outro homem daquele jeito — me penetrou com mais força, por trás —, não vou responder assim, vou te machucar como você me machucou, entendeu?

— Eu errei — afirmei com a voz falha. Ele estava me enlouquecendo, me virando do avesso. — Quis te provocar.

— Você é uma viborazinha vingativa, não é? — perguntou enquanto arremetia mais fundo.

— Eu não queria te machu... — comecei a negar, mas ele tapou minha boca com força.

Normalmente Ramose é um amante paciente e suave, firme e entregue. Nada há pouco teve a ver com suavidade. Rasgou minha roupa, me amarrou, tapou minha boca, cobriu meus olhos e só se satisfez quando cheguei ao terceiro orgasmo seguido.

Quanto mais fazia eu me render, mais prazer parecia sentir e mais prazer eu sentia. Fui imobilizada, virada de um lado a outro como uma almofada, colocada em posições que nem sabia ser capaz de fazer. Mas, diferentemente das outras vezes, Ramose esteve sempre no comando, me conduzindo e controlando. Até explodir com um grito rouco de prazer.

Agora a voz grave de Ramose chama Zaid no andar de baixo.

Estou inteira mole e sem forças nem para levantar os braços. Como ele consegue se mexer?

A ordem dele reverbera até o quarto aqui em cima:

— Não quero mais homem nenhum dentro desta casa. Jardineiro ou soldado, mensageiro ou príncipe. Homem nenhum pode se aproximar de Muyeti outra vez.

Meu pulso acelera e eu aperto um pouco mais as pernas contra a barriga. *Isso não está certo.*

O estranho é que, *Deus me perdoe*, nunca senti tanto prazer na vida como há pouco, com ele me amando. *Amando?* Tenho certeza de que isso não foi sexo com amor, isso foi ele se despejando em mim numa mistura de raiva, ciúme e posse. Como se pudéssemos nos vingar um do outro e de tudo o que sentimos de bom e de ruim com nosso corpo.

Isso não pode estar certo.

Fecho os olhos e durmo.

Os ombros se alargam cobertos pela túnica, evidenciando a costura torta. Uma manga é bem maior que a outra, fui eu quem costurei desse jeito.

Os cabelos pretos e ondulados estão bem mais compridos. David percebe o movimento às suas costas e se vira. Os olhos amenos e castanhos estão tristes, e o rosto com a barba por fazer, cansado e abatido. Mesmo assim ele sorri ao me ver.

— Onde você estava? — pergunta se aproximando. — Você esqueceu?

Respiro fundo e analiso ao redor, é a minha casa dentro do bairro hebreu, mas de algum jeito ela está diferente, mais ampla e clara, com flores em cima da mesa e duas fatias generosas de pão. Não estou em casa.

Meus lábios tremem.

— Do quê?

— Do caminho para casa.

— Não — respondo e o encaro outra vez.

David me abraça e eu afundo o rosto nos ombros dele, respirando aliviada e aquecida, meu coração se apazigua. Estou em casa.

— Senti tanto a sua falta — ele fala e eu...

Acordo com o coração aos pulos. Meus olhos cheios de lágrimas e a saudade que sinto de David intensificada pelo sonho tão vívido.

Ainda estou na cama de Ramose, no quarto dele. Os lençóis usados para me amarrar mais cedo estão embolados entre minhas pernas. Apesar de dormirmos juntos desde que me mudei para cá, tenho um quarto meu na casa Estico os braços espreguiçando e me levanto, vou para lá *Quero ir para casa* — aparece em minha mente.

— O que quero é ver meu amigo — falo em voz alta como uma prece.

E espero que Deus me escute.

***

Ramose não aparece em casa faz duas semanas. Desde a cena com Kanope no jardim. Ninguém vem ouvir os relatórios sobre minha rotina já faz dez dias. E não estou aliviada, em vez disso, estou mais obcecada. Acho que ele está me castigando com a ausência.

Não aguento mais.

Tem horas em que nada disso parece certo, nem ele, nem eu, nem nosso amor. Nada!

— Onde Ramose está, Amsu?

É o fim de uma aula sobre o livro dos mortos. Foi Ramose quem pediu para Amsu me ensinar, como se fosse imprescindível eu decorar todos os passos, tudo o que devo saber, falar e fazer para garantir minha entrada no paraíso deles. Dele.

Há mais de uma hora repito os nomes secretos dos deuses e dos meus guardiões, como se estivesse jurada de morte. Como se ela fosse iminente. Como se Ramose soubesse disso.

— Ramose está preso com compromissos dentro do palácio e dos templos, Zarah... Muyeti.

Mais uma resposta evasiva de Amsu, antes de ele desviar os olhos para as próprias mãos, parecendo envergonhado.

— Nós nos tornamos amigos, não é verdade, Amsu?

Amsu concorda, enrolando os papiros do meu livro.

— Para os seus deuses, mentir não é errado?

O cenho dele se franze enquanto parece não entender ao que me refiro.

— Não posso sair, não posso encontrar ninguém, nenhum homem pode me olhar, nem mesmo os soldados circulam mais nas áreas íntimas da casa. E o pior, onde está Kanope? Inet disse não ter encontrado mais o jardineiro desde que Ramose me viu com ele no lago, você sabe.

Sim, Amsu sabe. Além de eu contar quase tudo para ele, Ramose também deve fazer o mesmo.

Ele abre a boca como se fosse falar e os olhos assumem uma expressão pesarosa.

Analiso ao redor, me demorando sobre as árvores, as palmeiras e o enorme lago, no centro, onde papiros e flores de lótus — que ironia! — flutuam no espelho d'água.

— Quando eu era pequena, desejava todos os dias morar numa casa como esta — sorrio triste —, nesta casa mais precisamente. Uma vez, um sábio do meu povo disse: cuidado com aquilo que se deseja e com aquilo que se pede a Deus. Nunca entendi isso muito bem... até agora.

— Zarah, eu...

— Acho que eu tinha mais liberdade quando era escravizada.

— Ramose tem feito o possível para que vocês fiquem juntos. Não está sendo fácil para ele também.

Estou tão focada no meu discurso interno que mal registro o que Amsu fala.

— E o pior de tudo isso é que me sinto tão consumida que o que mais quero é que ele volte para mim, é que peça para Tamit buscar esses malditos relatórios, é que se sinta desesperado, assim como eu.

— Eu me preocupo tanto com você, Zarah, com vocês — confessa, por fim.

Meus olhos se enchem de lágrimas e minha visão embaça.

— Você é um dos homens mais sábios que conheço, acha que isso que sentimos é amor ou é uma doença?

Amsu respira fundo antes de dizer:

— Acho que Ramose enxerga a vida, o amor e as coisas de um jeito muito diferente do seu, dos seus costumes, do seu povo, e por isso sempre me preocupei com o resultado do que vocês sentem um pelo outro.

Limpo as lágrimas do canto dos olhos.

— Como assim?

— Para Ramose, para quase todo egípcio, esta vida não é nada, é apenas uma passagem para um fim maior.

Fito o meu livro dos mortos, o presente mais valioso, segundo Ramose, que ele me deu, que ele deu para nós dois.

— Campos de Aaru — digo baixinho.

— Quanto mais poder, servos, riquezas Ramose acumular nesta vida, tão melhor e perfeita será a vida dele com você no paraíso. Ouvi essa frase da boca dele, tempo atrás, para justificar o que...

— Justificar o quê?

— Muyeti, Ramose é um homem disposto a sacrificar certas coisas no agora, nesta realidade, para garantir que a eternidade seja perfeita.

Meu pulso acelera.

— Sacrificar que coisas?

Amsu não responde, apenas me encara com a expressão condoída.

— As promessas que ele me fez? Ele está se deitando com outras mulheres, é isso? — pergunto vergonhosamente atingida.

Amsu nega com a cabeça, mas não tenho certeza se é uma negação interna de discordância com tudo o que estamos fazendo ou para minha pergunta.

— Se um dia você precisar de ajuda, se você precisar, prometo que te ajudarei.

— Por quê?

— Porque você é o elo mais frágil dessa história.

Nunca me senti fraca. Nem enquanto era obrigada a carregar ânforas pesadíssimas de água todos os dias para não morrer de fome. Nem quando dormia com o estômago doendo por ter dado a minha porção de comida para minha mãe, nem quando quase fui estuprada por Narmer. Nunca me senti o elo mais frágil de uma história. Mas agora eu não consigo contestar Amsu, e isso acaba comigo.

— Obrigada — respondo.

E volto a decorar o nome em egípcio dos meus guardiões para garantir minha passagem para o paraíso. Mesmo com a boca seca e com as mãos um pouco trêmulas pela conversa que acabamos de ter. Mesmo sem saber se, após a morte, quero ir para o paraíso de Ramose.

30

Tamit insinuou ontem, mais uma vez, que Ramose anda frequentando festas no palácio e na casa de outros nobres durante as noites.

Eu sei como essas festas são.

Sei que, se isso for verdade, talvez ele tenha estado com outras mulheres, assim como Anelle insinuou e Amsu não consegue negar.

Vinte dias sem ele aparecer aqui para nada.

Tenho certeza de que estou sendo punida pelo meu comportamento com Kanope.

Não confio em Tamit, não gosto dela, mas a distância pouco explicada de Ramose e o fato de eu quase não sair de casa estão me enlouquecendo.

Me enchendo de dúvidas, me fazendo.. mal.

Viro para o lado e encontro Tamit, que se aproxima de onde estou sentada com Inet. É como se tivesse invocado a presença dela com o pensamento.

— Inet, temos muito a fazer — Tamit diz olhando para mim, apesar de se dirigir a Inet: — Ramose dará uma festa hoje à noite e pediu para que organizássemos tudo.

— Devo me arrumar, então? — pergunto para Tamit, olhando para Inet.

— Ramose foi claro quando disse que você deve ficar no quarto. — Tamit faz uma pausa, dando um sorriso discreto. — É uma festa política, você não deve comparecer.

Tenho vontade de grudar nos cabelos dela e fazê-la engolir as palavras.

Sei que está me provocando. E o triste é que não consigo evitar de me sentir provocada, levanto-me e saio da sala sem falar nada.

As mãos de Ramose em outras mulheres.

As juras, as palavras de amor sussurradas no meu ouvido quando ele me ama.
A boca dele na minha.
A boca de outra mulher na pele dele.
Todas as horas do dia vigiada, e agora nenhum homem pode conviver comigo.
A forma como Ramose tem feito eu me sentir cercada, mesmo enquanto durmo.
A ausência da minha mãe, um ano sem ver David.
E a ausência de Ramose.
Desde quando estar com ele tem trazido mais coisas ruins do que boas?
Desde quando?
Não sei.
O problema não é Tamit, nunca foi.
Não sei o que fazer, mas de uma coisa tenho certeza: como é fácil se contentar com pouco, quando se passa a vida numa situação de submissão e miséria. Como é fácil confundir as coisas quando se acredita que é um propósito nobre que está por trás de tudo. Mais de um: o amor e a ajuda ao meu povo. Qual desculpa veio antes para me fazer aceitar tudo isso?
Olho para cima.
— Meu Deus, eu não vou mais aceitar ser tratada assim, chega! Não vou mais fingir que está tudo bem.

O dia está clareando e eu não preguei os olhos. O sol desponta através da janela do quarto, de onde é possível ver a parte frontal do jardim. Em uma espécie de tortura autoimposta, estou aqui apoiando os braços no parapeito e tentando enxergar qualquer maldita coisa. Tentando enxergar Ramose.
Onde ele está e com quem?
Não quis descer as escadas e ir atrás dele no meio da festa, como da *outra vez*, apesar de ter tido vontade de fazer isso, muita vontade.
Agora, por exemplo, outro grupo de mulheres passa sentido à saída, seminuas e bêbadas. Rindo alto, abraçadas umas às outras, beijando alguns homens e se beijando.
— As festas aqui são sempre as melhores — uma delas fala alto, gargalhando, enquanto ajuda outra a se manter em pé.

Estou louca de raiva.

Meu rosto ferve.

Ouvi música e a algazarra de conversas a noite inteira, mas, até então, não tinha certeza se havia mulheres na festa. *Estúpida!* Mas é claro que haveria.

Especialistas no ato de amar.

Mulheres ensinadas e preparadas para se elevarem e elevarem seus amantes ao experimentarem a força divina por meio do ato sexual. Mulheres ensinadas a usar o sexo como um meio de atingir outros objetivos; magia sexual.

Assim como Anelle.

Quero bater nele outra vez.

Que ódio.

Fecho os olhos e meu maxilar trava, e, quando volto a abri-los, vejo Ramose caminhando em direção à casa, com um grupo de uns quatro homens e umas cinco mulheres. Ele está sorrindo, descontraído, de algo que o homem à sua direita fala.

É Ramsés, o príncipe herdeiro.

Um gosto amargo envolve minha boca.

Chega!

Devia confiar nele, não devia? Provavelmente, Ramose não fez nada com nenhuma delas. Isso é o que ele jura. Mas estou decidida a me impor, não é certo ele dar festas, assistir às dançarinas, e talvez até colocá-las no colo, como fez na última em que estive presente, enquanto estou trancada dentro deste quarto, sem poder nem mesmo falar ou ver qualquer outro homem. Não é certo manter a distância sem nenhum aviso ou explicação. *Não é certo eu ainda sentir tanta saudade.*

Meus olhos ardem e me deito.

Escuto a porta do quarto abrir.

Fecho os olhos.

O colchão afunda ao meu lado.

Uma mão grande laça minha cintura e me puxa até estarmos colados, encaixados.

Continuo de olhos fechados.

— Você está dormindo? — pergunta com a voz meio arrastada.

Não me mexo.

Beijos lentos são deixados na minha nuca.

— Minha lótus.

Quero falar para ele calar a boca.

Ramose provavelmente nem imagina como estou a ponto de explodir de raiva, porque, em vez de sair, ele me vira de costas no colchão e rola para cima de mim, me beijando.

— Senti tanta saudade — diz, beijando meu rosto.

— Saia de cima de mim — murmuro entredentes e observo as sobrancelhas dele se unirem. — Volte lá para baixo e peça para uma das dançarinas matar a sua saudade — grito.

Ramose não me obedece e, em vez disso, ri, debochado, bêbado, e segura meus braços, erguendo-os para cima da cabeça.

Então me beija com mais determinação.

— Você fica tão linda assim brava, com ciúme. Acho que vou fazer isso mais vezes.

Larga os meus braços e enfia a mão na gola da camisa de linho que uso para dormir.

Eu o empurro com força e ele tomba para o lado.

— Me deixe em paz.

Levanto-me da cama de uma vez.

Ramose se senta, respirando de maneira acelerada, a expressão divertida muda. O olhar se estreitando, antes de dizer:

— Você ainda não confia em mim, não é mesmo? Acha que eu fiz alguma coisa além de beber e falar com velhos sacerdotes e capitães chatos a noite inteira, tentando acalmá-los sobre as exigências de uma maior participação no governo e, assim, agradar ao faraó?

Cruzo os braços sobre o peito e mordo o lábio por dentro para não chorar.

— Onde você esteve todos esses dias?

— No palácio, apagando um incêndio causado por uma enorme revolta em terras egípcias. E nos templos em cerimônias por causa da cheia do Nilo. Onde mais estaria?

— E não podia nem ao menos voltar para casa durante a noite?

— Tive que ficar integralmente à disposição do faraó e, quando não estava com ele, estava ocupado com rituais para agradá-lo ou dormindo, o mais próximo possível, caso tivéssemos que partir para a guerra, o que eu consegui evitar.

— Dormindo com quem?

Ele se aproxima e toca o meu rosto.

— Você ainda acha que depois do juramento que fizemos eu poderia, conseguiria, me deitar com outra mulher sem morrer por dentro?

Não sei.

— Sabe o que eu acho?

As mãos dele param nos meus ombros e me apertam um pouco enquanto ele nega.

— Acho que depois que nos casamos as coisas estão piores, parece que tenho menos liberdade que antes, menos liberdade do que tinha no bairro hebreu. Você não me leva para reuniões no palácio nem me apresenta para nenhum dos seus amigos nobres. Antes, pelo menos, eu sabia quem eu era e não esperava nada diferente do que a minha condição possibilitava. Agora?

As mãos dele apertam um pouco mais os meus ombros, está incomodando, eu me contorço para me libertar.

— Agora eu não sou egípcia, nem hebreia, não sou servente, mas também não tenho liberdade, não sou nada. Apenas a mulher com quem você está transando e que tem que ficar presa no seu quarto, enquanto você trepa com outras em orgias pelo Egito.

Eu me viro para sair.

— O que mais você quer? — grita, enfurecido.

Meu corpo inteiro vibra e me volto para encará-lo.

— Quero que você não se envergonhe de mim, quero poder sair desta casa como sua esposa, quero... — Minha voz falha, meus lábios tremem. — Quero ver minha mãe e meu amigo David, poder falar com outros homens sem que isso te machuque. — E me viro para sair outra vez.

A curva do meu braço é agarrada e ele me puxa até nosso corpo colidir.

— A sua mãe? Sim, eu posso trazê-la até aqui.

Aquiesço com olhos surpresos, arregalados ante a reação meio explosiva dele.

— O seu amigo? — pergunta entredentes. — Não, Zarah, entendeu?!

— Como posso confiar em alguém que não confia em mim?

Ramose me beija, me segura. Eu o empurro, ele me segura com mais força, me beija com mais vontade. Eu volto a empurrá-lo quando ele avança para cima de mim e apoia as mãos de cada lado da minha cabeça, me encurralando.

— Eu confio em você, não confio nos olhos, na mente, na reação que você provoca nos homens. Não confio nos meus inimigos que, se soubessem o que você significa para mim, não hesitariam em te usar, te ferir para me atingir. — Me pressiona até estar colada entre ele e a parede. — Se você soubesse, se imaginasse os sacrifícios que tenho feito, as loucuras que tenho feito por você

E tenta me beijar; eu viro a cara.

— Me deixe sair. Eu quero ir embora!

Com as mãos firmes, Ramose segura o meu rosto, o ritmo de nossa respiração cada vez mais alterado.

— É tão importante assim para você ser apresentada como minha esposa? — pergunta entredentes, pelo esforço que faz para me deter.

Paro de tentar me soltar e o encaro, ofegante.

— Sim. Você não deveria ter que perguntar isso e eu não deveria ter que exigir.

Um silêncio longo se estende entre nós, antes de ele concordar.

— Está bem, prometo que farei as coisas serem diferentes.

Meu peito enche com uma respiração lenta e entrecortada.

— Quando?

— O mais rápido possível.

— Quando?

As narinas dele se expandem.

— Vou falar com o faraó amanhã, vou te apresentar à corte. Está bom assim?

— Quero ver minha mãe, quero notícias constantes do meu amigo, quero vê-lo na verdade, não quero mais que Inet relate minha rotina para você, como se isso fosse normal. Nem ser seguida dentro de casa o tempo inteiro, como se fosse aceitável. Quero que outros homens possam me olhar ou falar comigo sem que você queira arrancar os olhos deles.

E Ramose me beija, estou tão atordoada que não reajo. Os lábios deslizam até a minha orelha antes de ele falar:

— Vou trazer a sua mãe e vamos marcar uma ida para Tebas para que você visite seu amigo, mas, antes de tudo, vou te levar ao palácio e te apresentar para a corte.

— Eu não quero mais ficar sozi...

Ele me beija outra vez e a boca de meu estômago se aperta.

— Sei como esses dias em que estou mais ausente têm sido difíceis. Acredite em mim, sinto isso na pele todos os dias.

E me beija de novo.

— Mas, para que isso dê certo — prossegue, beijando todo o meu rosto —, você precisa confiar em mim. Confiar no meu amor por você, na minha loucura por você.

— E você precisa confiar em mim.

— Eu juro — ele me encara com expressão séria — que as coisas vão ser diferentes. Você, nós dois juntos, nosso amor é o que mais importa para mim. Sempre será. Está bom assim?

E me beija mais uma vez, segurando meu rosto.

— Acho que sim — respondo, desafiadora — Não quero palavras e promessas, eu quero ver e sentir isso tudo. Quero ações.

— Você vai ter ação... — vem no meu ouvido — a começar por agora.

E me beija com força, paixão, intensidade.

Retribuo meio zonza, ele introduz a língua, me desarmando aos poucos.

Os beijos continuam por muito tempo e se misturam com carícias provocativas e íntimas que me fazem arfar e tremer de desejo. Sou estimulada até todos os meus músculos tensionarem, até minhas pernas tremerem, até estar a ponto de explodir e então, provocativo, ele remove os dedos.

— Por favor, por favor — peço, incoerente, desesperada.

Ramose me carrega para a cama, me colocando de bruços, afundo entre os lençóis macios. Meus quadris se movem involuntários atrás do alívio. Ele remove a minha bata e abre um pouco as minhas pernas.

— Diga que acredita em mim. Pare de me torturar falando que vai me deixar. Diga que é minha.

— Sim.

— Jura?

O dedo dele escorrega de dentro de mim até a abertura entre minhas nádegas, ele ergue minha barriga com uma almofada e se deita sobre mim, espalhando minha umidade ali atrás, enquanto a outra mão desce entre minha barriga e o colchão até o meio das minhas pernas, me estimulando. Um arrepio poderoso sobe pela minha coluna, conforme um dedo invade devagar a abertura entre as nádegas.

— Jura que é minha? — repete movimentando o dedo ali atrás, e eu me contorço com um prazer intenso e visceral.

— Sim, eu juro.

— Quero te amar de todas as maneiras.

Um gemido involuntário escapa do meu peito.

— Deixa? — pergunta no meu ouvido.

Só consigo concordar, dividida entre a excitação, o estranhamento e a ansiedade, e não consigo falar mais nada que faça sentido, por muito tempo.

31

Tamit

Ramose perdeu de vez o juízo.

Daqui a alguns dias vai apresentar Zarah ao faraó. À corte. Como se ela fosse uma nobre egípcia, como se ela não fosse uma hebreia, uma servente.

Como se ele não estivesse prometido para a cunhada do grande Hórus.

Justo agora, que Sethi I não está feliz com a perda de um território recém-conquistado.

Como Ramose pode pensar em pôr tudo a perder desse jeito?

Como pode não pensar pelo que lutou a vida inteira? Pelo que lutamos?

Tem dez dias que Kya, acompanhante de confiança que serve a princesa Néftis, me procurou. Naquele momento, nem pensei em falar a verdade, isso seria um tipo de traição a Ramose, mas diante do que acabo de ficar sabendo — do jantar no palácio, Zarah sendo apresentada ao faraó — ou faço algo mais drástico ou Ramose perderá tudo, inclusive o posto de comandante das tropas reais, tenho certeza.

Enquanto caminho pelos corredores em direção à ala onde a princesa Néftis mora, lembro-me das palavras de Kya:

— *É verdade que Ramose está muito envolvido com outra mulher, por isso tem protelado o anúncio do casamento com a princesa?*

Arregalei os olhos e minha boca secou. Sabia que algumas pessoas vinham comentando e criando teorias sobre isso, ideias fomentadas por Khafre, o nobre que deseja o cargo de vizir e que foi humilhado por Zarah na frente de

Ramsés. Como, depois disso, Ramose cogita trazê-la ao palácio e apresentá-la ao faraó?

— Imagina, Kya, de onde você tirou isso? — menti descaradamente, como se fosse um absurdo o que acabara de ouvir. — Ramose esteve muito envolvido com a questão de Cadexe nos últimos meses e Néftis está terminando os estudos no templo de Mut, ele jamais traria uma desonra dessas à princesa.

Notei Kya suspirar.

— Ainda bem, minha amiga, porque foi a própria princesa que ouviu de Khafre e veio me contar, aos prantos. Você sabe que ela espera esse casamento desde que completou catorze, três anos atrás, e é fascinada por Ramose. Jamais perdoaria uma traição dessas.

Minhas mãos molharam.

— Imagina, deixe claro para a princesa que ela não tem com que se preocupar, tenho certeza de que Ramose está ansioso para oficializar a união.

Passo por uma praça entre as alas do palácio.

E o mais absurdo é que isso é verdade, Ramose tem protelado, praticamente negado, usando de todas as desculpas possíveis e imaginárias para não se unir a Néftis.

Estou decidida a agir e, se mesmo assim ele não repensar seus atos e isso for o fim dele, o fim de sua carreira e respeito, ao contar tudo para Kya, garantirei que não vou afundar com Ramose. *Por mais que eu o ame, por mais que meu coração esteja sangrando.*

Respiro devagar, raiva e ciúme se misturam em meu sangue e me impulsionam a andar mais rápido. Sei que o que vou fazer agora, se não o salvar, o destruirá. Que os deuses me guiem. Que os deuses o guiem.

— Bom dia, Tamit — Kya levanta os olhos do adorno de cabelo que ela monta junto a uma outra ajudante.

— Bom dia, posso falar a sós com você?

— Por favor — diz para a criada —, me espere na antessala, eu já te chamo para terminarmos.

Observo as colunas enormes e a varanda com vista para o Nilo e, ao fundo, as pirâmides. O alto pé-direito confere um frescor ao ambiente.

Espero a garota sair para falar:

— A princesa está?

— Está treinando no coro de Amon.

Suspiro.

— Ela está empenhada, como deve ser toda a companheira e esposa de um homem que possui algum poder sobre o Egito.

— Sim, é claro — Kya concorda — Aliás, tenho uma boa notícia para te dar.

E eu tenho uma péssima.

— O quê?

— Ramose e Néftis tiveram mais um encontro, ela está mais calma e parece cada vez mais interessada. Vive suspirando pelos cantos e, você sabe, Ramose é um homem atraente, magnético, ela será esposa do vizir do alto Egito, e não vê a hora de se mudar para Tebas, a cidade onde nasceu. Você tinha razão, tudo dará certo.

— Que bom, Kya, você deve estar feliz também.

— É claro que sim, ser criada pessoal da esposa do vizir é uma honra. Além disso, minha família também mora em Tebas, finalmente poderei me juntar a eles quando os dois estiverem casados e Ramose assumir o cargo.

Faço uma pausa pensativa e tensa antes de falar.

— Temos de lidar com um fato que pode se tornar um grande empecilho em nosso caminho.

— Como assim?

— Primeiro, minha amiga, devo te pedir perdão por não ter mencionado antes e principalmente quando você trouxe esse assunto à tona dias atrás. É que realmente não vi a necessidade. Mas agora, diante do jantar na corte que se dará em breve e do que tomei conhecimento, terei que falar tudo abertamente.

— O quê, Tamit? — Kya pergunta, nervosa.

— Não mencionei antes porque eu mesma tentei negar a seriedade do assunto por um tempo. Mas antes quero a sua palavra de que, se as coisas não saírem como planejamos, eu não serei levada à ruína pelas ações vergonhosas do comandante.

Os olhos escuros se arregalam.

— Sim, você tem minha palavra. Agora fale logo, pela deusa, quer me matar de angústia?

Faço uma negação antes de prosseguir:

— Você me diz que Néftis está fascinada há tempos por Ramose, correto?

— Sim, você sabe que sim.

— Pois bem, você também já me deixou claro que ela não aceitaria Ramose ter uma primeira esposa?

Os olhos ficam maiores

— Não. Néftis é voluntariosa, mimada e orgulhosa demais, ela jamais aceitaria isso.

Abaixo o tom de voz:

— E se essa mulher nem mesmo egípcia fosse; na verdade, se ela fosse uma hebreia escravizada que recebeu um nome egípcio e que é a dona do coração dele, qual você acha que seria a reação dela?

— Tamit, isso é verdade?

Concordo, abatida.

— Ele quer apresentá-la à corte daqui a alguns dias, o jantar já está marcado. Ramose está... ele não raciocina direito desde que essa mulher entrou na vida dele.

Kya leva as mãos à boca:

— Por todos os deuses, e agora? Se eu conheço a princesa, tenho certeza de que ela ficará desolada e revoltada. Acredito que exigirá vingança e pedirá para o faraó desfazer o compromisso.

— Portanto, Kya, se quer vê-la feliz e casada com o vizir do alto Egito, o que também garantirá seu prestígio e conforto, e o meu próprio, deve fazer chegar ao ouvido dela que existe essa mulher na vida dele e quem ela é de verdade. Deve instruí-la a agir no dia do jantar na corte, exatamente como vou falar agora.

E, mesmo assim, tudo depende de como Ramose reagirá. O que ele fará? Somente os deuses sabem.

32

Amo ficar com os pés no lago.

O barulho que a água faz em contato com a pele.

O frio reconfortante se espalhando pelo corpo e refrescando o calor do sol.

Faz um mês da festa. Trinta dias que encontramos um jeito diferente de levar as coisas entre nós.

Ramose não pede mais os relatórios sobre a minha rotina e os soldados voltaram a frequentar a casa, bem como, um jardineiro novo. Kanope não apareceu mais, porém, Ramose, me garantiu que o jovem está bem e se mudou para outra cidade.

Voltei a sair de casa todos os dias acompanhada de Inet e Zaid. Fecho os olhos e mexo os pés na água lembrando que faz uma semana que algo muito intrigante e assustador aconteceu: em um desses passeios diários, tentei encontrar a casa de Yana. Queria muito conversar com ela outra vez. Caminhamos por um tempo até finalmente acharmos a rua tranquila e repleta de estátuas e amuletos.

Mas, de algum jeito, tudo estava diferente.

As cores não pareciam tão vivas, os sons não eram hipnotizantes, a música não tocava e o aroma de flor e incenso era mais fraco, menos perceptível. A tinta da porta azul parecia mais gasta, diferente. Mesmo assim, eu bati algumas vezes até..

— Você está procurando a dona desta casa? — uma mulher que passava na rua me perguntou.

— Sim, estamos — respondeu Inet.

— Ela foi para o mundo de Osíris já tem três anos.

Meu pulso acelerou. Não pode ser.

— Tem certeza? Há apenas alguns meses visitei uma senhora, ela me disse que morava aqui, cabelos brancos, usava bengala.

A mulher franziu o cenho.

— Ninguém mais morou aqui, e pela sua descrição parece a senhora que ocupou esta casa durante alguns anos.

— Obrigada — Inet agradeceu e segurou meu cotovelo.

Minha visão escureceu e me sentei no degrau na frente da porta.

— O que está acontecendo? Meu Deus! Tenho certeza de que eu a vi três vezes, não apenas a vi como conversei com ela, entrei nesta casa.

Inet se sentou comigo e segurou minhas mãos entre as dela.

— Fique calma, você deve ter sonhado e...

— Não, tenho certeza de que... Não tenho certeza de mais nada. Ela disse que se chamava Yana, o mesmo nome hebreu da mulher que ajudou a criar Ramose. Ela...

— Fique calma — pediu Inet, com expressão assustada — Às vezes, os deuses enviam o espírito de alguém que já se foi para nos ensinar algo. — E apertou um pouco as minhas mãos.

Respirei fundo e esfreguei os olhos com os dedos trêmulos, tentando me lembrar dos dias em que a vi, das coisas que ela me falou, da sensação boa que ela sempre me passou. Mas como?

— Seja como for — afirmo tentando me acalmar —, acho que foi algo bom, talvez um anjo de Deus. Talvez...

— Vocês estão precisando de ajuda? — perguntou Zaid ao se aproximar.

— Não. — Inet se levantou e me puxou para levantar também. — Vamos indo.

Assim que Zaid e os dois outros soldados que sempre nos acompanham se afastaram um pouco, ela abaixou o tom de voz e falou:

— Não conte isso para ninguém, nem mesmo para Ramose.

Franzi o cenho.

— Por quê?

— Para alguns, ver ou falar com pessoas que já se foram não é sinal de bom agouro. Significa que o Ka da pessoa não se reuniu com as outras partes e está vagando, perdido.

Minha barriga gelou e um arrepio cruzou minha nuca.

— E para você?

— Eu acredito que, se você se sentiu bem ao vê-la, não há de ser nada ruim.

— Sim, eu me senti bem.

Desde que isso aconteceu, eu tenho rezado a Deus por respostas. Mas nunca, nem mesmo quando me lembro do absurdo que aconteceu, sinto medo. Tenho cada vez mais certeza de que a senhora que eu vi era uma mensageira dele, e não uma alma perdida.

Respiro fundo e sorrio quando um macaquinho com dedos ágeis pega um pedaço de fruta e desvia minha atenção para o presente. Ele a cheira, olha para os lados, desconfiado, e depois a come.

Uma chuva de pétalas cai sobre meu rosto, viro o pescoço para cima, surpresa, e encontro Ramose me encarando com tanta intensidade que meu pulso acelera.

Eu me levanto, o abraço com força e o beijo.

— Oi — diz baixinho —, minha lótus, minha rainha. Dona da minha eternidade.

Os lábios mornos deslizam pela linha do meu maxilar.

— Eu te amo.

— Tenho uma surpresa para você — diz no meu ouvido. — O jantar que te prometi na corte será daqui a dois dias.

— É verdade?

— Sim, Muyeti, entendi que já devia ter feito isso faz tempo, não só porque você quer, mas por mim também.

Meus lábios colam nos dele e eu o beijo repetidas vezes, sorrindo. Há tanto tempo sonho com a certeza de que teremos uma vida normal, sem precisar nos esconder e sem temer nossas diferenças.

— Inet te ajudará a se arrumar — afirma, beijando minha testa.

Os lábios se curvam num sorriso fraco. O olhar se desvia para o chão.

— Mas será preciso que você siga algumas recomendações.

Concordo, despreocupada, e deixo meus lábios escorregarem por todo o seu pescoço, sentindo o gosto meio salgado e o cheiro de sândalo de Ramose. Meus dedos deslizam pela barriga dele, percorrendo as linhas dos músculos definidos e Ramose arfa, antes de eu responder:

— Tudo bem.

— Além disso, um dia após o jantar, já organizei a vinda de sua mãe para cá
Sorrio ainda mais.

— E, antes que você me pergunte outra vez, nós poderemos ir para Tebas daqui a um ou dois meses, para visitar seu amigo e a nova família dele. Parece que a esposa está grávida

Meus olhos se enchem de lágrimas e eu sorrio emocionada

— David queria tanto uma família, isso é maravilhoso.

— Fico muito feliz em te ver assim, tão feliz.

Eu o abraço com força e coloco a mão dele sobre minha barriga

— Quem sabe um dia também seremos abençoados.

Ele beija minha testa e minha boca e me leva para o caramanchão central no colo e me ama como se fosse a primeira vez.

Tudo no palácio é ouro, ébano, marfim e mármore. Tudo é cor, luxo, ostentação e deuses egípcios, e tudo me deixa com a sensação de que sou pequena, de que devo me curvar, de que aqui mora um deus.

Até que me lembro de quem construiu tanto luxo, quem colaborou para erguer esse monumento, tanta riqueza, tanta imponência

Nós.

Nosso povo.

E outros subordinados.

Nosso sangue e suor.

Nosso trabalho.

Não é um deus que mora aqui, é um homem que pensa ser um deus. Que pensa que os outros não têm Deus. Que se acha maior e se vale dessa crença para se sobrepor.

Depois do jantar, da música e das dançarinas, me sento num espaço confortável junto a outras mulheres, com exceção da rainha Tuya e de uma jovem, que, reparo, se senta à mesa ao lado de Ramose. Todas as mulheres foram acomodadas numa área reservada

Vez ou outra Ramose corre os olhos por cima dos rostos até me encontrar. E sorri, discreto, em minha direção. A jovem esposa de um sacerdote conversa comigo sobre a honra de estar em uma festa no palácio. Diz se sentir importante por isso. Diz que, se o próprio faraó, o deus encarnado, a recebeu em sua casa, ela tem a glória da vida eterna garantida

A tal história da vida eterna nos Campos de Aaru.

Acho curioso como a vida é feita de histórias que contamos para nós mesmos e, quando acreditamos nelas, as fazemos ser reais para os outros também.

Antes de nos sentarmos, antes de Ramose ser deslocado para o lado da família real, como se fizesse parte dela, esteve ao meu lado, me cercou de carinho, atenção e orientações.

— Não olhe para ninguém por tempo demais, Khafre não está na cidade e isso é um alívio. Mesmo assim, não fale a não ser que perguntem algo diretamente a você. Avisei ao faraó que traria uma acompanhante, é a primeira vez que faço isso, e nos conhecemos desde que eu era criança, é natural que esteja curioso para te ver. Provavelmente, após o jantar, vão te chamar para se juntar a mim. E quando estiver na presença do faraó, não o olhe diretamente, não fale nada, deixe que eu faço as apresentações e cuido de responder o que for perguntado.

— Isso tudo porque eu sou hebreia?

— Não, minha lótus, seria assim com qualquer mulher que me acompanhasse para ser apresentada a ele.

Então, acho que é normal estar um pouco nervosa enquanto sigo dois guardas para um salão ao lado do ambiente onde aconteceu o jantar.

É a sala do trono, cercada por pilastras enormes.

A luz das tochas joga nuances laranja e vermelhas em cima de deuses gigantes de ébano e ouro, sentados junto ao trono. Como se pudessem criar vida e falar no lugar do faraó, da rainha e de uma jovem — a mesma que se sentou ao lado de Ramose e de Ramsés durante o jantar. Reconheço o príncipe e acho que ele também se lembra de mim, porque acaba de sorrir em minha direção.

Duas dezenas de olhos me fitam de rostos pouco amistosos, entre soldados, conselheiros e outros nobres, militares ou sacerdotes importantes. Meu pulso acelera, meus olhos encontram os dele. Ramose está... *Que expressão é essa?*

O cenho franzido de leve e os olhos inquietos.

Conheço esse olhar.

Algo não está bem.

Ele pede licença ao faraó e murmura ao se aproximar:

— Algo não está certo.

Prendo a respiração e minhas mãos molham. Ele se vira e faz uma reverência

— Majestades, essa é Muyeti, a jovem que tem sido minha companheira nos últimos meses.

— Ela é realmente uma beleza rara — diz o faraó. — Bem como você a descreveu.

Ramsés volta a sorrir para mim antes de falar:

— Ela é uma das jovens mais belas e... decididas que já conheci.

— Eu não me importo — a jovem ao lado da rainha alarga os ombros e aumenta o tom de voz, e o salão fica em silêncio antes de ela prosseguir — que você traga suas amantes preferidas à corte, meu futuro esposo, contanto que conheçam o próprio lugar como servas. Aliás — acrescenta, indo em direção a Ramose —, não seria um ótimo momento para anunciarmos a todos o nosso noivado?

— Néftis — diz ele baixinho, mas eu escuto. — Não tínhamos combinado de esperar mais um ano? Quando finalmente você teria acabado seus estudos?

Mal escuto o que Ramose acabou de falar, pois as palavras *futuro esposo* dão mil voltas na minha cabeça.

— Não é uma obrigação imposta, a não ser que seja um impedimento para você, é? — pergunta ela, olhando diretamente para o faraó.

— Tínhamos combinado de esperar, entendendo que Néftis não se sentia pronta, mas, pelo visto, as coisas mudaram. — Os olhos delineados do faraó cravam em mim. — Existe algum outro motivo para você não querer se casar agora com minha cunhada? Com minha irmã?

Ramose curva um pouco a cabeça em sinal de respeito.

— Não, majestade, será a maior das honras.

Entreolho o faraó e sua esposa e então a jovem com a pele marrom-clara, curvas generosas e lábios cheios que agora toca o rosto de Ramose em um gesto íntimo, um gesto de quem já fez isso outras vezes.

Mentira.

Minha respiração falha.

Ramose me encara.

— Diga que é mentira — murmuro em hebreu, não me importo mais que saibam minha origem.

— Eu sinto muito — ele responde também em hebreu. Os olhos turvos, embaçados, sem brilho. — Não era para ser desse jeito.

— Uma hebreia? — a jovem prossegue, impune, e se aproxima de mim, desliza os dedos na curva do meu maxilar. — Sua beleza é realmente impressionante.

— Não — Ramose pede entredentes —, deixe-a
A jovem agora toca as minhas pálpebras.
Meus olhos se enchem de lágrimas.

— Impressionante — ela continua, atrevida —, são azuis. Acho que nunca vi iguais.

— Não faça isso, Néftis — Ramose repete mais enfático, as mãos visivelmente trêmulas.

— Atenção! — o faraó anuncia com a voz firme, segurando dois cetros de ouro com as mãos cruzadas sobre o peito, igual ao deus que lhe faz companhia — É um excelente momento para oficializarmos a nomeação de Ramose como vizir do alto Egito e meu futuro irmão, já que se casará na próxima lua cheia com Néftis, a irmã mais nova da minha rainha

E todos explodem em saudações e felicitações.

Meus olhos escorrem como o Nilo rebelde, volumoso, abrindo um leito em meu rosto, no meu coração, na minha alma

— Você vai se casar? — pergunto para Ramose, que se desvencilha de um nobre entusiasmado ante sua recente nomeação

Néftis se aproxima dele, segurando-o pela mão, sem deixar de me olhar.

— Mas eu sou a esposa dele — digo em egípcio, com os lábios secos, e busco os olhos escuros, busco apoio, confirmação

— Esposa? — Néftis sorri. — Imagine. Ela é apenas uma servente hebreia

Olho para a frente e encontro Ramsés me encarando com uma expressão que julgo ser de pena

A resposta de Ramose faz o resto do meu coração se estilhaçar. Ele foge, faz uma negação com a cabeça, desolado, e olha para o sacerdote que vem felicitá-lo e à irmã da rainha, pelo casamento e pela recém-nomeação

— Quando nos casarmos — Néftis fala para ele —, não quero que essa servente more na nossa casa. Faça o que bem entender, mas essa mulher não morará na nossa casa, entendeu?

Ramose toca o rosto dela, acalmando-a, um corte fundo no meu coração, e beija-a na testa Outro corte. Viro o rosto para o lado. Não quero mais ver nada Não preciso

Não sei quanto tempo passa até a algazarra de vozes diminuir na sala e Amsu parar na minha frente. Junto dele.

Junto de Ramose.

— Zarah — ele me chama, abatido —, Amsu a levará para casa.

— Você vai se casar?

Os olhos baixam para o chão todo esculpido com desenhos de pássaros, pessoas, rios, flores e deuses.

— Falamos sobre isso depois. — E faz menção de sair da minha frente, mas antes murmura em hebreu: — Não se esqueça de quem você é para mim, minha lótus.

Fito minhas mãos entrelaçadas, os dedos brancos e cheios de anéis, as pulseiras de ouro que cobrem meus braços, o tecido da saia tão luxuoso e brilhante.

O problema, constato, é que esqueci quem eu sou para mim.

Viro para Amsu, que toca o meu ombro, me impulsionando a andar. Mas, antes de sair, escuto a voz do faraó, alta, imperiosa, inquestionável:

— Uma hebreia, Ramose?! Você me disse que ela não era egípcia, mas não que era uma jovem saída dos meus bairros hebreus, sem minha autorização.

Amsu tenta fazer com que eu ande mais rápido, mas minhas pernas paralisam. Escuto Ramose responder:

— Me desculpe, majestade, não achei que isso seria um problema.

— Se todos os nobres começarem a achar que não é um problema deslocar hebreus para Mênfis, daqui a pouco as obras que tenho de fazer não serão concluídas.

E um coro de risadas ecoa pela sala. Amsu me impulsiona a andar outra vez, eu não me mexo. *Nunca deixei de ser escravizada e nunca fui tratada de forma diferente. Por isso eu era um segredo.*

— O senhor tem razão, grande Hórus — Ramose volta a se desculpar. — Foi um erro não ter pedido sua autorização, me perdoe.

— Está bem, sem ressentimentos, afinal em breve você será parte da minha família. Apenas me tire uma dúvida: e se ela engravidasse? E a profecia que você ajudou a confirmar?

Que profecia?

— Quanto a isso, majestade, ela toma um chá para evitar a gravidez.

O quê? Meus dentes batem uns contra os outros.

O chá?

O maldito chá que ele me faz tomar todos os dias, desde a nossa primeira noite juntos, é para isso? Para evitar que eu fique grávida? Mordo o lábio por dentro. No que mais Ramose mentiu para mim?

— Sendo assim, depois que você se casar com minha irmã — escuto a voz do faraó mais distante, voltei a andar sem nem perceber —, traga-a até aqui outra vez. Ramsés me disse que se encantou com ela. Se o príncipe ainda a quiser, a jovem pode ser devidamente preparada e terá a honra de servir ao futuro Hórus.

Não escuto a resposta. Saio da sala, seguindo Amsu, sem querer ver ou ouvir mais nada.

Seguro as mãos dele com força.

— Que profecia, Amsu? Do que o faraó falava?

Ele me encara, condoído.

— Sinto muito. — E não fala mais nada.

Eu também sinto.

Esta noite não me deito numa cama.

Nem no quarto luxuoso.

Esta noite, não me deito entre lençóis de linho puro, nem nos braços do homem que acredito amar.

O amor que me fez esquecer meu lugar. Meu povo. Que me fez esquecer quem eu sempre serei diante de um egípcio: uma serva. Não importa quanto ele jure me amar. Que me fez esquecer minha força e, talvez, minha dignidade.

Ramose vai se casar com uma princesa.

Desde quando ele sabe disso?

E sobre o que mais mentiu?

Esta noite, me deito no fim do jardim, embaixo de uma palmeira, e durmo sobre uma esteira, encostada no muro.

Esta noite, quero esquecer tudo e talvez, com sorte, lembrar.

Peço a Deus, antes de dormir, um conselho, imploro aos anjos por ajuda e sonho com Yana, ela me pede para que eu volte a acreditar.

— Graças a Amon. — Beijos pelo rosto me fazem abrir os olhos. — Por Amon, Muyeti. — E me ergue, me abraça, me beija, me sustenta entre os braços.

263

— Estou há horas atrás de você, coloquei cem homens para varrer as ruas, os bairros. — E beija minha boca. — O Egito, se fosse preciso.

Entorpecida pelo sono, pelo sol, pela verdade se infiltrando na minha consciência como o calor sobre a pele, não reajo e Ramose me abraça e beija o topo da minha cabeça, repetidas vezes.

— Por que você dormiu aqui? — Mais beijos pelas faces. — Achei que você tivesse fugido. Não faça mais isso, lótus, não suma mais assim.

Fugido. E não ido embora.

Devagar, me desvencilho, Ramose para, surpreso, resfolegado. Viro o pescoço para cima e olho para céu.

Estamos no fim da manhã.

— Você vai se casar com outra.

Ele nega com cabeça.

— Você sempre será a minha única mulher.

— Vai se casar com Néftis, com a mulher que me humilhou. Você não fez nada — afirmo, me afastando de vez.

— Eu não tive escolha.

— Não teve?

— Se eu reagisse, se eu... eles te matariam, me puniriam.

Eu me levanto, ele me segue.

— Você partiu meu coração.

— Não eu... — e me abraça — não, nunca.

Rio com um soluço e o empurro, vou em direção à casa.

— Tudo foi uma mentira, não foi? — pergunto em hebreu. — As juras, o casamento, as promessas?

— Como você tem coragem de falar isso? — rebate em egípcio.

— Nunca tive escolha, não é mesmo? Ir embora, não vir para cá, não te aceitar, não ser tocada por você?

— Você está brava, está machucada, eu entendo — fala resfolegado. — A noite foi um pesadelo para mim também, Muyeti, não finja que somente você foi atingida.

— Tem razão. — Paro no meio do jardim e me viro para ele. — Você foi promovido a vizir, ficou quieto e deixou a sua princesa me lembrar do meu lugar de serva, comemorou seu casamento na minha frente. Eu disse que era sua esposa e você fingiu não ouvir. E, por fim, meu nome não é Muyeti, é Zarah.

Ramose me segura pelos ombros.

— Não queria esse casamento, lutei para adiá-lo o máximo possível, lutei para não levá-lo adiante. Mas fiquei sem escolha, encurralado, tão sem saída quanto você.

— Para o que mais você não teve escolha? — volto a falar em hebreu, como se a minha língua de origem pudesse, de alguma maneira, me resgatar.

— Não percebe? Foi por ter te levado à corte que tudo aconteceu! Se você não tivesse pedido, se não tivesse insistido nessa ideia de conhecer o faraó e...

— A culpa é minha, então?

— Você queria que eu desafiasse a cunhada do faraó? O próprio faraó? Seríamos ambos condenados à morte. — Aperta um pouco as mãos em volta dos meus braços. — Você jamais seria mumificada e eu perderia todas as honras e benefícios, nunca nos encontraríamos nos Campos de Aaru.

Baixo as pálpebras. A água dos olhos esfriando minha pele quente.

— Eu não estou preocupada com isso, nem sei se acredito nesse paraíso que você enaltece tanto.

Ele cola a testa na minha, respirando com peso, parecendo mais obcecado que nunca.

— Nunca mais fale isso, entendeu? Eu te proíbo. — Vai até minha orelha. — Você não pode falar isso, lótus, senão nunca nos acharemos após a morte.

— Você arrancou meu coração ontem e é só com esse inferno de vida após a morte que se preocupa, *meus Deus*! Chega! — Eu me desvencilho com força e saio correndo para dentro de casa.

— Volte aqui — grita ele, atrás de mim.

Entro na sala, olhando para os lados, devagar me acostumo com a pouca claridade. Nem sei o que estou procurando.

Sim, sei, a saída. A saída de toda essa loucura.

Ramose me segura outra vez, me vira para ele. Nossa respiração acelerada e desencontrada.

— Quando ela vem morar aqui? A sua esposa.

— Você é a minha esposa.

— Quando ela vem morar aqui? — pergunto mais alto.

Faz uma negação com a cabeça e fecha os olhos antes de responder:

— Daqui a um mês.

— E eu?

As pupilas passeiam inquietas pelo meu rosto.

— Eu serei o próximo vizir. E se isso acontecer, daqui a alguns anos, terei prestígio suficiente para te trazer para casa. Você poderá humilhá-la, fazer o que bem entender.

— Você acha que é isso que eu quero? — Eu o empurro. — Vingança?

Os soldados e criados param o que estão fazendo e nos encaram curiosos, assustados. Inet, com olhos arregalados, me fita da entrada da sala, fazendo uma negação com a cabeça. *Me aconselhando a parar.*

Minha mão é agarrada e sou puxada em direção ao quarto.

— O que mais você quer? — esbraveja, subindo a escada — Você tem tudo, minha paz, minha eternidade, meu coração, o que mais você quer?

Paro por um tempo, respirando de maneira acelerada, tentando pensar no que realmente quero. Sei o quero. Quero que o amor dele seja tão grande quanto o meu, quero que ele renuncie ao que acredita precisar e nos liberte.

— Quero que você não se case com ela, quero que você renuncie a toda essa loucura de poder e vá embora comigo para uma terra distante, onde seremos iguais, onde serei livre e nosso amor também.

Passa as mãos nos olhos.

— Eu não tenho esco...

— Escolha, eu sei.

Ramose me encara com lágrimas nos olhos.

— Por que o faraó falou sobre uma profecia, sobre não podermos ter filhos? Uma profecia que você ajudou a ler? — Estreito os olhos. — E sobre o chá que você me faz tomar todos os dias?

Ele empalidece.

— Eu ouvi — afirmo.

Cobre o rosto outra vez, sacudindo a cabeça.

— Pelo amor do meu Deus ou do seu. Não esse assunto, não agora.

Respiro de maneira falha, descrente.

— Vou perguntar para Tamit, tenho certeza de que ela saberá sobre o que o faraó falava e ficará feliz em me contar. Ou para Inet, ela é minha amiga, sabe?!

E faço menção de sair do quarto. Sei que alguém me contará. Imagino, pela reação dele, que é algo muito difícil, algo que talvez me faça... odiá-lo?

Não. Isso não, meu Deus, por favor, que não seja o que estou pensando.

Ramose se senta na cama, apoiando as mãos na cabeça, e começa a bater os dois pés no chão freneticamente.

— É um chá para evitar gestação.

Mordo a bochecha por dentro para fingir que não tomei um tapa na cara.

— Foi o que achei ter ouvido.

— Você me disse uma vez que não queria ter filhos.

Aperto as mãos ao lado do corpo.

— E você me disse que eram ervas afrodisíacas.

— E são... também.

Permanecemos nos encarando em silêncio, ele ainda batendo os pés, agitado, eu ainda apertando as mãos ao lado do corpo.

— Não queria filhos que fossem oprimidos pelos egípcios. — Arregalo os olhos me dando conta — Meus filhos seriam serventes, mesmo que você fosse o pai. É isso?

— Não é nada disso. É só que achei, tinha certeza de que você não se importava e eu não... — Esfrega os olhos. — Pelo amor de Amon, nós nunca mais falamos sobre isso. Tinha certeza de que você sabia que o chá, além de ser afrodisíaco, não te deixaria engravidar.

— Acho que não me esqueceria disso. Além do mais, eu te falei dias atrás que poderíamos ser os próximos abençoados, quando me contou sobre David, que será pai.

— Eu não me lembro.

— Você só se lembra do que é conveniente.

— E você está sendo injusta.

Respirações aceleradas. Aperto os olhos, meu maxilar dói de tanta tensão.

— E a profecia?

Ramose volta a bater os pés e esfrega as mãos no rosto ao mesmo tempo.

Estou chorando antes de ouvir, porque uma parte minha sabe a resposta, mas não quer acreditar. *Não posso acreditar.*

— Eu também sou um sacerdote, você sabe.

Concordo.

— E, alguns anos atrás — começa com a voz baixa —, o grande Hórus pediu minha ajuda para confirmar uma profecia. Precisava acalmar o rei, precisava ganhar ainda mais sua confiança e dar algo que indicasse a ele que, apesar de não parecer, nós ainda tínhamos o controle, o poder de ouvir os deuses.

— E o que você fez? — pergunto com a voz quebrada, cada pedaço do meu coração sendo estilhaçado com o som.

Ele me encara, culpado, envergonhado, arrependido.

Não, Ramose. Por favor, não.

— Confirmei a leitura do primeiro profeta, a profecia que fala que está para nascer um menino que libertará todos os hebreus escravizados e os tirará do Egito.

— Não — cubro a boca com as mãos —, isso não!

Ele se levanta, afoito.

— Não fui eu quem teve a visão, foi o primeiro profeta, eu apenas, apenas achei que também tinha visto e...

Tapo a boca e engulo um gosto amargo.

— Por isso os rumores de que os soldados têm matado recém-nascidos hebreus?!

— Eu não ordenei isso!

Tento puxar o ar, mas ele não vem. Busco mais uma vez, só que não é suficiente. Minhas pernas fraquejam e eu só preciso sair daqui.

— Já li outras profecias que dizem o contrário — prossegue, afobado, e se levanta — Já tentei fazer o faraó mudar de ideia, mas ele colocou na cabeça que o Egito está sob algum tipo de ameaça.

Minha visão escurece.

— Foi por isso que se aproximou de mim, ajudou o meu povo, por culpa?

— Pare!

— Você mentiu para mim o tempo inteiro.

— Não — murmura

Começo a andar para trás.

— Você nunca quis ajudar meu povo de verdade.

— É claro que...

— Espera! — paro, horrorizada — Você teria de matar nosso filho, se ele fosse um menino?

— Não! Isso está indo longe demais! — urra

— Por que não posso ver minha mãe? E o David, você mentiu sobre ele também?

— Por que sempre esse assunto sobre o seu amigo de novo e de novo e de novo? — repete, fora de si. — Por quê?

Ando um pouco mais para trás, saindo do quarto.

— Por quê? — Minhas pernas hesitam. — Achei que Deus tivesse me reservado um destino, uma missão especial. Achei que você... — cubro a ânsia com as mãos — que você fosse diferente, que você se importasse. Mas não tem nada de bonito no que vivemos, tem?

Ramose segura meus ombros com força.

— O que posso fazer? — esbraveja — O que mais você quer para acreditar em mim?

Lembro-me de Yana, acho que ela tentou me ajudar, me alertar para que eu voltasse para meu povo. As palavras dela fazem sentido agora: *Volte para sua essência*. Ela se apresentou como cega porque acredito que fui eu quem estive sem enxergar todos esses meses.

— O que eu quero? — grito outra vez. — Quero voltar para minha casa, para meu povo.

Ramose tenta me abraçar e beijar minha boca, uma mistura de braços, empurrões e lágrimas.

— Aqui é a sua casa.

— Mentira.

E me abraça, alheio, ofegante, sem culpa, como se não ouvisse uma palavra do que falo, como se não as entendesse. Talvez nunca tenha entendido.

— Vou dar um jeito em tudo, vou cuidar para que tudo fique bem, minha lótus — arfa — Não fale mais nada, confie em mim uma última vez. Eu vou consertar as coisas.

— Essa promessa de novo? Não acredito mais nas suas promessas. Em nenhuma delas, em nada do que você diz.

Tento me soltar, mas Ramose é tão mais forte, me segura com um desespero tão grande que machuca meus braços.

— Se você me esperar. Em poucos anos, sei que teremos tudo, eu e você, nunca mais precisaremos nos separar ou nos esconder... eu sei.

— Poucos anos? — arquejo. — E você me manterá trancada enquanto isso? Enquanto copula com a sua princesa e mata bebês inocentes do meu povo?

— Chega! — ele urra enfurecido.

— Ou então — também estou fora de mim por completo — me leve para o faraó, parece que o príncipe tem interesse em me transformar numa amante qualquer, pelo menos não mente sobre quem eu serei para ele, ou sobre as atrocidades que tem feito com meu povo.

— Cale a boca — Ramose segura minhas bochechas. — Nunca! Você é minha. Minha metade, meu amor, minha vida.

Eu o empurro com toda a força e arranco a ankh do cordão no meu pescoço, jogando-a longe. Escuto o baque da peça batendo contra o chão de pedra.

— Eu não sou sua, Ramose, porque você nunca foi meu.

O rosto dele se transfigura.

— Você não tem escolha, nós pertencemos um ao outro.

Ele se afasta e, em seguida, se curva para pegar a ankh. Quando volta tentando colocá-la em mim, eu luto para não deixar, o que torna os movimentos dele mais bruscos. Eu o arranho, ele me imobiliza. Já não sei mais o que acontece, eu o empurro, ele me empurra em direção ao quarto, dou um passo em falso. A última coisa que vejo são os olhos pretos enormes e a expressão de pânico se instalar no rosto de Ramose, antes de o mundo girar e tudo ficar escuro.

33

David

— $\mathscr{E}$stá feito — afirmo, com as mãos trêmulas e ainda sujas de sangue. Sebak, vice-capitão egípcio aqui na Núbia, arregala um pouco os olhos, surpreso.
— Você tinha dito que não faria.
— Eu mudei de ideia.
Ele arruma os braceletes de ouro, metal explorado das minas onde sirvo agora, e um sorriso discreto curva a boca larga.
Estou nas minas da Núbia por tempo demais, meu corpo, minha mente, minha alma, cada vez mais castigados. As condições de vida daqui são ainda piores que no bairro hebreu. Dormimos amontoados em tendas ou dentro das minas. Trabalhamos acorrentados boa parte do dia. E só consigo sair para encontrar Narmer uma vez por semana, porque ele provavelmente suborna os guardas. Fugir significa morte certa; já ouvi histórias horríveis sobre isso.
Na região, moram homens de várias procedências, alguns livres, outros, como eu, não. E a maioria disposta a tudo para conseguir roubar um pouco do que mineram e passar por cima da vida para alcançar qualquer benefício.
— Como você fez com os soldados?
— Estavam bêbados, não me viram entrar. E o capitão Narmer estava ocupado com uma jovem.
Meu maxilar trava quando o sorriso aumenta nos lábios de Sebak.
— Ele tem um jeito peculiar de encontrar prazer.

Aperto os dentes quando as lembranças da cena me atingem outra vez. Os gritos da jovem, as risadas de Narmer, o suor frio se espalhando com a raiva por todo o meu corpo quando pensei que essa jovem podia ser Zarah. Com quantas outras ele se satisfez dessa maneira imunda?

O punhal em cima da mesa, com o ouro que me obriga a roubar para ele, lucrando ao arriscar a minha pele. Narmer me reconheceu do bairro hebreu e me procurou pouco depois que eu fui trazido para cá, me prometendo que, se eu fizesse isso, se eu o ajudasse a ficar com uma parcela do que minerávamos, me mandaria de volta para casa. Mas tenho certeza de que ele nunca cumpriria o que prometeu.

— Ele é um porco desalmado.

Os olhos delineados de Sebak se arregalam um pouco antes de ele gargalhar.

— Foi por isso que você o matou? Para impedir que ele continuasse a violar a garota, e não apenas para voltar para sua gente?

O homem que estou encarando com as mãos sujas de sangue é quem está abaixo de Narmer aqui na Núbia. Há dois meses descobriu que era eu quem escondia e levava ouro para o capitão e me chamou para conversar:

— Narmer te recebe a sós na casa dele a cada mudança de lua, não é?

— Sim — respondi, com o pulso acelerado.

— Não se preocupe, eu não vou te denunciar. — Ele serviu um pouco de vinho em duas taças. — O que ele propôs para que você se arriscasse assim?

— Disse que me mandaria de volta para casa.

Sebak gargalhou.

— Ele jamais fará isso, se foi o próprio comandante Ramose quem te enviou para apodrecer aqui. Narmer é muito... fiel a Ramose.

Minha garganta ardeu e apertou. Sempre acreditei que havia sido Ramose quem me colocara aqui, mas ter essa confirmação esmigalha o que resta do meu coração. Será que Zarah sabe disso? Ela ao menos se lembra de mim? A escolha dela de ficar com esse desgraçado dói mais do que a certeza de que dificilmente sairei daqui algum dia.

— Eu tenho uma proposta para te fazer — a voz de Sebak chamou minha atenção outra vez.

Eu o encarei.

— Quando for levar ouro para ele, mate-o. Se você conseguir entrar e escapar sem ser visto pelos soldados, dou minha palavra que te mando de volta para o bairro hebreu, próximo a Mênfis.

— Eu nunca matei um homem, vai contra o que o meu povo acredita ser a vontade de Deus.

Sebak abriu as duas mãos no ar.

— Caso você mude de ideia, me procure.

— E então, você vai querer voltar para casa?

Sebak me traz de volta ao presente, o sangue em minhas mãos secou e escureceu e eu ainda não me arrependo do que fiz. Homens como Narmer nunca mudarão ou deixarão de cometer esse tipo de violência.

— Sim, quero voltar para casa.

— Tem certeza? Posso melhorar sua vida aqui. Quem sabe com um pouco de tempo posso te fazer um homem livre. Não é sempre que encontramos homens corajosos o bastante e dispostos a se arriscar desse jeito por uma causa nobre, no caso, para ver a sua família, não é? Ou uma jovem esposa, quem sabe?

Uma onda gelada percorre meu peito quando me dou conta de que, quando agarrei o punhal e cortei a garganta de Narmer e, depois, quando ajudei a jovem a fugir pelos fundos da casa e a esperei desaparecer em segurança, e somente então me preocupei com minha própria fuga, foi em Zarah que pensei, foi o sorriso dela que me deu coragem, foi a lembrança daqueles olhos azuis enormes que guiou minhas ações.

— Fiz isso para rever meus pais, para voltar a estar com eles, não tenho nenhuma esposa. Mas acredito que o senhor não poderia libertá-los também. A oferta de liberdade é só para mim?

Sebak abre as duas mãos no ar.

— Não, não poderia libertá-los.

— Então eu quero voltar para casa.

34

Sem sentido, sem forma e, ao mesmo tempo, muitas cores e texturas. Nada mais parece real e tudo está mais tangível, mais palpável.
Dor e vozes.
Reconheço.
Casa?
A voz de Ramose:
Ela vai ficar bem?
Silêncio.
E a resposta de Amsu:
Farei o possível. Ela se machucou muito.
Móvel, escada, eu caí da escada, caí em cima de um móvel. Quebrei o móvel. Eu caí ou ele me empurrou? *Não sei.*
Não quero mais te ver, Ramose, nunca mais.
Dor, lágrimas, beijos de Ramose.
Não fale isso, minha lótus.
Não me chame mais assim.
Juras de amor, *dele.*
Dor.
Algo para beber.
Um gosto amargo.
Torpor.
Faça o impossível, Amsu. Faça ela ficar bem. Senão...
Noite.

Escuro.

Silêncio.

Noite, noite, noite.

Dia.

Quanto tempo?

Torpor. Consciência

Nos poucos momentos em que estou mais acordada, eu lembro.

Traição. Profecia. Casamento. Ramose arrancando meu coração.

Quero voltar a dormir. Quero ir para casa.

Amsu pondera:

Ramose está há quinze dias sem comer nem beber quase nada. Não sai do templo, está atormentado. Tem certeza de que alguém contou para a princesa quem Zarah era. Está dizendo que arrancará os órgãos de quem o traiu e dará para os corvos. Está fora de si, nunca o vi tão obcecado.

Mumificação.

Se eu morrer, serei mumificada.

Órgãos em potes, cabeça de Anúbis.

Medo.

Torpor.

Consciência

Dia

Noite.

Menos dor.

Menos dor.

A voz de Tamit soa nos meus ouvidos:

Ela está melhor. Estou preocupada com Ramose, Amsu.

Parece que está perdendo a cabeça, só fala com os deuses. Quer ficar sozinho o tempo todo. Nem eu posso entrar, a não ser que seja para dizer que ela está bem, que o perdoa ou que espera por ele. Que o receberá. Mas Zarah não fala.

Eu não quero falar.

Abro os olhos e encontro Amsu e Tamit em um quarto menor, conhecido. Não estou mais no palacete de Ramose, e sim na casa em que fiquei com minha mãe quando saí do bairro hebreu. Fui eu quem pediu para voltar para cá? Acho que sim. *Não, eu pedi para voltar para casa.*

Amsu implora:

— Ele só quer te ver e falar com você, ouvir que você o perdoa. Que você o esperará até ele arrumar tudo. Pediu para te dizer que os deuses mostraram um caminho para vocês ficarem juntos, mesmo depois do casamento com Néftis. Será como se vocês nunca tivessem se separado.

Nego com a cabeça.

— Por favor, Zarah, eu temo por ele e por você, o faraó está furioso com a ausência tão longa de Ramose.

Nego com a cabeça outra vez.

Noite. Dor. Dia. Sol. Calor. Escuro.

— Zarah, já faz muitos dias, você está melhor agora. Os machucados estão cicatrizando, mas Ramose... ele não está bem, temo o que pode acontecer se você não ceder.

Não eu. Não mais. *Nunca mais.*

Engulo em seco e aponto para a jarra com água ao lado da cama.

Depois de dar alguns goles devagar, falo baixo, rouca, com muito esforço:

— Amsu, você disse que me ajudaria, um dia você prometeu que me ajudaria.

Ele concorda.

— Quero voltar para casa.

— Para casa com Ramose?

Nego.

— Ele vai se casar em breve.

— Daqui a dois dias — murmura Tamit, mas eu escuto.

— Por que ela está aqui? — penso, mas sai em voz alta.

— Você acha que eu quero passar horas por dia aqui? — Tamit esbraveja — Ramose não confia em mais ninguém.

Não quero escutar, o tom de voz dela me enjoa ainda mais.

— Faz quase trinta dias que você está assim, acamada. Hoje é o seu primeiro dia sem febre. Espere até estar mais fortalecida e eu mesmo peço para ele te mandar de volta.

— Não me importo com os machucados, eu só quero voltar para casa, Amsu — repito, gemendo com uma fisgada no braço.

— Beba isso — pede ele, apoiando minhas costas.

Sei que é o chá que me entorpece, que leva embora a dor. Que me faz dormir o dia inteiro.

— Você precisa entender que Ramose não vai ceder, se você não ceder pelo menos um pouco antes.
Meus olhos se enchem de lágrimas.
— Ceder mais? Por que ele não vem até aqui?
Amsu encolhe um pouco os ombros.
— Diz que você deixou claro que não queria mais vê-lo, nunca mais. Ele só virá se você.. disser que sim. Pedir para vê-lo.
Disser que sim. Pedir. Cheiro de incenso, meu braço está doendo e minha perna também. Quero voltar a dormir.
— Por quê? Por que ele não desiste e me deixa em paz?
Amsu respira fundo. Coloca a mão na minha testa e abaixa o tom de voz:
— Está bem, apenas... descanse.

Um mês a mais.
Faz vinte dias que Ramose voltou de Tebas, para onde viajou logo depois de casado.
Casado.
Com outra.
Sei que alguns patriarcas do meu povo têm mais de uma esposa.
Sei que isso é uma prática comum entre os egípcios.
Sempre soube que não queria viver numa união assim.
Não com Ramose.
Não com o homem que me fez desejar ser a única, sempre.
Além do mais, eu não seria uma esposa, nem a primeira, nem a segunda. *Acho que nunca fui.* Seria uma serva proibida de ver o marido da princesa Néftis sob pena de morte. Seria um segredo, algo sujo e errado. Como a profecia que ele ajudou a ler, como o chá que ele me deva para beber.

Há quinze dias saí de casa sem ninguém me ver, corri até o Nilo e paguei um barqueiro para me atravessar até o bairro hebreu. Estava entrando no barco quando fui cercada por vários soldados comandados por Zaid.
— Você saiu pela janela se arriscando, e não vou contar para Ramose porque ele já está abalado demais. Não faça mais isso. Se algo acontecer com você, serei eu que pagarei.

E então Zaid me convidou, como da primeira vez, a voltar para casa, que agora é constantemente vigiada, portas e janelas trancadas. Agora também é oficial: sou uma prisioneira. *Acho que sempre fui, nunca deixei de ser.*

Acontece que esta prisão se torna cada dia pior do que aquela em que estive durante toda a vida. Aqui as horas não passam, a culpa por minhas escolhas está acabando comigo, a certeza de que tudo o que vivi com Ramose não foi mais que uma ilusão me sufoca e a solidão pesa mais que as ânforas de água que sempre carreguei. Por isso, tentei fugir outra vez. *Nunca vou parar de tentar.*

Como as trancas foram reforçadas, passei mais de três dias cerrando as grades de uma das janelas da sala íntima e finalmente, ontem, consegui passar pela abertura estreita. Fui mais uma vez convidada a entrar em casa assim que coloquei os pés para fora. Os soldados me trouxeram de volta rindo da minha tentativa "inútil" — como a classificaram — de fuga.

Zaid não veio falar comigo, provavelmente contará tudo para Ramose — maldito seja. Se Ramose quiser ficar furioso, morrer de ódio, que fique à vontade. Eu só quero voltar para minha casa.

Agora, no meio da sala íntima, observo as grades recolocadas na mesma janela que trabalhei dias para abrir. Tudo aqui transpira lembranças que quero apagar. A espreguiçadeira onde me toquei para Ramose quando ainda acreditava nele, acreditava que o amava. Engulo a vontade de chorar. Tenho tanta raiva de mim quando percebo que ainda sinto saudade.

A porta se abre.

Não olho para ver quem é. Provavelmente Amsu, que ainda vem me ver algumas vezes, ou Inet, que vem praticamente todos os dias e fica horas comigo tentando me convencer a passear pelas ruas, comprar alguns tecidos ou joias, ir beber na casa de cerveja, ou qualquer outra coisa que eu tenha vontade de fazer.

Quero ver minha mãe. Quero visitar o meu amigo David. Quero ir para casa. — É o que respondo todos os dias para Inet e é o que Ramose, com certeza, fica sabendo. *Não me importo.*

— Você vai me ouvir? — É Ramose quem está aqui.

Meu pulso se altera. Não quero, mas se altera. Muito. Minhas mãos molham. Minhas pernas idiotas fraquejam e me vejo obrigada a me sentar.

— Vai me perdoar? Vai dar uma chance para o nosso amor não se perder?

Não me viro para ele ao responder:

— Só quero ir para casa.

Estou tão ferida, tão doente de raiva por tudo o que aconteceu, por ele me manter aqui, por esta ser a primeira vez em dois meses que Ramose aparece. Tão arrasada por descobrir tarde demais quem é o homem para quem entreguei mais que meu coração, tudo o que quero é feri-lo de volta ou... ir embora, nunca mais voltar.

— A nossa casa é em qualquer lugar em que estivermos juntos, flor de lótus — a voz soa mais próxima.

— Não.

— Só quero que você escute o que os deuses me falaram.

— Saia daqui, me deixe em paz — grito.

A mão dele pousa no meu ombro.

— Queria tanto que você tivesse pedido para me ver, tivesse sentido minha falta como eu sinto a sua.

Ramose dá a volta na espreguiçadeira, parando na minha frente.

Queria tanto que você não tivesse mentido para mim. Que a história da profecia não existisse. Que seu amor fosse maior que sua ambição. Que você não fosse um obcecado por controle, possessivo e ambicioso.

Encaro-o. Os olhos dele estão tristes, está mais magro, os cabelos começando a crescer. Meu coração bate mais depressa. *Eu não ligo.*

— Mas entendi que, se eu não viesse, se não te lembrasse do nosso amor, você não o faria — Ramose se abaixa e apoia as mãos nos meus joelhos, com um sorriso fraco no canto dos lábios. — Somos tão teimosos, minha Zarah, eu e você, tão parecidos.

Somos mesmo?

— Me deixa te abraçar — murmura —, me deixa voltar a respirar.

Desvio os olhos para o colo, negando, disfarçando a vontade de chorar.

E o que dói de verdade não é o fato de ele ter se casado com outra, mentido desde que ficamos juntos. O que me rasga por dentro é que tenho vontade de dizer que senti falta, sinto a falta dele todos os dias. Por isso viro o rosto quando Ramose me toca na face.

— Por favor, lótus. Um abraço, apenas. Me deixe voltar para casa.

Alargo os ombros.

— Você me deixará voltar para a minha casa de verdade, para junto do meu povo?

— Se você voltar a usar a sua ankh — afirma com voz falha — Se você lembrar que somos destinados e refizer as juras que nos levarão para os braços um do outro, após esta vida — Ele segura o meu queixo entre o polegar e o indicador e vira meu rosto até nosso olhar se encontrar. — Se você honrar nosso compromisso, nosso encontro. A única coisa que importa para mim é a sua entrega, o seu amor e o seu sim, eu... — A voz dele fica mais baixa — Apesar de morrer um pouco a cada dia que passaremos longe. — Acaricia meu rosto e meus olhos se fecham. — Sim, você poderá ir para casa, para junto de sua mãe. Isso até eu voltar de Tebas, daqui a alguns anos.

Daqui a alguns anos.

Anos em que ele viverá com outra mulher e provavelmente com dezenas de amantes. *Eu não me importo mais. Não quero me importar.*

Alguns anos.

— Não é isso o que você quer? — prossegue. — Voltar para a sua família? Ou você aceitaria ir para Tebas comigo? Nada me deixaria mais feliz.

Dedos firmes envolvem minha nuca. Ele encosta a testa na minha, a respiração acariciando meus lábios. E, após dois meses sem contato nenhum, nenhum toque, nenhum carinho, nem dele nem de ninguém, isso é quase mais do que posso suportar.

— Você iria para Tebas comigo, lótus? — Beija minhas faces, a ponta do meu nariz e meus olhos.

Minha respiração acelera com meu pulso. Um nó na minha garganta me impede de falar, por isso nego com a cabeça.

— Então prometo te manter em conforto e segurança entre o seu povo até o dia em que eu voltar para você.

Segura o meu rosto entre as mãos e eu me odeio porque quero que ele me beije, quero aceitar esse acordo louco e cruel. O que queria de verdade é que ele jurasse que não tem culpa e nunca compactuou com as ordens do faraó. E então que me chamasse para ir embora, deixar tudo isso para trás, porque me ama. E perceber isso me mata.

— Só quero mais uma noite antes de ir, lótus.

Uma noite a mais.

E me beija.

No começo, resisto; ele insiste, ofegante, desesperado.

— Por favor — pede baixinho e me beija outra vez.

Eu cedo.

Ele arfa conforme nossas bocas se buscam, se provam, vão atrás de transpor as escolhas e atitudes erradas.

— Quase morro, minha Zarah — diz, passeando os lábios pelas minhas faces. — Quase morro por você, por sentir tanta falta.

E me beija outra vez com mais paixão antes de pedir, rouco:

— Uma noite a mais para refazermos nossas juras, para que você entenda o que os deuses me garantiram sobre os meus filhos, nossos filhos.

Os filhos que ele terá com outra mulher e que, por algum motivo louco, ele chama de nossos, é isso? E esta última frase gela completamente meu sangue e devolve parte da minha razão.

— O que tem os seus filhos? — pergunto, me afastando um pouco.

Ele sorri com os lábios e com os olhos antes de responder:

— Os deuses me garantiram que, se você aceitar, se fizermos um ritual de magia na nossa última noite juntos, antes de eu partir, os filhos que terei com Néftis serão na verdade nossos filhos, nossa descendência espiritual, frutos da união dos nossos seres.

— O quê?

— Assim eu não te trairia ao me deitar com ela, entende?

Abafo um gemido horrorizado, incrédulo, com as mãos.

Ele é insano. Está completamente desequilibrado.

Meus olhos se enchem de lágrimas. Amsu tinha razão, ele perdeu a cabeça.

— Como você tem coragem de me propor uma sujeira dessas?

Olhos negros se arregalam, enormes. Eu me levanto, me desvencilho, e ele permanece ajoelhado em frente à espreguiçadeira.

— Essa é a sua solução porque, se tivermos filhos nossos, meus e seus, você teria de matá-los se eles nascessem homens, é isso?

Permanece imóvel, de joelhos, como se a minha negação tivesse tirado a capacidade dele de se mover.

— Você quer que eu aceite e compactue com uma loucura dessas? Acha que acredito que os filhos que você terá fazendo sexo com outra mulher, dando prazer a ela e se satisfazendo, serão meus, nossos filhos, de algum jeito?

— Os deuses me garantiram — diz baixinho, transtornado. — Passei dias sem sair do templo, somente rezando e pedindo uma saída para que meu casamento não fosse uma traição às nossas juras, ao nosso amor. — Levanta e se vira para mim, os olhos antes brilhantes estão sombreados de decepção. — Você só precisa aceitar e nunca mais nos separaremos, mesmo quando estivermos longe.

E essa solução distorcida, doente, que ele arrumou para garantir que nosso amor sobreviva me faz mais mal que a certeza de que ele se deita com outra, faz sexo com outra, terá filhos com outra. De que demorei demais para perceber que ele não é um homem bom. *De que ele mente, manipula, abusa.*

— Não aceito, Ramose. Achei que tinha deixado isso claro. Não mais, nunca mais.

— Não acredito — diz ainda sem alterar o tom de voz. — E eu achei que você só precisasse de um tempo para se lembrar, entender, aceitar.

Empino o queixo, um gesto tolo para manter o que resta do meu orgulho e da minha sanidade intactos.

— Não vou te dar nenhuma noite a mais. Só quero voltar para casa.

Ramose inspira o ar com força e uma expressão que nunca vi sombreia o seu rosto: fria, triste, raivosa, atingida. Ele está sofrendo? Está furioso? Isso restaura uma parte pequena do meu orgulho, e perceber isso é maravilhoso e horrível ao mesmo tempo.

As mãos cheias de anéis esfregam o rosto antes de ele falar com o maxilar travado:

— Não vou embora de Mênfis sem que você ceda, lembre, reconheça.

— Se prepare para ficar muito tempo por aqui.

— Por quê? — Com movimentos aparentemente tranquilos, agarra um vaso turquesa e arremessa contra a parede. — Por que você não para de nos torturar?

Aperto as mãos em punho.

— Essa pergunta você deve fazer olhando para um espelho, Ramose. Só quero esquecer de tudo. Só quero voltar para casa, como você me jurou que eu seria livre para fazer quando eu bem entendesse.

— Mentirosa — Agarra outro vaso e o arremessa contra a porta.

Meus braços e pernas tremem e meu pulso está cada vez mais acelerado, acho que estou com medo, medo de que ele me machuque ainda mais. Mordo o lábio fingindo não estar afetada, cheia de raiva e, na mesma medida, destruída.

— Você poderia ter me feito sua igual, mas escolheu me manter submissa

Fecha os olhos, dois riscos molhados marcam a pele bronzeada. *Ele está chorando.* Um lado meu quer correr e abraçá-lo, dizer sim, dizer que acredito nas mentiras dele, nas loucuras dele. Ignoro, esse foi o lado que me trouxe até aqui.

— Se você não lembrar por bem, fará isso pelo caminho difícil, lótus — volta a baixar o tom de voz.

Um frio percorre minha espinha.

— Não tenho medo de você — e a minha voz sai falha, porque talvez eu tenha, sempre tenha tido. — Quero voltar para perto da minha gente, da minha família.

— Muito bem. — Abre os olhos delineados. — É só com seu maldito povo que você se importa. Então, me escute bem, você cederá aos meus pedidos e eu cederei às suas condições, mesmo que para isso seja obrigado a te fazer entender quão parecidos nós somos.

Minha garganta seca.

— Como assim?

— O meu amor por você não se altera, mesmo você me provocando tanta dor ao me negar por meses, ao continuar me negando agora. Só porque está com ciúme. — E ri, possesso, sem se explicar direito.

Caminha em direção à porta.

— O que você vai fazer?

— Às vezes, para se conquistar o bem é preciso seguir por caminhos árduos. O bem para mim é nosso amor. — Coloca a mão na trava — Você entenderá. Apenas lembre que o caminho pode ser curto ou longo, é uma escolha sua. Ao contrário do que você me acusou, eu sempre te dei escolha.

Ramose sai.

Eu me sento no chão, cubro o rosto e finalmente me permito chorar de verdade.

35

Todo fim de tarde, alguns soldados da tropa de Ramose chegam com Tamit, trazendo um recado.

Ela o transmite para mim. E faz isso com um prazer cruel e indisfarçável:

— "Isaac, filho de Jacó, levou uma chibatada enquanto voltava do trabalho para casa. Isso aconteceu por um dia a mais que você me nega e me faz esperar. Será assim, já que você se importa mais com seu povo que com o nosso amor. A cada dia que você insiste em ficar longe, um hebreu será punido. Será uma chicotada a mais por dia. Não sofrerei sozinho por sua negação."

Josué, filho de Avram.

Miriam, filha de Isaac.

Jacó, filho de Caim.

Três, quatro, dez chibatadas.

Mentira.

Insano.

Gritos.

Protestos.

Enjoo.

Nunca vou perdoar.

É o que berro todos os dias, após passar mal.

— Ele não vai parar até você ceder — Tamit repete após recitar os nomes, as punições, todas as tardes.

Dez dias.

Onze...

Chibatadas, dor e culpa. Alguém do meu povo, por causa da minha resistência, da minha teimosia em acreditar que Ramose não teria coragem de continuar, que ele não poderia ser tão cruel assim.

— Zarah, ele não vai parar. — Isso é o que Amsu afirma toda vez que me encontra, todas as poucas vezes que ainda vem me ver. Não mais para dar aulas, somente para tentar me convencer, para que eu aceite o que quer que Ramose imagina que devo aceitar.

Abel, filho de Salomão, quinze chibatadas.

A cada tarde a mais, tudo o que um dia foi bonito fica feio, frio, escasso, apagado. Tudo o que jurei ser amor murchou, ressecou, virou dor, raiva, medo.

Eu amei um monstro.

Será que é possível deixar de amar alguém por ele ser uma pessoa horrível? Será que, de certa maneira, sempre soube que seria assim, que Ramose é assim?

— Eu vou... É uma noite que ele quer, um maldito ritual? — acabo de gritar para Tamit, no décimo sétimo dia — Diga a ele que pare com isso, eu não aguento mais.

Uma noite, mais um ritual de magia egípcia, uma noite apenas. Vou mentir que aceito, vou dizer que acredito, vou jurar se for preciso, que ainda sou dele, que aceito qualquer loucura para que ele me deixe em paz. Para que ele vá embora de vez e pare de me torturar, de machucar pessoas inocentes. Aceito, para que ele pare de me provar que, se isso um dia foi amor, foi o lado mais horrível dele.

Entro na casa conhecida como se fosse um sonho. Me olho no espelho de prata colocado sobre um aparador junto a jarros e potes e a estátua de Mut e Amon — reconheço as deidades, mas não reconheço o reflexo no espelho.

Não mais.

A jovem que me encara de volta, com olhos ainda mais azuis pela sombra turquesa, não se parece em nada com aquela garota que entrou aqui na primeira noite, tantos meses atrás. Meus cabelos parecem mais fartos e brilhantes, meu corpo ainda tem as mesmas curvas, beijadas e amadas tantas vezes. *Amadas?*

Ainda consigo me lembrar da jovem que eu era naquela noite.

Cheia de expectativas e sonhos.

Já não acredito mais que exista uma missão, que Deus nos coloca no lugar certo e que cada um de nós deve, por mais desafios que enfrentemos, nutrir sonhos e alimentá-los de esperança. Questiono Deus, minha fé, e o amor.

Sei que devo ir até o jardim, e é o que faço.

Meu coração não está disparado, meu ventre não se contrai com ondas geladas de expectativa, e tudo o que quero, de certa maneira, ainda é feri-lo. Como ele me feriu.

Soldados circulam na área externa, um par para cada coluna da varanda que rodeia boa parte do jardim.

Ele desconfia que quero machucá-lo?

Ou a segurança dobrada é porque agora, nesta casa, mora a irmã do faraó?

Esposa de Ramose, o lugar que ele jurou que era meu.

A casa que ele disse ser minha, tantas vezes.

Eu me odeio por ainda sentir algo... baixo, vil, insuportável... ciúme. Me odeio por não conseguir deixar de sentir, mesmo depois de tudo.

Tochas e incensos e o conhecido cheiro de frutas e flores fazem minha nuca arrepiar. Não de um jeito bom ou prazeroso. Não de um jeito saudoso ou ansioso.

Só quero que esta noite acabe, só quero que tudo isso termine.

Então eu o vejo. Parado na frente do mesmo caramanchão onde nos amamos pela primeira vez, onde nos amamos tantas vezes. Ele me encara de volta.

O peito largo, subindo e descendo numa respiração longa e lenta.

Como se ainda duvidasse que eu pudesse vir, ou como se eu fosse uma imagem triste da garota que ele encontrou no bairro hebreu mais de um ano atrás.

Não tenho certeza.

Devolvo o olhar com o queixo um pouco erguido e, quando ele se aproxima, meu pulso acelera.

Não quero sentir nada. Meu Deus, não me deixe sentir nada. Não quero que ele mexa comigo, com meu corpo, como se eu fosse um joguete, como se minha escolha não valesse. Não quero mais sentir, não posso. Não sentir nada é conservar o pouco da dignidade que me resta.

Ramose toca meu rosto, encosta a testa na minha, antes de murmurar em hebreu e eu o odeio dez vezes mais por isso:

— Por quê? — a voz soa rouca, arrependida. — Por que você demorou tanto, por que me fez ir tão longe?

Lágrimas brotam dos meus olhos. Nunca tive controle sobre qualquer coisa. Quero gritar, bater nele até se dobrar no chão pedindo perdão por tudo. Mas não posso. Sei que não posso. Esta noite só posso fingir, mentir, concordar.

— Senti tanto a sua falta — diz e beija minha testa.

Fico quieta, ele me puxa pela mão para o nosso caramanchão. *Nosso?* Que mentira. Os véus de seda fina balançam ao vento, como as velas de um barco. Meus olhos se fixam nas frutas sobre a mesa, nas taças cheias de vinho, nas ankhs. Na minha ankh, a peça que deixei de usar no dia em que saí daqui. E depois na dele, que está sobre o peito, em cima do coração. Um punhal desvia minha atenção para a mesa outra vez: ataduras, unguentos medicinais — acho que haverá sangue, como no ritual da nossa união. *Casamento de mentira, amor doente.* Estátuas de deuses: Sekhmet, deusa da fertilidade, Amon e Mut. Incenso, indumentárias e coisas estranhas em formatos que nunca vi. Arregalo os olhos; são pênis, iguais ao de um homem, pronto para o ato, mas de pedra. Acho que é ébano, lápis-lazúli, turquesa. Franzo o cenho. Meu pulso está cada vez mais acelerado.

— Para o ritual que te expliquei. Não vou te machucar, será apenas prazer.

Segura o meu rosto entre as mãos, me faz encará-lo.

— Jamais te machucaria — Beija a ponta do meu nariz. — Logo as coisas ficarão claras para você. Logo você entenderá como doeu a sua demora em estar aqui, sua negação. — Beija de novo. — Só peço que você aceite me amar de verdade esta noite, sem passado, sem futuro, somente nós dois, lótus.

Não me chame assim, não quero que você me chame assim nunca mais. Quero dizer que ele me machucou todos os dias enquanto machucava meu povo. Que ele arrancou minha alma e pisou no meu coração dezessete vezes mais que cada chibatada com que castigou minha gente.

Meu maxilar trava. Quero gritar: *Ninguém nunca me machucou tanto quanto você.*

Em vez disso, concordo ainda em silêncio. É o que devo fazer esta noite.

— Um dia, pedi que você confiasse em mim. Por favor, confie em mim esta noite.

Não consigo consentir.

Meu estômago contrai quando a boca quente para em cima da minha.

— Me beije — pede.

Não reajo.
Ele insiste, passeia a língua em cima dos meus lábios até abri-los devagar.
— Por favor, minha flor de lótus, me beije.
Não me chame assim.
Não me toque assim.
Não, meu Deus, não me deixe sentir.
E eu obedeço.
Esta noite será só de mentiras.
Não quero sentir nada.
Não quero.
Não posso.
Não sei em que momento a maior mentira passa a ser essa.
A mentira que conto e pela qual me odeio a cada suspiro, a cada gemido, a cada "Eu te amo para sempre" que ele solta no meu ouvido e que eu respondo mesmo sem querer, mesmo me odiando por responder.

Ramose me marca, diversas vezes, me possui de um jeito tão intenso que, tenho certeza, se existirem outras vidas, é nelas que está pensando. É para que a lembrança do corpo dele no meu permaneça por muitos anos, séculos, milênios.

O dia está clareando quando ele finalmente dorme.

E, apesar de meus olhos pesarem e meu corpo estar inteiro letárgico, numa mistura de torpor e cansaço, toda vez que começo a cochilar, acordo com o coração saltando na boca.

Ramose toca em meu rosto de leve com as costas dos dedos.
— Não bati em ninguém do seu povo, Zarah.
Pulso mais acelerado.
— O quê?
Ele abre os olhos e me encara, a luz rosa da aurora lavando o brilho dos olhos escuros.
— Eu nunca faria isso. — Fecha os olhos de novo. — Jamais machucaria as pessoas que você ama, o seu povo, lótus. Já basta o que eles sofrem por serem tão oprimidos.
Meus lábios tremem.
— Eu não estou entendendo.
— Foi o único jeito de você entender.

— O quê? — repito com a respiração falha.

— Que, enquanto eu dizia torturar pessoas, seu povo, só por querer o seu amor, por sofrer com a sua negação, você deixou que isso prosseguisse por quase vinte dias. E por quê? Só pelo prazer de me machucar, por eu ter sido obrigado a me casar com outra.

Meus lábios tremem mais, um gosto ruim invade minha boca. Acho que vou vomitar.

— Não — arfo. — Você me torturou por dias, você me fez acreditar. — Dou um soco no peito dele com força, sinto-o enrijecer, dou outro soco. — Como você pôde fazer isso comigo, como?

— E você, Zarah, como pôde nos torturar desse jeito? — Abre novamente os olhos, agora cobertos de água e luz da aurora — Como pôde dizer não e não e não ao nosso amor repetida vezes, mesmo acreditando que o seu povo era castigado?

Outro soco, estou soluçando.

— No fim — prossegue, me abraçando com força, me segurando entre os braços, detendo meus tremores, detendo minhas mãos. — Talvez isso te faça enxergar que não somos tão diferentes como você acha. A minha obstinação foi por amar você, e a sua?

Tento me soltar.

— Por ciúme? Por não acreditar que eu te amo? Por vingança?

— Eu te odeio — afirmo entredentes.

Ele me envolve com mais força ainda.

— Não, minha lótus, você me ama, só é orgulhosa demais para admitir e está chorando assim porque sabe disso.

Quando aceitei passar por esta noite acreditando que sairia ilesa, foi a maior mentira que contei para mim. Será que um dia vou me perdoar por isso?

Saio da casa de Ramose um pouco mais tarde, depois de chorar nos braços dele, depois de deixar que me beijasse, de retribuir, depois de deixá-lo me amar mais uma vez, me marcar mais uma vez, acabar comigo mais uma vez.

Será que um dia vou me perdoar por tudo isso?

Saio, seguida por cinco guardas como sombras. Deixo a ankh cair no meio da rua, sem encontrar a resposta.

36

Costuro uma bata de lã grossa, conhecida, com poucas cores.

Minha nova rotina.

Olho para o lado e vejo os três guardas egípcios vigiando os pontos no tecido, vigiando meus movimentos.

Trabalho ao lado da minha mãe e de outras senhoras do meu povo que mal falam comigo, mal me dirigem a palavra. E quando me olham é com desprezo.

A verdade é que ninguém aqui fala comigo.

Cerzir roupas, a ocupação permitida por Ramose, foi ele quem me colocou aqui.

Cortar pedras? Nunca.

Trabalhar na moenda? Jamais.

Carregar água? Nem pensar.

Trabalhar como criada na casa de algum egípcio? Não. Eu não estaria nos bairros hebreus. Ele não teria como me controlar. Hoje sei que é assim que a mente dele funciona.

Trabalhar nos silos agrícolas ou nas minas? Sem a menor chance.

Assim que saí da casa dele, simplesmente corri e me misturei com as pessoas nas ruas. Não pensei em nada, só queria ir embora dali. Mas é claro que fui capturada menos de uma hora depois. Ramose ficou sabendo da minha tentativa e...

— Você não entende que, se fugir sozinha, se não morrer de fome, será violada, sequestrada e morta?! Não posso arriscar te perder. — Segurou meu rosto com força — Como você teve a coragem ou a loucura de tentar fazer isso outra vez? Ou você acha que eu não soube das outras tentativas?

Ramose ainda controla meus dias e minhas noites.

Soldados. No mínimo três, vigiam todos os meus passos. Até eu entrar em casa, até o dia acabar. E, durante a noite, sonho com ele, quase todas as noites, assim como ele prometeu que seria.

— Meu Ba vai te visitar durante as noites, não ficaremos longe.

E ele cumpre a promessa. Se é verdade? Se é o espírito dele que viaja e me encontra enquanto dormimos, eu não sei. Só sei que em muitas noites os sonhos são tão reais que percebo o toque, escuto a voz, sinto os aromas, o prazer e acordo vazia. Acordo com raiva de mim por uma parte minha, durante o sono, ainda gostar de encontrá-lo, de ser tocada, de tocar. Não quero mais os sonhos, não quero mais os soldados, não quero mais os presentes.

Não quero mais a culpa.

— Ramose irá para Tebas e me pediu que tome conta de você, Zarah. Os guardas devem se reportar a mim — Amsu me contou no dia em que fui trazida de volta para cá.

— Por que você aceitou isso, por quê?

— Se não for eu, ele achará outra pessoa. Pelo carinho que tenho por você, sei que será mais fácil assim. Além disso, ele confia em mim.

Concordei, lutando contra o nó na garganta.

— Aceite tudo o que ele quer que você aceite para que possa, de certa maneira, refazer sua vida. Com o tempo, tenho certeza de que as coisas podem ficar diferentes. Um dia prometi te ajudar. Sou um homem de palavra.

Faz só quinze dias que estou de volta e a sensação que tenho é de que as coisas nunca mais voltarão ao normal.

Ramose me envia presentes todos os dias por meio dos soldados, mesmo eu sabendo que não está mais em Mênfis. Alguém, provavelmente Amsu, faz isso por ele. Sei que não é Tamit, ela foi para Tebas com Ramose, se casou com Zaid antes de ir.

Flores, comida, roupas, pentes, espelhos, maquiagem, a ankh.

Ele soube que deixei cair a maldita ankh na rua. *Como?*

Provavelmente sabe de tudo o que acontece comigo.

Cinco dias atrás, pedi para Yuya, um dos soldados, devolver a porcaria dessa ankh e dizer a ele que não quero os presentes, que não preciso de segurança

A resposta chegou hoje de manhã.

A ankh, envolvida num tecido, o dobro de presentes e de soldados.

E a certeza de que, se eu devolver ou negar outra vez, é ele quem vem me fazer aceitar. Usando os métodos que só Ramose sabe e tem coragem de usar.

Embrulhei a ankh maldita no mesmo tecido e a guardei dentro de um baú, próximo ao colchão forrado com lençóis novos, almofadas e luxo que não existem por aqui. Por isso também sou odiada. *Tenho certeza.*

As pessoas me toleram por sentir pena da minha mãe, que teve uma filha tão desgraçada. Elas me olham com desprezo, com raiva, com ressentimento por minhas escolhas, e algumas talvez com inveja por eu ser a "protegida" do vizir. Só o que encontro aqui são rostos virados, maledicências e condenação.

O dia está terminando e paro de cerzir, observando a rua pela abertura da tenda. Sei que ele vai aparecer. Sei que vai diminuir o passo e olhar para mim e me condenar com os olhos. De todos os olhares culpados, esse é o que mais dói. Talvez o único que doa de verdade.

É o par de olhos que acreditei que não veria mais. Não tão cedo. E David passa e faz exatamente o que tem feito nos últimos dias desde que nos vimos pela primeira vez: estreita o olhar, balança a cabeça e, apesar de eu sorrir em sua direção, ele prende a boca em uma linha fina de repulsa e raiva e volta a caminhar.

Lembro-me da conversa que tive com minha mãe no dia em que o vi, quando fazia apenas dois dias que estava de volta.

— Corri até ele, gritei por ele, não sabia que David ainda morava aqui, não esperava vê-lo. A senhora sabe o que Ramose disse sobre David ter se casado, que havia ido para Tebas. David me tirou do caminho com raiva, me ignorou, mamãe.

Ela respirou fundo antes de responder:

— David não fala comigo também, filha. A mãe e o pai dele nunca mais me dirigiram a palavra, até parece que foram ameaçados para se manterem distantes. O que sei agora é o que ouvi de outras pessoas: David não se casou, mas realmente sumiu por meses, ninguém sabia dele.

Apertei os olhos, imaginando coisas horríveis.

— Para onde ele foi?

— Acho que foi trabalhar nas minas, fora do Egito, é o que as pessoas comentam. Nas minas, os homens trabalham sendo constantemente vigiados, castigados e...

Meus lábios tremeram.
— Não.
— Sinto muito, mas foi o que ouvi.
— Ramose? Foi ele, não foi? — perguntei com a voz quebrada, apesar de ter certeza.
— Acho que sim.
Fechei os olhos, arrasada.
— David jamais vai me perdoar, e como poderia?
— Amanhã é dia de festa — A mão manchada da minha mãe cobre a minha e chama a minha atenção de volta ao presente. Ela sabe quem acabei de ver. — Dia do perdão — prossegue. — Isaac disse que falará por você.
Analiso os soldados.
Isaac é o novo companheiro da minha mãe. Eles moram numa viela próxima da casa que Ramose arranjou para eu morar. Mais uma discrepância, uma casa como as da vila em Mênfis, porém menor. Uma que era usada como local de descanso e reuniões de soldados e capitães egípcios. Um lugar que me coloca numa posição de visibilidade e diferença diante de todos. Mais uma condição de Ramose para me deixar voltar para cá. Mais uma condição para me afastar da minha realidade. Do meu povo. *Tenho certeza.*

Quase esqueci que as coisas não são mais como antes. Que não sou mais a garota que saiu daqui escoltada por uma dúzia de soldados. Que mal me reconheço.
É a principal festa do nosso povo, hoje nós podemos celebrar e dançar e cantar como se fôssemos livres. Hoje tem cerveja, peixe e fogueira, próximo às margens do Nilo.
Ouvimos histórias sobre a origem do mundo, sobre Avram e como recebeu a palavra de Deus e a sua missão nesta Terra. Falamos sobre as previsões que contavam desse tempo de opressão há muitos anos e sobre as tribos das quais fazemos parte como descendentes diretos do nosso patriarca e, enfim, da nossa liberdade que um dia há de chegar e que eu estupidamente achei, sonhei, tinha algo a ver com minha própria história. *Meu destino.*
Respiro fundo e me forço a sorrir enquanto rodo em volta da fogueira com os braços enganchados na curva dos cotovelos de duas mulheres. Junto a pessoas que já foram meus amigos.

Busco David com os olhos, mais uma vez. Ele não está longe e agora sorri de algo que Naomi fala próximo ao seu ouvido. Lembro que ela me disse que, se pudesse escapar desta vida, faria de olhos fechados, mesmo que tivesse de virar amante de um egípcio influente. E agora? Naomi também me condena.

Giro mais uma vez em volta da fogueira.

Que David seja feliz, meu Deus, peço baixinho. *Que David me perdoe*, escapa em seguida e eu suspiro.

É o que quero do fundo do meu coração. É tudo o que mais quero na verdade. E, como se soubesse que estou em oração por ele, os olhos castanhos desviam do rosto de Naomi para o meu.

Sorrio, como tenho feito sempre. Ele não sorri de volta, como também tem feito.

Mas, desta vez, sustenta o olhar. E então entreolha de mim para os guardas egípcios com ar de desdém. Como se estivesse me desafiando a desistir de encará-lo, como se estivesse falando em silêncio. *O que você está fazendo aqui? Você não pertence mais a este lugar.*

Sei que, pelos costumes do meu povo, o que fiz não tem desculpas em tantos sentidos que não quero numerá-los. Mas hoje é o dia do perdão e amanhã, o primeiro dia de um ano novo. Só por isso, ganho coragem e murmuro:

— Me perdoe.

Estamos perto o suficiente para David entender, mas não para me escutar. Não para o coração dele me ouvir, como sempre me ouviu.

Meu pulso acelera quando ele fecha os olhos e respira fundo antes de fazer uma negação com a cabeça e voltar a atenção para Naomi, tocando o rosto dela. Como se eu não estivesse mais aqui, como se nunca houvesse estado.

E estou tão cansada, tão exausta de ser ignorada, julgada, de não encontrar mais paz em lugar nenhum, nem mesmo enquanto estou sozinha. O mesmo julgamento que fiz sobre as escolhas do meu pai, por mais erradas que estivessem. Busco em meu coração o perdão que não tive oportunidade de dar a ele enquanto estava viva. O mesmo que quero encontrar nos olhos da minha gente.

— Não podemos mudar o passado — começo em voz baixa —, mas podemos mudar a maneira como ele nos afeta. Estou cansada — murmuro —, estamos cansados de não termos voz — prossigo com a voz firme e alta —, especialmente nós, mulheres. Eu me lembro de que, quando era criança, minha mãe contava a história de uma mulher que fora um anjo e depois um ser demoníaco, Lilith, a primeira esposa de Adão, que ousou se igualar ao marido e por isso foi condenada, virando algo que todos devem temer.

Devagar alguns se voltam para mim.

— Por que fazemos isso? Por que uma mulher que deseja sentir prazer ou viver com direitos iguais aos de um homem se torna uma ameaça? Pensem comigo, a ameaça maior não está na dor e na culpa que somos capazes de criar para nós mesmos?

Algumas pessoas murmuram em aprovação, outras se afastam, reprovando minhas palavras. Busco minha mãe com os olhos, que assente com um sorriso fraco.

— Todos vocês sabem que eu fui amante do vizir, mas ninguém sabe que eu achei que estava apaixonada por ele. Vocês sabem que eu me deitei com um egípcio por benefícios, mas ninguém sabe quanto eu quis ajudar minha mãe, e a vocês, meu povo. E tudo isso faz de mim um anjo?

Fico em silêncio, esperando a resposta que não vem, então volto a falar, mais alto:

— Mas não deveria me transformar num ser demoníaco.

Encaro vários rostos conhecidos que me olham num misto de atenção, desdém, empatia e condenação.

— Estou aqui na frente de vocês, tenho sido escorraçada, maltratada e humilhada pelo meu próprio povo. E sabem o que mais me machuca?! É que não tenho paz nem enquanto durmo. Só eu sei o custo das minhas escolhas. Se elas foram erradas ou certas, quem aqui pode se eximir de erros?

Um silêncio de fazer eco envolve a todos. Somente o crepitar das lenhas e os sons da noite.

Meu pulso bate na garganta quando continuo:

— Estava prestes a ir embora da festa por sentir o peso do olhar de todos e só percebi agora há pouco que o julgamento de vocês só dói porque eu mesma tenho me condenado, e estou cansada disso, ao menos da parte que cabe a mim resolver.

Engulo o nó na garganta quando o silêncio é toda a resposta que tenho.

— Vocês acreditam que eu gosto de ser seguida por soldados dia e noite como uma criminosa? Ou uma nobre egípcia? Eu não escolhi isso.

A chama da fogueira estalando mais alto contra as lenhas.

— Mas, talvez, tenha algo que eu possa fazer — abaixo o tom de voz —, pelo menos para mim. Algo que pode dar um sentido um pouco diferente para tudo.

Observo algumas pessoas antes de prosseguir:

— Eu recebo alimentos e itens de conforto, remédios e móveis. E quero muito dividir com vocês. Me ajudem a ajudá-los e vocês também me ajudarão em troca.

Ninguém se manifesta e meu coração está tão acelerado que pulsa nos meus ouvidos. Mesmo assim eu continuo:

— E, por favor — aumento o tom de voz acima do burburinho que se torna alto, outra vez —, sei que as minhas escolhas machucaram ou magoaram especialmente uma pessoa.

Busco David com os olhos.

— A você eu peço perdão. Tem tantas coisas que eu queria que soubesse.

David me encara com um brilho diferente no olhar, o peito descendo e subindo numa respiração profunda.

— Por favor — peço baixinho e arrisco um sorriso que ele, mais uma vez, não devolve.

Naomi o puxa pela túnica falando algo que agora, sim, o faz sorrir. Cerro os punhos ao lado do corpo e estou prestes a virar as costas e sair correndo, mas a mão da minha mãe aperta de leve meu ombro, me detendo.

Isaac, que está ao lado dela, beija minha testa e minha mãe o imita.

— Suas palavras e seu gesto foram bonitos, tenha fé que tudo dará certo.

Concordo, suspirando.

— Venham dar as boas-vindas a Zarah, que retorna para casa — Isaac pede com a voz imperiosa e me abraça num gesto de incentivo para os outros o seguirem.

Algumas pessoas vêm falar comigo, oferecer palavras gentis, mas a maioria permanece distante, como se ainda tivesse medo de se aproximar. Eu não tiro os olhos de David, que não olha em minha direção nenhuma outra vez.

Saio da tenda em que trabalho no tear todos os dias. Hoje faz duas semanas desde *o dia do perdão* e muitas coisas permanecem iguais: continuo sendo seguida por um grupo de soldados. Ainda recebo presentes todos os dias. Ainda sonho com Ramose mais do que gostaria. Ainda tenho medo. E raiva, porque, mesmo depois de tudo, há dias em que sinto um tipo de saudade distorcida e então me culpo por isso.

David ainda não fala comigo, apesar de agora me encarar sem desviar os olhos quando volta do trabalho para casa.

E não posso dizer que nada mudou porque agora, vez ou outra, algumas pessoas batem à minha porta em busca de ajuda. Fazem isso durante a noite, escondidas, como se fosse vergonhoso serem vistas comigo. Eu não ligo, não me importo, porque cada vez que ajudo um pouco, que repasso os presentes diários, sinto uma fagulha de esperança e força reacender em meu interior. *Um novo propósito.*

— Se curvem para a rainha dos hebreus — um grupo caçoa enquanto eu passo.

Mas esse tipo de coisa parece que nunca vai deixar de acontecer. Sei quem eles são. Eu os conheço desde crianças, nós brincávamos juntos. Eles fecham o meu caminho, me rodeiam gargalhando e falando alto demais, como se quisessem me agredir.

— Se tocarmos nela, será que o vizir vem nos castigar? — zombam.

— Abram caminho para a prostituta do faraó — outro ironiza e todos gargalham.

— Vocês deviam se envergonhar — afirmo entredentes.

Jacob gargalha antes de falar:

— Você é quem devia sentir vergonha de ter voltado, Zarah.

Os guardas, que mantêm certa distância, fazem menção de se aproximar, mas se detêm quando o grupo se dissipa diante de uma ordem:

— Deixem-na em paz! Querem se resolver comigo?

Três pares de olhos se arregalam em rostos corados e pedem desculpas, como se tivessem ofendido a um amigo próximo. Não sou mais próxima, nem amiga. Não fazem isso por mim.

Meu coração bate tão rápido que mal consigo respirar. Pisco lentamente, um pouco atordoada, tinha certeza de que nunca mais o ouviria, muito menos se levantando em minha defesa. Minhas bochechas ardem de vergonha, sei também que não mereço que ele faça isso por mim. Não ele.

— Obrigada — digo baixinho.

David assente, os olhos caindo para chão. Ficamos por um tempo em silêncio.

— David, eu...

— Por quê, Zarah?

Dividimos mais um momento de silêncio. Como posso responder se nem eu sei direito o porquê.

— Achei que fosse por amor. — Não consigo me controlar e meus olhos se enchem de lágrimas. — Confundi tanto as coisas. Você tinha razão.

David volta a me encarar, o cenho levemente franzido. Não sei o que está pensando, por isso prossigo, rápida:

— Perdão, David, eu não queria que você, não sabia que você..

Paro quando ele ergue a mão e enxuga a lágrima da minha bochecha, um ato resgatado da nossa infância, do tempo em que éramos amigos. Pelo canto, vejo os soldados se mexerem, se aproximarem, provavelmente têm ordens de não deixarem nenhum homem, ninguém, me tocar desse jeito.

— Não faça isso — murmuro.

David percebe o que está acontecendo, a expressão dele muda, fica distante outra vez.

Mas, antes de ele se afastar, eu digo:

— Queria poder te contar as coisas e... — Olho de relance para os guardas, abaixando o tom de voz. — Não posso, não agora, me desculpe.

Meu amigo aquiesce sem deixar de me encarar, respira fundo antes de se virar e ir embora sem dizer mais uma palavra.

37

Levo um figo até o nariz e respiro fundo o aroma adocicado. Separo o que vou entregar para Raquel, uma senhora que busca uma porção de comida todos os dias para dividir com outras pessoas.

Na noite anterior, pela primeira vez, nós conversamos um pouco. Contei a ela que aceitar presentes todos os dias não é uma questão de escolha, é mais uma imposição para que eu tenha minha *liberdade*. Para que eu possa estar aqui.

Mas que liberdade?

Tenho pensado bastante sobre isso nos últimos dias.

Embrulho duas fatias de pão e um pedaço de carne e bolo.

Durante toda a minha vida eu sonhei em ser livre.

Primeiro, desses muros, porque tenho certeza de que escravizaram meu tempo, meu corpo, meu trabalho, só que a maior opressão que vivi foi a emocional, pelas mãos do homem que acreditei amar. Respiro fundo, separando as frutas da carne.

Fecho a cesta

Um toque no meu ombro faz minhas mãos falharem. Derrubo tudo no chão ao mesmo tempo que tapo um grito com os dedos.

— Desculpe — diz —, não queria te assustar.

— Como você.. — começo analisando a porta, onde os soldados fazem a guarda do lado de fora todas as noites.

— Entrou aqui? — David completa por mim.

Eu aquiesço.

— Quando voltei das minas para cá, fiquei sabendo que os soldados egípcios costumavam guardar comida e bebida nesta casa, então eu e uns amigos — aponta com o queixo em direção ao meu quarto — serramos duas grades da janela e entrávamos sempre, no meio da noite, para pegar algumas coisas.

Com a respiração acelerada pelo susto e por David estar aqui, na minha frente, dentro da minha casa, confusa e sem saber o que falar ou fazer, abaixo para pegar as frutas espalhadas no chão.

Ele se abaixa junto.

— Não queria te assustar, mas imaginei que seus amigos egípcios não gostariam de saber que estou aqui com você.

Pesco uma romã.

— Eles não são meus amigos. — E termino de colocar as frutas na cesta, me levantando.

Percebo que David está analisando os móveis, as almofadas, as cortinas, as estátuas de deuses egípcios. Lembro-me das palavras de Ramose na manhã seguinte à nossa última noite juntos:

— Você voltará para o bairro hebreu, mas não viverá na pobreza.

— Não posso ter uma vida diferente de qualquer pe...

Tapou meus lábios com os dedos.

— Você é minha rainha e eu jamais deixaria você viver do jeito que vivia antes de nos encontrarmos.

— Mas isso não é certo, Ramose. Eu não posso simples...

— Será assim ou você não sairá de Mênfis. Você escolhe, lótus. Essa é a minha condição.

— Quando trabalhei nas minas — David chama a minha atenção para a sala —, eu conheci um capitão egípcio, frequentei a casa dele para entregar parte do ouro que minerávamos. Fingir que não sabia que ele roubava esse ouro e me arriscar ao continuar com isso, todas as semanas, foi o jeito que arrumei de voltar para cá.

— Sinto muito, David.

— Na casa dele, eu vi todo o luxo, conforto e riqueza a que os egípcios têm acesso. — Os olhos castanhos caem sobre uma espreguiçadeira — Isso só me fez ficar com mais raiva — volta a me encarar — dos egípcios, das condições como somos tratados aqui — termina, murmurando algo que não entendo.

Não sei se quero entender, acho que ele falou de mim. Viro de costas, disfarçando as lágrimas nos olhos. Não aguento mais me sentir julgada por todos o tempo inteiro, como se eu mesma tivesse ajudado a erguer esses muros, como se tudo de ruim que acontece aqui, com meu povo, fosse culpa minha.

Não aguento mais.

— Eu não me envergonho das minhas escolhas, acho-achei que o amava — Tenho tentado pensar assim atualmente. — Acreditei que ele podia nos ajudar, melhorar nossa condição de vida. Tinha certeza de que Deus me colocou onde deveria estar. Acreditei que Ramose podia convencer o faraó a nos libertar. Tinha certeza de que...

David gargalha de um jeito horrível e eu paro de falar, não acredita em mim, ou me acha uma idiota por ter pensado dessa maneira. Me viro para ele, sem esconder mais as lágrimas.

— É tão fácil as pessoas julgarem os outros, sem saber nada do que elas viveram. Sinto vergonha porque hoje sei que ele não é quem eu acreditei que fosse e por tudo o que ele fez você passar. Porque foi Ramose, não foi? Foi ele quem te levou para as minas.

— Você tem alguma dúvida? — diz, cáustico.

Engulo o choro.

— Me perdoe, eu nunca soube.

— É claro que não — responde com mais ironia.

Sei que David está ferido e tem todo o direito de estar, de nunca me perdoar. Se alguém tem o direito de se sentir assim e me tratar desse jeito, é ele. Mas não tem o direito de invadir minha casa e de tirar os poucos momentos que tenho de sossego. Não tem o direito de vir até aqui para me torturar.

— Você veio até aqui para me culpar? Para jogar na minha cara que eu não pertenço mais a este lugar? Que eu me tornei indigna para o meu povo? Para você?

— Não.

— O problema é que eu não pertenço mais a lugar nenhum. — Aponto para a porta — Sou vigiada o tempo inteiro, e não só pelos guardas, mas por uma presença invisível. Pelas estátuas e móveis desta casa, por todos os presentes e durante minhas noites. — Paro quando o barulho de passos lá fora se torna mais alto — Você não devia estar aqui. Se Ramose ficar sabendo... Ele vai saber. E não vou suportar se algo...

— Vim até aqui para te ouvir, Zarah — aumenta o tom de voz, imune ao que acabei de falar. — Vim até aqui porque eu fiz uma promessa quando éramos crianças de te proteger e cuidar de você, e, mais tarde, prometi que esperaria você e que jamais haveria outra mulher na minha vida. Mas, principalmente, vim pelo que você disse na noite da fogueira.

— Fale baixo, por favor.

Ele segura meus ombros.

— Vim até aqui porque senti tanta raiva de você, dele e do mundo quando você foi embora. Quando me levaram até Ramose, meses depois que você saiu daqui, e ele tentou me subornar para desistir de você. E depois, quando me tiraram daqui e...

Cubro a boca horrorizada.

— Você falou com Ramose?

David ri, ácido.

— Ele me ameaçou. Disse que, se eu não parasse de falar de você, de tentar chegar até você, eu me arrependeria. Eu queria te alertar sobre o que tinha ouvido a respeito de Ramose. E, no fim, ele comprovou que tudo o que falavam sobre ele ser um déspota sem coração era verdade. Ramose me mandou para o inferno. Que idiota eu fui em tentar te alertar quando você mesma me disse que não queria voltar.

Baixo os olhos para minhas mãos.

— Eu não sabia.

— Você nem sequer se lembrou de mim, perguntou por mim durante todo esse tempo?

— Sempre, David — arquejo. — Lembrei de você todos os dias e perguntava por você todas as semanas, rezei por você todas as noites.

Ele nega com a cabeça, como se não acreditasse.

— Ramose me disse que você tinha se casado, que sua esposa estava grávida. Tinha certeza de que você estava bem, de que tudo estava bem.

— Não fiquei bem por um maldito dia sequer desde que você foi embora.

Meu coração bate cada vez mais rápido.

— Ramose mentiu o tempo inteiro, eu não sabia.

As palavras de Ramose se misturam em minha mente com nossa respiração acelerada e as vozes dos soldados, que ainda conversam próximo à porta

Eu acabo com qualquer um que ouse fazer mal a você e mato qualquer um que pensar que pode tirar você de mim, tenha isso em mente e enquanto estivermos longe.

Fecho os olhos e respiro fundo, sei o que devo dizer.

— Vá embora, David, por favor. Não quero mais te ver. Você tem razão, fui egoísta, não pensei em você um só dia, nunca me preocupei com ninguém além de mim mesma.

— Olhe para mim — pede alto, alto demais.

Cubro os lábios dele com os dedos.

— Fale baixo, pelo amor de Deus, você precisa ir embora, não fale mais comigo. Se Ramose souber que você está aqui, ele te mata. Apenas finja que não me conhece. Não me perdoe nunca pelo que te fiz passar.

Os olhos dele se arregalam um pouco, como se tivesse percebido algo até então oculto.

— Você está tremendo?!

— Por favor, apenas não me procure mais.

— Zarah — murmura —, olhe para mim.

Abro os olhos e encontro os dele marejados, mais claros, mais intensos.

— Você está apavorada — aperta o maxilar. — O que ele fez com você?

Busca no meu rosto a resposta, meus lábios oscilam por medo, vontade de chorar e nervoso, David me abraça.

— Você deve ir — peço com a voz quebrada — Ramose já deve saber que você está aqui. Ele-ele sabe de tudo, ele...

— Shh — pede, beijando minha testa e me abraçando com mais força — Não tenho medo de Ramose, não vou a lugar algum.

Segura meu rosto entre as mãos, me encarando.

— Você quer que eu vá?

Não quero, nunca quis tanto algo, como deixar a presença de David me envolver, afastar minha mente, meu coração de tudo o que vivi nos últimos meses. Esquecer Ramose. Queria tanto que o passado pudesse ser trancado num baú com a ankh, mesmo que por pouco tempo, ou pelo máximo de tempo possível.

Nego com a cabeça.

— Senti a sua falta — murmura e volta a me abraçar.

— Me perdoe — peço, soluçando no peito largo, como fiz algumas vezes durante a vida.

Mãos firmes correm nos meus cabelos, num movimento constante de vai e vem, como as ondas do Nilo.

— Eles estão mais compridos — comprova, me estreitando com firmeza, aplacando os tremores do meu corpo.

Ramose gostava assim. Penso. Lembro. E quero cortá-los. Porque não quero mais nada que me lembre dele.

— Vamos conversar com calma — David murmura — Nós dois mudamos muito, mas o que sinto de bom por você nunca mudou.

— Eu senti tanta saudade.

38

TRÊS MESES DEPOIS

Abro a porta com a cesta de comida e remédios na curva do braço e entrego para um dos soldados inspecionar o conteúdo. Tem sido assim todas as noites. Mesmo sabendo que David está escondido no quarto próximo ouvindo tudo, hoje estou um pouco nervosa.

Meu amigo me ajuda a separar os itens que entrego para um número crescente de pessoas que batem à minha porta quase todas as noites. Na maior parte do tempo que passamos juntos, conversamos e damos risadas como se não houvesse o passado entre nós, e isso tem me ajudado a lidar com tudo de um jeito mais tranquilo e confiante.

Suspiro de maneira incerta quando alguns itens são removidos da cesta, dificilmente os soldados não verão as peças escondidas.

Fiquei sabendo por Raquel, dias atrás, que o marido dela se machucou gravemente e não pode mais trabalhar. Sei que as joias não poderiam sair da minha casa, mas também sei a ajuda que isso vai significar para a família dela. Estou disposta a enfrentar os guardas e o que for preciso depois deles.

Benipe, o soldado que analisa tudo, remove o colar e os braceletes de ouro e os levanta até o olhar atento de Yuya, outro soldado que se vira para mim com ar de reprovação.

— Você sabe que ela não pode levar isto.

Franzo o cenho com uma dúvida fingida e os olhos de Raquel se arregalam observando as peças. Há três meses tentei dar uma joia para Abel, um senhor de meia-idade que perdera a esposa e o irmão que o ajudava, e fui repreendida. Mas hoje estou disposta a enfrentar.

— Foi um presente que ganhei e, sendo meu, posso dar para quem eu quiser.

— Nenhuma joia sai desta casa a não ser no seu corpo. São as ordens do...

— Do comandante, eu sei.

Ramose pensou em tudo; joias podem comprar muitas coisas aqui dentro, inclusive a ajuda ou o silêncio de soldados. Meu sangue ferve de raiva.

— Ela vai levar.

Yuya faz uma negação com a cabeça.

— Se o comandante descobrir, eu serei penalizado. Essa joia não pode sair daqui.

Encho o peito de ar, ganhando uma renovada coragem, inspirada, talvez, pelas palavras recentes de David. Há pouco, ele jurava que eu não tinha nada a temer e que nosso povo, nossa família, sempre estaria comigo. E é verdade. Gradualmente sinto a mudança das pessoas nas ruas. No lugar de rostos virados, hoje encontro alguns sorrisos e agradecimentos.

— Vocês podem me agredir? — pergunto aos soldados com os punhos fechados ao lado do corpo. — Podem me prender sem ter uma ordem para isso?

Eles negam e eu pego o colar da mão de Yuya e o entrego para Raquel.

A última coisa que eu quero é que Ramose venha até aqui, tome alguma atitude contra mim ou contra as pessoas que amo, mas também sei que, se quero que algo mude de verdade, devo começar a agir.

— Ela vai levar o colar para ajudar o marido que não pode mais trabalhar porque se machucou nas pedreiras. Se você quiser, reporte isso ao seu superior e, se ele tiver alguma queixa, que tenha a coragem e a decência de resolvê-la comigo.

Um dos soldados faz menção de avançar para tirar o colar de Raquel, mesmo à força, percebo, e me coloco entre eles.

— Tenho certeza de que o comandante vai adorar saber que vocês tocaram em mim, porque eu não vou ceder sem lutar.

— Deixe-a — ordena Yuya, e os dois homens entram em prontidão atrás dele.

— Que Deus te abençoe — Raquel diz com a voz embargada e a expressão assustada, olhando de mim para os soldados antes de colocar as joias na cesta e abraçá-la junto ao corpo.

As vielas a esta hora estão vazias e escuras, as poucas tochas que iluminam alguns pontos já foram apagadas. Vejo Raquel desaparecer na noite, antes de olhar para os soldados que agora me encaram com a boca presa em uma linha, as perucas iguais na altura dos ombros, os saiotes brancos plissados, a mão na faca presa ao cinto. Uma postura que deixa claro que isso não ficará assim.

— Boa noite — digo e fecho a porta.

Não tenho mais medo. Não terei mais medo.

David, que sempre me espera no quarto, corre para me abraçar. Sei que ele ouviu tudo. Só percebo quanto estou tremendo quando sou envolvida por seus braços firmes.

— Eu sempre vou estar aqui, Zarah — diz e beija minha testa de um jeito demorado, como não fazia desde que nos reencontramos. — Pensei em intervir, mas me detive.

— Não — meu coração volta a acelerar —, você não po...

— Nunca vou tomar o seu lugar, ou tentar resolver as coisas por você quando sei que você é capaz. A não ser que me peça ajuda.

E agora meu coração acelera pela maneira intensa como me olha, como não fazia desde que voltei para os bairros hebreus.

— Você sempre foi a garota mais corajosa e forte do Egito, só precisa de um empurrãozinho para achar isso dentro de você outra vez.

O pé dele passa por dentro das minhas pernas e puxa os meus, até eu perder o equilíbrio e cair sentada no chão.

— Eu não acredito — falo falsamente atingida, quando, na verdade, estou segurando o riso, emocionada — Você me deu uma rasteira.

David limpa uma poeira inexistente da roupa.

— Você já foi mais rápida.

— E você já foi mais educado.

Ele acha graça e oferece a mão para me ajudar a levantar. Eu agarro o antebraço dele com as duas mãos e o puxo com força para o chão. David cai com os joelhos dobrados e junta as mãos em oração, como se tivesse ficado de joelhos de propósito, para rezar.

— Meu Deus, que eu recupere minhas forças, essa cabeçuda quer me vencer desde que nasceu e, apesar de ela ser mais forte do que eu, não a deixe saber disso.

Gargalho alto sem me preocupar com os soldados ou com Ramose, ou com qualquer outra coisa que não seja eu e David, nossa alegria, o brilho cheio de amor e admiração no olhar do meu amigo. Mais um peso é removido do meu coração. Há quanto tempo eu não ria assim, sem culpa ou medo?

Ele se senta ao meu lado e me cutuca com o ombro.

— Vamos nadar no rio amanhã? Podemos sair pela grade aberta da janela e correr até as margens. Você sempre foi imbatível em driblar qualquer soldado prepotente. O que acha?

Rio outra vez e meus olhos se enchem de lágrimas. Eu sei o que ele tem feito. Dia após dia, noite após noite, David tem me ajudado a buscar pedaços meus que foram quebrados e estavam perdidos, mas ele não os pega e me entrega, ou me protege durante o caminho por se achar mais forte. David me acompanha e me ajuda a lembrar da minha própria força. Tenho certeza de que nunca amei alguém como o amo. *Como eu fiquei cega.*

Eu o abraço com força.

— Obrigada — digo baixinho.

E ele não responde nada com palavras, mas me abraça com o corpo, a alma e com o coração aberto, como não fazia havia muito tempo.

— Você me prometeu ajuda um dia, lembra?

Amsu me encara depois de soltar uma exalação longa.

— E estou aqui porque você tem insistido em me ver. Não deixei Ramose ficar sabendo que você tem dado para outras pessoas muitos dos presentes que ele envia, inclusive joias. Isso não te parece ajuda?

Olho para o sol poente e para o movimento das pessoas voltando dos seus turnos de trabalho e disfarço minha boca seca e o meu coração acelerado por estar vendo Amsu. Por ele estar falando de Ramose após tanto tempo.

— Eu não quero mais os presentes, não quero mais morar nesta casa. Não quero mais nenhum soldado atrás de mim. Já faz oito meses, Amsu, você disse que com o tempo isso pararia.

É a vez de ele olhar para a viela com a expressão cansada.

— Ramose me pede relatórios sobre você semanalmente. Fui promovido a segundo sacerdote e não tenho mais tempo para quase nada. Acredite, Zarah, eu também quero que isso pare.

— Então por que ele não desiste? Por que você não o convence a mudar de atitude?

Amsu respira fundo outra vez.

— Ramose não está bem.

Travo os dentes porque não quero perguntar, odeio a curiosidade que sinto. Meu silêncio o incentiva a prosseguir:

— A princesa não é feliz no casamento e deixa isso claro para todos, inclusive para o faraó. Parece que ela sabe que Ramose continua obce... — Desiste. — Além disso, o clero de Tebas está causando problemas para Ramose e o faraó está insatisfeito. O fato é que a única coisa que parece o acalmar nos piores dias é receber notícias suas.

Odeio meu coração acelerado, as dúvidas, o medo, e talvez... Deus me perdoe, eu odeio ainda me importar.

— Você o tem visto?

— Fui a Tebas algumas vezes e ele esteve em Mênfis umas duas outras, mas por pouco tempo e sempre acompanhado da esposa.

Aperto as mãos ao lado do corpo.

— Estou te pedindo a ajuda que você me ofereceu. Não quero deixar o bairro hebreu, quero a vida que eu tinha antes de Ramose aparecer, apenas isso.

Amsu fica me encarando em silêncio antes de dizer:

— Agora que a esposa dele está grávida, é provável que as coisas fiquem mais calmas e que ele esqueça — bufa — Desculpe, Zarah, vou falar com Ramose e ver o que consigo fazer, mas não posso prometer nada. Jamais faria algo para prejudicá-lo, ainda mais agora que ele está fragilizado.

O ritual que fizemos, a esposa dele grávida, as juras que trocamos naquela última noite juntos. Aperto mais as mãos ao lado do corpo. Quero que Ramose vá para o inferno dele e seja devorado pela deusa com cabeça de crocodilo. No lugar, sorrio e digo:

— Obrigada por se importar a ponto de vir até aqui.

E mais um suspiro de Amsu antes de ele se virar para sair.

39

Uma mão pesada e cheia de anéis tapa a minha boca. Eu tento me mexer e não consigo.

— Por que este homem está dormindo aqui ao seu lado? Você está me traindo, lótus?

Sei de quem Ramose está falando. Vez ou outra David passa a noite aqui comigo. Ele dorme na esteira no chão e eu, na cama. Olho para o lado e encontro David deitado ao meu lado no colchão, enquanto Ramose se enfiou entre nós, às minhas costas.

— Você sabe qual é a pena para adultério no Egito?

Tento me soltar, mas um laço invisível me mantém imóvel junto ao corpo dele.

— Nós não somos casados, nunca fomos de verdade.

Ele desce a mão por minha barriga e coloca os dedos entre minhas pernas, dentro de mim.

— Não?

Sinto um choque de prazer correr pela minha coluna.

— Pare com isso.

Luto sem conseguir me mexer. É como se eu estivesse totalmente paralisada. Um lado meu quer que ele continue com os dedos se movendo cada vez mais rápido e outro, consciente, quer se libertar.

— Pare — volto a pedir, gemendo de prazer.

Ele aperta os meus seios.

— Você é minha — escuto-o dizer e sinto a presença dele enfraquecer, conforme David percebe o que está acontecendo.

Abro os olhos marejados, minha respiração está acelerada e David está ajoelhado no chão, tentando me acordar. Ele realmente dormiu aqui, mas não no colchão comigo.

Cubro o rosto me sentindo enjoada, me sento na cama e choro.

David me abraça.

— Passou — diz e beija minha cabeça —, foi só um sonho.

E me nina dentro dos braços até eu me acalmar.

— Você quer ir para a sala? Ou podemos sair e ir até o rio.

Ele sabe que às vezes preciso sair de casa, entrar no rio, me lavar. Ou somente ficar quieta olhando o céu.

Não é o primeiro pesadelo que David presencia. No anterior ao desta noite, sonhei que via Ramose matar David e chicotear pessoas do meu povo enquanto ria de um jeito sarcástico e me forçava a assistir dizendo quanto me amava.

— Não, obrigada — respondo baixinho. — Só vamos ficar um pouco na sala até o sono voltar.

— Podemos separar algumas coisas para eu levar amanhã ao trabalho, o que acha?

Concordo. Vez ou outra David entrega parte do que eu recebo para conhecidos no armazém onde trabalha.

Acabamos de embalar algumas coisas e nos sentamos nas almofadas do chão. Encosto minha cabeça no ombro dele suspirando.

— Você sente saudade da vida fora daqui? — pergunta David, analisando o enorme colar de turquesa e ouro que recebi hoje. David vai entregar amanhã para um dos líderes do nosso povo. A joia será trocada por remédios e tecidos.

Fazia mais de trinta dias que os presentes não chegavam, apenas comida, alguns cremes e maquiagens, e faz quase três meses desde a visita de Amsu. Tinha quase certeza de que as joias, flores, jarros ou móveis parariam de chegar. De que Ramose começava a esquecer, como Amsu falou. De que finalmente desistiria de tudo o que prometeu, jurou, me fez jurar.

Hoje, no lugar de três guardas, apenas um me segue durante o dia. À noite, nem sempre há vigias do lado de fora. David e eu comemoramos toda vez que os guardas não chegam, que os presentes não vêm, que a presença de Ramose se desvanece, como no sonho que tive agora há pouco.

É horrível pensar que, diante disso, um lado meu vive um outro tipo de luto.

Essa é a certeza de que tudo não passou de uma loucura. De que nada foi real, nem mesmo para ele. Talvez me agarrar à sensação de que houve um pingo de verdade, por mais distorcida que tenha sido, traga um conforto estranho.

Não acho ruim parar de ser seguida. Isso é o que eu queria.

Nem ligo para as centenas de presentes que ganhei nos últimos doze meses. Muitos deles repassados e outros guardados no baú no canto do meu quarto.

No mesmo baú em que queria trancar a mágoa, a culpa e principalmente as lembranças de quando ainda achava que eu e Ramose ficaríamos juntos para sempre, de que a nossa relação tinha algo de bonito. Essas são as lembranças que mais dói perceber que também foram uma mentira, porque, de certa maneira, elas justificaram e deram o tom para todas as coisas erradas que vieram em seguida.

Tem quase um ano que David entrou aqui pela primeira vez. Naquela noite, contei uma parte de tudo o que vivi. Depois disso, ele nunca mais perguntou do meu passado com Ramose e eu tampouco o mencionei. David provavelmente sente meu desconforto com o assunto e o evita. Mas, nas noites em que meu amigo presencia um pesadelo, é mais difícil fingirmos que Ramose nunca existiu.

Por isso, o analiso um pouco antes de responder:

— Sinto saudade de quando as coisas eram mais simples.

Ele aquiesce e fita o colar de pedras azuis e ouro.

— Será que Ramose acha que você usa essas peças aqui?

Mais uma pergunta.

Meu pulso acelera um pouco, uma coisa é lidar com as lembranças, com os sonhos cada vez menos frequentes, com minhas próprias questões internas sobre tudo o que vivi, outra coisa é ter que falar em voz alta, é sentir que algumas dessas questões ainda incomodam meu amigo e que não tenho respostas para boa parte delas.

— Não sei. — Sou sincera — Acho que não faz diferença para ele. O que importa é ser lembrado. Pelo que conheço dele, deve ser nisso que pensa.

David fica mais um tempo em silêncio antes de falar:

— Os pesadelos, o de hoje por exemplo, são com Ramose?

Apesar de sempre me confortar, David nunca quis saber. Não sei se por vergonha ou medo, ou se por achar que são sonhos íntimos e perturbadores demais.

Desta vez, concordo com a cabeça

— Como são os sonhos? — E desta vez ele pergunta

Vívidos, reais, como se ele me visitasse no meu quarto. Na minha cama. Nos meus dias.

— São somente sonhos.

— No último antes desse, você vomitou quando eu te acordei, e agora nesse... esqueça

Seguro a mão dele, sentindo o calor envolver a minha

— Se você quiser, podemos falar sobre isso. Não só sobre os sonhos, mas sobre o meu passado fora daqui. — Sei que é o certo a propor, o que ele merece, é o que nós merecemos. — Você não sabe quase nada e tem sido meu melhor amigo, meu único amigo, desde que voltei. Sem você, sem o seu apoio, não sei como eu estaria. Além disso, você abriu seu coração e me deixou saber o que viveu enquanto estávamos longe e é tão generoso que não me culpa

— Não sou assim tão generoso. — Ele dá um sorriso tímido. — Eu te culpei bastante e tentei me convencer de que te odiava, mas a verdade é que Ramose te enganou, enganou a todos, Zarah.

— Eu vivi uma espécie de cegueira, como se não conseguisse enxergar a verdade, por mais que todos ao meu redor me alertassem. Mas nunca te culparia se você não me perdoasse.

— Se eu não te perdoasse, eu seria o cego. Você, a sua amizade, o que reconstruímos aqui dia após dia me ajuda, me fortalece e me faz um homem melhor. Eu também cometi algo irreparável e que me mudou para sempre.

Arregalo um pouco os olhos.

— O quê?

David escorrega as costas dos dedos pelo meu nariz e pela curva do meu rosto.

— Não é só você que tem segredos, lugares do passado que não quer visitar. Talvez um dia eu te conte. Apenas saiba que ter a sua amizade de volta e saber que não me enganei sobre nós, sobre você, me ajuda a lidar com essas escolhas.

— Você tem razão, há lugares do meu passado que eu também queria fingir que nunca existiram. Mesmo assim, pergunte o que você quiser saber, finalmente me sinto forte o bastante para contar tudo.

Encara nossas mãos em contato por um tempo.

— Você realmente o amou ou... ainda o ama?

Olho na mesma direção que ele, para um jarro turquesa, enfeitado com flores de lótus que chegaram hoje, com o colar.

— Não sei se um dia amei — omito, talvez por vergonha. Talvez porque eu mesma queira acreditar nisso. — Sinto que envelheci dez anos em um, não de corpo, mas de espírito. Acho que eu-ele era muito mais experiente e sedutor. Acreditei que o amava. — *Acreditei que o amava tanto que sentia ser capaz de tudo por ele*, penso. — Acreditei que podíamos ser felizes.

David aquiesce, pensativo, e eu prossigo:

— Durante muito tempo achei que o que sentíamos era real, tinha certeza de que tudo o que Ramose me falava era verdade. Até que eu entendi que o amor que ele dizia sentir por mim só era bom enquanto eu fazia exatamente o que ele esperava. Então ele me prendeu numa casa, machucou meu corpo e minha alma de um jeito que nem sabia ser possível. De certa maneira, me obrigou a fazer, consentir com coisas que me fazem sentir errada até hoje.

— Você acha que... — inspira devagar, a voz ficando mais grave — que um dia conseguirá superar tudo isso?

Meus olhos se enchem de lágrimas.

— Sim, eu acho. Tenho certeza de que sim, e você tem me ajudado muito.

Eu o abraço com força e ficamos sem falar mais nada por um tempo longo o suficiente para voltarmos a dormir no sofá e, pela primeira vez, abraçados.

40

Afundo a cabeça nas águas prateadas pela luz da lua e, assim que levanto, vejo David dar algumas braçadas em minha direção.

— Elas são mesmo do tamanho da sua cabeça? — pergunta apontando para as pirâmides.

— Elas são magníficas — respondo olhando para a silhueta prata que a lua ilumina — Feitas de pedras brancas e polidas, tão reluzentes que parecem um pedaço do sol.

— Não é estranho que eles gastem tanto tempo e riquezas pensando no que encontrarão depois desta vida?

Lembro-me dos nomes dos guardiões e dos nomes secretos dos deuses que decorei, da obsessão de Ramose com a nossa vida juntos no paraíso, de tudo o que ele fez por dar mais importância a essa crença do que à nossa realidade aqui

— Você não tem ideia de quão estranho é

— Ei. — David espirra água no meu rosto. — Não vá até lá, fique aqui comigo.

Ele percebeu, talvez, a mudança no meu tom de voz.

— Ir até lá? — Disfarço apoiando os braços nos ombros largos. — Com esse rio e a melhor companhia? Depois de tanto tempo sem nadarmos, nem pensar. Ninguém me tira daqui.

Faz duas semanas do último pesadelo e estávamos sem vir para o rio desde então. Uma mão firme enlaça minha cintura e não consigo impedir um frio de percorrer a minha espinha

— Foi por uma boa causa, você sabe. Estive ocupado com o conselho, votamos várias questões importantes.

Desde que David voltou das minas, ele faz parte do conselho de patriarcas responsável pelas decisões no bairro hebreu. O mesmo conselho de que meu pai fazia parte e de que Isaac, o atual marido da minha mãe, também participa

— Ah, é claro — digo com diversão, brincando com uma mecha do cabelo dele. — Eu às vezes esqueço como você se tornou um homem importante.

Ele sorri bem-humorado.

— Os patriarcas ficaram muito impressionados com tudo o que você falou nas últimas reuniões.

Faz três semanas também que frequento as reuniões de que sempre quis participar. E não apenas vou; fui convidada a falar sobre tudo o que conheci e ouvi enquanto morava em Mênfis.

Agora quem mexe no meu cabelo é David, que recolhe uma mecha atrás da minha orelha antes de dizer de um jeito descontraído:

— Não te contei o que colocamos em votação no conselho ontem, contei?

Franzo o cenho e meus lábios se curvam num sorriso fraco.

— Não.

— Eu sugeri que esposas de patriarcas participem do conselho, e não apenas as viúvas.

Meus olhos crescem surpresos e meu coração acelera

— E o que eles decidiram?

— Não foi fácil convencê-los, você sabe, muito são velhos e apegados às tradições, mas acho que os ganhei quando disse que nunca seríamos justos e bons o bastante se não ouvíssemos as pessoas mais sábias, as mulheres, é claro. Se não consideramos nossas mães e as mães dos nossos filhos as pessoas mais inteligentes e fortes, que tipo de homens nós seríamos?

Mordo o lábio, cheia de expectativa

— E então?

— Então — David continua descontraído, como se não tivesse feito nada de mais — foram três votos a dois; as esposas dos patriarcas, a partir da próxima reunião, votarão e serão ouvidas, como os maridos.

Eu o abraço e beijo as bochechas dele, emocionada

— Isso é maravilhoso, David! Você os desafiou a pensar diferente, você...

Paro quando as mãos calejadas emolduram meu rosto. Noto o movimento da garganta dele ao engolir. David não está descontraído, ele parece ansioso.

— Fiz isso pensando na minha futura esposa. Quero fazer dela uma igual, com os mesmos direitos e com a mesma voz que tenho perante o nosso povo.

Meus olhos se enchem de admiração e amor.

— Sua esposa será a mulher mais feliz de todo o Egito.

David fica um tempo quieto, apenas me olhando, e meu coração galopa no peito.

— Fiz isso pensando em você, Zarah.

E meu coração acelera ainda mais, ele abaixa o tom de voz:

— Uma vez eu te disse que nunca me casaria se não fosse com você. Isso, esse sentimento, foi uma das coisas que o tempo que passamos separados não mudou.

E beija a ponta do meu nariz e minha testa de um jeito lento e carinhoso.

— Você aceita se casar comigo, Zarah?

Quero beijá-lo e dizer *sim*! Um milhão de vezes *sim*!

Fito os olhos escuros, brilhantes e doces do meu amigo, tão diferentes da maneira intensa e perturbadora como Ramose me olhava. Não quero pensar em Ramose neste momento, não com meu coração batendo acelerado e transbordando de amor por outro homem, pelo único homem para quem eu deveria ter dito *sim* na vida, sem hesitar.

Mas é impossível não trazer o passado até aqui quando só eu sei o que ele significa. E agora estou chorando porque sei também que, se eu fizer o que quero, se eu disser *sim*, colocarei a vida de David em risco. E se isso acontecer... Não, não quero pensar nisso, não consigo.

— David, uma coisa é voltarmos do trabalho todos os dias, eu, você e minha mãe conversando, você entrar na minha casa escondido quase todas as noites, e outra coisa é...

— Eu sei. — Ele beija minha testa — Sei que você se preocupa. Jamais cobraria algo que você não quer ou não está preparada para entregar. Podemos esperar o tempo que você quiser para oficializarmos nossa união, e depois, se você preferir, podemos continuar vivendo como amigos.

O peito dele sobe e desce numa respiração profunda. Seguro o rosto dele entre as mãos e David fecha os olhos.

— Você é tão maravilhoso. Talvez eu não te mereça porque quero responder *sim*, mas isso não devia passar pela minha cabeça.

Os olhos castanhos, agora tristes, desviam dos meus para as luzes de Mênfis.
— É por causa de Ramose? Você ainda o ama, acha que tem que ser fiel a ele?

Se fosse simples assim.

— Não. Ramose nunca me honrou. Apesar de termos trocado juras, elas não valeram nada para ele e então deixaram de ser verdade para mim também. O problema é o que fui capaz de fazer, de jurar, de me submeter, acreditando que era o certo. O problema é que Ramose nunca quis meu coração, você mesmo percebeu; ele quer minha alma, e eu não posso arriscar a sua.

David pega minha mão e leva até o peito. O coração dele, tão ou mais acelerado que o meu.

— Eu também fui quebrado, Zarah, meu coração e minha alma. Fui ao inferno e voltei com sangue de um monstro nas mãos.

Abro a boca e meus olhos ficam enormes.

— Não sou mais inocente, assim como você. O que fiz talvez me condene para sempre. Tento me convencer de que foi por amor, porque, quando cortei a garganta de Narmer, apesar de ter feito isso para impedir que ele violasse uma jovem, foi o seu rosto que eu vi pedindo socorro e foi o pescoço de Ramose que eu imaginei estar dilacerando, então fui movido pelo ódio também.

Minhas mãos no rosto dele estão geladas, apesar da noite quente e das águas mornas do rio que nos envolvem.

— Você matou Narmer?

— Foi o preço para poder sair daquele lugar. Mas o que talvez me torne ainda mais condenado é que não me arrependo. Se fosse preciso, faria outra vez. Então me diga, Zarah, depois de saber disso, quem aqui entre nós não merece outra chance de ser feliz?

Cubro os lábios dele com os dedos incertos e em seguida o abraço com força, como se meus braços pudessem apagar tudo: o que foi dito e o que não foi, a distância, os erros e as culpas. Não, não é verdade, o que eu quero apagar é o fantasma de Ramose que ainda paira entre nós e tudo o que aconteceu em nossa vida por causa dele.

Seguro a nuca de David com as mãos e beijo o gosto de sal das lágrimas e o doce do rio. David arfa. Meus lábios tocam os dele; sinto-o estremecer e fecho os olhos, deixando as lágrimas acumuladas correrem por meu rosto. Não sei se choro por mim, por ele ou pelo que estou me permitindo fazer, pelo que isso significa. Passeio a língua pelos lábios macios e David os entreabre. Deslizo a língua para dentro da boca dele, sentindo os músculos do peito e dos braços enrijecerem ao meu redor, *surpresos*. Insisto, aprofundando o beijo, como se buscasse a liberdade. David me abraça com mais força e geme rouco, me imitando, aprofundando o beijo ainda mais e fazendo-o ser nosso.

Ele se afasta um pouco e me encara resfolegado:

— Eu te amo, isso que fizemos é a melhor coisa que já senti na vida. Nunca mais quero parar de te beijar assim.

Sorrio com os lábios trêmulos de desejo, de emoção, de culpa? Não! Não vou deixar isso se infiltrar na minha mente, no meu coração, não agora.

Os lábios afoitos dele avançam sobre os meus e nos beijamos outra vez até estarmos deitados às margens do rio, até nossas roupas secarem, até o sol tingir as nuvens, as lótus flutuando e as águas com a luz da aurora.

E esse é o mais lindo alvorecer a que já assisti.

Fogueira, música e cantos.

É assim que celebramos os casamentos entre meu povo.

É assim que celebro minha união com David. Faz nove meses desde que ele me pediu em casamento.

Foi o tempo que demorei para me sentir segura, foi o tempo que demorei para exorcizar a maior parte dos fantasmas do passado e para entender que tudo daria certo. Os guardas não me seguem e os presentes não chegam mais faz meio ano.

E, apesar de David ainda dormir ao meu lado com frequência, não nos tocamos mais, nada de beijos na boca ou qualquer carícia mais íntima. Foi uma escolha nossa esperar até estarmos casados.

Hoje estou decidida a dar a David a família que ele sempre sonhou em ter e, se for preciso no futuro, darei um jeito de entrar em contato com Amsu, de implorar por ajuda outra vez.

A única certeza que precisava para levarmos adiante nossa união era a de que Ramose nunca mais apareceria. E sinto que, depois de tanto tempo, ele não aparecerá mais. Talvez tenha entendido que não nascemos para ser um do outro, que, antes dos erros, as diferenças que nos separaram são intransponíveis. Talvez Ramose esteja feliz com a sua nova família e dezenas de amantes. Deus queira que ele tenha esquecido, entendido, para sempre.

Olho para o rosto de David. O sorriso que curva os lábios dele para cima é tão sincero e lindo que faz meu coração acelerar. E me odeio por estar trazendo Ramose até aqui, mesmo após tanto tempo. *Chega!*

— Deus abençoe a união de vocês — minha mãe diz e eu sorrio.

— Deus abençoe a união de vocês — Isaac abençoa e nós dois sorrimos.

— Deus abençoe a união de vocês — a mãe e o pai de David desejam e nos beijamos.

— Vamos nadar no Nilo depois que isso tudo acabar? — pergunta David, no meu ouvido.

Isso tudo a que David se refere são as músicas, as danças, cerveja e a carne de peixe. Por ser um patriarca respeitado entre meu povo, Isaac e David conseguiram essa fartura para celebrarmos.

Olho para a lua cheia e sorrio com a certeza de que não preciso de mais nada para ser feliz.

Nesta noite, enquanto todos dormem, a liberdade que nosso povo procura é encontrada por mim e por ele, nos lábios, na maneira apaixonada e entregue com que ele me ama e nas margens do rio que abraçam as linhas do nosso corpo e desfazem os limites do mundo.

41

UM ANO DEPOIS

Entro em casa sorrindo com a lembrança do beijo apaixonado que David me deu hoje mais cedo, antes de sairmos para o trabalho. Toco os lábios. Ele realmente gosta de beijar na boca e me lembra quanto, todos os dias, à noite e de manhã.

Abro a cesta e pego as fatias de pão e o jarro com cerveja que recebi por ter feito horas extras esta semana. Gosto de ter minha vida simples de volta.

Não ligo de não ter mais frutas e carnes, bolos ou vinho. Há tempos as cestas recheadas de comida não chegam e, vez ou outra, voltei a dormir com fome. Olho ao redor. Não estou mais na casa grande e luxuosa que Ramose me instalou. Eu e David nos mudamos para a casa que ele recebeu por ter se casado. Ela é bem menor e mais simples, mas é confortável e tem tudo de que precisamos.

Foi uma decisão minha vir para cá. Eu deixei tudo para trás. *Quase tudo* — reparo em alguns móveis e almofadas que trouxemos para cá.

Suspiro.

O passado não importa mais, tudo o que hoje faz sentido para mim está aqui — fecho os olhos e passo a mão no ventre —, nesta casa.

Reparto as fatias extras de pão e arrumo num jarro as folhas de palmeira que peguei nas margens do Nilo há pouco, levarei para a reunião do conselho de patriarcas hoje à noite. Lá sou respeitada e ouvida por todos. David é um marido atencioso e cumpre o que prometeu: não sou apenas sua esposa, somos iguais.

O som de cavalos em movimento chama minha atenção.

Quem?

Franzo o cenho.

Desde o ano passado, ninguém me procura. Respiro outra vez aliviada, quando os sons cessam. Com certeza, um grupo de soldados que às vezes passa por aqui.

— É esta casa — uma voz masculina aponta em egípcio.

Minhas mãos gelam. Tento manter a calma, respirando devagar quando alguém bate com força à porta, *quase esmurrando.*

Quem? Quem será?

Talvez Amsu.

Ou algo aconteceu com David no trabalho. Um acidente.

Seco as mãos na saia e corro para abrir.

O. Mundo. Desaba.

Pedaço por pedaço.

Um sorriso claro, coberto pelo brilho do sol e do ouro me cega. O céu gira, não consigo respirar. Esfrego os olhos com força, quero que a imagem se desfaça. *Quero acordar.* É um dos sonhos vívidos que ainda me assombram.

Ramose está aqui na minha frente. Levo as mãos à cabeça, minha visão turva, ando para trás sem conseguir falar e me sento num aparador próximo à porta, *acho que vou desmaiar.*

— Vá embora, por favor — murmuro, como sempre faço nos sonhos.

— Olá, minha flor de lótus — diz em hebreu, como se ainda tivesse o direito de me chamar assim. — Sabe — prossegue entrando na casa e analisando ao redor —, voltei a morar em Mênfis faz poucos dias e acabo de receber uma notícia alegre.

Meu pulso está tão acelerado que não consigo respirar.

De algum jeito, parece mais magro, olheiras profundas e mais abatido e nem por isso menos ameaçador do que me lembrava, os cabelos negros e ondulados nunca estiveram tão longos. Os olhos não estão carregados com o calor e a vontade usuais de quando nos encarávamos.

Ramose está envolto em ouro e pedras, e a pele de uma fera, cobre parte do tórax, como da primeira vez que nos vimos.

— Vim aqui para ver com os meus próprios olhos — prossegue —, meus homens me contaram algo que... Você se casou? — pergunta com um sorriso irônica. E completa ainda sorrindo: — O casamento é motivo de alegria, estou certo?

Minhas mãos fraquejam e ainda estou tonta. Abro a boca numa tentativa frustrada de falar.

— Mas que estranho — escarnece, a voz ácida — Se o casamento é um motivo de alegria, por que não estou feliz? Talvez porque — faz uma pausa e segura as minhas mãos com força, antes de gritar: — talvez porque a noiva seja casada! Ou você se esqueceu?!

Viro e ele segura meu rosto, apertando minhas bochechas para que eu volte a olhá-lo.

— Esqueceu? — insiste entredentes.

Luto, tentando me desvencilhar

— Nunca fui sua esposa de verdade.

Ramose gargalha de um jeito brutal, horrível.

— Então é mesmo verdade. A princípio, quando meus homens me contaram, achei que fosse uma brincadeira de mau gosto.

Eu me debato tentando me livrar, mas Ramose continua me segurando.

— Amsu me traiu e parou de enviar meus presentes a você, dispensou sem o meu conhecimento os guardas que deviam te proteger, deixou de me contar a verdade sobre você. E você? Esqueceu de tudo o que vivemos? Não, pensei, ela não faria isso.

— Então foi Amsu? — pergunto com a voz falha pela força que faço a fim de me soltar.

Ramose agarra meu braço com força outra vez.

— Dois traidores, você e ele.

— Me solte. — Tento empurrá-lo, ele me estreita contra a parede, me analisando de cima a baixo, e arregala os olhos ao se dar conta

— Onde está a sua ankh?

— Eu não a uso mais faz muito tempo.

Fecha os olhos com uma expressão condoída, os lábios presos numa linha fina, enquanto uma veia pulsa no maxilar quadrado.

— Acho que a distância prejudicou a sua memória, então vim aqui para dizer que estou disposto a te perdoar. Sei que você não me traiu de verdade, não poderia esquecer o nosso amor. Entendo que a distância fez você ficar confusa, mas tenho certeza de que seu amor sempre foi e será meu. Você não esqueceria as juras que fizemos e o que somos um para o outro, esqueceria? Me trairia desse jeito imundo?

Meu sangue ferve, as palavras explodem da minha boca:

— Você me-me tortura, me destrói e vem me cobrar amor, fidelidade? Eu não volto para você nem agora, nem nunca, saia da minha casa e da minha vida!

Mãos fortes se fecham no meu cabelo e ele me puxa até encostar os lábios nos meus.

— Você vai se lembrar de onde é sua casa, Zarah.

— A minha casa é aqui, o meu marido é outro homem.

Consigo me soltar e corro para o quarto. Me curvo e pego dentro do baú a ankh.

Ramose vem atrás de mim.

— Tome — digo, sem fôlego. — Leve isto embora e não me devolva mais. Para mim esta é a prova da sua covardia e de suas mentiras, não quero mais nada que me lembre de você.

— Cale a boca, você não sabe o que está falando — rosna — Vamos para casa, agora!

Nego com a cabeça, e ele prossegue:

— Eu não tenho muito tempo. Mas o que me resta quero passar com você.

Não entendo o que ele fala, só quero que saia daqui e me deixe em paz, que leve embora de uma vez tudo o que me faz lembrar dele, do nosso passado. Que nunca mais volte a me assombrar.

— Chega, me deixe em paz.

— Vamos esquecer tudo e recomeçar. — Segura a ankh na minha mão, sem soltá-la — Nunca fui casado com ninguém de verdade, além de você. Você sabe disso, Zarah. Você jurou pelo nosso sangue ser fiel. Nós pertencemos um ao outro.

— Se é mesmo amor o que sentimos um pelo outro, é com certeza o lado sombrio, feio e cruel dele.

Ramose fica pálido, os olhos se estreitam em duas fendas negras e geladas, antes de me agarrar e me beijar, vidrado, no rosto, no cabelo, nos lábios.

— Vai ser tudo diferente. Você vai lembrar e nós vamos juntos para a eternidade.

Eu o empurro com toda a força, e ele me segura com brutalidade.

— Não me toque nunca mais — continuo, resfolegando. — Odeio os sonhos, odeio essa ankh maldita. Eu podia tê-la jogado no rio. Quase fiz isso diversas vezes. Só não a joguei porque para mim ela é prova de que, se os símbolos e a magia dos seus deuses têm poder, eles não são eternos, muito menos insolúveis. Se fossem, como eu poderia ser amada por outro homem?

— Chega!

— Eu não sou sua, não sou de ninguém, odeio tudo o que vivemos e as lem- -lembranças — gaguejo. — Odeio pensar que você mentiu o tempo inteiro sobre nós, sobre quem é. Me odeio por ter demorado tanto a perceber a verdade.

— Você é minha. Nós estamos unidos de um jeito irreversível.

A expressão dele fica cada vez mais sombria, só que não aguento mais. Não quero ter nada a ver com ele e preciso deixar claro. Preciso que entenda e que me deixe para sempre. Não aguento mais as mentiras, as lembranças, a certeza de que não fomos capazes de amar de um jeito bom.

— Sabe a única coisa que eu faria diferente? — grito. — Quero deixar claro para que você nunca mais esqueça: você me salvou de uma violência imperdoável e cometeu outra pior, violou meu coração e quis roubar minha paz. Eu nunca devia ter dito *sim* para você. Nunca.

E todo resto de amor e complacência se desfaz no rosto cinzelado, esculpido como o de um anjo. Ainda mais bonito do que lembrava. Um anjo caído.

— Não me obrigue a agir como um monstro.

— Não encoste mais em mim, nem hoje, nem depois desta vida — exijo, chorando. — Tenho nojo de você, de mim, por ter permitido que você me tocasse tantas vezes, por confundir o amor, por confundir tudo.

Ele ergue o braço e um arrombo de dor brutal me cega. Cubro com a mão o lado da face atingido e fico tonta.

Mais uma mentira, *ele jurou que nunca me bateria*. Nunca machucaria alguém mais fraco.

— Nunca tive escolha — murmuro. — A não ser que ela fosse a sua. Isso não é amor, Ramose.

Ele me sacode, impiedoso, como se eu fosse de pano.

E me bate outra vez, ainda mais forte.

Caio no chão e tudo escurece.

42

Amsu

— Não, você deve segurar a pena dessa maneira — Arrumo-a entre os dedos da minha filha mais nova — Isso — incentivo enquanto ela arrisca desenhar algumas palavras —, segure com firmeza.

Uns dez soldados entram sem ao menos anunciar a presença na minha casa. Minha esposa se detém a caminho da mesa, com o rosto pálido, quando dois homens me alcançam.

— Você deve vir conosco.

Os soldados se abaixam para segurar a curva dos meus braços e minha filha deixa a pena cair e derruba o tinteiro sobre o papiro.

— Papai?

Levanto-me, me desvencilhando das mãos pesadas.

— Está tudo bem, filha, o papai logo volta para concluir nossa aula.

— O que está acontecendo? — Minha esposa olha de mim para os soldados, que não se afastaram. — É o faraó?

— Esses são soldados da guarda pessoal de Ramose — digo a ela, tentando transparecer calma. Viro-me para o capitão Zaid. — O que houve?

— O vizir aguarda o senhor sem demora e devemos conduzi-lo até ele.

— E se eu me recusar a ir?

Zaid baixa um pouco os olhos, parecendo envergonhado.

— Os homens só deixarão a casa e sua família em segurança depois que o senhor voltar do vale de Sacara, onde o comandante aguarda.

— Você está ameaçando a minha família?

— Estou apenas cumprindo as ordens do vizir.

Os olhos castanhos da minha esposa se arregalam.

— Não sabia que Ramose estava de volta a Mênfis.

— Também não sabia — digo. — Sempre que ele visita a cidade, costuma me avisar e da última vez que o vi, há dois meses, Ramose estava doente. Por Amon, ele deve ter descoberto — murmuro e abaixo para beijar a cabeça da minha filha, querendo acalmá-la — Não chore, tudo ficará bem.

Minha esposa arfa, assustada.

— Descoberto o quê?

— Da hebreia, Zarah, do que fiz para que a garota voltasse a ter paz.

— Pelos deuses, meu marido, e agora? Eu disse para você não se envolver desse jeito, disse para não se arriscar assim.

O soldado que segura meu braço me puxa. Rompendo o contato, busco Zaid com um olhar de reprovação, afinal o conheço desde que ele era um garoto.

— Sinto muito — Zaid murmura —, não podemos esperar mais.

— Logo estarei de volta — afirmo ao sair. — Vai ficar tudo bem.

E tento me convencer de que Ramose, o filho homem que não tive, por mais obcecado que esteja, por mais fora de si que esteja, não seria capaz da loucura que estou imaginando. *Ou seria?*

Lembro-me do ocorrido três meses atrás, quando o vi pela última vez, lembro-me das palavras de Tamit:

— Ele enlouqueceu de vez — cobriu o rosto aflita —, fala na frente da esposa que os filhos que tem com ela são na verdade dele e da hebreia, não se importa mais com a fúria do faraó, nem com nada.

— Eu vou falar com Ramose — respondi cruzando os corredores do enorme palacete, onde ele mora com a princesa Néftis, em Tebas.

— Ramose não escuta mais ninguém, Amsu. E agora, ainda mais essa, o bebê se recusa a nascer e Néftis está em agonia.

Por isso eu estava ali. Fui chamado às pressas para ajudar no nascimento do segundo filho de Ramose com a princesa. Mas o que encontrei me fez ficar mais preocupado com ele que com Néftis.

Naquele dia mais tarde, depois que examinei os dois, voltei a falar com Tamit:

— Ele está tossindo sangue e abatido. — Estreitei os olhos. — Tem uma linha de estudos que associa esses sintomas a envenenamento.

— Ele está sendo castigado pelos deuses.

Estreitei mais os olhos, desconfiado.

— Você não seria capaz, não é, Tamit?

Ela arregalou os olhos, com expressão ofendida.

— Você sabe quanto o amei, quanto culpei Zarah por toda essa desgraça, mas agora entendo que o único responsável por tudo é ele próprio. Ramose perdeu a cabeça e, apesar de estar afundando todos nós com ele, eu não seria capaz de feri-lo.

Eu a analisei, ainda desconfiado.

— Você tem o conhecimento das ervas e a confiança dele.

— Pergunte para Néftis. Se ela o envenenasse, eu não a culparia. Kya me confidenciou tempos atrás que Ramose se deita com a esposa de olhos fechados, sem o menor afeto, e, quando termina, vai se lavar como se sentisse nojo, e depois passa horas em rituais e orações, como se fosse culpado.

Tamit apertou os dedos, nervosa.

— Faz três anos que ele deixou Zarah ir embora e eu tinha certeza de que era questão de tempo até Ramose perceber a loucura que fez ao se envolver com uma hebreia. Mas as coisas só ficam piores. Se eu soubesse que ele estaria tão miserável, arriscando a todos nós desse jeito, eu mesma teria ajudado Ramose a ir embora do Egito com Zarah.

Os olhos dela se encheram de lágrimas e, naquele momento, acreditei no que ela dizia.

— Talvez ele só esteja doente.

— Talvez sejam realmente os deuses.

O relincho de um dos cavalos que nos levará até a necrópole de Sacara volta minha atenção para o presente.

Afinal o que, pelos deuses, Ramose está fazendo lá?

43

Acordo com um cheiro doce e conhecido. *Incenso.* Meus olhos pesam e demoro um pouco a abri-los.

Custo a me habituar com a luz e tento esfregá-los, mas minhas mãos estão imobilizadas. Tento mexê-las outra vez, mas é inútil. Algo impede o movimento. É uma corda.

O que está acontecendo?

Meu Deus, *estou amarrada.*

Meu coração bate tão forte que o sinto na boca. Meu rosto lateja no lugar atingido por Ramose. Toco no gelado da pedra embaixo de mim.

Devagar, analiso o entorno.

O teto abalado é preto com desenhos entalhados em ouro, lembrando o céu. No lugar das estrelas, deuses egípcios e outros símbolos — reconheço as portas e seus guardiões: são parte do encantamento do livro para a passagem ao paraíso.

Desço o olhar pelas paredes cobertas por pinturas coloridas; mais códigos e encantamentos. Estátuas enormes ladeiam as colunas, também cobertas por pinturas. Não conheço este lugar, mas se parece com um templo ou... com o interior de um túmulo. Minha respiração se altera.

Ergo o que consigo do pescoço e percebo que estou com um vestido branco de gaze fina e plissado e um enorme colar de ouro. Deitada em cima de uma mesa de pedra.

— Aqui é o portal para a nossa passagem até os Campos de Aaru — Ramose fala ao meu lado e meu pulso acelera ainda mais. — Entendi que você se esqueceu de tudo, de mim, do nosso amor, das nossas juras, de tudo o que dá sentido à minha vida — prossegue com a voz embargada, rouca — Mas se lembrará assim que chegar do outro lado, quando nos encontrarmos no paraíso, tenho certeza.

Minha respiração acelera ainda mais.

— O que você vai fazer?

Começa a arrumar potes com cabeças de deuses e outros objetos.

— Não sei quanto tempo tenho de vida, lótus, e como você não quer ficar mais comigo, no que ainda teríamos juntos aqui, vou garantir nossa passagem para a eternidade.

E toca o meu rosto com o dorso da mão. O kajal dos olhos pretos parece borrado, como se ele tivesse chorado.

Minha boca seca quando vejo um sarcófago enorme e luxuosamente entalhado ao lado de uma máscara que imita meu rosto, coberta por tinta dourada. Estou apavorada.

— Que lugar é este?

— Estamos no meu túmulo. — Aponta para o lado, para duas estátuas. — Aquele ali sou eu e, ao meu lado, você, minha Muyeti, em homenagem ao ritual que fizemos, para que os deuses se lembrem e você também. Veja — Aponta para as pinturas e esculturas na parede. — É o nosso casamento celebrado aqui e também no paraíso, com os deuses.

Tento me soltar, *meu Deus que loucura*, me debato. Minha mente em choque finalmente entende o que está acontecendo: ele vai me matar e me mumificar. Lágrimas enchem meus olhos e escorrem pelo rosto.

— Você vai me matar, é isso? — pergunto com a voz trêmula, apesar de ter certeza.

Ramose se abaixa e beija minha testa.

— Não, vou te dar uma passagem sem dor para a nossa vida eterna juntos. — E me beija na boca com ternura, um paradoxo total.

Eu mordo o lábio dele com força.

— Me solte.

Ele se ergue, limpando o sangue no canto dos lábios com expressão impassível.

— Amsu vai nos ajudar. — Aponta para a frente, onde um homem com a cabeça de Anúbis aguarda.

Amsu.

330

Um gosto ruim envolve minha boca.

— Amsu, não, por favor não faça isso, você é um homem bom, você é meu amigo.

Ele se aproxima e fala, a voz abafada pela máscara enorme e assustadora.

— Me perdoe, Ramose ameaçou minha família.

— Não! — grito. — Seu monstro, não!

— Solte-a, seu covarde! — Viro para o outro lado, em direção à voz conhecida, e encontro David, com parte do rosto coberta de sangue e amarrado de pé, a uma das colunas.

— Veja quem acordou — Ramose contrapõe, seco. — Vai ser ainda melhor, minha lótus, nós teremos uma plateia especial.

— Solte-o — soluço, grito. — Deixe David sair daqui.

Ramose volta a se aproximar e beija minha testa outra vez.

— Você vai dormir e acordar do outro lado sem dor alguma, sem sofrimento.

Meus lábios tremem tanto, meu corpo treme tanto, que não consigo respirar.

— Mas, infelizmente — prossegue —, seu amante não terá a mesma sorte. Você traiu nosso amor e eu terei que punir alguém para que tudo se equilibre, entende? Entende o que você está me levando a fazer? — Esfrega o rosto. — Não tenho escolha, lótus, é isso ou nossa eternidade estará condenada.

— Você está louco — murmuro com os lábios incertos e secos. — Deixe-o em paz, deixe — arquejo —, deixe David fora disso.

Amsu entrega um copo para Ramose.

— Amsu, por favor — volto a implorar desesperada.

— Seu desgraçado — grunhe David, enfurecido, tentando inutilmente se soltar.

— Você pode não entender agora, já que ele te confundiu — aponta para David. — Mas, quando estivermos juntos no paraíso, você vai se lembrar, lótus, e vai me agradecer pelo que estou fazendo.

— É por isso que você acha que pode me matar e entrar impune no seu paraíso? — pergunto com a voz quebrada.

— É porque tenho absoluta certeza do nosso amor, é porque te perdoo por ter me matado com sua traição às juras, aos rituais que fizemos. Você vai entender e tudo ficará bem. — Encosta o copo nos meus lábios. — Agora beba.

O líquido amargo preenche a minha boca e ele abaixa para me beijar. Cuspo a bebida. Ramose se ergue, limpando o líquido escuro do rosto com um movimento brusco e o olhar dele muda, fica ainda mais transtornado, obcecado

— Ou, talvez — diz —, talvez você precise de um incentivo para lembrar.

Apoia o copo com força sobre a mesa e se aproxima de David, que tenta como uma fera se soltar e ir para cima de Ramose. O rosto dele cai para o lado quando um murro é deferido com violência.

— Não — berro enlouquecida — Pare!

Mais um murro e o barulho seco de carne e ossos estalando.

David cospe sangue.

E outro.

— Chega, eu bebo, juro que bebo.

Ramose para, ofegante, e vira para mim.

Fecho os olhos, sentindo mais lágrimas escorrerem pelas bochechas.

— Me solte — peço —, deixe que eu faça isso sentada e com as minhas mãos, por favor.

Parece pensar um pouco antes de pegar um punhal e começar a cortar as cordas que me amarram à mesa.

— As coisas não precisavam ser assim — murmura — Nós poderíamos ficar juntos, desfrutar um tempo aqui, antes de irmos, mas você... — Solta uma das mãos, eu a abro e fecho, sentindo o sangue voltar a circular, ele parte para a outra — A sua traição não me deixou escolha, lótus. Você arrancou meu coração do peito e o devorou. Essa é a dor que estou sentindo agora. Só que tudo ficará bem, você logo verá.

Solta a outra mão e eu me ergo e fecho os olhos, mal conseguindo me manter sentada. Respiro fundo e sinto um aroma conhecido, suave, enquanto a voz de Ramose se torna distante, uma presença amorosa me envolve.

Yana.

Apesar de não a ver, tenho certeza de que está aqui. Não sei como, mas está.

A voz calma sopra no meu ouvido:

— Fale do bebê, fale com o seu coração.

Abro os olhos e Ramose me entrega a bebida que vai me entorpecer.

É isso, o meu filho. Ele é quem vai me salvar, quem vai nos salvar e, de certa maneira, me libertar do ritual insano de que resolvi participar.

Seguro o copo com força e olho para baixo.

— Nós não podemos fazer isso.

Ramose franze o cenho e eu prossigo rapidamente:

— Você me disse que os filhos que porventura tivesse com sua esposa seriam nossos filhos, não é verdade?

Concorda em silêncio com o cenho ainda franzido.

— Você... Nós temos filhos?

Ele assente, a expressão suavizando um pouco.

— Dois. O parto do último me libertou da minha falsa união com Néftis.

Isso quer dizer que a esposa dele morreu no parto? *Acho que sim.* Engulo a ânsia pela maneira como Ramose conta isso. Como se estivesse feliz.

— Você vai amar conhecê-los — diz, com a voz embargada — Acredita que a mais velha se parece com você? Tem o mesmo jeito de sorrir quando os macaquinhos comem frutas no jardim e... Penso tanto em você, minha lótus.

Eu me obrigo a sorrir. Me forço a fingir que isso que ele fala é aceitável.

— E isso valeria para os filhos que por acaso eu tivesse também? Eles seriam nossos filhos, não seriam, por causa das juras e do ritual que fizemos?

Os olhos escuros arregalam um pouco, ele fica por um tempo me encarando.

— Eu não sei.

Meus lábios tremem tanto que mal consigo falar.

— Lembra das juras?

Ramose hesita, mas aquiesce após um tempo. Tento reproduzir a fala que ele me fez repetir dezenas de vezes, enquanto me penetrava, jorrava dentro de mim durante a nossa última noite juntos.

— As sementes que criam a vida a partir de você ou dentro de mim serão feitas pela união eterna dos nossos seres e trarão à vida somente os nossos filhos. Lembra?

As narinas dele expandem enquanto nega com a cabeça.

— Não lembra? — pergunto. Sentindo a boca secar ainda mais, repito: — As sementes que criam a vida serão feitas pela união dos nossos seres, lembra?

Ramose, por fim, concorda.

— Então, os meus filhos, mesmo que sejam de outro homem, são na verdade nossos filhos espirituais, assim como os seus — paro —, assim como os nossos filhos que nasceram da sua esposa, não é?

Ramose fecha os olhos, as narinas dilatando mais, antes de afirmar:

— Sim.

— Você pode me mandar para o paraíso e não se preocupar com sua entrada lá, porque vou me lembrar de que te amo, das juras que fizemos e te perdoar, assim como você me perdoou. E os deuses vão te perdoar também, certo?

— Sim — murmura, rouco, outra vez.

— Mas uma vida inocente, a vida do meu, do nosso filho — seguro a mão dele e levo até a barriga — você não poderia tirar. Nós não poderíamos tirar essa vida e sair impunes, poderíamos?

Fecha os olhos.

— Não, não poderíamos.

— Estou grávida, Ramose.

Ele nega incrédulo.

— Mentira.

— Não, está no começo ainda, por isso não é perceptível, mas tenho certeza.

— Deixe-a em paz, pelo amor de Deus — David ruge, implora.

— Mentira — repete, resfolegado, e leva as mãos até a cabeça — Amsu — chama afoito, abrindo e fechando as mãos —, é verdade?

Amsu tira a máscara preta e pesada e se aproxima devagar.

— Deite-se, por favor — pede e eu volto a me deitar na mesa de pedra gelada, meus dentes batem, eu tento acalmar a respiração.

Amsu me toca na barriga de várias maneiras e, apesar de a gravidez ainda não ser aparente, sei que é perceptível para um médico.

— É verdade — diz, por fim. — Por volta de cem dias, eu diria.

Concordo e volto a me sentar, respirando com dificuldade.

— Mentirosos — Ramose afirma com a voz quebrada.

— É verdade, filho — retruca Amsu, tranquilo. — Sinta você mesmo, se não acredita em mim.

Ele nega com a cabeça várias vezes.

— Isso não muda nada. Se for verdade, nos encontraremos os três depois do julgamento. — E me oferece o copo outra vez.

— Pense na profecia — arrisco com a voz falha — Você me jurou que se sentia culpado por ter lido aquele oráculo. Você jurou para mim que não fazia parte dessa sujeira.

Aperta as têmporas.

— Não!

— Esse — arfo engolindo o bolo na garganta —, esse pode ser um jeito de você se redimir diante dos deuses por todas as mortes que o faraó cometeu. Ou de redimir de uma vez por todas o nosso amor, a nossa união.

O copo cai das mãos dele no chão.

Prossigo com a voz um pouco mais firme:

— Você não teria coragem de matar o seu próprio filho antes mesmo de ele nascer, sei que não teria.

— Não — diz, com as mãos ainda sobre o rosto.

Busco David e o encaro tentando falar em silêncio que tudo ficará bem.

— Vocês não vão — Ramose urra, dando um murro na mesa. — Não podem ficar juntos, eu vou matar esse maldito.

E parte para cima de David com o punhal na mão.

Não sei como consigo me jogar na frente dele, impedindo-o de alcançar David.

Seguro o rosto perfeito entre as mãos. O rosto que, tinha certeza, era do único homem que amaria na vida.

— Pare.

— Me solte e lute como um homem — David insiste.

Ramose tenta avançar e eu o beijo.

Ele resiste um pouco, me empurra um pouco, eu insisto, ele se solta e permite.

— Não vou ficar com ele — me afasto para dizer. — Me lembre do nosso amor. Eu vou ficar com você. Quero ficar com você. Você é único, é minha metade.

E o beijo de novo, desta vez ele me abraça e retribui o beijo com desespero.

— Por que você fez isso conosco, minha lótus? — pergunta com a voz embargada, rouca, despedaçada, a testa colada na minha.

— Me perdoe. — E o beijo outra vez. — Nós ficaremos juntos, apenas... deixe David ir.

Ramose fecha os olhos, hesitando.

— Deixe-o ir e eu fico, fico o tempo que você quiser, e depois que o bebê nascer, o nosso bebê, posso ir com você para o paraíso. Nós vamos juntos.

— Você está falando isso por ele? — pergunta com expressão torturada.

— Não — minto. — Estou falando isso porque sempre te amei, porque nós somos um do outro.

Eu o beijo outra vez com todo o amor que sinto por David, por nosso filho. Com todo o amor que acreditei sentir por Ramose um dia.

Ele estremece e arfa.

— Para sempre, lótus?

Deus me dê a coragem, por favor, me dê a coragem.

— Sim, somente nós dois.

E o beijo mais uma vez.

Ramose se afasta, abatido, sem fôlego e chega junto de David, que também está ofegante e olhando para o chão. Quero tanto correr e abraçá-lo, dizer que o amo. Que sempre o amei, mesmo sem saber disso. Que tudo que fiz agora foi apenas por ele e por nosso bebê.

Ramose corta as cordas que prendem meu marido à coluna.

— Você pode ir — diz em hebreu.

David olha para mim e estende a mão.

Ramose me encara, os olhos arregalados, o peito descendo e subindo rápido e tosse várias vezes com as mãos sobre a boca, fica pálido e, quando remove as mãos, vejo que elas estão cobertas de sangue. *Ele está mesmo doente*. Eu me aproximo e toco seu rosto, tentando de algum jeito resgatar o que já senti de bom por ele, a época em que eu acreditava que devíamos ficar juntos para sempre, assim como Ramose jurava.

— Eu te amo — digo baixinho. — Deixe apenas me despedir dele.

Começa a negar e segura minha mão com força, junto com o punhal.

— Por favor — acaricio o rosto, o maxilar quadrado —, eu nunca mais vou vê-lo.

— Não.

— Por favor. Por nossa vida eterna juntos, eu te imploro.

Por um tempo longo, Ramose nos entreolha e aperta o maxilar antes de aquiescer, virar e voltar a tossir, com as costas curvadas, perdendo a postura do comandante invencível e forte que sempre pareceu ser.

Corro e abraço David. Só agora percebo que estou segurando o punhal usado por Ramose para cortar as cordas que prendiam meu marido. *Ramose o soltou na minha mão?*

— Eu não vou — diz David. — Não vou deixá-la com esse monstro, prefiro morrer.

— Não seja louco, ele matará a nós três.

David me abraça de volta.

— Não, Zarah!

— Vou te amar para sempre. Por todos os dias da minha vida. Com você, eu conheci a felicidade de ser amada de verdade.

Ele fecha os olhos com força, como se lutasse consigo mesmo.

— Eu te amo. Eu não vou te deixar.

Encosto os lábios no ouvido dele:

— Eu te amo e por isso você vai, e vai levar essa certeza no seu coração para sempre.

— Filho — Amsu chama Ramose às minhas costas.

Ramose tosse algumas vezes antes de responder.

— Não me chame assim, seu traidor. Você mentiu, não me contou que ela havia se casado, que ela estava com outro. Que ela havia me esquecido — soluça —, a minha lótus.

— Eu te amo como se você fosse meu filho — Amsu prossegue com a voz tranquila. — E você sabe disso. Sabe que só parei de enviar as coisas para Zarah e dei ordens para os soldados pararem de segui-la porque entendo que, no fundo, você só quer que ela seja feliz, e é o que quero também.

Viramos de frente para Ramose.

— Deixe-os ir, filho.

— Não — ele urra em meio a um soluço e limpa o sangue do canto dos lábios.

David aperta minha mão, a que não está com o punhal.

— Você estava disposto a tirar a vida dela por acreditar que o seu amor pode vencer a morte, me obrigou a participar disso, ameaçando minha família de tão desesperado que se sentia.

— Não, eles não podem. — Sacode a cabeça cobrindo o rosto. — Não podem ficar juntos. Ela é minha, não pode amá-lo!

— Ela está grávida, filho, e você está doente, logo irá para os Campos de Aaru. Se deixá-la ir hoje, partirá daqui com o coração leve e justo. E Zarah, ela o perdoará por tudo que aconteceu de ruim, por todo o sofrimento que você, mesmo sem saber ou querer, causou a ela. E um dia ela te encontrará do outro lado e vocês poderão ser felizes juntos, sem nada pesando entre a união de vocês.

— Não — murmura, chorando e tossindo.

Impeço um soluço, enquanto David entrelaça os dedos nos meus.

— Se você a ama — Amsu acrescenta —, como eu sei que ama, deixe-a livre. Você sabe que isso é o certo a fazer.

Ramose nega com a cabeça, desolado, e fica um tempo apenas me encarando, o kajal descendo como um rio pelos olhos, como se as íris dele escorressem com a tinta. A boca marcada com sangue outra vez.

— É isso que você quer, lótus? — arfa. — Ir embora com ele, é isso que te fará feliz?

Entreolho Ramose e Amsu com medo de responder o que realmente quero, o que me fará feliz. Amsu me incentiva, aquiescendo. Inspiro devagar, ganhando coragem.

— Quero sair daqui sabendo que você é o homem por quem eu me apaixonei. Quero sair daqui lembrando por que te amei um dia.

Fecha os olhos e vejo um rastro de lágrimas no rosto cinzelado.

O peito de Ramose sobe e desce com uma respiração profunda e alguns passos são dados em minha direção. David me arrasta para trás dele, se colocando entre nós. Dois guardas que eu não havia avistado o imobilizam e afastam meu marido de mim e de Ramose.

— Deixe-os ir, Ramose — Amsu repete, enfático.

Mal consigo respirar e agarro o punhal com mais força.

Quando Ramose me encara, eu imploro:

— Por favor, se você me ama de verdade, nos deixe ir. Eu acredito que-que no fundo você é um homem bom. E então, um dia, vamos nos encontrar no paraíso, só me deixe ir agora, mande os soldados soltarem David, por favor.

Ele dá mais um passo e, instintivamente, eu ergo o punhal e o ameaço.

David protesta, tentando se soltar.

— Como você entrará no paraíso — tosse, cobrindo a boca, e chora —, depois que eu me for? Quem cuidará de todo o ritual e se certificará de que...

— Eu, meu filho — Amsu o interrompe. — Você tem a minha palavra. Eu cuidarei de tudo para que vocês se reencontrem.

— Não, minha lótus — nega, desolado. — Fique comigo, por favor.

— Pelo amor que vivemos — insisto. — Pelo amor que você tem certeza que ainda viveremos, me deixe livre.

Os olhos delineados e borrados se fecham por um tempo longo demais, parecido com a eternidade, e em seguida observam o punhal em minhas mãos apontado em sua direção. Ramose se vira para os guardas que seguram David:

— Tirem-no daqui e só o soltem quando eu ou Amsu sairmos e ordenarmos.

David se debate e grita meu nome enquanto é arrastado para fora.

Ramose volta a se aproximar e eu grito desesperada:

— Não encoste em mim, ou juro que eu...

Mais alguns passos, e Ramose não tira os olhos dos meus, parece não estar preocupado com o punhal em minhas mãos ameaçando-o.

— Você me mataria, é isso?

Tento segurar o punhal com firmeza nas mãos absurdamente instáveis.

— Si-sim.

Ramose agarra o jarro com a porção sedativa e engole tudo de uma vez, antes de voltar a andar, me encurralando.

— O que você está fazendo, Ramose? — é Amsu quem pergunta.

Minhas costas batem na parede.

Ele estará sedado em pouco tempo e provavelmente me levará junto.

— Por favor — soluço —, me deixe ir, me deixe... livre.

Mais alguns passos e ele para muito perto da lâmina do punhal.

— Nunca quis que você não se sentisse livre. Porque sem você, lótus, nada tem sentido.

— Me deixe em paz — grito e ele segura firme minhas mãos.

Tenho certeza de que arrancará o punhal e me matará com ele. É impossível pensar numa saída coerente. Sei que Ramose é muito mais forte e serei subjugada. Mas vou lutar com todas as forças. Só que as mãos de Ramose não brigam contra as minhas. Não tentam tirar o punhal ou me atingir, e eu paro de fazer força para segurá-las. Sem tirar os olhos dos meus e sem soltar as minhas mãos, Ramose enterra o punhal de uma vez no próprio abdome.

— Não! — Amsu urra.

Tudo fica difuso, embaçado.

Um berro de horror explode do meu peito.

Ramose larga as minhas mãos cobertas de sangue e beija a minha testa.

— Minha vida sempre esteve em suas mãos, lótus. — Engole em seco. — Amsu — prossegue, rouco. — Leve-os em segurança para casa, depois volte aqui e cuide de-de tudo. Não deixe ninguém saber que foi assim, pelas minhas próprias mãos.

— Eu posso te ajudar — Amsu retruca e mexe em alguns potes. — Posso te ajudar com a ferida.

Ramose me encara.

— Para quê? Não! Apenas me deixe em paz e faça o que me prometeu.

Soluço quando Ramose arqueja apertando a mão coberta de sangue na barriga e se curva sobre a mesa de pedra no centro, respirando com dificuldade.

— Saiam, agora Saiam daqui, me deixem sozinho!

Amsu me puxa para o corredor que é iluminado pela luz do sol. Mas, antes de me afastar, olho para trás e vejo Ramose sentado com a cabeça entre as pernas e o corpo tremendo. Ele parece um garoto, sozinho e assustado.

Então a imagem, a mesma de anos atrás, renasce desbotada de algum canto da minha memória. Ramose criança, após apanhar do pai no jardim da casa dele, sentado em um canto, com a cabeça entre as pernas e chorando, como faz agora. *Eu me lembro da primeira vez que o vi.* Lembro-me de pegar a lótus, uma flor branca, e entregar para ele. Lembro-me do kajal com as lágrimas escorrendo pelo rosto dele e me lembro de que naquele dia eu quis abraçá-lo, confortá-lo e dizer para ele ficar bem, porque Deus tem um plano para cada um de nós.

— Me dê um minuto — peço.

Amsu hesita um pouco, querendo talvez atender ao pedido de Ramose para deixá-lo a sós, mas por fim concorda.

— Eu te acompanho.

Retiro a ankh que está pendurada no meu pescoço e me agacho na frente de Ramose. Sei que Amsu está bem atrás de mim. Acho que deveria estar com medo, ou raiva, mas tudo o que consigo sentir é compaixão e amor. Talvez o maior amor que já tenha sentido por ele algum dia.

Toco o ombro largo.

Quando levanta a cabeça, vejo que está com o rosto muito pálido.

Seguro a mão bronzeada, abrindo-a, e coloco a ankh nela, fechando-a em seguida.

Ramose fecha os olhos, o rosto coberto de lágrimas, tinta e sangue.

Eu me aproximo e o beijo na testa.

— Me perdoe, por favor — pede com a voz quebrada — Por favor, não vá, fique comigo aqui até...

— Shh. — Cubro os lábios dele com os dedos e aquiesço.

Eu o abraço e Ramose se deita repousando a cabeça no meu colo.

— Se eu pudesse — diz, cada vez mais ofegante. — Faria tudo diferente. Me perdoe, lótus. — Geme de dor. — Tudo o que eu quis foi-foi o seu amor. Só fui feliz com vo... — Perde o fôlego. — Você é como o sol na noite que foi a minha vida — Tosse algumas vezes. — Como a aurora para a lótus da minha alma. Me-me perdoe.

Meu rosto está encharcado de lágrimas, meu vestido está quente e ensopado de sangue. Eu só quero segurar a vida se esvaindo do corpo dele, para que nos libertemos de todos os erros. Seguro e em seguida beijo a mão dele fechada com a ankh.

— Sinto muito, mesmo.

E, como se nos entendêssemos e nos perdoássemos em silêncio, Ramose me encara por um tempo. Então, abre as mãos incertas e vê a ankh, os olhos se arregalam, vidrados, parecendo se dar conta do que esse gesto realmente significa.

— Não — sibila sem forças. — Não faça isso.

— Quem sabe um dia, se existir mesmo outra vida, nós tenhamos uma nova chance de fazer tudo diferente, de amar de um jeito bom.

Os olhos cheios de lágrimas me fitam com o que resta de vida dentro deles e a mão bronzeada se fecha apertando a ankh com força.

— Amsu — chama com dificuldade.

Assim que Amsu se ajoelha ao nosso lado, Ramose diz com a voz sumindo:

— Grave nessa ankh uma frase — arfa — A frase que Zarah escolher.

— Está bem, eu prometo.

Ramose fecha os olhos e murmura em hebreu:

— Eu te amo, lótus, para sempre.

Eu o beijo na testa e digo sem afastar os lábios:

— O amor verdadeiro é livre.

Sinto o corpo dele perder a rigidez. A mão em punho abre e a ankh cai no chão ao nosso lado.

— Ramose? — chamo tocando o rosto macilento inerte e sem vida.

Ele não responde mais.

Dobro o corpo soluçando, minha testa encostada na dele, que agora está gelada.

— Descanse em paz.

— Que você veja Hórus com Thoth e Maat ao seu lado — Amsu murmura — Que Hórus conceda ao Ka de Osíris Ramose contemplar o disco solar. Eu já volto para cuidar de tudo e me certificar de que seu ser seja vitorioso nos desafios, filho.

Meu coração está tão acelerado e meu corpo treme tanto. Não vou conseguir ficar em pé Amsu me apoia e me ajuda a levantar e devagar me guia para fora do túmulo.

A luz do sol me cega e cubro o rosto, buscando David. Os soldados ainda o seguram e, quando ele me vê, arregala os olhos e volta a lutar desesperado para se soltar. Estou coberta de sangue. David deve estar apavorado.

— Eu estou bem — grito para tranquilizá-lo.

— Soltem-no — Amsu ordena e eles lhe obedecem.

David corre em minha direção, enquanto Amsu ainda fala com os soldados:

— O vizir fez a passagem para o mundo de Osíris. Vigiem a entrada. Ninguém entra aqui sem a minha permissão.

David me alcança e me abraça. Eu fecho os olhos, as pernas fraquejando, e ele me segura.

— Você está ferida? — pergunta, rouco, segurando meu rosto. — Ele te machucou?

— Não, foi Ramose quem se feriu — arquejo. — Ele tirou a própria vida.

Os braços firmes me apertam com mais força por um tempo longo, antes de David murmurar com a voz embargada:

— Acabou, você está livre. Estamos livres.

Sim, quero dizer, mas não tenho forças. Estou nascendo de novo, como a lótus após uma noite fria e longa, e então darei as boas-vindas à luz da aurora. Darei as boas-vindas a esta nova versão de mim.

Escuto alguém sussurrar, como se falasse para ninguém em especial e para todos:

O amor verdadeiro é livre.

Desabo nos braços de David.

Sim, o amor verdadeiro sempre será livre.

Epílogo

Setor egípcio no Museu Britânico, Londres, dias atuais

— Vamos, amor, você está aqui faz mais de uma hora. — Meu noivo beija minha cabeça. — Terminou de ler a história?
Concordo.
— É tão triste assim? — pergunta, beijando minha testa.
Encolho os ombros.
— Acho que no fim é triste de um jeito bom.
— Como acaba?
— O vizir morre jovem com um ferimento no estômago e com o pulmão comprometido por uma doença desconhecida na época, mas hoje sabem que foi tuberculose. Amsu se torna o primeiro sacerdote do Egito.
Aponto com o queixo para a série de papiros expostos dentro do cubo de vidro, antes de prosseguir:
— Graças a Amsu ter conhecido Zarah e David, quem escreveu os papiros dá a entender que o sacerdote ajudou um bebê hebreu a ser criado dentro do palácio.
Meu noivo franze o cenho com ar incrédulo.
— Moisés?
— Quem sabe? Há muitas divergências sobre a época do êxodo.
— Há muitas divergências sobre se, de fato, houve o êxodo. Além do mais, essa história foi escrita em grego como uma lenda recheada de exageros e deixada num túmulo egípcio muitos anos depois, provavelmente para dar o que falar.

— Não parece. O túmulo recém-encontrado, as escrituras nas paredes e as estátuas de uma bela mulher que não era a esposa do vizir, Néftis, a cunhada do faraó, e sim uma desconhecida chamada Muyeti.

— Muyeti era o nome da mãe do vizir.

— Ou um jeito de disfarçar que, na realidade, ele já tinha sido casado e a considerava sua esposa de verdade. Com quem queria ir ao paraíso.

Meu noivo franze o cenho, cheio de desconfiança.

— Ou o túmulo foi roubado e alterado por um impostor.

— Pode ser, mas os papiros foram achados no túmulo da família de Amsu, e não no de Ramose.

— Meu amor — começa ele, cético —, nem se tem certeza se os hebreus foram mesmo escravizados no Egito. Muitos historiadores discordam.

Ergo as sobrancelhas.

— A Bíblia tem certeza.

Ele sorri, vencido, sabe que não adianta discutir. Eu sou socióloga, especializada em teologia, ele é historiador, especializado no Egito Antigo.

— E o que aconteceu com Zarah e David? — pergunta, passando a mão sobre meu ombro.

— Amsu os libertou, eles viveram o resto dos dias em uma tribo, bem distante do Egito. Devem ter tido muitos filhos e sido muito felizes.

— E o vizir foi devorado e aniquilado por todos os erros que cometeu?

Ele me impulsiona para andar.

— Não — digo com a voz embargada —, ele encontrou a paz no paraíso.

— Você acha que ele merece perdão?

— Acho que todos merecem. Sinto que o amor o libertou. Acho que ele ficou em paz depois de tudo.

Meu noivo vira e segura meu rosto entre as mãos.

— Chorando de novo?

— Não sei por que essa história mexeu tanto comigo.

— Talvez porque você se chama Zarah?

Sorrio, limpando as lágrimas.

— É, deve ser isso.

— Vamos almoçar e tomar um vinho, e depois — ele encosta na minha orelha — voltamos para o hotel e podemos fazer amor a tarde inteira. Posso te levar várias vezes ao paraíso, no estilo mais francês de *la petite mort*, o que acha?

— Acho maravilhoso.

Mas, antes de sair da sala, olho para trás e encontro uma ankh de ouro.

Data da peça: 1283 a.C.

E um curioso hieróglifo gravado nela. Me detenho para ler a tradução: *Flor de lótus: o amor verdadeiro é livre.*

Saímos do museu, a frase grudada na minha mente.

— Sim, ele é — murmuro.

— O quê? — Meu noivo escuta.

— O amor é livre.

Ele ri, cúmplice.

— E às vezes cresce das situações mais improváveis, como a flor de lótus, que nasce no pântano e desabrocha numa das mais lindas da natureza, para então voltar a mergulhar na escuridão do pântano durante a noite e tornar a abrir com a aurora — Ele se vira para mim e escorrega lentamente as costas dos dedos na lateral do meu rosto. — Simbolizando o eterno ciclo da noite e do dia, da vida e da morte, da luz e das sombras. — E beija a ponta do meu nariz. — A flor mais adorada pelos egípcios. Linda e adorada como você é para mim, minha lótus.

Arregalo os olhos sorrindo, incrédula.

— Você leu a frase na ankh?

Ele pisca, confuso.

— Ankh?

Rio outra vez.

— É sério que você não leu?

Segura minha mão e voltamos a andar.

— Não, não li. O que estava escrito?

— Algo sobre a lótus e o amor ser livre.

Meu noivo acha graça.

— Mais uma alegre coincidência.

— Coincidência é uma palavra para explicar coisas sem explicação — digo baixinho e ele me beija.

É o beijo mais pleno, livre e bonito que trocamos desde que nos conhecemos. Um sentimento de alegria e gratidão enche meu coração, um lado meu tem certeza de que nos conhecemos, talvez, há milhares de anos.

Agradecimentos

Eu nunca vou me acostumar com esse processo fantástico e mágico de colocar um ponto-final numa história e sentar para escrever os agradecimentos. E com este livro as coisas sempre foram um pouco mais intensas. É sério, estou aqui com lágrimas nos olhos.

Sei que este romance é muito diferente de todos os outros que já publiquei e juro que precisei de coragem, por motivos além dos óbvios, para tirá-lo da gaveta e entregar a vocês. Espero que, apesar de ou principalmente por todas as emoções contraditórias e fortes que ele possa ter despertado durante a leitura, vocês (românticos incuráveis como eu, risos) sejam capazes de amá-lo mais do que amaram odiar o Ramose. Ele é com certeza meu antagonista mais poderoso, passional e ambíguo.

Estas linhas retratam os dramas, erros e acertos que fazem parte da novela humana em busca do amor. Mas, sobretudo, retratam a jornada de Zarah em busca de si e da liberdade e força que devem ser encontradas primeiro dentro da gente para depois serem encontradas do lado de fora. Obrigada por chegarem ao fim de mais uma história. Prometo que na próxima serei mais boazinha com nosso coração.

A toda a equipe do Grupo Editorial Record, é uma honra enorme e uma alegria sem fim trabalhar com vocês em mais um livro.

Raïssa, obrigada por acreditar nesta história e por não abrir mão dela. Que ela traga milhões de frutos positivos e muitas portas abertas para contribuir ainda mais com o sucesso do seu caminho como editora.

Alba, querida, obrigada por insistir e trabalhar para que eu tire o melhor de cada texto. Obrigada por não desistir de mim (risos) nem desses personagens quando, lá atrás, você apontou alguns pontos fracos e meu instinto materno (mãe de personagens) me fez ficar em dúvida. Eu sei que você só queria que esta história chegasse aonde chegou hoje, e que os personagens me entregassem o máximo deles, como fizeram. Você melhor do que ninguém conhece o caminho e as mudanças até o ponto-final. Quero que saiba quanto suas impressões e dicas ajudaram a moldar esta obra e deixá-la pronta para ser entregue ao mundo. Eu te amo! Ter seu apoio e amizade é essencial.

Meninas da Increasy: Grazi, Guta e Mari. Muito obrigada por amarem tanto os livros e por escolherem viver deles e entre eles. Agradeço por todo o trabalho e por ajudarem a espalhar minhas histórias para o mundo.

Professora Liliane Coelho, uma das grandes estudiosas e especialistas no Egito Antigo, aqui no Brasil. Obrigada por aparecer na minha vida desse jeito tão místico e especial. Talvez os antigos egípcios explicassem melhor esse tipo de coincidência que mais parece magia (risos). Obrigada pela leitura técnica e por todos os apontamentos e conhecimento. Quero agradecer também pelo olhar sensível e aberto que entendeu, e até mesmo abraçou, algumas licenças poéticas que acontecem ao longo do livro. Um dos exemplos apontados por você foi, nas suas palavras: "No Egito Antigo, não havia ritual de casamento, nem mesmo contrato de casamento antes da chegada dos gregos no século VII aC. Casar-se era simplesmente fundar uma casa, ou seja, ir morar sob o mesmo teto. Mas a cerimônia aqui descrita está maravilhosa! Gostei muito da cerimônia criada!" Seus comentários inseridos ao longo de texto, além de transmitirem apoio e carinho, foram uma aula. Muito obrigada por tudo. E estou esperando o seu romance :)

A todos os blogs, instas, booktubers, todos vocês que são tão apaixonados por histórias que trabalham para tornar o mundo um lugar mais cheio delas, obrigada pelo apoio de sempre. Obrigada por serem os melhores parceiros.

Aos meus leitores e betas e apoiadores de cada livro, obrigada por todo o amor, amizade, carinho, cumplicidade e por todas as trocas. Meus amigos que também são meus primeiros leitores, eu amo vocês. Obrigada por acreditarem desde o começo.

Márcio Vassalo, poeta, escritor e crítico literário, sempre uma inspiração. Você foi o segundo a falar que eu era uma escritora. Obrigada sempre.

Meu jardim, muito obrigada pelas flores e pelo carinho de sempre.

Juliana Carneiro, minha prima querida, obrigada pela amizade e apoio e por falar: "Essa história daria um livro, com certeza", a frase que mudou minha vida.

Agradeço ao meu marido por levar esses personagens comigo em seu coração. Eu sei como foi louca a viagem até eu me descobrir escritora, dez anos atrás, e quanto seu apoio e amor me fizeram superar os questionamentos e desafios e me abraçaram nas vitórias. Você foi a primeira pessoa que disse, quando começou a leitura deste livro: "Meu amor, você é uma escritora". A sua vibração em cada resenha, em cada conquista até hoje enche meu mundo de entusiasmo e certeza. Te amo muito, meu melhor amigo, namorado, assessor, psicólogo e coach motivacional que uma escritora sonha em ter.

Minha filhota, minha companheira de musicais e fã número um da trilha sonora que ouvi enquanto escrevia este livro — para os curiosos, foi *Phantom of the Opera*. Eu te contei quanto esses personagens me lembram esse romance e peça, não é? Obrigada por ser minha melhor amiga e por fazer dos meus dias mais emocionantes e plenos. Eu te amo mais que tudo e tenho muito orgulho do seu coração de artista e de ser sua mãe. Obrigada por me escolher.

Eve e Órion, os gatos que dormem ao meu lado na maior parte das horas em que estou escrevendo, apesar de não saberem, vocês são maravilhosos. Me apoiam e me divertem muito com suas fofuras e brincadeiras, mesmo quando resolvem derrubar as coisas e interrompem uma cena.

Pai, obrigada por ser meu leitor e por ter me ensinado a amar as palavras. Eu te amo. Mãe, onde quer que você esteja, obrigada por continuar me apoiando e protegendo com sua luz, amor e com as lembranças.

E Deus, deuses, o universo inteiro, ou força que sustenta tudo ou simplesmente o amor, obrigada por ser o combustível e a fonte de inspiração para todas as minhas palavras, ações e criações.

Como eu amo contar histórias! Obrigada a todos que fazem parte desse caminho e que tornam isso possível.

Impresso no Brasil pelo Sistema Cameron da Divisão Gráfica da
DISTRIBUIDORA RECORD DE SERVIÇOS DE IMPRENSA S.A.